LA RUE AUX TROIS POUSSINS

Georges Simenon (1903-1989) est le quatrième auteur francophone le plus traduit dans le monde. Né à Liège, il débute très jeune dans le journalisme et, sous divers pseudonymes, fait ses armes en publiant un nombre incroyable de romans « populaires ». Dès 1931, il crée sous son nom le personnage du commissaire Maigret, devenu mondialement connu, et toujours au premier rang de la mythologie du roman policier. Simenon rencontre immédiatement le succès, et le cinéma s'intéresse dès le début à son œuvre. Ses romans ont été adaptés à travers le monde en plus de 70 films, pour le cinéma, et plus de 350 films de télévision. Il écrivit sous son propre nom 192 romans, dont 75 Maigret, et 117 romans qu'il appelait ses « romans durs », 158 nouvelles, plusieurs œuvres autobiographiques et de nombreux articles et reportages. Insatiable voyageur, il fut élu membre de l'Académie royale de Belgique.

Paru dans Le Livre de Poche :

LES 13 COUPABLES
LES 13 ÉNIGMES
LES 13 MYSTÈRES
L'ÂNE ROUGE
LES ANNEAUX DE BICÊTRE
ANTOINE ET JULIE
AU BOUT DU ROULEAU
LES AUTRES
BETTY
LA BOULE NOIRE
LA CAGE DE VERRE
LA CHAMBRE BLEUE
LE CHAT
LES COMPLICES
LE CONFESSIONNAL
LE COUP DE LUNE
CRIME IMPUNI
LE DÉMÉNAGEMENT
LE DESTIN DES MALOU
DIMANCHE
LA DISPARITION D'ODILE
EN CAS DE MALHEUR
L'ENTERREMENT DE MONSIEUR BOUVET
L'ESCALIER DE FER
LES FANTÔMES DU CHAPELIER
LA FENÊTRE DES ROUET
FEUX ROUGES
LES FIANÇAILLES DE M. HIRE
LE FILS
LE FOND DE LA BOUTEILLE
LES FRÈRES RICO
LA FUITE DE MONSIEUR MONDE
LES GENS D'EN FACE
LE GRAND BOB
LE HAUT MAL
L'HOMME AU PETIT CHIEN
L'HOMME DE LONDRES
L'HORLOGER D'EVERTON
IL Y A ENCORE DES NOISETIERS
LES INNOCENTS
JE ME SOUVIENS
LA JUMENT PERDUE
LETTRE À MA MÈRE
LETTRE À MON JUGE
LA MAIN
LA MAISON DU CANAL
MARIE QUI LOUCHE
LA MORT D'AUGUSTE
LA MORT DE BELLE
LA NEIGE ÉTAIT SALE
NOVEMBRE
L'OURS EN PELUCHE
LE PASSAGE DE LA LIGNE
LE PASSAGER CLANDESTIN
LE PASSAGER DU POLARLYS
PEDIGREE
LE PETIT HOMME D'ARKHANGELSK
LE PETIT SAINT
LA PORTE
LE PRÉSIDENT
LA PRISON
LES QUATRE JOURS DU PAUVRE HOMME
LE RELAIS D'ALSACE
LE RICHE HOMME
STRIP-TEASE
TANTE JEANNE
LES TÉMOINS
LE TEMPS D'ANAÏS
LE TRAIN
LE TRAIN DE VENISE
TROIS CHAMBRES À MANHATTAN
UN NOUVEAU DANS LA VILLE
UNE VIE COMME NEUVE
LE VEUF
LA VIEILLE
LES VOLETS VERTS

GEORGES SIMENON

La Rue aux trois poussins

NOUVELLES

PRESSES DE LA CITÉ

ISBN : 978-2-253-00446-2 – 1re publication LGF

La rue aux trois poussins

Il y a un quart d'heure à peine que Mme Romond, la grosse toujours en négligé, a lavé son seuil de deux marches et sa portion de trottoir. Si bien que devant sa maison il y a un rectangle bien dessiné de pavés qui paraissent noirs et qui reluisent.

La semaine passée, l'agent de police est allé de maison en maison pour rappeler aux gens qu'ils devaient arracher l'herbe entre les pavés et, pendant toute une journée, on a entendu le crissement des couteaux sur la pierre.

De ces deux événements naît un jeu. Ils sont là, la tête en bas, le derrière en l'air, les jambes écartées, comme trois poussins qui picorent, du côté ensoleillé de la rue, et ils savent si bien que cette rue leur appartient que rien ne pourrait les distraire de leur travail.

Le vacarme de la récréation de dix heures vient de s'éteindre brusquement dans la cour de l'école, rue de la Loi. Mais eux ne vont pas encore à l'école. Albert, qui a des cheveux de fille, n'a pas cinq ans ; Renée, une vraie fille, elle, en tablier à carreaux roses, a quatre ans à peine, et Bilot, qui s'appelle Charles, mais qu'on a toujours appelé Bilot, est le plus poussin des trois.

Ils ne voient rien, n'entendent rien. Le monde se réduit à ce rectangle mouillé où les pavés fument dans le soleil de juin et où leur centre commence déjà à s'éclaircir.

Une fenêtre, au premier étage de la maison d'en face, est ouverte sur une chambre à coucher. Sur l'appui, on a entassé des draps et des couvertures et, de temps en temps, une femme émerge de la pénombre bleutée pour jeter un coup d'œil aux enfants. Plus loin, M. Février donne une leçon de violon.

Les trois poussins ont entrepris un travail considérable. Ils ont trouvé des bouts d'allumettes à la pointe noircie et ce sont leurs seuls outils. Comme les grandes personnes le faisaient la semaine précédente avec des couteaux, ils grattent la terre entre les pavés.

Mais, pour eux, ce ne sont plus des pavés : c'est un chantier gigantesque, car, ce qu'ils creusent, ce sont des canaux, tout un réseau compliqué de canaux par lesquels ils conduisent l'eau de Mme Romond jusqu'à un pavé plus enfoncé que les autres où se forme un étang.

Tout à l'heure, la dernière fois qu'elle est venue à la fenêtre, la mère de Bilot a crié :

— Tu vas te salir…

Il n'a pas entendu, ou il a fait semblant de ne pas entendre. Il n'a même pas levé la tête, car une fourmi s'est aventurée dans le courant de sa rigole et il la pousse implacablement avec son bout d'allumette.

Or, voilà que soudain une ombre se dessine sur le trottoir, l'ombre de quelqu'un, d'un « grand », qui ne passe pas, mais qui reste immobile derrière les trois poussins. Pendant de longues secondes encore, peut-être des minutes, Bilot continue, sans se retourner, le labeur commencé, puis enfin, toujours accroupi, genoux écartés, il suit l'ombre du regard et découvre d'abord deux pieds inégaux, un pied comme les autres, chaussé d'un soulier noir, puis un pied difforme, presque rond, maintenu à quinze centimètres du sol par un appareil de fer.

C'est Cendron. Cendron qui ricane d'une voix de diable, car il a une voix de diable, comme il a un pied de diable :

— Dans un quart d'heure, il n'y aura plus d'eau !

Cendron est nouveau dans la rue. On l'a vu s'installer avec sa mère au second étage du 3, au-dessus de chez les rentiers qui ont un si beau chien, et on ne sait pas d'où ils viennent.

Est-ce que Cendron est déjà un homme ? Il est aussi grand qu'un homme. Il ne travaille pas. Il ne va pas non plus à l'école. Il se promène toute la journée et Bilot ignore qu'il n'a que quinze ans.

— Pauvre femme !... a dit sa mère quand les nouveaux venus se sont installés dans la rue. Il paraît que son mari...

Puis elle s'est tue, parce que Bilot écoutait. Pourquoi est-ce une pauvre femme ? Il n'en sait rien. Elle aussi épie sans cesse par la fenêtre, comme si Cendron était encore un enfant.

— Regardez comme je vais faire couler l'eau...

Il tire, lui, un canif de sa poche et il entaille la terre. Son canif a sept ou huit lames, un poinçon, un tire-bouchon.

— À quoi sert cette pointe ?

— À faire des trous dans les cloisons…

— Pourquoi ?

— Parce que !

— À quoi ça sert de faire des trous dans les cloisons ?

— À savoir ce qui se passe de l'autre côté…

Cendron a l'air mystérieux. Renée ne s'intéresse guère à lui, mais Bilot et Albert sont impressionnés par le canif.

— Tu as déjà fait des trous dans les cloisons ?

— Oui.

— Pour regarder quoi ?

— Je ne peux pas le dire.

Et, de sa poche, il sort un objet plus prestigieux encore, une loupe sertie de métal.

— À quoi ça sert ?

— À faire du feu.

Cendron est l'être le plus troublant de la terre.

— Et les allumettes ?

— On a pas toujours d'allumettes… Il peut arriver qu'on soit prisonnier… Ou qu'on se trouve perdu dans le désert…

La rue Pasteur a cent mètres de long. C'est une rue neuve, spacieuse, aux maisons de brique rose, aux trottoirs larges et réguliers qui semblent avoir été faits exprès pour les poussins, et à un des bouts on voit les ombrages de la place du Congrès.

— Tu as déjà été prisonnier ?

— Je ne peux pas le dire.

— Pourquoi ?

— Parce que c'est défendu.

Cendron en devient encore plus grand et plus diabolique dans ses vêtements noirs, avec son pied gauche prolongé par un appareil de fer.

D'une autre poche, il a extrait un morceau de lacet.

— Voilà comment je fais du feu dans le désert.

Il sort du secteur mouillé, gratte entre deux pavés secs, pose le bout du lacet dans le creux.

— C'est le foyer. Vous allez voir.

La loupe concentre les rayons du soleil et bientôt une légère fumée monte du lacet en même temps qu'une odeur de brûlé.

— Qu'est-ce qui t'a appris ça ?

— Bilot !… appelle sa mère. Il est l'heure !…

L'heure de son lait de poule. Il paraît qu'il n'est pas très fort. À dix heures et demie, chaque matin, il doit aller boire un bol de lait tiède et sucré dans lequel sa mère a battu un œuf.

— Je viens…

Mais il n'y va pas.

— Qui t'a appris ça ?

— On nous apprend bien d'autres choses.

— À qui ?

— À ceux de la *secrète*.

— Tu es de la police secrète ?

— Il ne faut le répéter à personne. On ne doit pas le savoir.

— Qu'est-ce qu'on fait quand on est de la secrète ?

— On surveille.

— On surveille qui ?

— Tout le monde. Ainsi, je sais que toi, tu t'appelles Bastien. Ton père est un grand, avec des moustaches acajou.

C'est vrai. Le père de Bilot s'appelle Charles Bastien. Il est très grand et il a des moustaches acajou.

— Je sais même où il travaille.

— Dis-le !

— Rue de la Liberté, dans la grande maison qui a une loggia.

— Ce n'est pas vrai. Mon père travaille chez Ducatel, rue Saint-Léonard.

Cendron n'est pas désarçonné pour si peu et ricane :

— Comme tu voudras. Je sais ce que je sais !

— Et moi, je sais quand même mieux que toi où mon père travaille. La preuve, c'est que je suis déjà allé le chercher à son bureau.

— Comme tu voudras... ricane encore Cendron. N'empêche que...

— Que quoi ?

— À quelle heure rentre-t-il du bureau, ton père ?

— À six heures et demie.

— Eh ! bien, pas plus tard qu'hier, à six heures et quart, il sortait de la maison à loggia de la rue de la Liberté.

— Ce n'est pas vrai.

— Bilot !... Eh ! bien ?... Est-ce que tu viens boire ton lait de poule !...

— Oui, maman...

Et il répète en s'éloignant du diabolique Cendron qui se vante d'être à la secrète :

— Je sais mieux que toi ce que fait mon père...

On mange dans la cuisine. Le logement n'a que deux pièces, mais elles sont claires et la fenêtre est large ouverte. Il y a des grappes de groseilles rouges sur la table. M. Bastien a retiré son veston et les manches blanches de sa chemise éclatent dans le soleil.

— Cendron est un menteur !

On ne l'écoute pas ; il continue néanmoins, en faisant éclater entre ses dents les petites baies d'où jaillit comme du sang :

— Il a voulu nous faire croire qu'il est de la secrète.

— Qu'est-ce que tu racontes ?

— La preuve que ce n'est pas vrai, c'est qu'il croit que tu travailles rue de la Liberté.

Peu importe à Bilot qu'on l'écoute ou qu'on ne l'écoute pas.

— Il fait des trous dans les cloisons pour surveiller les gens. Il dit qu'il a vu papa sortir de la maison qui a une loggia…

— Mange ! lui ordonne son père.

Mais sa mère le questionne.

— Qu'est-ce que tu racontes ? Il a vu ton père sortir de quelle maison ?

— La maison qui a une loggia. Tu sais, maman, celle où il y a une femme en bleu…

Encore un sujet qu'on n'aborde jamais devant lui. La rue de la Liberté est la rue parallèle à la rue Pasteur, à laquelle elle ressemble. Seulement, si la rue Pasteur possède un juge, un professeur de violon, des rentiers, des gens comme il faut, il y a rue de la Liberté une maison à loggia dont on parle à mots couverts, à cause de la femme en peignoir bleu ciel.

Elle habite seule cette grande maison. Elle a une bonne. À quatre heures de l'après-midi, on peut encore la voir en déshabillé, les pieds nus dans des mules.

On chuchote qu'elle est entretenue par un avocat du quartier Saint-Denis. On prétend aussi qu'elle reçoit d'autres hommes.

— Répète-moi exactement, Bilot, ce que Cendron...

— Hélène !

— Quoi ?

— Tu n'as pas honte de...

— Tu parais bien embarrassé, tout à coup... Dis-moi, Bilot, quand est-ce que Cendron a vu ton père sortir de cette maison ?

— Hier.

— À quelle heure ?

— Hélène ! Je te prie de...

— Tais-toi !... Je parle à ton fils...

— À six heures et quart... Je lui ai dit que ce n'était pas possible puisque...

— Charles... C'est vrai ?

— Quoi ?... Comment peux-tu croire...

— Tu es revenu directement du bureau ?

— Mais... naturellement...

— Pourquoi ce garçon aurait-il menti ?

— Est-ce que je sais, moi ? Il ne me connaît même pas...

Bilot intervient :

— Il m'a dit que tu étais un grand avec une moustache acajou...

— Qu'as-tu à répondre ?

— Voyons, Hélène... Tu ne vas pas, à cause d'un gamin qui joue au policier...

— Tu es sûr que tu es rentré directement du bureau ?... Depuis quand passes-tu par la rue de la Liberté ?

— C'est le plus court…

— Tu avoues que tu es passé par la rue de la Liberté ?

Il n'y a plus que Bilot à manger. Et Bilot ne suit cette conversation qu'à travers un brouillard de soleil qui a le goût acide des groseilles rouges. Il entend vaguement :

— Quel jour sommes-nous ?

— Mercredi. Pourquoi demandes-tu ça ?

— Mais le quantième ? Regarde le calendrier. Nous sommes le 24. Tu entends, Charles ? Hier, c'était le 23 juin…

— J'en ai assez, à la fin… Où veux-tu en venir ?…

Il s'est levé. Il bourre machinalement sa pipe et se tourne vers la fenêtre.

Alors, des sanglots dans la voix, Mme Bastien éclate :

— Hier, c'était la Saint-Félix. Tu comprends, maintenant ? Et tu es rentré à six heures et demie comme d'habitude ! Et tu n'as rien rapporté ! Quand je pense que tu as osé…

Elle se précipite dans la chambre dont elle referme la porte. Charles secoue la poignée.

— Ouvre !

— Jamais !

— Voyons, Hélène… Devant l'enfant…

Il a dû repartir pour son bureau. Mme Bastien et Bilot se sont promenés et sont passés plusieurs fois devant la maison à loggia de la rue de la Liberté.

Au dîner, pas une parole n'a été prononcée. À huit heures, on a couché le gamin. La porte, comme d'habitude, est restée entrouverte, parce qu'il arrive à Bilot d'avoir des cauchemars. Il paraît même qu'il est parfois somnambule.

Un lourd silence. Un rayon de lumière vient de la cuisine et dessine un triangle jaunâtre sur le plancher. Le lit des parents est vide.

Le temps passe et c'est seulement quand on croit l'enfant endormi que des voix s'élèvent, feutrées d'abord, comme honteuses.

— Écoute, Hélène... Je te jure...

— Ne jure pas... C'est encore plus affreux...

— Enfin, parce qu'un gamin croit que...

— Et la Saint-Félix ? Veux-tu que j'aille trouver ton patron ?

M. Ducatel, agent d'assurances, s'appelle Félix. Chaque année, le jour de sa fête, ses quatre employés se cotisent pour lui offrir un objet d'art. La petite cérémonie a lieu invariablement à trois heures. Le porto et les cigares sont préparés sur la cheminée du bureau.

M. Ducatel remercie. Chaque employé reçoit trois cigares, on ne sait pas pourquoi, mais c'est la tradition. Chaque employé marié reçoit un paquet de chocolat.

Et, régulièrement, M. Ducatel annonce :

— Mes amis, je me fais un devoir de vous donner congé pour le restant de la journée.

Bilot, assoupi dans son lit-cage, les yeux fixés sur le triangle lumineux, entend :

— Quand je pense que tu as donné à cette femme le chocolat de ton fils... Ça, vois-tu, jamais, vivrais-je cent ans, je ne te le pardonnerai !... Et tu avais le culot de mentir, de prétendre que tu étais resté au bureau, que...

— Écoute, Hélène… Je te demande pardon… Je…

— Après six ans de mariage !… Une femme qui reçoit n'importe quel homme, qui est peut-être malade… Jamais, non, jamais, je ne…

Bilot dort.

Mme Bastien a pris l'habitude de renifler sans raison et d'avoir les yeux rouges. Les repas sont silencieux, encore que Charles, l'air gêné, essaie parfois d'engager la conversation.

Auparavant, chaque matin, il relevait au fer chaud les pointes de ses moustaches. Maintenant, il les porte tombantes. Il lui arrive, le soir, d'oublier d'embrasser son fils sur le front comme il le faisait d'habitude. Il lit son journal. Sa femme coud ou épluche les légumes en soupirant.

Un matin, une immense voiture jaune et rouge s'arrête devant la maison. Des hommes vêtus de toile bleue s'emparent des meubles et de tous les objets.

On déménage. On va habiter un autre quartier, à deux pas des bureaux de M. Ducatel, une rue étroite où des trams déferlent sans cesse et où on ne peut pas jouer.

Jamais plus Bilot ne sera accroupi comme un poussin sur un trottoir désert avec d'autres poussins.

— D'ailleurs, on va te mettre à l'école…

Son père chantait, jadis, en s'habillant. Le soir, il prenait Bilot sur ses épaules et tournait autour de la cuisine en imitant le tambour.

C'est fini.

Jadis, le vendredi de chaque semaine, il allait jouer au whist chez ses amis Plumier.

Il ne sort plus. Il lit son journal, de la première à la dernière ligne, en laissant éteindre sa pipe. Et, si une discussion futile éclate, vite Mme Bastien prononce :

— Je me demande comment tu te permets encore d'élever la voix…

D'autres phrases reviennent souvent.

— Quand on s'est conduit comme tu t'es conduit après six ans de mariage…

Ou encore :

— Tu tiens à ce que je te rappelle, devant ton fils, l'histoire du chocolat de M. Ducatel ?

Bilot ne cherche pas à comprendre. Il s'habitue à la nouvelle image de son père. C'est un peu comme ces photographies mal fixées qui s'estompent avec le temps. On dirait que les contours de Charles Bastien deviennent plus flous d'année en année. Il vit entouré d'un impondérable brouillard. Il continue à aller à son bureau, à rentrer à heure fixe, à manger, à s'asseoir dans son fauteuil d'osier pour lire le journal.

Mais ses expressions de physionomie manquent de netteté. Il ne se fâche plus, ne chante plus et, quand il sourit, c'est d'un sourire pâle, intérieur, un sourire mélancolique d'homme qui vit seul.

Le dimanche matin, autrefois, Bastien emmenait son fils par la main, après la grand-messe, et tous deux allaient s'asseoir, avec des camarades, au Café de la Renaissance, où Bilot avait droit à un sirop de grenadine.

— Non, mon ami… Je ne tiens pas à ce que tu conduises mon fils Dieu sait où…

Mme Bastien a fait la connaissance d'une voisine, une ancienne marchande d'œufs et fromages qui avait un joli magasin tout en marbre. Elle a encore un teint frais de laitage et une fade odeur d'étable, mais ses yeux sont toujours rouges.

Elles passent ensemble, à coudre près de la fenêtre et à regarder passer les trams, des après-midi entiers. À quatre heures, elles se font une tasse de café et vont acheter des gâteaux. Tout le temps qu'elles sont ensemble, elles soupirent, parfois elles pleurent à petits coups.

— Vous savez ce que c'est, vous, madame Rorive… Mais moi, après six ans de mariage…

— Encore heureux qu'il ne vous ait pas quittée en emportant l'argent…

— J'aurai bien voulu voir ça !

Quand Bastien rentre, elles se taisent soudain. Mme Rorive ne le salue pas, ramasse son ouvrage et s'en va, très digne, après avoir embrassé son amie comme à la sortie du cimetière.

— Il me semble que tu rentres bien tard…

— Je t'assure… Il a fallu signer le courrier et…

— Oh ! Je ne te demande rien… Au point où nous en sommes…

On était si bien, rue Pasteur, avec des voisins qu'on connaissait, des trottoirs dont chaque pavé était familier, des seuils lavés chaque semaine.

Dans le centre de la ville, où on habite à présent, à part Mme Rorive, on ne connaît personne et, dès qu'on sort de la maison, on est pris dans la bousculade. On ne peut même pas ouvrir la fenêtre sans qu'un vacarme assourdissant pénètre dans l'appartement.

Est-ce que Bilot se souvient seulement de Cendron et de son pied bot, de son canif à lames multiples, de sa loupe et de son lacet de bottine ?

Il grandit. Sa voix mue. Il va au lycée. Un jour, il a rencontré Renée, qui est devenue une grande fille haute sur pattes avec des tresses de cheveux couleur de lin.

Ils se disent d'abord vous, en reviennent peu à peu au tu.

— À propos de la rue Pasteur... Pauvre Cendron !... Tu te rappelles ?... Il est devenu tout petit, tout ratatiné et sa mère le promène dans une voiture... Nous qui le prenions pour un diable !...

On l'appelle toujours Bilot, bien qu'il ait dix-sept ans. Il s'est laissé entraîner par des amis dans un café où il y avait des femmes. Ils ont payé des tournées. Pas toutes. À la fin, ils n'avaient plus assez d'argent et Bilot a laissé sa montre en gage.

Une nuit affreuse. Des chiffres qui dansent et qui prennent des formes aussi menaçantes que celle de Cendron autrefois.

Bilot attend son père en face des bureaux de M. Ducatel. Les employés sortent.

— Qu'est-ce que tu fais ici, fils ?

— Voilà, papa... C'est difficile à dire... Je suis dans une situation effroyable...

— Une femme ?

Ils marchent côte à côte dans la rue. Bilot s'attend à un sermon, à des reproches.

— Je t'assure, papa... Je ne sais pas comment c'est arrivé...

— Combien ?

— Cent cinquante francs… Je te demande pardon… Je te promets…

Son père lui donne les cent cinquante francs.

— Surtout, ne dis rien à ta mère.

— Merci, papa.

— Elle ne comprendrait pas.

Ils sont entre hommes, pour la première fois.

— Il ne faut pas lui en vouloir… Un jour… Tu étais tout petit… Tu te souviens de Cendron ?

Bilot rougit sans savoir au juste pourquoi.

— Eh ! bien, je te jure, mais ta mère ne voudra jamais le croire, que c'était la première fois… Je passais… Je rentrais à la maison avec le paquet de chocolat, le fameux paquet de chocolat de M. Ducatel… *Elle* était sur son seuil et le vent avait refermé sa porte… *Elle* m'a demandé…

Bilot ne sait plus où regarder et est descendu du trottoir.

— Attention au tram… J'ai essayé notre clef et je suis parvenu à ouvrir… *Elle* m'a invité à entrer un moment… *Elle* voulait m'offrir un verre de liqueur pour me remercier… Tu comprendras plus tard… Ta mère, elle…

Ils sont en face de leur maison. On voit la terrible Mme Rorive en sortir avec son ouvrage.

Le voile devient plus épais autour de M. Bastien. L'homme se fait plus flou, plus humble, mais il a le temps de murmurer :

— Ta pauvre mère mourra sans comprendre…

Il a encore quelque chose à dire, furtivement, après un coup d'œil inquiet à la fenêtre dont le rideau a bougé.

— Si tu es encore embarrassé, viens me voir au bureau…

L'escalier sent la soupe aux poireaux. Le couvert est dressé. Mme Bastien regarde les deux hommes avec cette acuité qui fait parfois penser à de la seconde vue. Elle prononce en remplissant la soupière :

— Quels mauvais conseils étais-tu en train de donner à ton fils ?

Est-ce que M. Bastien a réellement fait un clin d'œil ? Il déploie sa serviette et murmure de sa voix feutrée :

— Nous nous sommes rencontrés par hasard… N'est-ce pas, Bilot ?… Il me parlait de sa version latine…

Le comique du *Saint-Antoine*

On aurait dû attraper la marée du matin et, malgré le vent debout, en tirant quelques bords, le *Saint-Antoine* se faufilait tranquillement, sur le coup de huit heures du matin, entre les jetées en bois de Fécamp. C'est si vrai que Petit-Louis était déjà habillé, fin prêt comme les voyageurs qui ont la main sur la portière du train un quart d'heure avant l'entrée en gare.

Il avait son cadre sous le gaillard d'avant, avec les bâbordais. Le mousse avait à peine préparé le jus du matin qu'il se faisait chauffer une pleine bassine d'eau sur le poêle, maintenant qu'on arrivait et qu'on n'avait plus à ménager l'eau douce.

— Tu vas te décrasser à bord, à cette heure ?

— Et pourquoi que je ne me décrasserais pas à bord ? Des fois qu'elle serait à Fécamp pour me voir débarquer…

Et Petit-Louis, au milieu des hommes qui mangeaient, ou qui préparaient leur sac, s'était lavé aussi minutieusement que sa mère le lavait le samedi, dans la cuisine, quand il était petit. Pendant plus d'un quart d'heure, il avait laissé tremper ses pieds dans l'eau chaude et mousseuse. Indifférent au roulis, il s'était rasé devant un bout de miroir, non sans se couper près de la pomme d'Adam, qu'il avait pointue et saillante.

À présent il était propre, il sentait le savon à l'eau de Cologne, il avait passé son chandail neuf, sa vareuse à deux rangs de boutons et il avait aux pieds les belles bottes en caoutchouc caca d'oie, des bottes canadiennes, avec comme marque un bison bleu, qu'il avait rachetées, à Saint-Pierre, à un homme d'un chalutier norvégien.

Si tout s'était bien passé, à huit heures il était à terre, à neuf heures moins dix il prenait le train pour Bréauté, où il attrapait la correspondance, et le soir, en changeant encore deux fois, il était à Concarneau.

Qu'est-ce qui arriva ? Est-ce que le vent mollit vraiment comme l'homme de barre le prétendit ? Est-ce que l'homme calcula mal ses bords ? Toujours est-il qu'on rata la marée et qu'on n'eut qu'à attendre la suivante, les voiles en ralingue, si près du port qu'on pouvait voir des petits points noirs sur la jetée, la chapelle au-dessus de la falaise d'amont et la longue ligne blanche du casino sous la falaise d'aval.

Les mariés, surtout ceux des environs, étaient contents, parce que cela donnait aux femmes et aux mioches le temps d'arriver. On avait vu le *Saint-Antoine*, évidemment ! M. Poussard, l'armateur, avec ses sabots noirs, son pardessus à col de castor, son nez qui coulait toujours, devait s'affairer et, dans les villages, à Yport, à Bénouville, à Étretat, on habillait les gosses, on courait vers la gare ou vers l'autobus.

C'était mieux comme ça, après sept mois de Terre-Neuve, de trouver tout le monde sur la jetée, les mouchoirs agités. Il n'y avait que Petit-Louis à être inquiet, en homme qui connaît la malignité du sort à son égard. Il n'osait pas s'asseoir, ni s'appuyer au bastingage, ni rien faire, par crainte de se salir. On ne l'entendait même pas raconter d'histoires, parce qu'il ne se considérait déjà plus comme à bord. Il avait seulement lancé, à l'heure de son train :

— Choléra !

Et voilà que cela se passait comme d'habitude. Les feux étaient allumés, et les becs de gaz autour des bassins, quand le *Saint-Antoine*, soulevé par la houle, s'engagea entre les pilotis, tous les hommes sur le pont, tous regardant les femmes et les enfants qui, sur la jetée, couraient en suivant le bateau. On se criait les nouvelles. Les femmes portaient les derniers-nés sur les bras et des marmots emmitouflés de lainages s'accrochaient à leurs jupes et trébuchaient.

Il y avait aussi les rigolos, les bricoleurs, les joueurs de belote, les rats de quai et ceux-là, qui étaient des copains, hélaient Petit-Louis.

— Hé ! Petit-Louis, ça va ?…

Lui, pour la première fois de sa vie, restait digne. C'était drôle, car il n'était pas fait pour la dignité, avec son petit corps maigre et pourtant râblé, son long cou, sa tête étroite, aux traits irréguliers, avec surtout ces immenses bottes qui semblaient taillées pour un géant et qu'il avait dû replier comme des bottes de mousquetaire.

Il crachinait, comme toujours. Les quais étaient visqueux et la boue scintillante d'écailles puait le poisson.

— Alors, Petit-Louis, qu'est-ce qu'on va se taper ?

Mais lui, sautant du bateau alors que celui-ci était encore dans l'écluse, laissa tomber :

— Rien du tout ! Je me marie…

Le plus comique, c'est que ce n'était pas une farce. Son sac à bout de bras, son baril de langues et de joues sur une épaule, il traversa le quai et poussa la porte vaguement lumineuse de chez Léon.

— Salut, Léon !… lança-t-il en posant son baril près du comptoir. Faut que tu me rendes un service…

— Qu'est-ce que tu prends ?

— Rien du tout ! Justement ! Faut que tu me rendes un service d'ami. C'est dans quatre jours que je me marie, tu comprends ?… Alors… Combien que tu me rachètes les langues ?

Car chaque pêcheur de morue a le droit de se préparer un baril de langues et de joues.

— Comme d'habitude, quoi !

— C'est pas beaucoup…

— C'est-y que tu serais devenu avare, Petit-Louis ?

Et lui, imperturbable :

— Je me marie, que je te dis ! Tiens ! Voilà mon portefeuille. Il y a dedans tout ce que j'ai gagné… dix-huit cents francs… Attends… Je prends cinquante francs… Le reste, tu vas le garder jusqu'à demain… Tu comprends ?… Même si je te demande de l'argent, faut pas m'en donner… Si je te supplie, si je…

— Compris ! fit Léon en serrant le portefeuille dans un tiroir.

Pendant ce temps, des hommes en ciré, en bottes, suivaient leurs femmes dans les rues, portaient les mioches. D'autres entraient dans les cafés comme chez Léon, et commandaient des fil-en-six.

— Tu vas seulement me faire à manger… Attends ! D'abord un gros *bistek*... Un gros, tu sais… Puis…

De quoi avait-il encore rêvé pendant les sept mois passés à bord ?

— Ah ! oui… De la tête de veau à la vinaigrette… Et après ça des crêpes… Pendant que tu prépares la tambouille, je vais à la gare voir si les heures de train n'ont pas changé… Rappelle-toi ce que je t'ai dit pour l'argent, hein !…

L'obscurité du dehors, mal délayée autour des becs de gaz, l'absorba tandis qu'une demi-douzaine de pêcheurs faisaient irruption chez Léon. Il y faisait chaud. L'air sentait bon le calvados et le fil-en-six. Sur les bouteilles, il y avait de minces becs en étain pour servir plus facilement les petits verres. Léon avait aussi un pensionnaire, M. Jacques, comme on disait, un télégraphiste qui devait s'embarquer dans une dizaine de jours.

— Vous mangerez de la tête de veau aussi, monsieur Jacques ?

Thérèse, la petite bonne de seize ans, sale comme un peigne, alla chercher la tête de veau chez le boucher. Elle crut voir, dans l'ombre d'une rue, Petit-Louis qui parlait à une femme.

On mit les deux couverts, sur le marbre de la table, celui de M. Jacques et celui de Petit-Louis. Le gros *bistek* grésilla dans le réduit qui servait de cuisine. De temps en temps, le patron regardait l'heure à l'horloge-réclame au-dessus du comptoir et, à huit heures et demie, seulement, la porte s'ouvrit, on devina

Petit-Louis dehors, mais il faisait passer quelqu'un devant lui, une femme maigre, sans chapeau, au long visage pâle, aux yeux tristes, au manteau râpé.

Petit-Louis, pas fier, entrait derrière elle et s'approchait de Léon.

— Je vais t'expliquer… Ce n'est pas ce que tu crois… Seulement, je n'avais pas envie de manger seul et…

— C'est ça ! Tu ramasses la première ordure venue près de la gare…

Léon devait la connaître, car il ne fit pas de longs discours, se contenta de regarder la fille d'une certaine façon, de lui montrer la porte, sans se fâcher, de grommeler :

— Ouste !

Elle chercha Petit-Louis des yeux. Petit-Louis détourna la tête et elle s'en alla à reculons. Tout simplement.

— Tu ne penses pas que je vais laisser entrer ça ici ?

— C'est bon… C'est bon… fit Petit-Louis.

Et, comme il avait les yeux brillants, Léon questionna, bourru :

— Qu'est-ce que tu as bu ?

— Rien…

— Laisse sentir…

— Juste un petit Pernod… Non, deux…

— Montre tes cinquante francs… C'est tout ce qui te reste ?… Tu me supplies de ne pas te donner à boire et tu vas offrir des tournées dans les caboulots…

— M'engueule pas, Léon… puisque je te dis que je me marie…

Et, se tournant vers M. Jacques qu'on avait placé à la même table que lui :

— Qu'est-ce que tu fais, toi ?... Télégraphiste ?... T'es marié ?...

Il n'avait déjà plus faim. Il n'était pas triste, mais il se sentait un poids sur l'estomac.

— Moi, tu comprends... Demande à Léon ou à n'importe qui... À chaque fois, je me dis : faudra aller à Concarneau, passer deux ou trois mois à terre, comme tout le monde... Puis, le matin, sans que je sache comment ça s'est fait, je me retrouve au poste, où tous les flics me connaissent... Plus un sou en poche... Tu comprends ?... C'est les autres qui m'entraînent... Cette fois-ci, j'ai pris mes précautions, vu que je me marie la semaine prochaine... Tiens !

Et, par-dessus son assiette, il passa à son compagnon un portrait de jeune fille, toute raide, la main posée sur une colonne tronquée.

— Elle est placée chez un médecin, à Rennes... Son père est pêcheur... Il a un petit sloop, à Concarneau... Il comptait sur ses deux fils pour l'aider, mais un est entré au chemin de fer et l'autre a mal tourné à Paris... Il m'a dit comme ça :

» — P'tit-Louis, si un jour tu deviens sérieux...

» Tu comprends ? Faut que j'arrive là-bas avec mon argent. J'ai écrit de Saint-Pierre-et-Miquelon pour faire publier les bans... Comme ça, la date fixée, le repas de noces commandé, et tout, je suis tranquille...

— T'as pas faim ? vint s'inquiéter Léon, comme l'autre n'arrivait pas à bout de son *bistek*... Il n'est pas bon ?

— Mais si ! Mais si !

De leur bateau, il y en avait déjà qui étaient saouls et qu'on entendait naviguer dans les rues en chantant. La porte s'ouvrit. C'étaient des Anglais qui débarquaient d'un charbonnier et qui commandèrent du whisky.

Jamais, de sa vie, à terre tout au moins, car à bord c'était le garçon le plus sérieux du monde, jamais Petit-Louis n'avait été aussi sage.

— Tu comprends... Le beau-père et moi, avec un bon sloop...

Il n'empêche qu'il louchait vers les Anglais, surtout quand Gradut, qui était une vraie raclure, alla s'asseoir près d'eux pour se faire payer à boire.

— Léon, criait Gradut. Passe-moi un jeu de cartes...

C'était son truc. Il leur faisait des tours de cartes pour les amuser et vidait tous les verres. Parce que les autres étaient anglais, il se croyait obligé de parler petit nègre.

— Regarde mains, gentleman... Rien dans main... Prendre carte... Vous !... Oui ! Prendre carte...

Petit-Louis soupira, grommela un mot qui devait encore être :

— Choléra !

Dix minutes plus tard, tandis que Gradut s'empêtrait dans ses tours, Petit-Louis avait les yeux brillants, bien qu'il n'ait bu que du cidre bouché.

— Tu vas voir... annonça-t-il à M. Jacques.

Il se leva, s'approcha des Anglais.

— Donne les cartes, Gradut ! commanda-t-il avec l'autorité de la vedette s'adressant à un pâle amateur.

Il prit le jeu de trente-deux cartes, le saisit, de chaque main, entre le pouce et l'index. La lèvre dédaigneuse, sans mot dire, comme sans effort, il déchira le paquet en deux. Puis il laissa tomber à l'adresse des matelots anglais :

— Essayez : Si vous réussissez, je paie la tournée !

Léon tenta de lui faire signe, mais il était trop tard. Petit-Louis avait les pommettes rouges, les yeux allumés.

— Passe-moi un jeu de cinquante-deux, Léon... Je te le paie...

Il expliqua aux Anglais en comptant sur ses doigts :

— Cinquante-deux... Hein !... Cinquante-deux...

Ce fut plus long. Sa pomme d'Adam sautait sous l'effort et les veines de ses tempes se gonflaient. Le jeu fut déchiré quand même et les autres poussèrent un hourra, lui mirent un grand verre de whisky dans la main.

— Petit-Louis !... appela Léon.

— Fiche-moi la paix, toi...

Et soudain, là, parmi ces hommes, on entendit une étrange voix de fille qui piaillait :

— N'écoute pas ce que dit Léon... C'est un em... !

On chercha. On comprit. Petit-Louis triomphait et continuait ses exploits de ventriloque. Il commençait, toujours de cette voix de crécelle qui semblait sortir de la banquette, le refrain du *Tipperary*.

L'instant d'après, il était assis à la table des Anglais et s'évertuait à leur donner des explications dans leur langue.

— Fort ?... Vous fort ?... demandait-il à un colosse à cheveux roux. Les allumettes, Léon...

Léon soupirait, car il y avait des années qu'il connaissait le répertoire de Petit-Louis. Celui-ci saisissait une allumette entre le pouce et l'index, un bout posé sur la pointe de chaque doigt, et d'une pression de ses doigts il la pliait, la cassait en deux.

— Essaie… Hein !… Si tu réussis, enflé, je paie la tournée…

Léon s'approcha de lui, se pencha :

— Tu ferais mieux de ne pas boire…

Il avait raison. Petit-Louis devait le sentir aussi, car il lançait au patron un regard douloureux, résigné.

— Attends que je leur fasse le coup du bouchon…

— Tu sais bien comment ça finira… N'oublie pas que tu te maries…

Bien sûr ! Bien sûr ! Mais pouvait-il laisser un type comme Gradut…

— Attention, gentlemen !… Plus difficile…

Il chercha M. Jacques des yeux, lui adressa une œillade, saisit le verre qui était devant lui et se mit, le plus naturellement du monde, à le mâcher.

Ce fut du délire. Ces hommes qui avaient beaucoup bu l'acclamaient et pour un peu l'auraient porté en triomphe. Lui tenait à aller jusqu'au bout de son numéro.

— Qui est-ce qui a une pièce de deux sous en bronze ?… Léon !…

Ce petit bonhomme avait des muscles d'acier. En quelques secondes, la pièce de bronze fut pliée en deux et les Anglais s'évertuèrent longtemps sans parvenir à en faire autant.

— Whisky, patron…

— Non ! Pour moi, si ça ne vous fait rien, ce sera du calvados dans un grand verre… Compris, Léon ?… Attendez !… Essayez de soulever cette chaise à une main, en la tenant par un pied au ras du sol… Ha ! Ha !…

Des pêcheurs étaient entrés, mais Petit-Louis ne les voyait plus. Tout frémissant, il cherchait sans cesse de nouveaux moyens d'éblouir et l'alcool n'était que pour une petite part dans son ivresse.

— Cette fois, c'est ma tournée… Du champagne, Léon… T'as compris ?… J'ai dit : du champagne… Est-ce que j'ai de l'argent, oui ou non ?… J'en ai ?… Et tu es bistrot, n'est-ce pas ?… Quand je te dis de servir du champagne… D'abord, rends-moi mon portefeuille…

— Tu oublies que tu te maries ?

— Et après ?… C'est justement une raison pour en profiter… Donne-moi mon portefeuille, ou je lance ma chaise dans la vitrine… Toi, le Jacques, ce n'est pas la peine de me regarder comme ça… Attends seulement que tu sois resté six mois, que dis-je, six mois ? sept mois en mer à bord d'une casserole comme le *Saint-Antoine*… Je vous demande pardon, messieurs, de ne pas parler anglais… Tenez ! Si vous me donniez des aiguilles et du fil… Léon ! Donne-moi un morceau de fil et des aiguilles… Thérèse !… Elle n'est pas ici, cette gamine ?… Thérèse !… Du fil et des aiguilles, mon chéri… Tu ne m'as même pas embrassé… Regardez bien… Je mets le fil dans ma bouche… J'avale les aiguilles… Une… deux… cinq… huit aiguilles… Vous avez vu ?… Pas de préparation, pas de tricherie…

Il rata, dut aller préparer son truc dans la cuisine et on entendit Thérèse qui protestait :

— Restez tranquille, voyons…

Où, quand, comment perdit-il les Anglais ? C'était trop difficile à établir. Ce qu'il savait, c'est que, pour faire enrager Léon, il les avait emmenés chez Jeanne, le bistrot d'à côté, plutôt mal fréquenté.

— Pardon !… Ici je suis chez moi… C'est moi qui paie, n'est-ce pas, ma vieille Jeanne ?

Elle était vieille, en effet, grasse, jaunâtre et, derrière son comptoir, faisait sans cesse de louches transvasements dans ses bouteilles.

— T'as déjà vu le truc des aiguilles, Jeanne ?

Elle l'avait vu dix fois, mais elle n'eut garde de le dire.

— Apporte-moi du fil et des aiguilles… Attends… Donne-moi ce verre-là…

Il le mâcha…

— Au fait, je me demande si ce cochon de Léon m'a payé mon baril de langues… Comme je le connais… Et M. Jacques… Où est-il, M. Jacques ?… Celui-là, c'est un frère…

— Ici ! fit M. Jacques, qui avait suivi timidement.

— Entre nous, tu trouves que le *bistek* était bon, toi ? Sais-tu ce qu'il faisait, Léon, avant de s'établir bistrot à Fécamp ? Il était chauffeur de maison bourgeoise… Avec une livrée… Sa femme était cuisinière dans la même maison… De son temps, on mangeait bien… Depuis qu'elle est morte…

Il se pencha, parla bas.

— Parfaitement !… Ce vieux cochon et Thérèse… C'est pour ça qu'il est si furieux quand il me voit entrer dans la cuisine… Parce qu'il faut encore que je te dise… La dernière fois qu'on a débarqué…

Un trou. Du noir. De la pluie. Des becs de gaz et des agents qui déambulaient et à qui Petit-Louis lançait un bonsoir sonore.

Et les Anglais ?

— Tu n'es jamais allé au 36 ?… Je vais te présenter… Des copines… La patronne est une payse…

M. Jacques était long, maigre, portait binocle. Il avait l'air d'un étudiant sérieux, ou d'un employé de banque. L'ivresse ne lui enlevait rien de sa gravité, mais un sourire béat flottait sur ses lèvres.

— Je me marie, c'est entendu mais ce n'est pas une raison… Tu sais, c'est une fille tout ce qu'il y a de sérieuse… Marguerite, qu'on l'appelle… Eh ! bien, entre elle et moi…

Petit-Louis fit claquer son ongle contre ses dents.

— C'est moi, la patronne !… Qu'on apporte à boire… Je crois que ce cochon de Léon nous a empoisonnés avec sa tête de veau qui n'était pas fraîche…

Il s'élançait en avant et marchait sur les mains au milieu de la pièce surchauffée où étaient assises des femmes à peu près nues.

— Zut ! Est-ce qu'il m'a rendu mon portefeuille, au moins ?

Et le télégraphiste, très grave, mondain :

— Vous l'avez mis dans cette poche…

À quatre heures du matin, quand Petit-Louis voulut payer les consommations offertes à la ronde, il ne lui restait qu'une centaine de francs en poche. Alors, brusquement, il retira ses bottes, belles bottes canadiennes couleur caca d'oie, les brandit, parlant avec volubilité à la façon d'un camelot.

— Qui est-ce qui en veut ?... Une occasion messieurs-dames !... Une occasion comme vous n'en trouverez plus !... Deux cents francs la paire de bottes neuves... Là-bas, de l'autre côté de l'eau, vous payeriez le même article je ne sais combien de *sterlinges*...

M. Jacques essuyait les verres de ses lunettes et montrait des yeux vagues de myope. Depuis une bonne demi-heure, une femme, machinalement, lui tenait le bras, vêtue d'une écharpe rose qui lui ceignait les reins juste en dessous du nombril.

Qui est-ce qui acheta les bottes ? Mystère ! Petit-Louis, en chaussettes, était assis à côté de son ami. Et, comme la patronne avait envie de fermer, il lui criait :

— Si vous me faites ça, je casse tout... Vous me connaissez... Vous savez que ce ne sont pas les flics qui m'impressionnent... Donnez à boire...

La photographie de Marguerite était revenue dans sa main. C'était lui, maintenant qui tenait le bras de M. Jacques.

— C'est fichu, tu comprends ?... Le plus ennuyeux, c'est que tout est prêt, qu'elle a fait faire sa robe... Même que le dîner est commandé... Je ne peux pas arriver là-bas sans un sou... C'est toujours la même chose... Comment est-ce qu'on t'appelle ?

— Gloaguen...

— Et moi Cloarec... C'est presque pareil...T'es d'où ?

— De Quimper...

— C'est tout près... Dis donc !... Cela ne te fait rien que je te dise tu ?... Tu sais ce que tu ferais, si tu étais un chic type ? T'irais là-bas à ma place et t'épouserais Marguerite...

Le plus étrange, c'est que M. Jacques répondit d'une voix de rêve :

— Tu crois ?

— Mais oui, voyons !... Cette pauvre fille a donné ses huit jours à ses patrons... Elle croit qu'elle va se marier... Elle a commandé sa robe... Comme je la connais, sérieuse, et tout, elle doit avoir un joli trousseau... Alors, de quoi va-t-elle avoir l'air ?... Les bans sont publiés... Tu arrives et tu dis qu'on s'est trompé de nom, que ce n'est pas Cloarec mais Gloaguen... Les gens n'y verront que du feu... C'est une brave petite, vois-tu !... À l'idée qu'elle va...

Il pleurait.

— Moi, je n'ai même plus mes bottes... Dis ! franchement... Est-ce que je peux me présenter devant elle sans mes bottes ?...

Et, triomphant :

— Alors !...

Puis, insinuant :

— Et pour ce que je t'ai dit tout à l'heure, c'est vrai... Jamais ça !... (claquement de l'ongle entre les dents)... Des baisers, oui... Rien d'autre... Tu vois que tu n'as pas à avoir peur... Sans compter que son père a une maison en plus de son bateau... Pas une grande maison, mais elle est à lui...

Par quel miracle la patronne parvint-elle à les pousser dehors et à fermer sa maison ? Toujours est-il qu'ils se retrouvèrent à marcher dans les rues désertes.

— Ça arrange tout, mon vieux Cloarec… Non ! Gloaguen… J'aime encore mieux dire Jacques… Moi, faudra que je rembarque… Ce n'est pas difficile… Ils savent bien qu'à bord il n'y a pas plus sérieux que moi… Est-ce que je suis un homme, dis ?… Seulement, tu comprends… Non ! Tu ne peux pas comprendre… L'idée que cette pauvre Marguerite… Et j'étais bien décidé, tu sais… S'il n'y avait pas eu cette sacrée marée… Tu veux que je te dise ?… C'est les vieux qui le font exprès !… Ils aiment mieux arriver quand les femmes et les mioches sont sur la jetée… Ça fait plus émouvant…

Ses pieds faisaient flac dans la boue et sur les pavés mouillés, mais il ne s'apercevait plus qu'il était en chaussettes.

— Tu vas coucher chez ce cochon de Jules ?… Moi pas… Je comprends que tu doives y aller… Mais si !… Ne t'en fais pas pour moi… Seulement, il faut me jurer que toi et Marguerite… De temps en temps vous penserez à moi… Vous direz que Petit-Louis est quand même un chic type… Je te la donne, tu comprends ?… Maintenant, faut que je m'arrange pour avoir un coin où dormir… Tu vas voir… Seulement, faut pas t'attarder… Va ! aie pas peur… J'ai l'habitude…

Et, titubant, il alla ramasser des pierres. Il visa d'abord un bec de gaz, mais sans en atteindre les vitres. Alors, il choisit une vitrine sans volets. C'était une boulangerie. Un vacarme de verre brisé emplit la rue. On entendit courir. Petit-Louis, cependant, ramassait de nouvelles pierres et les lançait un peu au hasard sur les maisons.

— Salut ! cria-t-il aux deux agents de police qui accouraient. Dites donc ! Vous n'auriez pas vu mes bottes, par hasard ?... Il y a un salaud qui m'a chipé mes bottes...

C'était l'heure où, chez Léon, il n'y avait personne. C'était difficile de parler dans le vide. M. Jacques et Marguerite n'échangèrent que quelques phrases hésitantes. Puis, comme elle remettait son chapeau, il murmura :

— Vous permettez que je vous accompagne ? Vous ne connaissez pas Fécamp ? Je vous montrerai...

Il lui montra les quais, le bassin à flot, le *Saint-Antoine* dont on débarquait la morue.

— Vous savez que je suis du côté de chez vous ?

Elle ne pleurait pas. Elle n'était pas gaie non plus.

— Je me doutais qu'il me jouerait un tour... C'est pour ça que je suis venue... Seulement, je suis arrivée trop tard... Il y a maintenant trois ans que ça dure... Chaque fois qu'il descend à terre, la comédie recommence...

— Vous repartez ce soir ?

— Je ne sais pas encore...

— Vous feriez mieux de vous reposer et de rester jusqu'à demain... Il y a un bon film au ciné...

Ils dînèrent encore en tête à tête. Léon ne comprenait pas. Puis ils allèrent au cinéma et Jacques Gloaguen prit une loge.

— Il va falloir que je trouve une autre place... Si j'avais su...

Elle ne partit pas le lendemain non plus. Elle s'acheta des bottes en caoutchouc verni, à cause de la boue dans laquelle ils pataugeaient toute la journée, s'arrêtant sans raison devant les bateaux.

— J'ai toujours espéré qu'il deviendrait sérieux... Je l'ai connu tout petit...

Gloaguen, lui, était sérieux. Si sérieux qu'il n'osait pas lui frôler la main. Ils marchaient côte à côte, des heures durant, dans le crachin. Il leur arriva de passer devant le fameux 36 et Gloaguen détourna la tête.

— Vous embarquez bientôt ?

— Je devais embarquer dans dix jours... Mais peut-être... Je ne sais pas encore... Cela dépend...

— Cela dépend de quoi ?

Thérèse, quand elle lui montait son petit déjeuner dans sa chambre, le regardait avec réprobation. Léon, à tout bout de champ, faisait :

— Hum !... Hum !...

Et il adressait des clins d'œil aux clients.

La chambre de M. Jacques et celle de Marguerite n'étaient séparées que par une cloison et le soir M. Jacques restait l'oreille collée à celle-ci, à écouter. Puis il ne parvenait pas à s'endormir.

— C'est vrai que vous aviez tout préparé pour le mariage ?

— C'est vrai.

— Ah !

Peut-être ne serait-il rien arrivé sans Léon, qui prit un soir M. Jacques à part.

— Dites donc... J'ai un vieux client qui vient d'arriver et je ne sais où le loger... Hum !... Enfin... Nous nous comprenons... Au point où vous en êtes... Vous n'auriez pas assez d'une chambre pour vous deux ?

M. Jacques rougit, pâlit, bégaya :

— Mais… mais…

— Enfin, quoi ? Rien ?

— Je veux l'épouser…

Et, à cause de cette question de chambres, il le dit à Marguerite, en dînant. Il y avait justement de la tête de veau. Il était un peu triste, un peu honteux.

Mais c'était la faute à qui ?

Le mari de Mélie

— Tripote pas toutes les soles, ma petite. Tu sais bien que tu finiras par prendre deux maquereaux pas trop gros ou une demi-livre de raie…

La « petite », c'était la vieille bonne du curé de Saint-Jean, mais Mélie tutoyait tout le monde avec tant de naturel que personne ne songeait à s'en offusquer. Elle saisissait sur la table de marbre un quartier de raie sanguinolent, le soulevait, ne pouvait s'empêcher de jeter un coup d'œil dans la rue.

— Je te mets ce morceau…

Un flac sur la balance, l'aiguille qui oscille, Mélie qui froisse le papier et la vieille bonne qui picore dans un vaste porte-monnaie.

C'est la troisième fois que Mélie est dérangée depuis une demi-heure qu'elle s'est mise à table. Il est neuf heures du soir. Du bleu presque violet se dilue doucement dans la tranchée de l'étroite rue Saint-Jean. Il y a longtemps que les Fleurisson, les marchands de parapluies d'en face, ont baissé leurs volets et installé leurs chaises sur le trottoir. On se demande comment ils peuvent rester ainsi sans bouger, toute la soirée, à regarder droit devant eux. Le vieux, passe encore : il est presque entièrement paralysé et certains l'appellent l'invalide à tête de bois. Mais sa fille, qui a quarante-cinq ans ?

— Au revoir, madame Mélie…

— Au revoir, ma vieille.

Machinalement, elle reconduit la servante du curé jusqu'à la porte.

— Ne vous donnez pas la peine…

Et la chose arrive, comme elle s'y attend depuis cinq heures de l'après-midi, depuis qu'*il* s'est montré pour la première fois dans la rue. Maintenant, c'est la quatrième fois. S'imagine-t-il qu'on ne le remarque pas ? Tout à l'heure, Mme Josse, la marchande de légumes, a interpellé Mélie.

— On dirait quelqu'un de la police…

Il n'attend même pas qu'il fasse tout à fait noir. Il s'avance précipitamment et pose un pied entre la porte et le chambranle. En face, la tête de bois de M. Fleurisson et la tête de sa fille, où ne vivent que des prunelles noires, sont comme au spectacle ou comme les mannequins d'une baraque foraine.

— Entre…

Mélie ajoute plus bas :

— Entre donc, imbécile !

Car, tout en voulant paraître naturel, désinvolte, Nicolas se croit obligé de prendre un air mystérieux. Il regarde la porte entrouverte de la cuisine, puis le plafond de la poissonnerie, et elle répond à cette question qu'elle comprend fort bien :

— Mais non, mon vieux…

Elle le regrette aussitôt. Elle aurait dû lui laisser croire qu'il y avait quelqu'un, un homme. Mais les têtes des Fleurisson, là, contre leur devanture, ces deux regards qui plongent dans la boutique, l'exaspèrent.

— Entre !

Il est toujours aussi grand et il affecte de devoir se pencher, pour franchir la porte de la cuisine. Du ragoût se fige dans de la sauce. Un chat s'enfuit.

— Je te demande pardon... Tu étais à table...

Il n'est pas rassuré, semble toujours chercher autour de lui les traces d'un successeur.

— Tu as reçu mon dernier mandat ?

Et Mélie, qui est plus à son aise depuis qu'elle a refermé la porte aux rideaux de tulle et qu'elle ne voit plus les deux momies, de soupirer avant de se rasseoir :

— Tu sais bien que tu n'as jamais envoyé de mandat !... Tu as dîné ?... Assieds-toi... Mange...

Il est tellement le même que cela l'exaspère et qu'elle lui arrache des mains sa canne et cette serviette en maroquin qu'il a toujours traînées avec lui.

Depuis vingt-six ans !

Quand il se disait journaliste, parce qu'il écrivait parfois un petit article pour le journal local, il portait la barbe et ses vêtements n'étaient déjà pas ceux de tout le monde ; il marchait dans les rues avec une majesté qui n'appartenait qu'à lui.

Après leur mariage, lorsqu'il a emmené Mélie à Paris – mon Dieu ! ce qu'elle a pu avoir faim ! – il a adopté la barbiche à la mousquetaire, puis, un soir, il est rentré le menton rasé, avec seulement de fines moustaches brunes.

Il n'a plus ni barbe ni moustaches. Il doit avoir un dentier, car sa bouche fait un drôle de pli mou. Ses vêtements ne sont toujours pas ceux de tout le monde.

— Je te jure, Amélie, que je t'ai envoyé un mandat, de Saint-Moritz, en Suisse, il y a... voyons, il doit y avoir deux ans... Je n'avais pas ton adresse exacte, mais j'ai pensé qu'en l'adressant rue Saint-Jean...

Elle n'insiste pas, car elle sent qu'il a faim et qu'il ne veut pas le laisser voir. La cuisine de Mélie est la plus propre de la rue. Le fourneau est en émail blanc. Des casseroles de cuivre s'alignent sur les murs recouverts de faïence. Le timbre de la boutique retentit. Elle se précipite, sert une cliente et en profite pour accrocher les volets et fermer la porte à clef.

Elle n'a pas peur... Une petite angoisse, voilà tout... Elle rentre dans la cuisine et il s'essuie vivement la bouche... Elle regarde le tiroir de la table où se trouve son argent... Il n'a pas osé y toucher, ou bien il ne sait pas...

Jadis, quand il n'y avait que trois cent dix francs à la maison, ou plutôt dans leur chambre d'hôtel, place de la République, il n'a pas hésité à emporter les trois cent dix francs et elle n'a retrouvé en rentrant qu'une pièce de deux sous au fond du tiroir.

Avec une lettre. Une de ces lettres dont il a le secret.

Ma chère Amélie.

Une affaire extrêmement importante, qui nous apportera la fortune, m'oblige à partir sans attendre ton retour. Tu peux avoir confiance : je reviendrai et je reviendrai riche. En attendant...

Il y a vingt-six ans de cela et il n'est jamais revenu. Elle a appris, le lendemain, qu'il s'était embarqué pour l'Algérie avec une petite chanteuse noiraude qui habitait la chambre en dessous et à qui Mélie, bonne bête, raccommodait les bas.

— C'est ennuyeux que tu ne l'aies pas reçu…

Il parle toujours du mandat. Il y tient.

— Qu'est-ce que tu faisais, à Saint-Moritz ?

— J'étais dans un grand hôtel.

— Comme directeur ?

— C'est-à-dire que j'étais le collaborateur immédiat du directeur…

Ou laveur de vaisselle ! Avec Nicolas…

— Tu es de passage ?

Il se trouble, cherche dans sa poche des cigarettes qu'il sait ne pas y trouver et Mélie en jette un paquet sur la table.

— Cela dépendra…

— Tu as parlé à quelqu'un de la rue Saint-Jean ?

— Non… Pourquoi ?

Mélie, qui connaît la passion de Nicolas pour le café, lui en prépare une tasse. Cela l'occupe. Elle va et vient, laisse tomber :

— Parce que tu es mort, tiens !

— Tu dis ?

— Je dis que j'ai préféré raconter aux gens que tu étais mort… Ce n'était pas la peine de leur expliquer que…

— Je comprends.

— Qu'est-ce que tu comprends ?

Le voilà qui regarde à nouveau le plafond, comme s'il soupçonnait un autre homme d'être là-haut dans la chambre. Mélie hausse les épaules. Ce n'est pas ça du tout.

— Alors, tes affaires ?

— Je n'ai pas à me plaindre... Je suis sur le point de réussir un gros coup et c'est justement pour ça que...

L'odeur du café rend la cuisine plus intime. Mélie tourne le commutateur électrique, va chercher un carafon et des petits verres dans le placard.

— Dis donc, Nicolas, tu ne comptes pas rester ici, par hasard ?

— C'est-à-dire...

— Tu es raide, hein ?

Il ne se démonte pas tout de suite. Sa main tremble un peu en tenant la tasse. C'est l'âge, sans doute. Il va avoir cinquante-cinq ans et peut-être s'est-il laissé aller à boire ?

— Réponds ! t'es raide ?

— Pour le moment, je ne peux pas dire que...

Alors, elle prend sa serviette et l'ouvre tandis qu'il la suit d'un œil honteux.

— J'ai compris.

Elle ne contient qu'une chemise sale, une vieille paire de pantoufles, un morceau de savon et une brosse à dents dans un bout de journal.

— Laisse voir ta montre...

Jadis, quand il rentrait sans sa montre...

— Eh ! bien, mon vieux !

— Écoute, Amélie... Je viens d'avoir un coup dur... Mon associé est parti avec...

— Avec la caisse qui n'existait pas.

— Tu me parles comme si...

— Comme si je te connaissais, n'est-ce pas ?

Elle dit tout cela sans colère, sans rancœur, ce qui est encore plus humiliant.

Avant, elle l'admirait. C'était presque une gamine des rues, une gamine qui travaillait au marché au poisson. Il était, lui, un monsieur, le fils du directeur de l'usine à gaz, et c'était elle qui se retournait sur lui quand il passait.

Plus tard, elle croyait tout ce qu'il lui disait. Sous sa dictée, quand ils vivaient à Paris, elle écrivait à sa mère pour lui réclamer de petites sommes sous les prétextes les plus divers.

Des lettres pareilles à celles qu'elle a reçues elle-même. Deux fois. La première, quatre ans après la fuite de Nicolas, datée de Londres.

Ma pauvre Amélie,

Si je ne te connaissais pas, je n'oserais pas t'écrire aujourd'hui, car tu dois croire que je t'ai lâchement abandonnée. Bientôt, quand je pourrai te rejoindre, je t'expliquerai tout et tu comprendras. Le plus urgent c'est que je quitte ce pays où je risque les plus graves ennuis. Si, dans cinq jours au plus tard, je ne dispose pas d'une certaine somme, de deux mille francs au moins, il ne me restera qu'à me faire sauter la cervelle, ce qui vaudrait peut-être mieux pour tout le monde...

Elle avait envoyé mille francs. Il y avait eu ensuite un trou de dix ans. La seconde lettre n'était qu'un court billet, d'une écriture inconnue. Elle portait un timbre italien.

Madame,

Votre mari se trouve chez moi, mourant. Une opération s'impose d'urgence. Au cas où vous auriez gardé un peu de pitié pour un homme qui vous a toujours aimée, envoyez sans tarder un mandat télégraphique à l'adresse suivante. C'est sa vie qui est en jeu...

Puis, en post-scriptum :

Votre mari, qui est resté fier, ignore que je vous écris cette lettre.

— Je t'écoute, Nicolas…

Elle a dix ans de moins que lui. Elle est devenue boulotte. Ses cheveux roux sont entremêlés de fils d'argent. Ses joues se couperosent. Dans son tablier blanc, elle est aussi fraîche qu'un bonbon. Ses sabots claquent sur les dalles.

Il boit son marc à petites gorgées et lance des regards de chien battu.

— Avoue que tu es au bout de ton rouleau, que tu en as assez de traîner la semelle…

Il balbutie en portant la main à sa poitrine :

— C'est le cœur qui commence à flancher… Le médecin prétend…

— Alors, tu as pensé que tu pourrais venir vivre ici…

— Mon Dieu, je…

— Eh ! bien, mon ami, ce n'est pas possible… Je t'ai déjà dit que tu étais mort…

La cuisine est si propre, si chaude, si accueillante ! Ne lui reste-t-il donc qu'à reprendre la serviette que Mélie a posée sur une chaise et à s'en aller ?

Nicolas, les yeux sur sa tasse vide, fouille sa poche, pose sur la table une pièce de quarante sous.

Elle a compris. C'est tout ce qui lui reste.

— Eh ! bien ? fit-elle cependant.

— Rien… Je croyais…

— Et tu n'avais peur que d'une chose, avoue-le : c'est de trouver un autre homme dans la maison ! C'est pour ça que tu rôdes depuis cinq heures de l'après-midi… Je t'ai bien vu, va !… Je t'attendais ce soir… Encore un peu de café ?

— Cela m'est défendu à cause de mon cœur, mais…

— Imbécile !

Elle ne semble pas croire davantage à la maladie de cœur qu'à tout le reste et il grimace en vain en portant la main à sa poitrine.

— Je te jure…

— Prends une cigarette… Écoute…

Il sent, cette fois, qu'elle va dire quelque chose de définitif. La preuve, c'est qu'elle éprouve le besoin de tisonner le feu. Quand elle se retourne, une mèche de ses cheveux est défaite.

— Je ne peux pas raconter aux gens du quartier que tu as ressuscité… Tu comprends ?… D'ailleurs, il n'y a pas place dans la maison pour un homme qui passe ses journées à ne rien faire…

— Je suis prêt à…

— À travailler ?… Convenu !… Tu n'as qu'à remplacer le père Loiseau…

Il fronce les sourcils. Il y a donc eu un homme dans la vie de sa femme ? Le plus étrange, c'est que cela ne fait pas que l'inquiéter : cela le vexe, cela le peinerait presque. Il sourit.

— Le père Loiseau, qui est mort à l'automne, était un vieux de soixante-douze ans… Il couchait là, dans le cagibi, à mi-hauteur de l'escalier… C'était lui qui faisait la *chine*…

Elle explique :

— … Qui vendait le poisson dans les rues avec la charrette, quoi !… Ce n'est pas plus fatigant qu'autre chose…

Il regarde la serviette, ses mains restées soignées.

— Alors ?

— J'accepte… Je ferai tout ce qu'il faudra…

— Tu coucheras dans le cagibi… À six heures, tu iras ouvrir les volets et je t'apprendrai demain à arranger la marchandise sur la charrette…

Il fait oui de la tête et n'ose pas redemander du marc, bien que sa main se soit rapprochée de la bouteille.

— Tu ne peux pas faire la *chine* dans ce costume… Tu ressembles à un comte décavé… Demain matin, je te donnerai les frusques du père Loiseau…

Et elle achève, avec une petite angoisse dans la gorge, car c'est le moment le plus difficile :

— Bois encore un verre et va te coucher… Je me lève à cinq heures…

La porte de la chambre ne ferme pas à clef. Mélie n'a pas peur des voleurs et de l'argent traîne toujours dans la maison. Nicolas est dans le cagibi et parfois on l'entend se retourner, pousser un long soupir.

S'il se levait sans bruit ?... S'il... ?

Puis tout s'endort et Mélie s'éveille alors qu'un coq chante dans une courette. Elle reste en bigoudis, passe ses vêtements du matin.

— Nicolas !

Quand elle ouvre la porte du cagibi, il se cache sous la couverture, mais elle a eu le temps de voir sa poitrine maigre et blafarde, couverte de poils gris.

— Il est l'heure ? murmure-t-il, résigné, pas tout à fait réveillé.

C'est bien un râtelier... Il l'a retiré pour dormir... Il a une bouche toute molle de vieux...

— Tiens ! voici les vêtements de Loiseau... Descends dès que tu seras prêt...

Elle allume le feu, met l'eau à bouillir, moud le café dans le moulin orné d'un paysage hollandais. Le voilà qui descend en sabots et qui bute. Il ne sait où se mettre. Il n'est déjà plus le mari, mais le successeur du père Loiseau.

— Qu'est-ce que je dois faire ?

— Attends d'avoir bu ton café...

— Tu sais, Amélie... Le mandat de Suisse...

— Mais oui, mon vieux...

— Je te jure que c'est vrai... J'étais dans une bonne passe... Je me disais chaque jour...

— Mais oui !... Prends le pain dans le placard... Le beurre est dans la glacière du magasin, à gauche...

Les vêtements de Loiseau sont trop larges pour lui, trop courts. Il a l'air de s'être déguisé. Il traîne ses sabots pour ne pas les perdre en marchant.

— Assieds-toi… Qu'est-ce que tu attends ?… Le vieux mangeait avec moi dans la cuisine…

Maintenant qu'il fait jour, ils aperçoivent par la fenêtre la cour où il y a deux charrettes à bras et des piles de caisses vides.

— Mange…

Cette pauvre bouche qui…

— Laisse la croûte, va !

— Non ! Pas cette caisse-ci… Hisse… Attention à la porte…

Il y a du soleil. Il fait frais. La rue commence à s'éveiller et la marchande de légumes ouvre déjà ses volets.

— Pour la première tournée, je te mettrai une gamine qui connaît les clientes…

Mélie, qui pense à tout, ajoute après un instant de réflexion :

— Comme il faut que tu aies un nom, tu diras que c'est Jules… Les gens t'appelleront le père Jules…

Il y a des moments, tant il est gauche, où elle a envie d'éclater de rire, d'autres moments où…

— Tu ne m'appelleras plus Amélie, mais Mélie, comme tout le monde… La petite va arriver… Pousse la charrette au bord du trottoir…

Il se met dans les brancards. Le fait-il exprès de porter une fois encore la main à sa poitrine ? Il est capable de toutes les singeries. C'est dans sa nature. Il ment pour mentir, triche pour tricher. Une force inconnue le pousse à faire ce qu'il ne doit pas faire et c'est bien pour ça qu'aujourd'hui, à cinquante-cinq ans…

— Soulève davantage les brancards…

Il sourit, le bougre ! Il a encore trouvé ça ! À croire qu'il sait que ce sourire, à cause du râtelier et de son visage qu'elle voit pour la première fois imberbe, est plus pitoyable que tout.

— Arrête…

Il s'étonne, se retourne, continue de sourire…

— Je te dis de lâcher la charrette…

— Mais…

— Va te rhabiller…

— Pourtant, je…

— Dans cinq minutes, oui, tout mon poisson sera par terre… Va te rhabiller…

Cependant qu'il traverse la cuisine pour gagner le cagibi où sont restés ses vêtements, Mélie murmure :

— Vieille ficelle !…

Elle va décrocher les volets. La poissonnerie s'éclaire. Les poissons prennent leur place sur les tables de marbre. Le camion de glace s'arrête devant la maison et l'homme en bleu, un sac sur l'épaule, livre ses deux pains irisés.

L'autre va et vient, là-haut ! Léontine, la gosse qui fait la *chine* depuis la mort de Loiseau, prend son travail.

— Tiens ! vous avez chargé la charrette, madame Mélie ?

— Est-ce que je t'ai demandé quelque chose, à toi, morveuse ? N'oublie pas les soles de l'Hôtel du Commerce…

Léontine a entendu le pas. Elle doit s'imaginer que Mélie...

— Qu'est-ce que tu attends ?

— Rien... Vous avez oublié les moules...

— Eh bien, prends le sac sous l'escalier...

Nicolas apparaît alors que Léontine n'est pas encore partie et la gosse ne peut s'empêcher de le regarder des pieds à la tête, persuadée que sa patronne...

— Est-ce que tu vas filer ?

Le grand imbécile, lui, avec sa serviette et sa canne, a repris sa dignité.

— Je m'en vais... annonce-t-il avec une mélancolie qu'il veut souriante. Adieu, Amélie...

Et elle, qui a envie de rire :

— Tu vas te jeter dans la rivière ?

— Ne crains rien... Je ne te donnerai pas d'ennuis...

— Viens ici, crapule...

Il hésite, ma parole ! La main sur la clenche, il semble sur le point de partir. Elle attend. Il s'approche enfin.

— Tu te souviens de chez Valabelle ?

Il fronce les sourcils.

— Ce n'est pas le café près du Marché ?

— Valabelle est mort... Sa fille, qui a épousé un garçon boucher, le fils Piquet, tient l'auberge... Tu lui diras que tu viens de ma part et qu'elle te donne la chambre au second...

Il hoche la tête en homme qui ne peut accepter. Mais, en même temps, sa main tâte la poche où elle sait ne trouver qu'une pièce de quarante sous.

— Ils te feront la pension… Tu n'auras qu'à raconter que tu es mon cousin et que c'est moi qui payerai…

Ficelle ! Sacrée ficelle ! Il a deux francs en poche, une chemise sale et une brosse à dents dans sa serviette, et il joue à la dignité offensée !

On entend des pas dans la rue Saint-Jean. La vieille demoiselle Fleurisson vient d'ouvrir les persiennes de sa chambre, à l'entresol, au-dessus de l'immense ombrelle rouge qui lui sert d'enseigne.

Les clientes vont arriver. Mélie ouvre son tiroir-caisse, prend cent francs, deux cents, en remet cent…

— Tiens, tu donneras ça comme acompte… Chaque semaine…

Il a compris. Il hésite.

— Maintenant, f… moi la paix !… J'ai mon travail…

Et, de ses bras musclés, elle soulève une caisse de poisson couvert de glace pilée menu. Elle observe Nicolas en coin. Il va prendre le billet de cent francs sur le comptoir. Il ne le prend pas, il l'escamote, tousse, porte la main à son cœur et esquisse une grimace.

— C'est à charge de revanche, Amélie…

— Mais oui, file…

— Dès que mon affaire…

Parbleu ! Dès que son affaire… En attendant, qu'il se tienne tranquille chez Valabelle, qu'il vienne de temps en temps dire un petit bonjour en passant si ça lui chante et…

C'est tellement mieux ainsi !

— Tu sais, Amélie, pour ce qui est du mandat, je te donne ma parole d'honneur…

Qu'il s'en aille, bon Dieu ! Sinon, tout à l'heure, elle va finir par le croire !

— Alors, ma fille, qu'est-ce que je te sers aujourd'hui ? J'ai des merlans comme tu les aimes… Je t'en mets une douzaine ?…

Nicolas s'éloigne à reculons. Sur le seuil, il balbutie, comme un représentant de commerce :

— Je reviendrai…

Mais oui ! Mais oui ! Mélie a autre chose à faire pour le moment…

— Un kilo deux cents, ma jolie… Ça va ?

Et sur le coin du papier parcheminé qui craque sous le crayon, elle fait le compte.

Le capitaine du *Vasco*

— Je vous affirme, Verbe, que vous êtes de plus en plus répugnant.

Celui qui prononçait ces mots à haute et intelligible voix n'était pas ivre et rien ne permettait de supposer qu'il ne fût pas en pleine possession de ses facultés.

Quant à celui à qui de telles paroles s'adressaient, ce n'était pas un enfant, ni un ivrogne. C'était un homme dans la force de l'âge, un homme qui avait même dépassé la force de l'âge puisque la cinquantaine avait blanchi ses poils drus, ceux de ses cheveux coupés en brosse, ceux de sa petite moustache et enfin ceux qui, faute d'être rasés depuis deux ou trois jours, donnaient une vilaine couleur crayeuse à ses joues.

Impossible de supposer que c'était à quelqu'un d'autre qu'on en avait, puisque aussi bien ils n'étaient que deux hommes sur la passerelle du *Vasco*. Et, d'ailleurs, l'un s'appelait bien Verbe, du nom de son père, décédé à La Tremblade, et de toute une lignée d'aïeux obscurs.

— Positivement répugnant ! insista le capitaine Josse après un silence.

Comme pour mettre davantage l'accent sur cette affirmation, le capitaine repoussa son assiette, en homme incapable de manger plus longtemps devant le spectacle qu'il contemplait.

Or, M. Verbe ne broncha pas. Les mots allèrent retrouver dans l'air épais les bruits de la rivière et le vol des grosses mouches parmi lesquelles il y avait sûrement un certain nombre de mouches tsé-tsé.

Qu'est-ce que le capitaine aurait pu dire d'autre pour secouer la crasseuse indifférence de son chef mécanicien ? Rien ! C'est ce qu'il fit : il ne dit rien. Il renversa un peu sa chaise en arrière et alluma une cigarette. Puis il souleva son casque, qu'il avait l'impression de dévisser, tant il était rivé à son crâne, et laissa pénétrer un peu d'air chaud sous le liège.

Le thermomètre, avant le déjeuner, marquait à l'ombre quarante-six ou quarante-sept degrés. La rivière, qui n'avait pour ainsi dire pas de rives, tant elles étaient plates et indécises, était de la même couleur que le ciel, c'est-à-dire d'aucune couleur, une sorte d'immense reflet glauque, et il fallait fixer longtemps un bout de bois ou une saleté quelconque descendant au fil de l'eau pour s'assurer que c'était liquide et que ça bougeait.

Il y avait trois semaines que le *Vasco*, avec sa cheminée ceinturée de rouge, était à l'ancre à l'embouchure de ce fleuve, un des quatre ou cinq fleuves de l'Afrique équatoriale, entre Matadi et le Cameroun, trois semaines qu'on attendait à rien faire et qu'on occupait l'équipage, par principe, à piquer la tôle, de sorte qu'on vivait du matin au soir dans un vacarme de coups de marteau qui résonnaient comme sous une cloche.

On attendait un chargement de bois, des billes d'acajou et d'okoumé qui devaient arriver un jour ou l'autre de là-haut, au gré du courant. Puis on irait attendre un autre chargement dans l'embouchure d'un autre fleuve.

Cela n'avait pas d'importance. Il y avait vingt ans que le capitaine Josse faisait ce métier-là et il y était habitué. Ce qui avait de l'importance, c'était M. Verbe qui, par sa seule présence, rendait la vie intolérable, surtout si l'on pense que, comme sur la plupart des cargos, le capitaine et le chef mécanicien prenaient leurs repas en tête à tête, si l'on pense aussi que les deux autres officiers et le télégraphiste étaient des jeunes gens qui passaient leur temps à lire ou à jouer au bridge.

— *Po-si-ti-ve-ment ré-pu-gnant*...

— Bille ! appela M. Verbe, la bouche pleine et le menton gras.

L'Annamite, à la fois cuisinier et steward, qu'on avait baptisé Bille, Dieu sait pourquoi, sortit de sa cuisine.

— Il n'y a plus de bouillabaisse ?

Répugnant ! Si encore cela avait été de la bouillabaisse ! Mais non ! C'était un mélange infâme de tous les poissons que M. Verbe avait pêchés lui-même, car, non seulement il pêchait à la ligne, mais il passait des journées à inventer des engins perfectionnés. Peu lui importait que les poissons fussent bleus, rouges ou verts, avec d'étranges gueules de monstres, des épines sur tout le corps, un aspect aussi peu comestible que possible. Tout lui était bon, et les crabes velus, les coquillages à donner la typhoïde à un équipage entier !

Des boîtes de sauce tomate y passaient, des piments, quoi encore ?

Et il mangeait ! Les coudes sur la table, il bâfrait ! Et il était content ! Il y avait dix ans, quinze ans qu'il bâfrait ainsi en face du capitaine Josse et que celui-ci lui avait pour la première fois, mais plus poliment, car ils ne se connaissaient pas encore si bien, exprimé son dégoût.

M. Verbe ne portait pas de casque. Peu lui importait le soleil à faire éclater un crâne de nègre. Il ne portait pas de complet blanc, comme tout Européen qui se respecte, mais, du matin au soir, il traînait un pyjama à rayures dont le pantalon descendait sur son ventre jusqu'à découvrir un nombril profond et dont la veste s'écartait sur des seins velus.

Positivement répugnant ! Et répugnant de calme, de sérénité, d'innocence, avait-on envie d'ajouter ! Doux comme un mouton. Humble à vous faire grincer des dents.

Si tout à l'heure quelqu'un tuait un oiseau de mer quelconque, il le mangerait à dîner ! Et si un nègre sortait de la forêt avec un animal biscornu, une de ces bêtes dont on ne sait même pas le nom, Bille serait encore chargé de le lui préparer !

N'empêche que la Compagnie, qui ne possédait pas moins d'une trentaine de bateaux comme le *Vasco*, n'avait jamais consenti à séparer le capitaine Josse de M. Verbe. Des époux peuvent divorcer. Eux pas !

Et des époux, en général, même en pleine lune de miel, ne sont pas isolés pendant des semaines sur une passerelle à l'embouchure d'un fleuve de l'Afrique équatoriale.

Les hommes, qui avaient mangé depuis longtemps, recommençaient à piquer la tôle et on avait l'impression, à chaque coup, de voir vibrer l'air épais. Bille avait apporté silencieusement une salade de fruits que le capitaine repoussa.

M. Verbe mangeait toujours, penché sur son assiette, sourcils froncés, comme s'il s'agissait de l'œuvre capitale de sa vie. Il mangea aussi toute la salade de fruits et du jus coula sur son menton. Il but, pour faire passer le tout, une demi-bouteille d'un vin rouge plutôt violet.

Puis il tira de sa poche une pipe sale, usée à force d'en gratter l'intérieur avec un canif, et tassa le tabac du bout d'un index bruni.

Il était heureux ! Il était repu ! Il ignorait sans doute que, sur d'autres bateaux, le capitaine et son chef mécanicien pouvaient, à cette heure, deviser comme des hommes, échanger des idées et des impressions.

Jusqu'à l'odeur de sa pipe qui était plus forte, plus âcre que l'odeur de toutes les autres pipes du monde !

— Au prochain voyage, murmura le capitaine, plutôt par principe que par conviction, je demande à changer de bateau.

Et l'autre de riposter avec une sérénité hallucinante :

— Le *Vasco* est pourtant un bon navire...

Un matelot ne tarda pas à paraître et à entrer dans la cuisine.

Puis Bille sortit de cette cuisine et vint se pencher sur le chef mécanicien.

— Encore ? hurla le capitaine qui n'avait pas besoin d'entendre.

M. Verbe ne répondit pas. Il sourit pour s'excuser. Peut-être balbutia-t-il quelque chose comme :

— Vous permettez ?

Répugnant ! Déjà il se dirigeait d'un pas paisible vers l'échelle de fer. Quelques instants plus tard, le capitaine se penchait sur la rambarde.

Il ne s'était pas trompé. Pourquoi se serait-il trompé ? N'était-ce pas tous les jours la même chose ? Et dire qu'à terre, quand ils débarquaient à La Pallice, M. Verbe avait l'air d'un honnête contremaître endimanché ! Et qu'il se promenait le dimanche sur le mail avec Mme Verbe, sa fille et l'enfant de celle-ci qu'on poussait dans un landau !

Car il était grand-père ! Aux escales, il ne manquait jamais d'acheter des jouets.

Eh bien ! tandis que les matelots occupés à piquer la tôle détournaient la tête en souriant, M. Verbe, au haut de l'échelle de coupée, accueillait une négresse en pagne qu'une pirogue venait de lui amener. Elle avait les seins nus, de longs seins en poire. Elle souriait, elle aussi.

Pas plus gêné que quand, partout où on escalait, il pénétrait dans les maisons spéciales, le chef mécanicien la poussait doucement vers sa cabine.

Si seulement, pendant ce temps-là, le capitaine Josse avait eu quelqu'un à qui parler ! Les jeunes, il le sentait, préféraient rester entre eux. Bien qu'il n'eût pas tout à fait quarante-cinq ans, on le mettait dans le même clan que M. Verbe.

Il ne jouait ni au bridge, ni à la belote. La lecture lui donnait mal à la tête, surtout par une pareille chaleur. Il n'allait quand même pas se mettre à pêcher à la ligne !

Il lui arrivait de peindre. Il peignait à l'aquarelle, d'après des cartes postales. Il y en avait une dizaine dans la petite maison qu'il avait fait bâtir avenue Carnot, la belle avenue qui va de La Rochelle à La Pallice. Il les avait mises lui-même sous verre. Ou plutôt, pour dire la vérité, comme il ne s'y entendait pas très bien, M. Verbe l'avait aidé, car M. Verbe, lui, faisait tout ce qu'il voulait de ses mains.

Est-ce que cela n'aurait pas été charmant s'il avait eu un chef mécanicien comme les autres ? Ils seraient là tous les deux, à l'ombre, dans les rocking-chairs… Pas parler pour parler… Pas commencer une discussion sérieuse… Mais simplement laisser couler les mots, de temps en temps…

Il savait même comment il aurait commencé, avec l'air de rien.

— Je me demande ce qu'elle fait à cette heure-ci…

Quel jour était-on ? Jeudi ? Les cinémas de La Rochelle donnaient une matinée. Élise était certainement au cinéma, avec sa cousine Colette.

— Dis donc, Verbe…

Car il aurait tutoyé un homme moins répugnant que Verbe.

— … c'est vrai que là-bas c'est encore l'hiver… Elle a mis son manteau à col de fourrure… Après le cinéma, gourmande comme je la connais, elle ira siroter un porto au Café de la Paix… Puis, en rentrant toutes les deux bras dessus bras dessous, elles aviseront une charcuterie et achèteront du jambon pour leur dîner… Il faut que je te dise… À son âge, c'est naturel… Elle n'est pas très portée sur la cuisine…

S'il avait voulu une femme de ménage, astiquant toute la journée et préparant des petits plats, il aurait épousé une femme de ménage. Il y en a à revendre. Elle serait devenue une femme sévère et moustachue comme Mme Verbe.

Lui, il avait choisi Élise, qui n'avait que… C'est qu'elle n'avait que vingt-quatre ans, de sorte qu'elle aurait pu être sa fille.

Fraîche, vive, toujours parfumée, avec ses petits ongles pointus soigneusement laqués, ses petits pieds, sa peau tendre…

Voilà, lui, comment il avait arrangé sa vie. Et le cadre y était. Aucun rapport avec la maison des Verbe, qui habitaient derrière la gare, un quartier où on ne rencontre que des ouvriers et des employés d'usine.

— Si tu voyais le salon, mon vieux Verbe…

Saligaud de Verbe ! Qu'est-ce qu'il faisait en ce moment, hein ? Un phénomène, à ce point de vue. Comme du point de vue de l'appétit, d'ailleurs. À Anvers, une fois que le *Vasco* y déchargeait du bois, il avait entraîné le capitaine avec lui dans une rue où des matrones, sur les seuils, hélaient les passants. Un grand salon avec des glaces et des banquettes de velours grenat, des nudités fades et des petits verres gluants de liqueur. M. Verbe était monté avec trois femmes !

— Si tu voyais le salon…

Chez lui, ce n'était pas grand, bien sûr. Il avait acheté la villa pour ainsi dire sur catalogue. C'est à peine si on avait mis trois mois à la bâtir. Mais c'était neuf. C'était frais. C'était pimpant. Après deux ans, cela sentait encore le plâtre et le vernis. Même que les portes collaient un peu quand il faisait chaud.

Élise avait choisi les tissus, beaucoup de petites fleurs, des rideaux de soie, plein de coussins sur le divan du salon…

On ne se sentait pas dans un « ménage » comme chez M. Verbe. Ce n'était pas non plus bohème. C'était autre chose. Comment dire ? Voilà ce qu'il aurait aimé expliquer. C'était « Élise ». L'atmosphère d'Élise…

Par exemple, elle se levait aussi bien à onze heures du matin qu'à huit, et elle était magnifique, en peignoir, toujours nue de quelque part, un sein, une cuisse qui émergeait du tissu, du rouge écrasé sur les lèvres.

— Hello, Josse !…

Elle n'aimait pas son prénom, Eugène, et elle l'appelait Josse. Ce n'était d'ailleurs pas désagréable. Il y avait là-dedans une toute petite pointe de respect.

— Si nous allions déjeuner à la Pergola ?

Sa cousine Colette, qui avait dix-huit ans mais qui, avec son nez pointu, en paraissait quinze, vivait avec elle – parce que, n'est-ce pas, cela aurait été trop triste de rester seule pendant qu'il était en mer.

Et Colette, toujours en peignoir, elle aussi, à plat ventre sur le divan ou sur le lit, dévorait des bouquins en se bouchant les oreilles quand on parlait.

On se sentait chez soi. On empilait la vaisselle dans un coin de la cuisine jusqu'à ce que la femme de ménage daigne venir la laver. Il traînait partout des verres, des bouteilles. On mangeait à n'importe quelle heure et on faisait marcher la T.S.F. du matin au soir.

— Tu comprends, bougre de saligaud, que si tu avais une petite femme gentille comme la mienne, tu…

Il passait à ce moment devant le hublot de M. Verbe et il faillit jeter un coup d'œil dans la cabine. Non ! Il ne lui ferait pas cet honneur-là. Où avait-il encore ramassé cette négresse ? Qui avait-il chargé d'aller la lui chercher dans quelque village ? Et y aurait-il encore une scène, après ? Car M. Verbe était ladre. Sûrement qu'il essayerait de s'en tirer avec un paquet de cigarettes ou un de ces bijoux à dix sous achetés à la foire et dont il emportait un stock à chaque voyage. La dernière fois, la femme n'avait pas voulu ; elle lui avait arraché les boutons de son pyjama et était venue se plaindre au capitaine.

Dans trois heures, il ferait noir et un peu plus frais. On dormirait mal quand même. Puis, le lendemain matin, on regarderait la rivière en amont et probablement ne verrait-on rien venir.

Il y a des gens qui ont de la chance. Ils sont capables de dormir deux bonnes heures après leur déjeuner et c'est autant de gagné.

— Ne vous dérangez pas, messieurs…

Son second et son troisième officier, le télégraphiste et un drôle de matelot à taches de rousseur faisaient un bridge dans le carré.

Il s'assit à califourchon sur une chaise. Le jeu ne l'intéressait pas. Il pensait à autre chose. Soudain il eut un large sourire et ouvrit la bouche pour parler. Il avait envie de dire :

— À propos de ce poison de Colette…

Mais on ne raconte pas ces choses-là à des subordonnés. Au surplus, ils n'auraient sans doute pas compris.

Pourtant, comme histoire... Surtout quand on y repensait ici, au diable, dans l'embouchure de ce sale fleuve africain... Et pendant que M. Verbe et sa négresse...

Il remonta sur la passerelle, s'accouda à la rambarde et se surprit, à certain moment, à cracher dans l'eau.

D'abord, quand il disait ce poison de Colette... Non ! Il l'aimait bien... Pas comme Élise, c'est entendu... D'ailleurs, Colette était une gosse... Elle avait de ces reparties qui vous abasourdissaient et surtout elle imitait les gens à s'y méprendre, les petits travers de chacun lui sautaient tout de suite aux yeux...

Elle imitait aussi la démarche de M. Verbe, qu'elle n'avait vu passer qu'une fois avenue Carnot, sa façon de rentrer le cou dans les épaules et de regarder comme à travers ses sourcils...

Josse n'échappait pas à son ironie. Ne s'écriait-elle pas quand il arrivait :

— *Qu'est-ce que le capitaine a apporté à son petit chou-chou ?...*

Parce que c'était une phrase de Josse. Du moins l'avait-il prononcée une fois en tenant derrière son dos un châle espagnol qu'il avait acheté à Ténériffe.

Peu importe ! Elle était rigolote ! Pas très femme, mais assez pour que de temps en temps... Ce n'était pas sa faute ! Ils vivaient tous les trois dans leur petite maison et il arrivait qu'en ouvrant la porte de la salle de bains, par exemple…

Non ! Il n'aurait pas raconté cela à ce cochon de Verbe, surtout qu'avec lui les choses prenaient tout de suite un caractère trivial. Mais à un autre, un autre qui aurait été son chef mécanicien si la Compagnie ne s'était pas obstinée à les coller, Verbe et lui, sur le même bateau.

Alors, il aurait dit en plissant les paupières, ce qui lui donnait un air malicieux :

— Une gosse, quoi !… Vous voyez ce que je veux dire ?… Elle ne se rend pas compte, quand elle s'assied sur mes genoux, que je ne suis pas à mon aise…

Eh bien ! cette gosse… C'était incroyable, mais c'était vrai et il n'en revenait pas encore, il hochait la tête en regardant l'eau où ses crachats faisaient des ronds…

La dernière fois que le *Vasco* était rentré à La Pallice, il avait gagné au moins vingt-quatre heures sur son horaire, après avoir déchargé son bois à Hambourg.

Bon ! Le capitaine Josse descend à terre, rasé de frais, la peau aussi rose que celle d'un porcelet, avec encore du talc derrière les oreilles et pas un grain de poussière sur ses vêtements bleus.

« Je vais prendre un taxi… » se dit-il.

Seulement, il n'y a pas de taxi. Il fait la route à pied, précisément en compagnie de M. Verbe dont c'est le chemin. De loin, de cinq cents mètres au moins, ils aperçoivent la villa, avec son toit rosé et sa loggia au rez-de-chaussée.

— Je parie, dit-il, qu'Élise est dans la loggia et qu'elle nous voit venir. Dans ce cas, dès que je serai sur le seuil, la porte s'ouvrira et…

Là-dessus, ils rencontrent M. Tissot, l'assureur, qui ne comprend rien à l'impatience de gens qui débarquent après quatre mois de mer et qui, pour parler comme Colette, leur tient le crachoir pendant dix minutes.

Enfin ! Il est parti ! Les deux hommes se quittent devant la maison.

— À la prochaine ! fit M. Verbe, qui ne doute de rien.

— J'espère que nous ne ferons pas le prochain voyage ensemble.

La porte s'ouvre, en effet. Élise est là, rose, souriante, un peu de feu aux joues, du parfum partout, surtout dans ses cheveux roussâtres.

— Déjà !… Tu n'as pas télégraphié ?…

Ce n'est pas la fois du châle espagnol. Il lui rapporte simplement des petits objets en cuivre ciselé qu'il a achetés en charbonnant à Dakar.

— Entre… Tu n'as pas faim ?…

Faim d'elle, bien sûr ! Au fait, par miracle, Colette n'est pas dans le salon. On ne la voit pas. On ne l'entend pas, ce qui est rare.

— Reste tranquille, Josse… Voyons !…

Un fauteuil dans la loggia, avec, dessus, un tricot rose commencé. Sur la table, du thé, deux tasses, des assiettes, des gâteaux… Et tous les coussins sur le divan…

Il siffle. Il est heureux. Il retire sa veste. Ce geste n'est pas vulgaire et débraillé comme chez M. Verbe qui porte des bretelles. Lui porte une ceinture et du linge toujours immaculé, empesé par Bille qui repasse mieux qu'une femme.

— Qu'est-ce qu'il y a dans ce paquet ?

Elle aussi, en somme, est une enfant. Est-ce qu'on est une grande personne à vingt-quatre ans ? Il redevient enfant comme elle. Ils jouent. Il la mordille. Elle se défend. Il mange un gâteau qu'elle lui pousse dans la bouche.

Voilà qui vous change des répugnants M. Verbe et c'est bon d'avoir une maison et une femme à soi, une petite femme gentille qui sent bon et dont le rire découvre des dents étincelantes. (Celles de M. Verbe sont noires, à cause de la pipe !)

— Il y a quelqu'un ? s'étonna-t-il soudain en entendant des pas dans l'escalier.

Il ouvre la porte et qu'est-ce qu'il voit ? Colette qui descend en compagnie d'un grand jeune homme. Le jeune homme n'est pas fier. Il faut que Colette le pousse. Quel sang-froid chez cette gamine !

— Va, Jean… Je lui expliquerai…

Et elle explique, en effet, tandis qu'avenue Carnot le jeune homme prénommé Jean s'éloigne à grandes enjambées.

— Tant pis !… Maintenant, il faut que je te dise tout…

C'est l'heure d'allumer. Il y a un vaste abat-jour saumon sur la lampe. Cela fait encore plus intime.

— Mettez-moi à la porte si vous voulez… J'ai un amant…

Il en est tout bête. Il regarde sa femme.

— Tu le savais ?

— Ne me gronde pas, Josse… Qu'est-ce que tu veux que je te dise ?… Il n'a pas encore fait son service militaire… Ils ne peuvent pas se marier avant qu'il ait une situation… Alors…

— Sacrebleu !

Il a tapé du poing sur la table.

— Et c'est ici, dans *ma*, dans *notre* maison que…

Élise pleure. Il faut avouer qu'elle pleure facilement, ce qui ne l'enlaidit pas, bien au contraire.

Colette, elle, la coupable, est raide comme un parapluie, les lèvres pincées, le regard fixe.

— J'ai été faible avec elle, je le sais… Je n'aurais pas dû… Mais du moment qu'ils doivent se marier…

Oh ! Candeur ! Alors, parce qu'ils doivent se marier un jour…

C'est tout Élise ! Simple comme un petit animal !

Une drôle de journée quand même. Puis soudain le soir, dans son lit… Josse ne parvient pas à s'endormir… Il pense à Colette… Il pense au jeune homme…

Si, pourtant… Non ! Ce n'est pas possible ! Il n'en parlera jamais ! Il ne le dira à personne ! C'est une honte qu'il ait pu le penser…

Et cependant…

En somme, il y avait, à son arrivée, deux femmes et un homme dans la maison… Il s'était arrêté suffisamment longtemps avec ce crampon d'assureur pour…

— Dis donc, Élise…

D'une voix du fond du sommeil :

— Quoi ?

— Il l'aime vraiment, ce garçon ?

— Qu'est-ce que tu dis ?

— Parce que, s'il l'aime vraiment et s'il compte l'épouser… Maintenant que ça y est… Écoute…

— J'ai sommeil…

— Rien qu'un instant… Tu verras que je ne suis pas si vieux jeu que tu le prétendais tout à l'heure… Le mal est fait, n'est-ce pas ?… Eh bien, je veux que demain ce garçon revienne ici… Et, ma foi, je ne vois aucun inconvénient à ce qu'il y dorme… Tu comprends ?

— Pitaine ! vint annoncer Bille qu'on n'entendait jamais approcher. Le thé est servi…

— Je viens !

Pas avant de s'être raconté toute son histoire, surtout qu'il en était arrivé au moment intéressant. Un moment où, chaque fois qu'il se racontait cette histoire, il avait un curieux pincement au cœur.

Car, le lendemain, il n'avait pas abandonné son idée.

— Tu as dit à Colette… ?

— Je lui ai dit quoi ?

— Pour son jeune homme… Pour cette nuit…

— Tu es fou, Josse ?

Ah ! mais, non ! Maintenant, il y tenait, à son idée. Il y tenait tellement qu'on devait sentir quelque chose de menaçant dans son attitude.

— Puisque cela se passe quand je ne suis pas là, j'exige que cela se passe aussi quand j'y suis…

Qui aurait pu croire que cette gosse de Colette… Il n'osait plus la regarder… Il lui en voulait… Il avait un peu peur d'entendre prononcer le mot jalousie…

Mais elles lui avaient à peine parlé de la journée. Le soir, il avait questionné :

— Et ce Jean ?

— Il viendra…

À ce moment-là, il le regrettait. Pour un peu, il aurait tonné :

— Je voudrais bien voir qu'il se permette de…

Trop tard ! Il vint ! On l'entendit dans le corridor où Colette alla le rejoindre. La porte de la chambre se referma. Josse essaya de ricaner.

— Pour une jeune fille !…

Quatre jours. C'est tout ce que, cette fois-là, on était resté à terre. Et, depuis, faute de pouvoir s'adresser à quelqu'un, il se racontait l'histoire, de temps en temps. Il l'avait racontée à haute voix devant M. Verbe, mais pas en s'adressant à lui. L'autre n'avait rien dit. Était-il capable de dire quelque chose ?

Allons ! Tant pis ! C'est comme ça. Qu'est-ce que cela pouvait lui faire, après tout ? Est-ce que Colette était sa femme ? Et même, à bien réfléchir, c'était peut-être préférable, parce que cela coupait court à…

À quoi cela coupait-il court ? Il n'en savait rien. Il ne voulait pas le savoir. Zut et zut ! Ils en avaient encore pour une ou deux semaines dans ce fleuve, puis d'autres semaines dans une autre embouchure toute pareille, puis…

Il s'éloigna de la rambarde et jeta un coup d'œil au hublot de M. Verbe. Deux heures pleines qu'il était enfermé avec sa négresse. Et cet homme était grand-père !

Il s'assit, tout seul, devant la table où le thé était servi. Il prit deux morceaux de sucre, tourna la cuiller, sans rien regarder de précis, comme cela arrive quand on est seul. Il faillit se lever pour appeler le bosco et lui commander de faire cesser le piquage des tôles dont le vacarme finissait par vous rendre fou.

Et voilà qu'au même moment son regard, de flou qu'il était, devint fixe. Sur la nappe – car le capitaine Josse tenait à un certain décorum, fût-ce en Afrique – sur la nappe, il y avait des gâteaux, des gâteaux préparés par Bille, qui était aussi bon pâtissier que cuisinier.

Un de ces gâteaux était un gâteau à la crème.

Personne n'était là pour compter les minutes, ou les secondes, car le temps, en de pareilles circonstances, est plus relatif que jamais. Personne non plus ne put enregistrer sur la pellicule les différentes expressions du visage du capitaine.

Bille, seul, le vit passer devant sa cuisine. Puis on entendit des coups violents frappés à la porte de tôle de M. Verbe.

— Verbe !... Ouvre, nom de D... ! Tu entends ?... Ouvre !... J'ai à te parler...

Un rire de négresse. La voix du chef mécanicien.

— Un instant... Je viens...

Des chuchotements. Une discussion. L'histoire des cigarettes, sans doute. La fille voulait de l'argent.

— Ouvre !...

— Voilà...

La porte s'ouvrit. La négresse, avec son pagne rouge, se glissa dans la coursive et ne se retourna pas. M. Verbe faisait de gros yeux et ses cheveux étaient hérissés, son pyjama large ouvert sur son torse suant.

— Qu'est-ce que c'est ?... Le bois ?...

— Ce n'était pas Colette...

— Hein ?

— Je dis, mon vieux, que ce n'était pas Colette...

Et il lui serrait le bras, s'y cramponnait. Du coup, il tutoyait M. Verbe dont l'odeur ne l'écœurait plus et il ne s'apercevait pas que l'étroite cabine sentait la négresse.

— Ce n'était pas Colette !... C'est Bille...

— Bille ?... Qu'est-ce qu'il a fait ?

— Un gâteau à la crème... Tu vas...

Il ricanait et un instant le chef mécanicien crut qu'il était ivre, ce qui pourtant lui arrivait rarement.

— Bille m'a servi un gâteau à la crème... Je le regardais, comme ça... Je le regardais sans penser... Tu sais comment on regarde un gâteau à la crème ?... Alors, tout à coup, j'ai vu un autre gâteau à la crème, un gâteau à la crème entamé...

Est-ce que le soleil ?... Mais non ! Il ne paraissait pas avoir la fièvre.

— Tu te souviens ?... Mais si !... Tu as écouté, l'autre jour, ce que je racontais... Quand nous nous sommes quittés sur le seuil... Ma femme, dans notre salon... Sur la table, il y avait des gâteaux et du thé... Je n'ai pas fait attention... Et c'est tout à l'heure que cela m'est revenu... Il y avait deux couverts, mais sur une seule des assiettes se trouvait un gâteau à la crème *entamé...* Tu comprends ?... Un gâteau à la crème *entamé...*

Cela devenait une obsession : *gâteau à la crème !... gâteau à la crème !...*

Le plus extraordinaire, c'est que, malgré lui, le

capitaine regarde, au-dessus du lit, un portrait de la fille de M. Verbe et de son bébé.

— Quelqu'un mangeait un gâteau à la crème quand nous sommes arrivés, quand on nous a aperçus tous les deux avenue Carnot, quand cet animal d'assureur nous a retardés…

Il s'épongea et s'assit au bord du lit, soudain plus calme.

— Eh bien ! mon vieux, ma femme n'a jamais pu supporter la crème… C'est plus fort qu'elle… D'ailleurs ça la rend malade… Donc, ce n'était pas ma femme qui était en bas… Et, si ce n'était pas ma femme qui était en bas, c'est elle qui était en haut…

— Vous devriez boire quelque chose, murmura M. Verbe en ouvrant un placard où il y avait une douzaine de bouteilles.

— Vous ne comprenez toujours pas, non ?

Était-ce *tu* ? Était-ce *vous* ? Il ne savait plus.

— Si ma femme était en haut, Colette était en bas… Et, dans ce cas, entre elle et le jeune homme… Hein ! Qu'est-ce que tu dis de ça ?… Et c'est moi, oui, c'est moi qui l'ai forcée à…

M. Verbe alla fermer la porte restée ouverte, car il pouvait passer quelqu'un dans la coursive. Puis il versa à son capitaine un petit verre d'eau-de-vie des Charentes. Il hochait la tête.

— Il ne faut pas se frapper, murmura-t-il en buvant à son tour. Ces choses-là…

Puis il détourna la tête, car le capitaine Josse s'était mis à pleurer, à pleurer comme un veau, devait dire plus tard M. Verbe qui n'avait sans doute jamais vu pleurer de veau.

— … Moi qui l'ai forcée à… ! Nom de… de nom de… !

Quand le capitaine Josse sortit en titubant de la cabine de M. Verbe, il était fin saoul. Le lendemain, on annonça les billes de bois et il cria, de son lit :

— M'en f… !

Il vint néanmoins faire un tour sur le pont vers la soirée. Il n'adressa pas la parole à M. Verbe. Le soir, il mangea avec lui et ne pensa pas à souligner que son chef mécanicien mangeait d'une façon répugnante.

On charbonna à Dakar, une fois de plus. Et alors, il se passa une chose vraiment exceptionnelle. Ce fut le capitaine Josse qui proposa à M. Verbe de l'accompagner dans certains endroits que celui-ci connaissait à fond.

Il est vrai qu'au dernier moment il gémit :

— Je ne peux pas, mon vieux… Quand je pense à cette petite !… Et c'est moi, tu comprends, c'est moi qui…

M. Verbe monta. Quand il retrouva son capitaine, celui-ci était à nouveau saoul.

— L'autre, tu comprends, je m'en f… !

Il était devenu grossier !

— Je parle de cette p… d'Élise !… Et, d'ailleurs, je vais t'avouer une bonne chose… Il y a déjà longtemps que, si j'avais osé… Mais je m'en rendais à peine compte… Tandis que, maintenant, c'est moi qui suis responsable… Qu'est-ce que tu ferais à ma place ?

M. Verbe avait sommeil et tout ce qu'il fit fut d'aider le capitaine à regagner le *Vasco*.

Trois semaines plus tard, en débarquant à La Rochelle, le capitaine Josse commença par mettre sa femme à la porte.

Après quoi il demanda un congé d'un an parce qu'il ne voulait pas quitter Colette avant d'avoir obtenu le divorce pour l'épouser.

Le plus diabolique c'est que, quand il reprit un commandement, on lui donna un autre bateau et un autre chef mécanicien, un Marseillais qui jouait aux boules à toutes les escales, et même sur le pont, alors qu'il aurait aimé parler de temps en temps de cette histoire avec M. Verbe.

Mais on ne peut pas tout avoir.

Le crime du Malgracieux

Est-ce que ces gens-là pouvaient se douter que c'était une question de vie ou de mort ? Peut-être pas tout à fait de mort, mais presque. Et encore ! Oui, de mort, parfaitement !

Mais ils ne se doutaient de rien. Ils allaient et venaient, dans le soleil, comme deux grosses mouches ivres de pollen. Ils exultaient. C'était sûrement la première fois qu'ils voyaient la Côte d'Azur. Ils n'en revenaient pas de trouver de véritables forêts de mimosas en février, une mer bleue, un ciel bleu, de petites barques multicolores qui semblaient engluées dans l'eau tandis qu'un homme, à l'arrière, regardant le fond avec une sorte de périscope fait d'un vieux bidon, péchait des choses violettes et épineuses à l'aide d'un long bambou.

— Qu'est-ce qu'ils font ? avait questionné l'homme en les observant de la terrasse.

Et M. Chincholle avait répondu, revêche, sans quitter son inventaire des yeux :

— Ils pêchent des oursins…

L'homme avait traduit à sa femme. Elle n'avait pas compris. Elle ignorait jusqu'à l'existence des oursins. Mais elle avait été ravie quand même et elle avait répété, comme s'il s'agissait d'un mot magique :

— *Our-sinne*...

Il en était ainsi depuis le matin. Exactement depuis que, par Dieu sait quel miracle, leur longue voiture s'était arrêtée devant la boutique de M. Chincholle, coincée, du mauvais côté du port de Cannes, entre une brasserie et un marchand de cartes postales. Sur la plaque d'immatriculation, M. Chincholle avait lu : NL. Donc, des Hollandais ! Il avait examiné le chauffeur en livrée, le couple qui paraissait jeune, avec une même peau d'un rose bébé. Néanmoins c'est en vain qu'il avait essayé de se faire aimable. Ce n'était pas sans raison qu'on l'appelait le Malgracieux. Son foie. Sa femme. Puis l'histoire de son fils. Puis...

« Des jeunes mariés », s'était-il dit.

Il avait été étonné quand on lui avait demandé à louer une grande villa, d'au moins six chambres. Et, quand on avait précisé que c'était pour tout l'été, il en avait eu la gorge serrée. Est-ce qu'enfin... ?

— J'ai une villa très bien, au Cap-d'Antibes, les *Rochers Pourpres*... Elle est justement libre depuis un mois... D'autres clients doivent la visiter demain... Si vous voulez que nous prenions rendez-vous...

Ces gens-là débarquaient à peine et ils étaient pressés. Ils aspiraient déjà le Midi par tous les pores. Ils ne voulaient pas en perdre une miette, pas une seconde de jouissance.

— Tout de suite...

Ils ne savaient pas que Mme Chincholle, qui venait d'être opérée pour la troisième fois en deux ans, était allongée sur un vieux canapé, dans une pièce obscure, derrière la boutique. Ensemble, ils parlèrent de Chincholle, dans leur langue, et ils devaient s'étonner qu'un homme vivant dans un climat pareil, un homme ayant toute la journée sous les yeux le port de Cannes et ses centaines de yachts blancs, pût être vêtu de noir et avoir le teint jaune.

Les *Rochers Pourpres*... Une énorme villa, vieille de cinquante ans, rococo, avec des vitraux aux fenêtres, des tentures poussiéreuses, un calorifère qui ne marchait pas et, à cause de son exposition, de l'humidité jusqu'en plein été.

Seulement, ces gens-là voyaient tout en beau. Eux qui devaient habiter, à La Haye ou à Amsterdam, une maison moderne d'une propreté minutieuse, ils s'extasiaient devant la mousse des vieilles pierres et devant de faux tapis d'Orient moisis.

Combien Chincholle allait-il leur demander ? Il ne fallait pas les effrayer. Il ne fallait pas non plus citer un chiffre trop bas. Vingt mille ? Vingt-cinq ?...

À quoi bon s'emballer, puisque avant la fin de la visite ils seraient sans doute dégoûtés ? Vingt mille francs, cela suffirait précisément à...

Bien entendu, M. Chincholle avait commencé par les pièces qui donnaient sur la mer et qui recevaient quelquefois le soleil.

— Comme vous le voyez, cette terrasse est magnifique et c'est ici que les locataires se tiennent le plus souvent... La salle à manger, à gauche... À côté, le grand salon... Le billard...

Et le Hollandais s'extasiait qu'il y eût un billard ! Il est vrai qu'il n'avait pas essayé les bandes ! Il est vrai aussi qu'il ne lui viendrait jamais à l'idée de jouer au billard ! Les locataires sont comme ça. Chincholle en avait une telle expérience ! Ils allaient tout visiter, tout se faire expliquer, exploser d'enthousiasme, lui promettre de revenir le lendemain et…

Qu'aurait-il pu leur louer d'autre ? Sa vitrine était encombrée de photographies de villas à vendre ou à louer, de yachts, à vendre ou à louer aussi, mais personne ne l'avait chargé de ces transactions. Il n'était qu'un tout petit agent. Il y en avait cinquante, cent, de Cannes à Nice, à exposer les mêmes photographies et à ne réussir pour de bon que des locations miteuses, des logements de trois pièces au-dessus d'une blanchisserie ou d'un savetier…

Le plus grand danger, c'était d'ouvrir les fenêtres. La dernière fois, un battant lui était resté dans la main, ou plutôt lui était tombé sur la tête. Il essayait de ne pas se tromper, de ne manier que celles qui étaient en assez bon état.

Et ces deux-là qui parlaient toujours dans leur langue ! Est-ce qu'ils admiraient ? Est-ce qu'ils se moquaient ?

Il ouvrait les tiroirs d'un buffet :

— Vous remarquerez que l'argenterie est au complet… Je vais d'ailleurs vous remettre un double de l'inventaire et vous pourrez contrôler…

C'était atroce de ne pas savoir, d'être à la merci d'une moue de cette femme placide, aux yeux transparents, qui avait un sourire plus mystérieux que la Joconde.

Est-ce qu'il pouvait leur déclarer :

— Voici la situation. Je n'ai jamais eu de chance. J'ai passé ma vie à courir après un billet de cent francs. Ma femme collectionne toutes les maladies du Larousse Médical. Je n'arrête pas de payer les médecins et les cliniques. Je n'ai pas de bonne. C'est moi, en rentrant, qui devrai lui masser le ventre et préparer ses potions. J'achèterai un bout de charcuterie et une livre de pain. Ce ne serait encore rien si...

Comment aurait-il pu sourire ?

Leur dire qu'il ne supportait ni la chaleur, ni le soleil, qu'il avait les yeux fatigués et qu'on lui recommandait la montagne ? Que la saison était la plus mortelle de l'année à cause des petits vents coulis qui vous glacent soudain, au tournant, la nuque ou les reins ?

— Le grand salon... On peut y donner des réceptions de cinquante personnes et plus...

La femme questionna son mari. Le mari traduisit :

— Il y a le chauffage central ?

Et, tourné vers elle, le Malgracieux répondit en essayant de sourire malgré tout :

— Calorifère, *yes* !

Car il avait l'habitude de dire *yes* à tous les étrangers. Il les verrait accourir la semaine suivante au sujet du calorifère, évidemment ! Il jurerait de le remettre en état. D'ici là, le vrai printemps arriverait peut-être. Eh ! puis, il aurait touché !

Vingt mille ? Vingt-cinq ?

— Si vous voulez que nous montions voir les chambres...

Il y en avait douze, huit de maîtres, quatre de domestiques, trois salles de bains, des placards, des réduits de toutes sortes. Et il croyait comprendre, aux paroles de la femme et à ses gestes, que le couple n'était pas un couple de jeunes mariés, qu'il avait des enfants, trois au moins, deux nurses, deux femmes de chambre, une cuisinière…

Tout ce monde était déjà à l'hôtel !

Et M. Swaan était en Australie ! Voilà surtout ce qui comptait ! M. Swaan, le propriétaire, qui avait acheté les *Rochers Pourpres* un jour qu'il devait avoir trop bu de whisky et qui en avait confié la garde, jusqu'à la saison suivante, à l'agence Chincholle.

Or, il n'était pas revenu la saison suivante. Il n'était pas revenu depuis trois ans. Si bien que, quand, par aventure, Chincholle parvenait à louer la villa… Qu'est-ce que cela pouvait lui faire vingt ou vingt-cinq mille francs, à ce Swaan qui était si riche ?

— Vous avez deux appareils téléphoniques, un au rez-de-chaussée et un au premier, mais si vous restez un certain temps on pourra en faire placer dans les chambres principales…

Et il plongeait le nez dans son inventaire :

— Un lit à baldaquin style Louis XIII, d'époque, légèrement restauré, avec garniture en toile de Jouy…

Eux, ce qui les intéressait, c'étaient ces fenêtres sertissant un paysage merveilleux, c'était la baie des Anges qu'on apercevait au loin, un gros navire blanc qui entrait à Nice, les Alpes où traînaient des restes de neige. Et ces barques pointues des pêcheurs d'oursins…

— La cuisine ? s'enquit le Hollandais, sur une phrase de sa femme.

Allons ! Ce n'était pas fort beau, mais il fallait y passer. Une cuisine vaste, certes, mais aux murs peints d'un vilain brun. Chez eux…

— Vous voyez ! C'est très suffisant… Eau chaude et froide… De grands placards… Batterie de cuisine au complet… Une partie est en cuivre… L'autre…

En aluminium, quoi !

— Et par ici…

Il voulait leur montrer l'office. Il était consciencieux à sa façon. En outre, il avait tellement l'habitude de la malchance…

Il fit un pas. Une odeur nauséabonde le prit à la gorge. Il tira la porte du placard. Les Hollandais étaient sur le seuil, à parler d'autre chose.

Ils ne remarquèrent rien, ni que Chincholle devenait encore plus jaune, ni qu'il toussait, ni qu'il les repoussait précipitamment.

— Évidemment, je ferai nettoyer la villa dès demain matin…

— Mais c'est demain matin que nous voulons y entrer…

Encore une conversation dans leur langage.

— Ma femme dit qu'elle préfère que le nettoyage soit fait par nos domestiques… Elle viendra avec eux demain matin… Vous avez les clefs ?

Si Chincholle n'avait tourné le dos, occupé qu'il était à manier la serrure en fer forgé d'une vieille commode, ils auraient vu qu'il pleurait. Et peut-être un instant l'idée lui vint-elle de tomber à genoux, de leur avouer :

— La vérité, c'est qu'il y a un cadavre dans l'office. Je ne sais pas qui c'est. Je crois pourtant avoir reconnu la barbe du précédent locataire... Ce n'était pas un Hollandais, lui, mais un Hongrois... Il avait une très jolie femme... Il a loué pour trois mois et, après six semaines, j'ai reçu une lettre de Rome m'annonçant qu'il renonçait à la location.

Qu'adviendrait-il ? La police ! Et, dans les journaux, l'histoire du cadavre dans l'office ! Plus personne pour louer la villa du crime !

— Je m'en serais encore tiré, monsieur le Hollandais, car j'en ai l'habitude, même avec les opérations de ma femme, si mon imbécile de fils...

Un gamin de seize ans, à qui il payait le lycée, en se saignant aux quatre veines ! Un gamin qui, pour faire le faraud, pour imiter ses camarades riches, avait emprunté une auto, sur la Croisette, et s'était élancé en compagnie d'une jeune fille sur la route de Nice.

L'auto était en morceaux. Le fils avait la jambe cassée et souffrait de douleurs internes. À l'hôpital ! comme disent laconiquement les journaux. La jeune fille défigurée. Mon Dieu ! Cette visite du père, dans la boutique de location de villas !

Et celle du propriétaire de la voiture donc, un marchand de vins de Béziers !

— À la maison de correction, oui, monsieur !... Quand on a un fils qui...

Il réclamait vingt-huit mille francs. On avait transigé à vingt mille. Chincholle le Malgracieux avait versé la moitié, avec de l'argent qu'il venait de recevoir d'une location pour le compte d'un client de Paris.

Dès que je toucherai le loyer... avait-il écrit à ce client.

Et celui-ci avait répondu télégraphiquement : *Si ces métèques ne paient pas, faites expulser*.

Or, voilà qu'ils étaient tous les trois dans le soleil, sur la terrasse, au-dessus de ces fameuses roches qui n'étaient pas pourpres, ni roses comme celles de l'Esterel, mais légèrement colorées.

La villa paraissait presque plaisante. L'air était doux. Il était midi. On entendait les cloches d'Antibes, et les pêcheurs d'oursins se mettaient aux avirons.

— Si vous voulez que j'aille vous prendre demain matin, pour les clefs, je vous remettrai le chèque… Au fait, combien, pour toute la maison ?

— Trente… balbutia-t-il.

— Trente mille ?

Est-ce que cela servait encore à quelque chose de discuter ? Il balbutia tout bas, comme pour conjurer le sort :

— Trente mille, dernier prix. J'ai des ordres formels de mon client, un milliardaire américain qui se trouve en ce moment…

Les Hollandais se regardaient. Est-ce que la femme… ? Son mari lui traduisait le chiffre. Par bonheur, elle regardait à ce moment une barque d'un bleu ardent, à liseré rouge, sur laquelle on hissait une voile couleur safran. Elle plissait les paupières. Et, pensant peut-être à autre chose, elle fit oui de la tête.

Il n'alla pas voir son fils à l'hôpital cet après-midi-là mais il fit tout ce qu'il avait l'habitude de faire : allumer un feu de charbon de bois pour bouillir l'eau, moudre le café, baisser, sur le coup de deux heures, quand le soleil atteignit sa boutique, le vieux store à raies rouges et jaunes…

Ensuite le massage de sa femme qui, à cause des mouches, vivait dans une quasi-obscurité. Puis encore aller lui échanger, à la librairie derrière la brasserie, son roman populaire, car la pauvre femme en lisait un par jour, à se demander comment elle y voyait et à quoi elle rêvait.

Il fit aussi des écritures. Moins il avait d'affaires et plus il s'appliquait aux écritures, debout devant son bureau haut perché. C'était lui qui calligraphiait, avec des titres en ronde, les affichettes de l'étalage.

À neuf heures du soir, les volets fermés, sa femme lui demanda de sa voix aérienne de malade :

— Qu'est-ce que tu fais ?

— Il faut que je sorte. J'ai un rendez-vous avec un client.

— Tu prends ton vélo ? s'étonna-t-elle.

— C'est hors ville… Je rentrerai tard… Il s'agit d'une grosse location… Les *Rochers Pourpres*…

Trente mille ! Comme ça, sans broncher ! Devaient-ils être riches ! Les derniers locataires n'avaient payé que dix mille, pour trois mois, et encore avait-il fallu leur installer des radiateurs électriques et Chincholle en avait eu pour trois mille francs !

Cela ne leur avait d'ailleurs pas porté bonheur. Est-ce que c'était vraiment M. Czaris qui… Un homme très bien. Belle prestance. Belle barbe. Genre diplomate danubien de 1900. Une femme peut-être trop jolie et trop jeune pour lui. Sans compter le secrétaire…

Chincholle roulait, sur son vélo démodé, le long de cette route où glissaient les autos de luxe et les gros autocars.

Dix mille francs pour en finir avec le marchand de vins de Béziers. Dix mille au propriétaire de Paris qui était capable de lui tomber sur le dos un jour ou l'autre. Car celui-ci était un malin qui travaillait dans la droguerie. Il s'était fait construire une villa qu'il n'habitait que les trois mois d'été et il entendait payer ses frais avec les locations d'hiver et de printemps. Des gens qui savent compter. Et qui vous parlent tout de suite d'expulsion.

Vingt de trente, reste dix. Dix mille francs qui ne devaient rien à personne… Une somme que le Malgracieux n'avait plus eue entre les mains, pour son compte personnel, depuis… Autant dire depuis sa naissance.

Seulement, ce serait dur. Il valait mieux s'arrêter à ce bistrot et boire un grand verre d'alcool. Puis encore sur la place d'Antibes. Non ! Pas sur la place d'Antibes, où il risquait d'être reconnu.

L'obscurité lui faisait aussi peur que la lumière. La grosse clef de la villa pesait dans la poche de son veston. Au fait, n'avait-il pas affirmé aux Hollandais que l'Aga Khan était leur voisin ? Le mari avait traduit. La femme avait poussé un petit cri de ravissement. Voisin, c'était une façon de parler, car il y avait douze ou treize villas entre eux. Et l'Aga Khan était pour sept ou huit mois aux Indes.

Chincholle avait eu le temps de réfléchir tout l'après-midi. Il connaissait la villa mieux que personne. Il savait qu'il existait, dans un coin du jardin, près de la serre sans vitres, un trou où l'on mettait le terreau, jadis, quand il y avait un jardinier. Dans la serre, il restait quelques outils.

Il commença, sans retirer son chapeau ni ses gants – car il portait toujours des gants –, par creuser le plus possible de terreau. Puis…

Il avait même emporté des pastilles pour la gorge qui avaient une forte odeur. Il n'osait pas allumer. Il se dirigeait à tâtons. Des bruits éclataient à chacun de ses pas, des craquements, des chuintements, parfois comme des glissements de pas ou comme des murmures.

Il n'aurait pas pu dire s'il faisait cela pour sa femme, pour son fils, ou…

Il faisait cela, en somme, parce qu'il avait toujours eu de la malchance et que c'était une malchance de plus de trouver un cadavre à demi décomposé dans un placard de l'office, le jour où il décrochait une location de trente mille francs.

Il avait emporté un sac, attaché sur le cadre de son vélo. Il avait emporté aussi une lampe de poche dont il n'osa pas se servir.

Il aurait dû boire davantage. Même l'eau qui clapotait sur les roches pourpres d'une façon sinistre ! Et la lune qui se montrait au bon, ou plutôt au mauvais moment !

Ces gens-là, demain matin, bien lavés, bien habillés, contents d'eux et souriant du soleil, s'ébroueraient dans la maison, ouvriraient les fenêtres démantibulées, déclencheraient les feux d'artifice de poussière et s'apercevraient que les pieds des fauteuils ne tenaient plus.

Ils essaieraient d'allumer le calorifère, et alors…

Mais ils auraient payé. Il serait trop tard.

Il sentit la barbe sous ses doigts. Il ne la vit pas. Le sac était trop petit. Il n'avait jamais soupçonné la difficulté de faire entrer un corps humain dans un sac.

Il remit le terreau en place. À présent, il y en avait trop. Il en éparpilla, marcha dessus. Ensuite, pensant aux traces de ses pas, il alla chercher un râteau.

Quand il rentra chez lui, il était une heure du matin et il n'était pas ivre.

— C'est toi ? questionna sa femme, comme si ça pouvait être quelqu'un d'autre.

Il répondit que c'était lui, passa dans la cuisine et prit une bouteille dans un placard. Plus exactement *la* bouteille, car il n'y en avait qu'une. Une bouteille de vermouth. Parfois, on est obligé d'offrir à boire à un client et le vermouth est encore ce qui revient le moins cher, tout en restant présentable.

Des silhouettes, derrière les rideaux crème du casino. Des gens qui jouaient, des milliers, des dizaines, des centaines de milliers de francs sur les tables…

— Qu'est-ce que tu fais, Pierre ?

Il s'appelait Pierre. Il ne répondit pas, car il était occupé à boire au goulot.

— Pierre !… Où es-tu ?…

— Ici… parvint-il enfin à balbutier.

— Pourquoi ne viens-tu pas ?

Pourquoi ? Parce que le vermouth ne passait pas et qu'au beau milieu de la cuisine il était enfin pris de nausée.

— Je parie que tu as encore bu…

Une marotte de femme. Il ne buvait jamais, à cause de son foie.

— Ils ont signé ?

— Qui ?

— Tes clients… pour les *Rochers Pourpres*...

— Ils viendront demain matin.

— Tu y crois ?

Il en devint rigide d'effroi. Si vraiment ils allaient ne pas revenir ? Il ne savait ni leur nom, ni leur adresse. Il avait lu NL sur la plaque de leur voiture, mais il n'avait pas retenu le numéro.

— Je n'ai pas fermé l'œil… Des matelots n'ont cessé de chanter, dans je ne sais quelle langue, sur un yacht, juste en face de chez nous…

Est-ce qu'il dormit, lui ? En tout cas, quand il retira ses volets, à huit heures du matin, et qu'un garçon de la brasserie d'à côté lui souhaita le bonjour, il se montra plus malgracieux que jamais.

Il était sûr d'avance que ces Hollandais… Il aurait dû se méfier : du moment qu'ils n'avaient pas discuté le prix…

Comme par protestation contre le sort qui s'acharnait sur lui, il ne se rasa pas, ce qui signifiait :

— Eh bien, oui, c'est ainsi ! À quoi bon me raser, me faire couper les cheveux, glisser mon pantalon sous le matelas pour lui garder son pli, laver les vitres à six heures du matin pour ne pas être vu, calligraphier des petites pancartes qui ne trompent personne…

… confort moderne… belle vue sur la mer… prix modéré…

— L'eau bout, Pierre.

Et après ? Et s'il avait envie, plutôt que de moudre le café, d'aller en boire un verre au comptoir d'un bistrot, avec des croissants chauds ?

… Coincoin !…

Il sursauta, courut à la vitrine. Ce n'était qu'une camionnette d'épicier qui venait faire ses livraisons à des yachts… Et on briquait les ponts… Et on astiquait les cuivres… Et on mettait les voiles à sécher comme du linge dans le clair matin…

Et les deux Hollandais, avec leurs enfants astiqués, eux aussi, les gouvernantes, comme ils disaient, les femmes de chambre, la cuisinière, devaient se gonfler de bonheur, aux fenêtres de Dieu sait quel palace.

— Si nous visitions d'autres villas avant de nous décider ?

Et le cadavre, alors ? Il avait jeté ses gants le long de la route. C'étaient des gants en imitation de porc.

… Coincoin !…

— Facteur…

Une lettre de Paris. Il s'y attendait. Confirmation du télégramme. Papier à en-tête de la droguerie. Dactylographie.

... Je suis fort étonné que vous n'ayez pas pris de plus amples renseignements sur les locataires qui...

... et je vous prie de faire toute diligence pour que...

Encore un qui n'avait pas besoin de ses dix mille francs.

— Tu n'oublies pas ma potion, Pierre ?… Tu sais ? Le livre que tu m'as apporté hier… Je l'ai déjà lu… Il faudra que tu…

… Vrrrrrr…

Un vrombissement semblable à celui d'un avion. Un tout petit crissement. Un silence comme un soupir d'aise.

La voiture était là, la longue, la resplendissante voiture des Hollandais ! Eux étaient encore plus beaux, plus roses, plus rayonnants que la veille. L'auto était découverte. Trois fillettes, de quatre à huit ans, sur une des banquettes, comme des fleurs. Près du chauffeur, deux nurses en uniforme bleu ciel.

— Vous avez préparé le contrat ?…

— Mais… Je ne savais pas que vous viendriez de si bonne heure… Je…

Plus grincheux, plus malgracieux que jamais. Exprès. Et plus il sentait l'impatience du Hollandais, moins il en finissait de recopier le contrat de location en trois exemplaires, de calculer le prix des timbres, d'en chercher dans son tiroir, de lire à haute voix l'inventaire pour le faire approuver.

— Il faut que je vous signale aussi que, même dans le cas où vous comptiez vous charger du nettoyage, le prix de ce nettoyage est en sus, selon la règle, et que vous devez verser une caution de cinq mille francs pour la casse éventuelle…

C'était plus fort que lui. Il était né comme ça.

— Je vous demanderai aussi de ne pas barrer votre chèque… C'est cela… À mon nom, oui… trente… et cinq mille de garantie… Et cinq mille de nettoyage et remise en état… Plus dix pour cent de commission…

Les fillettes n'avaient pas assez d'une paire d'yeux chacune pour dévorer le spectacle papillotant du port.

La mère, à travers les vitres, regardait avec impatience dans la boutique.

— Voici les clefs... Si vous désirez que je vous rejoigne... Je vous préviens que, pour ma part, je ne dispose que d'un vélo...

— Qu'est-ce que tu fais, Pierre ?

— Rien...

Une tenture de perles métalliques séparait la boutique de l'antre de Mme Chincholle.

— Ils ont payé ?

— Oui... lui lança-t-il, presque hargneusement.

Ce qu'il faisait ? Il cherchait la dernière adresse, à Rome, de son Hongrois, ou plutôt du Hongrois qui ne devait pas être à Rome en ce moment, puisque, dans un placard de l'office...

— Tu ne viens pas pour mon massage ?

— Tout à l'heure...

Voilà ! *Hôtel Excelsior...*

Ce n'était sûrement pas M. Czaris qui avait écrit la lettre. Son secrétaire ? Probable. Avec l'épouse à côté de lui, parbleu...

Madame,

Je me permets de vous écrire pour vous faire savoir qu'à la suite de votre départ précipité...

Il hésita entre *précipité* et *inopiné*. Il mit les deux.

... et inopiné, j'ai procédé, selon les instructions du propriétaire et la règle des agences de location, à un inventaire complet des lieux et...

— Pierre !

Un couple de miteux lisait et relisait ses annonces. Des gens qui allaient lui prendre sa journée pour louer, peut-être, au rabais, une chambre avec autorisation d'y faire la cuisine et le linge. D'un geste sec, il descendit le store entre leur nez et les affichettes.

... et de cet état des lieux que j'ai dressé, il résulte que, pour certains dégâts particuliers dont vous vous souviendrez sans doute, vous restez me devoir, à titre de dommages et intérêts, la somme de...

Allons ! Un chiffre...

— Mais, tais-toi, pour l'amour de Dieu ! cria-t-il à sa femme. Tu ne vois pas que je travaille ?

— À quoi ?

— Zut !

... la somme de trente mille francs, que je vous serais obligé de bien vouloir m'adresser au plus tôt, faute de quoi...

Faute de quoi ?

... je me verrais dans l'obligation de saisir qui de droit de cette affaire, laquelle, j'en suis persuadé, n'est qu'un malentendu...

— Où vas-tu ?

— Toucher le chèque. On ne sait jamais.

— Ferme bien la porte. L'autre jour, tu avais oublié et…

Il toucha le chèque. Il expédia la lettre, après avoir vérifié l'adresse et écrit à la dernière minute dans le coin de l'enveloppe « Faire suivre ».

Il faillit, en rentrant chez lui, s'offrir un apéritif mais, au même instant, il ressentit une morsure à la hauteur du foie.

— D'ici huit jours au plus tard…

Il cacha les dix mille francs de rabiot dans un classeur étiqueté « Contentieux ».

— Pierre !

— Non !

— Qu'est-ce que tu fais ?

— Je travaille…

Il travaillait, en effet. Il écrivait un brouillon de lettre pour le cas où Mme Czaris lui répondrait et lui enverrait les trente mille francs. Car, alors…

Je suis désolé de vous importuner à nouveau ; vous devez concevoir qu'une affaire comme celle qui nous occupe ne va pas sans entraîner de grands frais…

Six mois après, sa femme mourait, seule dans l'arrière-boutique, alors qu'il échafaudait un nouveau plan pour…

Il y avait cent mille francs dans le « Contentieux ». Mme Czaris et son amant – en tout cas le secrétaire de son ex-mari – étaient au Caire.

Madame et chère cliente,

Des événements imprévus me mettent dans une situation délicate et, à mon grand regret, je suis contraint...

Il s'occupait si peu de son fils qu'il ne savait pas quand il rentrait le soir et quand il ne rentrait pas. Il ne lui donnait pas d'argent, ou si peu. Cinq francs par semaine. Il prenait son café à la brasserie pour économiser le charbon de bois.

Jamais il n'arriverait à se faire payer par cette femme… Toute la journée il projetait des lettres, des lettres, des lettres…

… *Je vous supplie de vous mettre dans la peau d'un pauvre homme qui...*

Cent vingt… Cent cinquante mille francs dans le « Contentieux »… Mais qui pourrait lui dire ce que *ça* valait au juste et s'il n'était pas refait ?

Le docteur de Kirkenes

On ne peut pas être à la fois dans sa peau et dans la peau d'un autre ; ni, quand on se dispute avec quelqu'un, voir les choses comme on les voit soi-même et comme il les voit ; sinon, sans doute ne se disputerait-on plus. Le docteur Joachim Troms, ce jour-là comme les autres, avait déjà bien assez de soucis avec le docteur Joachim Troms, et quant à Anders Solstad, qu'on appelait plutôt Stor-Anders, ce qui signifie le grand Anders, qui est-ce qui, à sa place, se serait préoccupé de trouver des excuses à la méchanceté des gens ?

Il n'y avait pas eu seulement trois heures de jour. De jour et non de soleil, car le ciel s'était contenté de prendre la couleur de la neige qui commence à fondre, avec ces reflets jaunâtres qui font penser à la maladie.

On était en décembre et dans les rues d'Oslo, de Bergen, de toutes les villes, des femmes devaient traîner les enfants d'étalage en étalage, de la clarté d'une vitrine à la clarté d'une autre vitrine pour contempler des tas de jouets, de cadeaux utiles, de choses qui se mangent, le tout décoré de branches de sapin et de houx, d'étoiles en papier découpé, de neige en coton et de ces guirlandes scintillantes, presque immatérielles, qu'on ne voit qu'aux approches de Noël.

Le docteur y pensait peut-être. Peut-être n'y pensait-il pas. On ne pouvait pas savoir, puisqu'il ne parlait pour ainsi dire jamais et que, quand Berner Kalvaag, le directeur des mines, le seul à avoir une vraie maison à Kirkenes, une femme, des enfants, un salon où, le soir, on jouait du piano, quand Berner Kalvaag l'avait invité, il avait refusé en affirmant qu'il était un vieil ours.

Qu'est-ce que Troms avait fait ce jour-là ? Comme les autres jours, sans doute ? Il avait allumé les feux dans les grands poêles de faïence. Il y en avait un dans la salle de consultation, à gauche du corridor ; puis un vert avec des personnages dans la pharmacie, juste en face ; puis encore un, très large, d'un blanc laiteux, dans la pièce de derrière où se tenait le docteur.

Il avait fait son ménage. L'homme de peine ne venait que deux fois la semaine. Il avait mangé, desservi la table. Quoi encore ? Et que pensait-il pendant tout ce temps-là ?

Il était petit, furtif, avec des poils gris plein la figure, une curieuse façon de rentrer le cou dans les épaules comme si les hommes lui faisaient peur ou le dégoûtaient. Est-ce qu'il avait regardé par la fenêtre, entre le bocal jaune et le bocal vert ? Dans ce cas, il n'avait pu voir qu'une rue sans trottoir, avec la neige entassée des deux côtés, le sillon lisse des traîneaux, une palissade puis, au-delà d'un terrain vague, une haute cheminée, d'étranges charpentes de fer, une grande roue comme suspendue dans les airs qui tournait de temps en temps pour laisser descendre dans la mine, au bout d'un câble, la cage avec les hommes entassés.

En collant le visage à la vitre glacée et en regardant à gauche, on découvrait autre chose : de l'eau, l'eau du port, de l'océan Glacial, mais elle était gelée et un chalutier anglais qui était là depuis deux jours avait dû creuser dans la glace un sillon qu'on distinguait encore.

Il faisait chaud. La maison du docteur, comme les autres, était en bois. Parfois il allait remettre des bûches de sapin dans les trois poêles, puis il venait se blottir dans son coin et, à trois heures, quand Stor-Anders poussa la porte qui déclenchait une sonnerie, le docteur était installé, tout seul, devant un jeu d'échecs.

Il ne se leva pas tout de suite pour gagner la pharmacie. Il but d'abord, du geste de quelqu'un qui boit en fraude, le contenu glauque de son verre, puis il cacha derrière son fauteuil la bouteille qui était sur la table.

Alors seulement il vint, en traînant ses pantoufles et en essuyant ses poils du revers de sa manche, reconnut Anders et se demanda ce qu'Anders lui voulait.

C'était ce qu'il y avait de plus angoissant : sa façon de regarder les gens. À croire qu'il essayait de surprendre un secret, qu'il les soupçonnait de quelque sombre dessein. Il ne les regardait pas, il les épiait, et son visage était agité de tics nerveux.

— Qu'est-ce que tu veux, Anders ?

Or, ce jour-là, l'autre n'était pas plus calme. Au lieu de s'expliquer franchement, il inspectait autour de lui, tirait sur ses longues mains calleuses, toussait, toussait beaucoup trop pour que ce soit naturel, désignait sa poitrine, sa gorge.

— Je crois que j'ai pris froid… Je voudrais une ordonnance pour du whisky ou autre chose de fort…

Parce que, à Kirkenes, les boissons alcooliques ne sont délivrées que contre ordonnance du médecin. Et c'est le médecin qui les vend, dans sa pharmacie. Qu'arriverait-il si les ouvriers de la mine, qui vivent là des mois et des mois, sans voir personne, loin de leur famille qui habite Oslo ou ailleurs, se mettaient à s'enivrer un jour de cafard ?

Ce qui est sûr, c'est qu'Anders avait senti l'odeur d'alcool qui flottait autour du docteur. Il attendait. L'autre l'observait. On aurait pu penser qu'ils allaient rester longtemps comme ça sans rien dire.

— Où as-tu mal ?

— Vous savez bien de quoi il s'agit… Avouez que je ne viens pas trop souvent pour ça !… Il y en a à qui vous en donnez et qui ne sont pas malades… Est-ce que mon argent n'est pas aussi bon que le leur ?…

Stor-Anders, toujours si calme, si comme il faut, un contremaître fait sur mesure, s'emballait, s'emballait.

— Si je vous dis que je suis malade et que j'en ai besoin, c'est que c'est vrai et ce n'est pas la peine de me fixer comme ça… Donnez-m'en seulement un demi-litre…

Il avait la monnaie prête dans une de ses mains. Il la posa sur le comptoir, près de la balance de précision. Et, voyant le docteur s'approcher de ses rayons où étaient rangés des bocaux bruns, il se demandait ce que celui-ci allait faire. Le docteur ne le savait peut-être pas non plus. Il hochait la tête d'un air ennuyé et enfin il étendit le bras, saisit un flacon.

— Je vais te donner de la teinture d'iode. Tu en prendras quelques gouttes dans du lait avant de te coucher…

Quand il se retourna, Anders, pantelant de colère, était déjà près de la porte, et il sortit soudain en la refermant avec fracas.

Telle fut leur première entrevue ce jour-là, et quand Anders fut parti le docteur tourna le commutateur, car la nuit était venue. Dans la rue, la lampe électrique était allumée et des cristaux scintillaient sur la neige. Au port aussi, et à la mine, il y avait des lampes allumées, mais pour ainsi dire personne dehors à faire crisser la neige sous les semelles de caoutchouc. Le thermomètre marquait 28° sous zéro.

Le docteur hocha encore une fois la tête, entra dans la seconde pièce qui était sa tanière, se pencha pour prendre la bouteille d'aquavit et s'en versa un verre, puis un deuxième avant de méditer, le menton velu dans la main, devant son jeu d'échecs.

Avec la même violence dont il avait accompagné sa sortie de la pharmacie, Anders, qu'on aurait pu, d'habitude, appeler Anders le Doux, poussa la porte du club des ouvriers. C'était là, dans une vaste pièce aux cloisons de sapin verni, que les équipes passaient les heures qu'elles ne passaient pas à la mine. De la fumée s'étirait autour des lampes, plus dense, Dieu sait pourquoi, au-dessus des billards.

Anders traversa la salle à pas si rapides que tout le monde se retourna. Il fonça littéralement vers la table de Peter le Borgne, un homme qu'il avait cent fois rappelé à l'ordre dans le service et qu'on ramassait parfois ivre dans la rue.

— Dis-moi, Peter…

Il s'était laissé tomber sur le banc et ne savait que faire de ses grandes mains.

— Ne me regarde pas comme ça… Est-ce que tu as du whisky, ou de l'aquavit, ou du gin ?

Le Borgne se contenta de montrer la table où il n'y avait qu'une bouteille de bière légère, la seule boisson tolérée.

— Si j'en avais… grogna-t-il.

— Bon ! Je te crois… Et quand tu en as, où le trouves-tu ?… Ce n'est sûrement pas chez le docteur…

Le Borgne ouvrit la bouche toute large dans un rire silencieux et approuva de la tête.

— Il faut que tu me dises la vérité… Ce n'est pas pour le répéter à la police… Il m'arrive quelque chose… Peu importe… J'ai besoin de boire, tu comprends ?…

Et le Borgne n'avait plus envie de rire, tant Anders était frémissant, comme sur le point d'éclater en sanglots.

Les autres, pendant ce temps, jouaient au billard ou aux cartes ; il y en avait qui lisaient, les pieds sur la table. On voyait les livres, reliés de toile noire, avec une petite étiquette portant un numéro, dans la grande armoire vitrée surmontée du buste en plâtre du roi.

— Tu as essayé chez les Lapons ? souffla le Borgne en regardant ailleurs.

— Ils en ont ?

C'était la troisième année que Stor-Anders vivait à Kirkenes et il n'en savait rien. Il ne savait même pas jouer aux cartes. Le soir, il retrouvait dans son coin sa boîte à outils, des scies très fines, et, des heures durant, il fabriquait des objets en bois découpé, des jouets, de petits meubles, qu'il expédiait à son fils par le bateau.

— Il leur arrive de traverser avec leurs traîneaux le petit morceau de Finlande... Là, pour l'alcool, c'est pareil à ici... Mais, à la frontière russe, les sentinelles sont contentes d'échanger de la vodka contre des conserves... Alors, comme ça, voilà que ça te prend aussi ?...

Anders n'avait pas retiré sa pelisse, ni ses caoutchoucs, ni son bonnet de loutre. Il repartit comme il était venu et dans la rue, quand il passait sous les lampes électriques, il avait l'air de courir après le léger nuage que formait son haleine.

Il vit bien la maison du directeur, Berner Kalvaag... Une vraie maison, carrée, avec un étage, des lumières douces derrière les rideaux et toujours des accords de piano qu'on entendait de loin. Est-ce qu'il aurait pu entrer, entrer dans ce salon qu'il avait entrevu une fois avec sa lampe à abat-jour rosé, et déclarer à M. Kalvaag :

— C'est moi, Anders, oui... Je vous demande, je vous supplie de me donner de l'alcool... Vous en avez, parce que la loi n'est pas faite pour vous... On n'a pas peur que vous vous enivriez, vous, un jour de cafard, et que vous fassiez des bêtises…

Il marchait, sans rencontrer personne. Et s'il allait en demander à bord du chalutier anglais ?

D'abord chez les Lapons… Ce n'étaient que trois huttes de bois et, dans l'une d'elles, on entendait piétiner les rennes. Il poussa la porte, pénétra dans la chaleur, dans une odeur rance, frôla un renne écorné qui pendait au plafond, roide, et dans lequel on taillait chaque jour les parts de viande.

On le regardait avec étonnement. Il n'était pas un habitué. Des enfants jeunes et gras se traînaient par terre.

— Je voudrais de l'alcool… dit-il très vite. N'importe quoi.

Son exaltation s'était encore accrue. En outre, il avait marché si vite qu'il était essoufflé. Il observait avec angoisse le vieux Lapon qui secouait la tête.

— Je n'en ai plus seulement une petite goutte… À la frontière, ils ont changé les sentinelles et la dernière fois que je me suis approché, les nouveaux ont tiré…

Encore dehors, encore et toujours avec son besoin lancinant. Maintenant, il parlait tout seul, disait des mots comme :

— Il le faut… Il le faut… Sinon, je ne sais pas ce que…

Ses gestes étaient saccadés, sa démarche celle d'un fou. Il faillit tomber dans le port et ne s'arrêta que de justesse, devant le chalutier anglais. Il entendit qu'on parlait près de lui, qu'on parlait norvégien. C'étaient les deux douaniers qui faisaient les cent pas sur le quai.

Cinq fois, six fois, le docteur Joachim Troms avait rempli son verre et, chaque fois, l'avait vidé d'un trait. Sa partie d'échecs n'était pas terminée. Il contemplait les pièces, en grattant ses joues râpeuses, tandis que de la rue on apercevait dans une vague lueur le grand bocal vert et le grand bocal jaune.

Quand résonna le timbre de la porte, il resta encore un moment immobile, puis soupira, se leva, oublia de poser la bouteille derrière son fauteuil comme il en avait l'habitude.

L'immense Anders était debout, une fois encore, au milieu de la pharmacie, mais, depuis sa visite précédente, son émotion avait eu le temps de croître, au point qu'il était presque effrayant.

— Écoutez, docteur… Je comprends que vous ne donniez pas de l'alcool à tout le monde, puisque c'est la loi… Vous devez garder votre place, n'est-ce pas ?… Comme tout le monde !… C'est vrai que je ne suis pas malade et que je n'ai pas pris froid…

Voilà le malheur ! Stor-Anders ne pouvait être que Stor-Anders. Il ne pouvait que penser comme Stor-Anders. Et il avait beau dévorer le docteur de ses yeux fiévreux, il lui était impossible de penser, ne fût-ce qu'une minute, comme le docteur Troms.

Sinon, rien ne serait arrivé.

D'abord, pour Anders, Troms était sale. Et c'était vrai. Il ne se soignait pas, ne se rasait jamais, devait couper sa barbe au ras des joues avec des ciseaux. Est-ce que seulement il se lavait ? On ne l'avait jamais vu au bain et il se dégageait de sa personne une odeur de vieux mâle.

Que pouvait penser Anders d'un homme comme celui-là, qui ne parlait à personne, vivait seul dans son trou et sentait l'alcool ?

Sans compter que, pour certains, il faisait des exceptions, que des ouvriers qui savaient s'y prendre et qui n'avaient pas la plus petite bronchite avaient obtenu du whisky ou du rhum.

Et cette façon de le regarder, comme quelqu'un qui n'a pas la conscience tranquille ! C'était le plus pénible. On avait envie de lui dire :

— Approchez ! N'ayez pas peur ! Je ne vais pas vous battre…

Ce qui aurait été trop facile. D'une main, Anders aurait pu le prendre par le cou et le coller au mur, l'y écraser…

— Je vais vous avouer la vérité, docteur… Vous me connaissez… Vous savez que je ne suis pas buveur, ni joueur… Je ne suis jamais venu, comme tant d'autres, mendier un peu d'alcool… Aujourd'hui, j'en ai besoin parce que, si je n'en ai pas, si je reste avec mes pensées, je ne sais pas de quoi je suis capable… Je deviens fou, docteur !… Je deviens fou !…

Il hurla littéralement ces mots.

— Si vous ne voulez pas me donner d'alcool, donnez-moi une drogue qui me fasse dormir pendant des jours, abrutissez-moi, faites ce qu'il vous plaira, mais empêchez-moi de penser… Elle est morte !… Elle est morte et je ne sais rien !… Elle est morte et j'ignore de quoi elle est morte et ce qu'ils ont fait du gamin…

Sa main, à ce moment, tâta sa poche. Il voulait y prendre le télégramme qu'il avait reçu le matin et qui ne portait pas de signature, sans doute un télégramme officiel, du commissaire de police ou de quelqu'un dans ce genre, à moins que ce ne soit d'un voisin.

Épouse Solstad décédée 6 décembre.

Il ne trouva pas le papier tout de suite et jugea qu'il n'était pas indispensable de le montrer au médecin. Celui-ci n'allait tout de même pas croire qu'il jouait une pareille comédie pour un peu d'alcool !

— Voilà ! Il est écrit qu'elle est morte le 6 décembre et nous sommes le 12… Vous comprenez ?… Cela fait six jours, de sorte qu'elle est déjà enterrée… Le 6 décembre, c'était la Saint-Nicolas… J'avais envoyé des jouets pour le petit… Elle n'était pas malade quand elle m'a écrit la dernière lettre, le 24 novembre… Les jouets ont dû arriver le 5, par le bateau… Et, à ce moment-là… Dites-moi… Qu'est-ce qu'il se passait chez nous, à ce moment-là ?… Qui était près d'elle ?…

Jamais peut-être le docteur n'avait regardé quelqu'un avec autant d'intensité, mais aucune trace d'émotion n'apparaissait sur son visage. On lui aurait montré un spécimen rare, un spécimen de n'importe quoi, ou encore il aurait assisté à une partie entre deux champions d'échecs qu'il aurait sans doute eu le même regard aigu, le même front plissé, la même expression tendue.

Et voilà que Stor-Anders, qui n'avait pas bu, s'épanchait à la façon d'un ivrogne. Ou plutôt il éclatait. Il y avait trop d'heures que cela bouillonnait en lui. On lui avait apporté le télégramme à la mine, vers dix heures du matin. Il était resté hébété. Il n'avait rien dit. Pendant un bon moment il avait continué de diriger le travail de son équipe, puis soudain il était parti, était passé sans un mot devant le pointeau qui avait essayé en vain de le rappeler.

Il avait marché. Il avait parlé tout seul. Il s'était jeté sur son lit, la face dans l'oreiller. Mais il n'avait pas encore pleuré.

Parce que cela dépassait tout ! C'était en dehors du domaine de ce que l'on peut concevoir. C'était ignoble ! C'était d'une révoltante injustice !

Est-ce qu'il avait mérité, lui, Anders, un coup pareil ? Hanna, sa femme, n'était pas forte, mais elle était vaillante. La preuve, c'est qu'elle ne s'était jamais plainte quand il était resté des mois en chômage, juste au moment où leur fils était né.

— Quand je serai remise de mes couches, je travaillerai… disait-elle.

Ils habitaient une sorte de caserne d'ouvriers, dans un faubourg d'Oslo. Il y avait des boutiques aux environs et le rêve de Hanna était de tenir un jour une boutique de ce genre, de préférence une crémerie, parce que c'est plus propre et qu'on est toujours en tablier blanc.

Voilà le genre de femme que c'était. Et lui, s'il avait accepté de venir à Kirkenes, c'était justement à cause de cette boutique. À Oslo ou ailleurs, il n'aurait jamais gagné assez d'argent pour se payer un fonds de commerce.

— En cinq ans de travail là-bas, avait-il déclaré, on peut mettre suffisamment de côté pour…

Et qu'est-ce qu'il avait fait ? Oui, qu'est-ce qu'il avait fait, lui qui, à ce moment-là, avait un gamin de quelques mois qu'il avait à peine vu ? Il n'avait pas pris ses vacances la première année, parce que cela lui économisait plusieurs centaines de couronnes !

Maintenant, le docteur se réfugiait derrière son comptoir comme s'il avait peur de lui. Est-ce que Stor-Anders ricana ? Il ne s'en rendit pas compte. Il fallait que ça sorte.

— *Épouse Solstad décédée...* Vous comprenez ?... Rien d'autre !... Et le petit ?... Qui était là ?... Moi, je n'ai pas de famille... Ou plutôt, si j'en ai, elle ne s'est jamais occupée de moi... Quant à Hanna, son père est une sorte d'ivrogne qui...

S'il avait su qu'un ou l'autre de ces flacons contenait de quoi l'empêcher de penser pendant quelques heures !

— Il n'y a pas de bateau avant huit jours... C'est pendant huit jours, vous entendez, pendant huit jours que je veux être ivre du matin au soir... Sinon, je deviendrai fou furieux... Il n'y aura pas de lettre avant... Il n'y aura rien... Est-ce que vous allez me donner du whisky ?... Hein ?...

Il le fixait, farouche et suppliant tout ensemble, et sa haute silhouette traçait une ombre gigantesque sur le mur.

Un chat, à cet instant, sortit de la seconde pièce, de l'antre du docteur, et vint se frotter, le dos rond, aux jambes d'Anders.

Il y eut un silence. Une bûche crépita dans le poêle vert. Le docteur semblait faire un effort et balbutiait enfin :

— Vous savez bien que ce n'est pas possible…

Anders ne remarqua pas que les derniers mots étaient sans colère. Le plus déroutant, c'était la voix fluette et douce qui articulait ces paroles.

— La police est sévère, ces temps-ci… Si on vous rencontrait ivre, on saurait tout de suite d'où ça vient et je perdrais ma place…

Anders ne remarqua pas que les derniers mots étaient tremblés.

Il n'était qu'Anders.

Et l'autre…

— Ainsi, malgré ce que je viens de vous raconter, vous refusez ?

C'était inconcevable ! Tout le monde savait que le docteur Troms était un ours, un maniaque, une sorte de sauvage qui ne desserrait les dents que quand c'était strictement nécessaire. Il était appointé par la mine. Toujours le même travail : bronchite, pneumonie, tuberculose… Ou alors des accidents… Il examinait ses malades sans rien dire. Il ne les écoutait pas, hochait la tête, rédigeait son ordonnance, délivrait les médicaments.

Mais qu'un homme comme Anders vînt honnêtement, simplement, lui avouer que…

— Docteur, je vous en supplie… Vous ne savez pas de quoi je suis capable… J'ai toujours tout supporté, la vie à Oslo, le chômage, l'existence ici… Tout !… Parce que je pensais à Hanna et à l'enfant… Vous comprenez ça, oui ?… Maintenant, il me semble que j'ai été volé, qu'on m'a trompé, qu'on m'a…

La rage l'empoigna.

— Et vous, à cause de règlements imbéciles, vous me refuseriez l'alcool que je vous demande, que je vous supplie de...

C'était devenu une idée fixe.

— Vous qui êtes vous-même un ivrogne... Oui... Je ne crains pas de le crier et je sens votre haleine jusqu'ici...

Était-il une pièce de musée pour qu'on le regardât de la sorte, sans émotion, avec tout au plus un certain effroi ? Est-ce que ses sentiments n'étaient pas respectables ? Est-ce que le docteur n'aurait pas dû...

— Je suis désolé, mon ami... Tout ce que je peux faire, c'est vous préparer un sirop...

Alors, brusquement, la colère serra la gorge d'Anders et un tout petit fait suffit à la pousser au paroxysme. Le chat, qui avait cessé de se frotter contre sa jambe, était retourné dans la pièce voisine. On entendit un bruit. C'était l'animal qui sautait sur la table. Anders tourna la tête, ne jeta qu'un coup d'œil machinal, mais ce coup d'œil suffit à lui faire constater qu'il y avait là, sur le tapis à carreaux, une bouteille d'aquavit entamée.

— Salaud !... gronda-t-il. Salaud de salaud... Ainsi, tu...

Nul, sauf le chat, n'assista à la scène. À huit heures, alors que tout le monde à Kirkenes avait soupé et que le chalutier anglais, qui venait de lever l'ancre, lançait de longs hurlements, Stor-Anders poussa du pied la porte du club et sa tête, à travers toute la salle, sembla déchirer le nuage de fumée devenu plus épais.

Il avait perdu son bonnet de loutre. Il y avait de la

neige salie sur sa pelisse, comme s'il s'était roulé par terre. Tout le monde avait remarqué que sa démarche était lourde et mal assurée.

Il ne salua personne, ne dit rien, se laissa tomber sur le banc près du Borgne qui pouvait rester des heures immobile et silencieux à contempler son verre, fût-ce un insipide verre de bière.

Les narines du Borgne frémirent. Après un long, très long silence, il murmura :

— Alors, tu en as trouvé…

Puis encore un temps.

— Combien le bandit te l'a-t-il fait payer ?

Anders le regarda comme s'il ne comprenait pas. Il eut même l'air de se demander comment il était arrivé ici, se passa la main sur le front. Les billes couraient sur les billards surmontés de lampes à abat-jour vert. La radio apportait d'Oslo la musique d'un opéra.

— Écoute, Peter… On ferait peut-être bien d'aller voir chez le docteur…

Il frissonna. Peter le Borgne ne comprit pas tout de suite.

— C'est chez lui ?…

Signe affirmatif de la tête.

— Il a bien voulu ?…

Puis soudain, se levant :

— Tu ?…

La tête fit oui et l'instant d'après Peter rejoignait quelques hommes, certains abandonnaient le billard et un petit groupe s'éloignait dans la neige craquante.

À part la T.S.F., les bruits s'étaient tus et ce fut encore avec étonnement qu'Anders contempla autour de lui la salle vide. Il était fatigué. Les bancs n'avaient pas de dossier. Il sentait qu'il pourrait bien glisser en arrière.

Alors, il se leva, fit quelques pas en titubant et s'approcha d'un des poêles, comme un soldat après une longue marche. Dieu sait pourquoi il retira sa pelisse, choisit sa place, s'accroupit, s'étendit de tout son long et se couvrit de son vêtement.

Il était à bout. Il avait besoin de dormir. Quand les hommes revinrent, une demi-heure plus tard, il ronflait, mais on voyait encore, dans le coin de sa paupière, la trace luisante d'une larme.

D'abord, on avait espéré que c'était une fausse alerte. La lumière brillait faiblement derrière les bocaux de couleur. La pharmacie était vide. Seul un chat se faufila et s'élança dehors, profitant de l'arrivée des ouvriers.

Pourtant, par terre, il y avait les débris d'un bol de faïence, celui dans lequel le docteur préparait ses pommades. Il y avait aussi des taches sombres, et des taches sur le papier peint du mur, à hauteur, à peu près, de la tête d'un homme.

C'est dans la seconde pièce qu'on trouva le docteur Troms, assis dans son fauteuil, la tête sur son échiquier, près de la bouteille d'aquavit renversée.

Quand on lui releva la tête, on vit une mare de sang coagulé, une face exsangue, barbouillée.

Chose curieuse, un bout de papier, de celui qui servait pour les ordonnances, restait collé à la barbe.

— Retire-le doucement… On ne sait jamais…

— Si on n'y touchait pas ?... Puisqu'il est mort... Il voudrait peut-être mieux que ce soit la police...

Mais le papier se décolla de lui-même. Il fallut le ramasser par terre. Il était écrit, au crayon : « Je suis sourd depuis quatre ans... Je ne sais pas ce qu'il... »

C'était tout. Les hommes se regardaient et ne comprenaient pas. L'air sentait l'alcool et le sapin brûlé.

Anders dormait si fort que le policier chargé de s'assurer de sa personne hésitait à le réveiller.

— Hé !... Anders... Dites donc...

Quand il ouvrit un œil, il vit la bibliothèque avec les livres reliés de toile noire et, au-dessus, le buste en plâtre du roi.

Il était calme. On aurait pu croire qu'il venait de faire un cauchemar. Il dit simplement en se levant et en se frottant le visage :

— Ah ! oui...

Puis, une fois debout :

— Eh ! bien...

Ses camarades le regardaient et n'osaient rien dire. Il n'était plus un homme comme eux. Il avait tué. Il avait tué le docteur Joachim Troms.

On s'écarta avec un sentiment qui ressemblait à du respect.

Il était arrivé à la porte quand il fit demi-tour.

— Ma pelisse...

Il la ramassa. Il semblait qu'il allait l'épousseter, tant il apportait de minutie dans ses gestes. Et il cherchait encore quelque chose. On se demandait quoi. Il inspectait le plancher et la table en fronçant les sourcils.

— Mon bonnet…

Puis il se souvint et il fit une fois encore, rasséréné :

— Ah ! oui…

Le bonnet était tombé pendant qu'Anders frappait la tête du docteur contre le mur. Il devait être toujours là. Il n'était pas perdu.

Le policier ne s'impatientait pas. Lui si dur avec un homme qui avait le malheur de chanter dehors après l'heure, paraissait impressionné. Et tous autour de lui. On suivait curieusement les moindres faits et gestes d'Anders, parce qu'on sentait qu'il ne vivait plus dans le même monde que les autres.

Il faillit, parce qu'il avait la bouche pâteuse, vider un verre de bière qui traînait sur une table, à côté d'une bouteille vide, puis, sans raison, il changea d'avis et suivit le policier, releva, une fois dehors, le col de sa pelisse.

La piste du Hollandais

L'inspecteur répondit au clin d'œil du concierge par un autre clin d'œil qui signifiait :

— Compris !

C'était un inspecteur jeune, élégant, désinvolte et il repoussait volontiers en arrière, comme dans les films américains, son chapeau de feutre gris.

Il était dix heures du matin. C'était le printemps. À travers la porte tournante du Grand Hôtel on apercevait dans un éblouissement le boulevard des Capucines, l'ombre bleue des arbres, on devinait la fraîcheur de l'arroseuse municipale et l'odeur du bitume qui est déjà un avant-goût de l'été.

L'inspecteur, une cigarette entre les doigts, continua à déambuler dans le hall sans perdre de vue M. Mops qui venait de sortir de l'ascenseur. Or, M. Mops, Cornélius Mops, était exactement le personnage qui devait, dans ce cadre, incarner la joie de vivre.

Le hall un peu trop chargé de dorures, le concierge qui triait le courrier, la demoiselle, en face, qui louait des places pour le Casino de Paris et les Folies-Bergère, les chasseurs, les maîtres d'hôtel, le jet d'eau rafraîchissant, le bar où le barman astiquait les *shakers*, tout cela c'était pour lui, c'était à lui, et le boulevard où chaque vitrine offrait des choses élégantes, la terrasse du Café de la Paix où le guettaient déjà les marchandes de fleurs…

C'était pour lui, Cornélius Mops, et pour les quelques autres messieurs prospères, venus de tous les coins du monde, qui prenaient leur café du matin, ou leur porridge, ou leur marmelade d'orange en lisant les journaux de leur pays.

M. Mops, chaque jour, depuis trois semaines, s'éveillait dans l'appartement 225, au second étage. Il pressait un bouton et un valet de chambre lui apportait le plateau du petit déjeuner, ouvrait les persiennes, comme le rideau d'un théâtre, sur le spectacle du boulevard animé.

M. Mops prenait un bain et frottait au gant de crin son corps rosé, un peu gras, où des bourrelets épaississaient les hanches. Il avait presque des seins de jeune fille.

Un complet l'attendait, gris tendre, repassé de frais, le pli impeccable, une chemise de soie, une cravate neuve, des souliers souples comme des gants.

En un glissement silencieux, l'ascenseur le descendait au sous-sol où Victor, le coiffeur, s'emparait de lui tandis que M. Mops se regardait rêveusement dans la glace. Les joues, rasées de près, devenaient, sous l'action des serviettes chaudes et du massage facial, d'un rose légèrement violacé. Les cheveux grisonnants ne tardaient pas à avoir l'éclat d'une belle soie. Un coup de brosse… L'ascenseur… Le chasseur lui tendait un chapeau gris perle…

Tandis que l'inspecteur de police, à qui le concierge si aimable avait adressé une œillade, examinait discrètement quelques photographies qu'il avait apportées à tout hasard.

Or, l'inspecteur constatait que Cornélius Mops ne ressemblait à aucun des escrocs internationaux fichés à la Police Judiciaire, à aucun voleur à l'américaine, laveur de chèques, rat de palace, ou écumeur de villes d'eaux.

Et pourtant Émile, le concierge du Grand Hôtel, n'était pas de ces hommes qui se trompent. L'inspecteur, en faisant sa tournée, tout imprégné de printemps, lui avait demandé en lui serrant la main :

— Rien de nouveau ?

Émile avait répondu, après un coup d'œil au tableau des clefs :

— Peut-être le Hollandais du 225 ?

Curieux client que ce Mops Cornélius qui était arrivé un matin, trois semaines plus tôt, sans la moindre valise. Il portait un complet neuf, des souliers neufs, une chemise neuve, un chapeau neuf. Il paraissait tout neuf lui-même et il avait demandé :

— Le 125 est libre ?

Il ne descendait ni d'un taxi, ni d'une auto particulière. Il commettait une première faute en s'adressant, non à la réception, mais au concierge, qui l'avait renvoyé à ces messieurs en jaquette.

— Le 125 ?... Non, monsieur... Il est occupé... Mais nous avons exactement le même appartement au second étage... Vous avez déjà occupé le 125 ?

— Justement, c'est parce que je l'ai occupé autrefois…

— Si vous voulez bien me donner votre nom…

Deuxième faute. M. Mops ignorait qu'il suffisait de consulter les fiches pour savoir qu'il n'était jamais descendu au Grand Hôtel, tout au moins sous le nom de Mops. L'employé ne le lui fit pas remarquer, évidemment.

— On va vous montrer le 225 et, dès que le 125 sera libre…

Un peu plus tard, Émile, le concierge, proposait au Hollandais :

— Je fais prendre vos bagages à la gare du Nord ?

— Non… Je suis venu… Je suis venu en avion…

— Je les fais prendre au Bourget ?

— Je les apporterai moi-même…

La vérité, Émile l'avait dite à l'inspecteur de la P.J., c'était que M. Mops n'avait pas de bagages. La preuve, c'est qu'il revint l'après-midi avec un sac de toilette impeccable, acheté le jour même aux Champs-Élysées.

Puis il acheta des chemises, se fit faire un complet de rechange, des souliers de rechange. Pas une fois, il ne demanda s'il y avait du courrier pour lui. Il ne prit de places ni pour le Casino, ni pour les Folies, ni pour aucun théâtre et il ne rentra jamais le soir en compagnie. Enfin Bob, le barman, apprit à Émile que le Hollandais ignorait la différence entre un manhattan et un gin-fizz. Et, descendu pour la première fois chez le coiffeur, il avait regardé avec un certain effarement Olga, la manucure, s'emparer d'autorité de ses mains.

M. Mops se comportait, boulevard des Capucines,

comme un nageur novice qui n'ose pas quitter les petites vagues du bord. Peu à peu seulement, avec une prudence extrême, il élargissait le cercle de ses pérégrinations. D'abord, il découvrait les uns après les autres les locaux multiples du palace et il lui fallut plusieurs jours pour oser s'asseoir dans les fauteuils du salon de lecture. Le bar ensuite, puis le thé-dansant.

Dehors, il se comportait de même et on pouvait le voir s'aventurer à petits pas sur les Grands Boulevards, s'arrêter devant les étalages pour s'asseoir enfin à la terrasse du Café de la Paix où il restait des heures à regarder passer la foule.

Chaque jour aussi, il pénétrait dans une banque de la rue Auber et, comme à regret, changeait un certain nombre de florins, pas beaucoup, juste de quoi subvenir aux petits frais de la journée.

L'inspecteur était entré derrière lui à la banque et avait noté ensuite les numéros des billets : ces numéros ne figuraient sur aucune liste de billets volés.

Pourquoi alors, avant de descendre au Grand Hôtel et d'y réclamer un des appartements les plus somptueux, Cornélius Mops avait-il vécu trois jours dans un meublé de troisième ordre en face de la gare du Nord ?

Encore une découverte d'Émile le concierge. À croire qu'Émile tenait ses clients au bout d'un fil et que rien de leurs faits et gestes ne lui échappait. Dans la salle des courriers, où le haut personnel prend ses repas, le maître d'hôtel italien du second étage avait questionné :

— Qu'est-ce que c'est, le 225 ?

— Un Hollandais, Cornélius Mops…

— Curieux… Il y a quelques jours, je l'ai rencontré ailleurs… Mon cousin Pepito est gérant de l'hôtel du Hainaut, près de la gare du Nord… Je vais le voir de temps à autre… C'est là que j'ai aperçu M. Mops, j'en suis sûr…

L'inspecteur de police, mis au courant, avait demandé à Émile, qui était toujours de bon conseil :

— Qu'est-ce que vous en pensez, vous ? Un caissier qui a mangé la grenouille ?

Émile fit non de la tête. Un caissier qui a mangé la grenouille et qui descend dans un palace de Paris commence invariablement par faire la fête. Or, Cornélius Mops ne faisait pas la fête. Cornélius Mops s'ennuyait comme un homme pour qui les journées sont trop longues.

Pas de théâtre, pas de petites femmes, pas de cocktails. Il ne visitait pas de musées, ne liait connaissance avec personne. Et, quand il jugeait qu'il occupait trop longtemps sa place à la terrasse du Café de la Paix, il s'aventurait un peu plus loin sur les Grands Boulevards.

Souvent, au lieu de prendre ses repas au Grand Hôtel, il déjeunait ou dînait dans un prix-fixe du faubourg Montmartre, parmi les employés et les dactylos.

Après quoi, dans le calme d'une brasserie et sur du papier à en-tête de celle-ci, il écrivait lentement une lettre, réclamait un timbre – un timbre pour l'étranger – et allait jeter sa missive dans une borne-poste.

À mesure que le temps passait, que les jours succédaient aux jours, Cornélius Mops manifestait plus de nervosité et comme de l'inquiétude.

Certes, il était toujours un peu mieux habillé. Il s'habituait au luxe de l'hôtel et chaque matin il acceptait, chez le coiffeur, les serviettes chaudes, la lotion et le massage facial.

Mais pourquoi ses yeux se cernaient-ils et exprimaient-ils parfois un véritable désespoir ?

Émile, qui en avait vu de toutes les couleurs, disait à l'inspecteur de police :

— J'en ai connu, comme ça, qui attendaient pendant des semaines un mandat télégraphique et qui finissaient par se suicider.

Dans ce cas, pourquoi ne demandait-il jamais s'il y avait du courrier pour lui et ne fréquentait-il pas non plus la poste restante ?

Était-ce quelqu'un qu'il attendait, homme ou femme ? Il ne s'informait pas des voyageurs. Ou plutôt, il avait murmuré trois ou quatre fois, au début, avec un sourire contraint :

— Le 125 n'est pas encore libre ?

La troisième fois, Mme Caliano sortait de l'ascenseur et une vague de parfum, traversant le hall, atteignait avant elle le bureau de la réception. L'employé en jaquette avait toussé puis, la dame passée, avait murmuré discrètement :

— C'est justement la personne qui occupe le 125… Une Sud-Américaine… D'habitude, elle reste chez nous jusqu'après le Grand Prix !

Eh ! bien, Cornélius Mops ne connaissait même pas la date du Grand Prix !

À croire qu'il ne connaissait pas davantage la différence entre un inspecteur de la police et un voyageur du Grand Hôtel. Pas une fois, il ne regarda celui qui rôdait dans le hall, l'air nonchalant, et qui le suivait à la piste.

L'inspecteur crut avoir découvert enfin la vérité quand, au thé-dansant, Cornélius Mops, gauche et rougissant, alla s'asseoir à la table voisine de celle où Mme Caliano répandait ses parfums et ses œillades.

— Qu'est-ce que vous en pensez, Émile ?

Émile avait hoché la tête.

— Peut-être que c'est ça ?... Je ne dis pas non... Et pourtant, voyez-vous, ce n'est pas le genre...

Pas le genre de Mme Caliano, en tout cas, qui préférait les jeunes, blonds et élancés.

Une de ces créatures dont on dit qu'elles ont été superbes. Il lui restait les yeux, noirs, ardents, brûlants, les cheveux que le coiffeur aidait à rester noirs, une voix chantante qui tournait à l'aigu et d'admirables mains potelées.

Le reste péchait maintenant par excès, excès de tout, excès de chair fluide, excès de parfums et de couleurs vives, excès de pétulance et d'appétits de toutes sortes. Le thé-dansant, pour elle, ne se traduisait-il pas par une bonne dizaine de gâteaux qu'elle accompagnait d'autant de verres de porto ?

Ce n'en est pas moins à elle que Cornélius Mops s'attaqua et parfois, tandis qu'il faisait succéder les travaux d'approche aux travaux d'approche, une douloureuse angoisse se lisait dans son regard.

— Ce n'est pas cela non plus, affirmait Émile. À son âge, il pourrait tomber amoureux d'une petite du vestiaire, d'une ouvreuse du cinéma voisin ou d'une marcheuse du Café de la Paix. Pas de Mme Caliano...

Cela n'empêchait pas Cornélius Mops de maigrir

et ses paupières de s'entourer d'un cercle bleuâtre de plus en plus profond.

— Peut-être ses bijoux ?

Car Mme Caliano ressemblait, l'après-midi, à une vitrine de la rue de la Paix.

— Je ne sais pas…

On sentait qu'aucune de ces hypothèses ne satisfaisait Émile et que l'inquiétude de Mops commençait à déteindre sur lui. Émile avait horreur de ne pas comprendre.

— Allô… C'est vous, inspecteur ?… Ici, Émile… Oui…

Émile, qui disposait dans son coin, près de la porte tournante, de toute une collection de téléphones, s'était glissé dans une des cabines et, tout en parlant, épiait le hall par la vitre.

— Non… Je ne sais pas encore… Mais, si vous n'avez rien de mieux à faire, je me permets de vous conseiller… Oui… Non… Aujourd'hui, je dois justement remplacer mon camarade de nuit, dont la femme attend un bébé…

Quand l'inspecteur arriva, il était neuf heures du soir et le hall était presque désert. Parfois un couple, habit et robe de soirée, cape d'hermine et souliers dorés, le traversait vivement pour s'engouffrer dans un taxi.

— C'est dommage que vous ne soyez pas en smoking. Vous ne pouvez pas pénétrer comme ça dans la salle à manger. Mais je vais dire un mot à Antonio…

Antonio, le maître d'hôtel, fit passer l'inspecteur par les coulisses et lui désigna une sorte de judas.

À une table, à droite, dînait un couple surexcité. Mme Caliano, plus voyante et plus couverte de bijoux que jamais, et M. Mops qui paraissait ivre.

— Cela a commencé au thé, le renseigna Antonio. Ils ont bu je ne sais combien de portos. Ils riaient comme des enfants, ou plutôt comme des hystériques. Puis ils sont allés au bar… Je crois que je sais d'où cela provient… La dame attendait un jeune homme qui n'est pas venu… Le dépit, n'est-ce pas ?… L'autre en a profité et ils ont fait les petits fous en avalant des cocktails… Après quoi, ils sont montés se mettre en tenue et maintenant ils dînent au champagne… Avant une heure, ils seront mûrs…

Dans les yeux clairs du Hollandais, si tragiques les jours précédents, on voyait maintenant passer les lueurs d'un immense espoir.

— Cigarette ?

— Merci… Jamais pendant le service… Attention…

Onze heures du soir. Il n'y avait plus que le couple dans la salle à manger, le couple qui s'attardait en buvant toujours tandis que les chefs de rang et les garçons soupiraient après leur liberté.

Sonnerie. C'était un signal.

Et, en effet, bientôt après, Mops et Mme Caliano apparaissaient dans le hall, le teint animé, riant nerveusement.

— Cuite ! déclara Émile en désignant la Sud-Américaine qui se cramponnait au bras de son compagnon.

L'ascenseur les emporta. Émile écouta. Son oreille était fine et il avait l'habitude.

— Ils sont restés tous les deux au premier étage.

— Je n'aime pas ça…

— Moi non plus.

— Cette femme… dans l'état où elle est…

— Je vais vous conduire là-haut… Il y a une pièce de service à côté du 125… Le vasistas – vous n'aurez qu'à monter sur une chaise – donne sur la salle de bains…

Émile, lui, resta dans le hall, mais ses batteries de téléphones étaient comme autant d'antennes.

— Allô… 125 ?… Bien, monsieur… Le maître d'hôtel ?… Du champagne ?… Je vous envoie le sommelier… Tout de suite, oui, monsieur…

Porto au thé. Cocktails au bar. Trois bouteilles d'extra-dry à la salle. Et voilà qu'ils commandaient un magnum !

Onze heures et demie. Minuit. Une heure du matin. Les clients commençaient à rentrer, surtout les couples réguliers.

L'inspecteur, dans son cagibi, debout sur une chaise, ne voyait rien, car la salle de bains restait dans l'obscurité. Il entendait des éclats de voix, des rires… Puis comme des lamentations…

Sanglots ou hoquets ? Il ne pouvait pas le savoir. C'était entrecoupé de reproches et enfin de cris…

Il descendit de sa chaise et alla écouter à la porte de la chambre.

— Vous êtes une brute… Vous êtes… Qu'est-ce que vous faites ?… Mon Dieu ! que je suis malheureuse… Je vais mourir et pendant ce temps-là vous… vous…

La porte s'ouvre brusquement et Mops paraît, tombe nez à nez, littéralement, avec l'inspecteur qui ne s'y attendait pas. Il a les yeux agrandis par l'horreur. Sa cravate est dénouée, son visage livide.

Son premier mouvement est de s'élancer comme pour fuir, mais le policier lui a déjà saisi un poignet qu'il tord machinalement.

— Pardon… Où alliez-vous ?…

Par la porte entrouverte arrivent toujours des gémissements et des imprécations de femme.

M. Mops n'essaie pas de se dégager. Il s'effondre, c'est-à-dire que sa chair mollit, que ses traits s'affaissent et que des larmes jaillissent d'entre ses paupières.

— Qu'est-ce que vous lui avez fait ?

— Rien… Je le jure…

La porte ouverte, on découvre Mme Caliano en proie aux affres du mal de mer.

— Il a vu que j'étais malade, que j'allais peut-être mourir et, au lieu de me soigner…

Le magnum de champagne est vide, des verres brisés. Mme Caliano a vomi. Et, tandis qu'elle vomissait en croyant rendre l'âme, cet homme, cet homme qui avait bu avec elle et qui lui avait fait la cour, en avait profité pour monter sur une chaise…

La chaise est encore là, devant une armoire.

— Je ne sais pas ce qu'il cherchait, dit-elle, mais il cherchait quelque chose et, comme il ne trouvait pas, j'ai cru qu'il allait me tuer, tant son expression est devenue féroce…

Cinq heures du matin, dans un bureau du Quai des Orfèvres, cependant que le jour se lève sur Paris.

— Mais oui… Je vois que vous vous appelez bien Cornélius Mops et que vous habitez Leuwarden… Profession ?

— Sous-directeur de la fromagerie Van de Veld… Il y a vingt ans, monsieur, que je suis dans la même maison et jamais MM. Van de Veld père et fils n'ont eu à se plaindre de moi… J'ai fait bâtir une maison dans le quartier neuf… Mon fils est au collège et ma fille…

L'inspecteur lui a fait respirer de l'ammoniaque et maintenant M. Mops a un teint de papier mâché.

— Tout est perdu, comprenez-vous ?… Ma vie est finie… Jamais plus je n'oserai…

— Cigarette ?

— Merci…

Il l'allume machinalement.

— Tout cela, c'est la faute à Pijpekamp… Chaque semaine, nous nous retrouvons à Amsterdam, pour la réunion du Syndicat… Le Syndicat des fromages… Pijpekamp, qui est de Sneek, m'a entraîné dans un café où nous avons bu du vieux genièvre… Or, moi, monsieur, je ne supporte pas le genièvre… Toute ma vie, je n'ai bu que du lait, rarement un verre de bière… Il y avait là un homme qui…

Téléphone.

— C'est vous, inspecteur ? Ça va… Elle dort… Sa femme de chambre affirme qu'il ne lui manque rien… Non… Aucun bijou… Comment ?… Oui… Vous me raconterez ça tout à l'heure…

Mops continue :

— Cet homme-là, monsieur, était élégant, distingué… Il a attendu que je sois seul pour prendre une consommation à ma table... Puis il m'a demandé si je voulais gagner un demi-million en trois jours...

Mops est dégonflé comme une baudruche.

— Maintenant que je suis quand même perdu, je peux tout vous avouer... Cet homme était un voleur... Il n'a pas craint de me le dire... Un voleur international de bijoux...

L'inspecteur sourit et va prendre dans un lot des photographies, face et profil.

— Voyez si vous le reconnaissez parmi ces individus...

La cinquième photo est la bonne.

— C'est lui !... Cela le change d'être sans col ni cravate, mais je le reconnais cependant... Il m'a dit...

— Il vous a dit qu'il avait volé des bijoux dans un palace...

— Au Grand Hôtel, à Paris, oui... Alors, c'est vrai ?

— Il a ajouté qu'au moment de partir l'alarme a été donnée et qu'il est parvenu à cacher les bijoux dans une chambre vide...

— Comment le savez-vous ?

— Il n'a eu que le temps de franchir la frontière... Il est sans argent alors qu'il dispose d'un million de bijoux cachés dans un endroit déterminé...

Les yeux de Mops ressemblent à des billes.

— Il n'ose pas rentrer en France, où on possède son signalement et où il serait arrêté. Si vous acceptez d'y aller à sa place, il partagera son butin avec vous...

— Je me demande comment vous...

— Combien vous a-t-il demandé comme garantie de votre bonne foi ?

— Dix mille francs… Mais…

— Chambre 125 ?

— Oui… Je n'osais pas me présenter au Grand Hôtel habillé comme je l'étais… Je suis descendu près de la gare du Nord et me suis fait faire un complet… J'ai acheté des…

— Je sais ! Je sais ! Et vous avez attendu que le 125 soit libre…

— Cela me coûtait cher… Toutes mes économies…

— Parbleu ! Et quand vous avez vu que Mme Caliano ne se décidait pas à partir…

Le Hollandais rougit. C'est sans doute la première fois qu'il a tenté de séduire une femme en dehors de la sienne.

— Si Mina savait !… Je vous jure, monsieur l'inspecteur, qu'il vaut mieux que je me tue…

— Qu'est-ce que vous avez trouvé au-dessus de l'armoire ?

— De la poussière… Et cette femme criait… Et je… Voyez-vous, monsieur l'inspecteur, le rêve de toute ma vie a été d'habiter Amsterdam et, avec cet argent…

— L'argent des bijoux volés…

Mops pleure.

— Ou plutôt des bijoux qui n'ont jamais été volés, pour la bonne raison qu'ils n'ont jamais existé… C'est la huitième fois, monsieur Mops, que cet escroc réussit son coup…

— Un instant, madame… Je demande à mes services… Allô !… Dites donc, avez-vous entendu parler d'un certain Cornélius Mops qui… Comment ?… Une seconde… Vous habitez bien Leuwarden, madame ?… Oui… Allô !… Dans mon bureau, oui…

Le bureau du patron, à la P.J. Neuf heures du matin. Une dame blonde, couperosée, aux yeux clairs, à la mise correcte, qui s'excuse sans cesse et dont les mains nerveuses tripotent un sac en peau de porc.

— Vous disiez que votre mari, qui est sous-directeur d'une fromagerie et qui devait faire un voyage d'affaires de quelques jours…

Elle renifle, se tamponne les yeux de son mouchoir.

— J'ai peut-être tort de m'adresser à la police, mais c'est la première fois, en dix-huit ans de mariage, que…

— Entrez…

L'inspecteur, guilleret, malgré une nuit sans sommeil et sa barbe qui a poussé, échange des coups d'œil avec le chef.

— Introduisez-le…

Et soudain une voix extatique, avec à peine une pointe de reproche :

— Cornélius !

Mais elle ne se précipite pas pour l'embrasser. Sidérée, elle contemple le smoking, le plastron blanc, les souliers vernis.

— Cornélius !

Elle en arrive au visage amaigri, aux yeux cernés. Le premier « Cornélius » exprimait sa joie, le second sa stupéfaction ; le troisième trahit sa pitié et elle éclate en sanglots.

Le patron et l'inspecteur restent un moment devant la fenêtre ouverte tandis que le couple s'explique.

— Il est libre, monsieur le directeur ?

— Mais oui, madame…

Et voilà un quatrième « Cornélius ! » qui fuse comme une prise de possession :

— Merci, monsieur le directeur… Venez, Cornélius !

— Émile ?… Oui, c'est moi… Comment, la femme de votre collègue n'a pas encore accouché ?… Mops ?… Parti, oui… Sa femme l'a emmené… Comment ?… Mais non… Non plus… Puisque je vous dis non !… Un pauvre couillon, tout simplement !

Les demoiselles de Queue de Vache

Une journée mémorable, de toute façon. D'abord, pour Jean et pour Marie, c'était l'avant-veille de leur mariage. Ensuite, pour eux comme pour tout le monde, c'était le jour de la fameuse marée de 115, celle qui avait emmené la mer si loin qu'entre la côte, que ce soit à Nieul, Marsilly ou Esnandes, et l'île de Ré, c'est à peine s'il y avait, tout au bout des sables et des vases, un filet d'eau comme une rivière.

Mariage ou pas mariage, cela n'avait rien à voir et, à trois heures du matin, Jean était aux plus lointains bouchots avec la charrette, le cheval Octave, la tante Hortense qui était la seule à porter de bouffantes culottes noires alors que les autres femmes en portaient des bleues.

Marie Cujac était là aussi, à moins de cent mètres, avec son père qui louchait et ses deux vauriens de frères. Et tout Marsilly, les chevaux, les juments, les tombereaux, les gamins et les fillettes enfin qui en profitaient pour ramasser des huîtres et chercher des palourdes.

C'était comme ailleurs un jour de vendanges, sauf que chacun avait son champ, son champ de mer, en somme, puisqu'on était à plus d'un kilomètre des galets du rivage. On y plantait de longs pieux de sapin ; on en remplaçait d'autres, pour les moules qu'on récoltait à pleins paniers.

En partant, dans la nuit encore froide, Jean s'était rapproché un instant de Marie et lui avait soufflé :

— C'est décidé ! Je vais lui parler…

Et Marie s'était contentée de répondre :

— Tu crois qu'il faut ?

Maintenant le soleil était déjà haut. Jean avait remis tous les pieux de son bouchot en état. La tante avait rempli quarante paniers de moules tandis que le cheval Octave, patient, s'envasait doucement.

Le ciel, la terre, la mer n'existaient plus. Tout était tellement clair, avec des teintes si pâles et si lumineuses à la fois, qu'on avait l'impression d'être enfermé dans une immense coquille d'huître : du bleu pâle, du vert pâle, de l'or et de l'argent ou plutôt un mélange irisé de ces tons.

On n'eut pas besoin de se donner le mot, de consulter les montres et l'annuaire des marées, pas même de regarder l'ourlet blanc qui, là-bas, marquait la limite mouvante de l'élément liquide.

On partait d'instinct. Les chevaux eux-mêmes savaient que l'heure était venue de faire place à l'océan. Le tombereau des Cujac était déjà à mi-route et Jean voyait dans le soleil les culottes d'un bleu passé de Marie et le fichu rouge qui lui servait de chapeau.

Il fallut aider Octave à débourber ses roues. Tante Hortense, plus grande, plus forte, plus solide que toutes les femmes, marchait devant quand Jean fit quelques pas pour la rejoindre, regardant par terre, à cause des rochers visqueux et des trous de vase.

— Voilà… commença-t-il avec embarras. Je me marie après-demain…

Comme si elle ne le savait pas ! Comme si ce n'était pas elle, avec sa sœur Émilie, qui avait donné son consentement !

— Alors, à l'occasion de mon mariage, il y a une chose que j'aurais aimé savoir…

Il était aussi grand qu'elle, plus grand que tous les gars de Marsilly, qui sont pourtant des pièces d'hommes. Mais, large comme un lutteur, brun de poil comme un vrai mâle, il avait un regard et des timidités de fille.

— Ainsi, il y a quelque chose que tu voudrais savoir ?…

Elle ne l'aida pas. Au contraire ! Elle éprouva plusieurs fois le besoin de pousser la charrette aux passages difficiles et elle remit lentement en place des paniers qui ne menaçaient nullement de dégringoler.

— J'ai maintenant vingt-quatre ans et je n'ai jamais rien dit… Mais, du moment que je me marie…

La ferme des Boudru, la ferme d'Hortense et d'Émilie, était la dernière du pays ; isolée des autres, au bord de la mer, plantée devant les eaux, depuis des siècles, comme un bastion, et peut-être parce qu'elle était à la fin de tout, au bout du monde, elle s'était toujours appelée la Queue de Vache.

Émilie, qui avait fini depuis longtemps de traire les vaches et de battre à l'écrémeuse le lait de la veille, posait des bols, des couverts sur la table, surveillait son feu, versait de temps en temps un peu d'eau bouillante sur le café, ce qui ne l'empêchait pas de regarder par la fenêtre large ouverte, de voir, dans le soleil, les charrettes et les gens qui s'en revenaient, escaladaient la digue de cailloux, passaient sur le chemin ; des connaissances qui la voyaient chez elle lui faisaient le bonjour de la main ; Marie vint s'accouder à la fenêtre pour annoncer :

— Je viendrai à trois heures pour essayer la robe…

Et elle comprenait que là-bas Jean et Hortense ne causaient pas comme d'habitude, qu'ils marchaient trop lentement, disaient quelques mots, se taisaient, baissaient ou détournaient la tête.

Avant de venir se mettre à table, Jean devait décharger les moules dans la cour et Hortense entra la première dans la cuisine, laissant ses sabots dehors. Elle n'avait pas le temps de respirer que sa sœur lui lançait :

— … t'a parlé ?

Hortense était comme barbouillée, à croire, si on ne l'avait pas connue, qu'elle avait mal au cœur.

— … m'a parlé !

— Qu'est-ce qu'il t'a dit ?

En réalité, c'était plus bref, plus aigu. On n'entendait que :

— … qu'il t'a dit ?

Et l'autre, s'asseyant pour retirer ses deux paires de gros bas de laine :

— Tout !

— Qu'est-ce que t'as répondu ?

Plus bref encore, aussi bref que le regard en coup d'épingle qui accompagnait la question :

— … qu' t'as répondu ?

Alors un silence. Et le soleil qui entrait par les fenêtres carrées, jouait sur les carreaux rouges, sur les bols bleus, sur la bouilloire de cuivre. Et le bruit des grandes roues de charrettes écrasant lentement les pierres du chemin…

— … qu' t'as répondu ? répétait Émilie, méfiante, en remettant un peu d'eau sur le café.

— J'ai rien dit…

Elle était plus jeune de trois ans, plus petite, moins forte qu'Hortense. Elle avait été toujours ainsi, comme qui dirait anémique, pâle d'un bout de l'année à l'autre, avec une longue bouche triste de quelqu'un de mal portant, bien qu'elle n'eût jamais été malade.

— T'es sûre ?

Dans la cour, où le camion attendait de transporter les moules à la gare de La Rochelle, Jean dételait Octave et lui jetait du foin au bout d'une fourche.

— Qu'est-ce qu'il croit ?

Et voilà qu'Hortense n'était plus Hortense, que ses traits étaient brouillés, ses yeux en eau et qu'elle était obligée de se moucher.

— Je crois qu'il croit que c'est moi…

La mer avait déjà fait plus de la moitié du chemin et bientôt elle serait au pied de la Queue de Vache. Des bateaux se mettaient à flotter et on entendait crier les mouettes.

— Pourquoi ?

— Il croit…

— Pourquoi qu'il croit ?

Et comme on entendait des pas, ceux de Jean, Émilie commanda :

— Tais-toi !

Puis :

— Mouche-toi !

La journée ressembla aux autres journées de grandes malines. Jean chargea les moules sur le camion qu'il conduisit à La Rochelle. Il devait aller essayer son costume noir chez le tailleur, acheter du linge, des souliers vernis et aussi s'occuper d'une histoire d'assurances.

Les deux femmes, de leur côté, avaient leur travail, Émilie au ménage et à l'étable, Hortense dans le bureau où elle s'occupait des factures et des expéditions.

Si la mer n'avait pas été aussi calme qu'un lac, on aurait eu de l'eau jusque dans la cour, comme trois ans plus tôt, tant la marée était forte. Mais tout était calme, le ciel, l'air, l'océan vert avec des plaques jaunâtres là où il recouvrait de la vase.

En tournant, près de l'église de Marsilly, pour prendre la route de Nieul, Jean avait trouvé le moyen d'échanger quelques mots avec Marie, du haut de son camion.

— Qu'est-ce qu'elle t'a dit ? demandait Marie.

— Elle n'a pas voulu répondre.

— Tu vois ! Qu'est-ce que ça peut te faire ?

— J'aurais quand même voulu savoir… C'est bête de ne pas savoir qui on est…

— Laisse ça tranquille, va ! conseilla Marie qui avait un corsage gonflé de printemps.

Et il continua sa route, rêveur, ennuyé, mécontent, avec parfois un moment d'émotion ou d'attendrissement.

Pendant vingt-quatre ans, il avait été le neveu des sœurs Boudru ou, comme on disait encore, des demoiselles de la Queue de Vache.

Quand il était devenu un gamin et qu'il avait demandé qui était son père, on lui avait répondu :

— C'est notre frère Léon, celui qui est mort aux colonies…

Un bon bout de temps, il l'avait cru. Il disait avec un certain orgueil :

— Moi, mon père est mort aux colonies…

Puis il avait réclamé des précisions. Son père était mort au Gabon, mais il valait mieux ne pas trop en parler, parce que c'était une tête brûlée et qu'il n'avait jamais rien fait de bon.

— Et ma mère ? s'était-il enquis un beau jour.

Tante Hortense et tante Émilie s'étaient regardées. Tante Émilie avait soupiré :

— Elle est morte aussi…

— Qui était-ce ?

— Quelqu'un que nous ne connaissions pas…

Des années avaient passé ainsi, chez les deux tantes, chez les demoiselles de la Queue de Vache qui « faisaient la moule » et élevaient dix vaches.

Jean savait seulement qu'il n'avait pas de nom de famille officiel et que si on disait Jean Boudru ce n'était pas inscrit sur ses papiers.

Il apprit aussi qu'il était né à Saintes et il eut toujours envie d'y aller un jour sans que l'occasion s'en présentât.

Plus tard, au café, surtout quand, à l'occasion des fêtes, on avait un peu bu, on l'asticota.

— Laquelle des deux est-ce, ta mère ?

Les premières fois, il faillit se battre pour défendre l'honneur de tante Hortense et de tante Émilie. Il lui arriva de guetter des camarades, de les entraîner à l'écart, de leur faire du boniment pour leur demander en fin de compte :

— Qu'est-ce qu'il y a au juste ? Qu'est-ce que tu sais ?

On ne savait rien, sinon que Jean ne pouvait pas être le fils de Léon Boudru, vu qu'à l'époque de sa naissance celui-ci était au Gabon d'où il n'était pas revenu une seule fois.

Ou plutôt, tout ce qu'on savait, c'est qu'un beau jour les deux sœurs avaient disparu et étaient restées quatre mois absentes. Quelqu'un les avait rencontrées à Saintes. Quand elles étaient revenues, elles ramenaient un enfant en prétendant que c'était leur neveu.

— Dis bonsoir à tante Émilie…

— Va embrasser tante Hortense…

Pour le gamin, elles avaient toujours été deux tantes, une grande et forte, tante Hortense, qui s'occupait des moules comme un homme ; une mince et nerveuse, avec des migraines, tante Émilie, qui faisait marcher la ferme.

Les valets couchaient dehors, dans une bicoque qu'elles possédaient près d'Esnandes. Il ne venait jamais d'homme dans la maison.

Les deux demoiselles avaient élevé Jean comme une fille, allant jusqu'à jeter des pierres ou à battre les autres gamins qui s'en prenaient à lui.

Il avait dix-sept ans qu'on lui bassinait encore son lit et, la première fois qu'il était rentré à onze heures du soir, les deux tantes avaient pleuré dans leur lit.

Elles avaient encore pleuré quand il leur avait parlé de Marie.

— La fille Cujac ? avait insisté tante Émilie. Est-ce qu'elle n'a pas un père qui louche ?

— Mais elle ne louche pas…

— Un de ses frères a été réformé, n'est-ce pas ?

— Parce qu'il a eu deux doigts coupés par la batteuse…

— Enfin !… On verra !… Dis-lui de venir une après-midi…

Marie avait comparu, une après-midi que Jean n'était pas là. Après, il l'avait questionnée.

— Qu'est-ce que mes tantes t'ont dit ?

— Rien…

— De quoi t'ont-elles parlé ?

— Comme ça… Un peu de tout…

C'était la première fois que Marie était aussi peu bavarde, mais il n'y avait plus pensé. Dès le lendemain, c'étaient les tantes qui s'occupaient des formalités du mariage.

— Tu sais, Marie, que je suis un enfant naturel ?

— Cela m'est égal.

— Il faudra pourtant que je questionne une de mes tantes…

— À quoi bon ? Qu'est-ce que tu auras de plus…

Et voilà ! Il avait questionné tante Hortense, en revenant du bouchot, dans le soleil. Il n'aurait pas pu dire pourquoi il avait choisi tante Hortense, ou plutôt il n'aurait pas osé le dire, parce que c'était ridicule et gênant. La vérité est que tante Hortense avait une forte poitrine tandis que tante Émilie était plate. Alors il avait pensé…

À toutes ses questions, elle s'était contentée de répondre :

— Je ne sais pas ce que tu veux dire…

— Pourtant…

— Demande à ta tante Émilie…

De sorte qu'il allait se marier sans savoir qui il était. Il entrait dans La Rochelle, passait par les quais pour atteindre la gare et essayait soudain de se souvenir d'une commission qu'il devait faire mais qu'il avait oubliée.

Les deux sœurs avaient chacune leur travail et il leur arrivait, au hasard de celui-ci, de se rencontrer dans la cour ou dans une des pièces de la maison. C'étaient alors leurs seules conversations, qu'elles seules pouvaient comprendre, car elles étaient encore plus avares de paroles que d'argent.

— Pourquoi est-ce à toi qu'il a parlé ? demandait Émilie en allant au bureau pour téléphoner à la coopérative qui ramassait le lait.

— Sans doute parce qu'il a senti…

— Allô !… Le 12 à Esnandes… Ici Mlle Boudru… Je voulais vous dire…

L'instant d'après, elle laissait tomber :

— S'il en a choisi une, c'est justement celle qu'il ne croyait pas être sa mère…

— Pourquoi ?

— Une idée…

Au-dessus du secrétaire rougeâtre vieux de deux siècles étaient suspendus deux portraits, celui du père Boudru et celui de la mère Boudru.

Mais les deux sœurs ne regardaient jamais la première photographie qui, comme intentionnellement mal agrandie, s'était vite estompée : un homme pâle, quelconque, si quelconque qu'on ne l'eût pas reconnu parmi d'autres, sauf pour ses moustaches rousses et pour un petit toupet qu'il portait au milieu du crâne.

Encore une chose dont on ne parlait pas et que Jean n'avait pu apprendre qu'au village : le vieux Boudru était un valet de ferme, un valet de la Queue de Vache que la mère avait épousé alors qu'elle marchait sur ses trente-huit ans et qu'elle risquait de rester seule.

On se souvenait à peine de lui, au pays. Il était mort, on ignorait de quoi et cela n'avait aucune importance.

— Il est près de trois heures... Marie va venir...

— Je sais...

— On lui servira des gâteaux ?

— Si tu veux...

Un long silence, parce que chacune des sœurs continuait son travail.

— Dis donc, Hortense...

— Oui...

— Tu crois qu'elle lui parlerait, si elle savait ?

— Attends... Trente-sept et huit... Je retiens cinq...

— Tu crois qu'il a dit quelque chose ?

La mer avait beau être là, Marsilly à un kilomètre, le soleil sur leurs têtes, les deux sœurs, dès qu'elles ouvraient la bouche, parlaient un langage à elles et vivaient en dehors du monde.

— Il y a longtemps qu'on ne l'a pas vu…

— Il est venu lundi…

— Il était saoul ?

— Il pleurait…

Donc, s'il pleurait, c'est qu'il était saoul. Et s'il était saoul, Émilie avait craint un éclat et lui avait donné de l'argent.

Tout cela s'enchaînait si naturellement qu'Hortense se contenta de demander :

— Combien ?

— Cinquante francs…

— Alors, il reviendra demain…

— J'aime mieux ça qu'après-demain… S'il venait pendant la noce…

Il s'agissait de quelqu'un dont, en vingt-quatre ans, on n'avait jamais prononcé le nom : du vieux Joseph, pour tout dire, celui qui faisait des journées par-ci par-là, quand on avait vraiment besoin de quelqu'un, car il n'était bon à rien et s'enivrait dès le lever du soleil.

Les uns disaient qu'il était simple. D'autres prétendaient qu'il était plus malin qu'il n'en avait l'air. Lui souriait, parlait tout seul et couchait dans une cabane abandonnée à cinq cents mètres du village.

— Tu ne lui as pas parlé d'une somme ?

— Il ne veut pas…

Cette somme, elle aussi, faisait partie du vocabulaire des deux sœurs : la somme qu'il faudrait remettre à Joseph pour qu'il consente enfin à disparaître.

Seulement, il refusait ! Il refusait en souriant ! Cent fois le hasard l'avait placé au café à côté de Jean...

— Voici Marie... annonça Émilie.

La jeune fille entra, portant un carton qui contenait sa robe.

— Vous voulez m'aider à la passer pour voir si elle me va ?

Jean courait La Rochelle, où il avait essayé son complet noir. Hortense et Émilie se lançaient des coups d'œil qu'elles seules pouvaient comprendre.

— Qu'est-ce que Jean t'a dit ? questionna soudain Émilie.

— À moi ? s'étonna Marie.

— Oui... Tout à l'heure... Au coin de la route de Nieul...

— Qu'il avait questionné sa tante Hortense...

— Et après ?

— Qu'elle ne lui avait pas répondu...

— Et toi ?

— Moi ? Je lui ai conseillé de ne pas s'occuper de ça...

Émilie parut soulagée et un sourire, rare sur son visage, sembla distribuer des bons points.

— Elle est jolie, cette robe. Dans quel journal as-tu pris le modèle ?

— Il n'a rien dit d'autre ? insista Hortense.

— Non... Je ne crois pas...

— Essaie de te souvenir...

— Laisse-la, voyons ! s'interposa Émilie. Passe-moi les épingles, tiens ! Il y a une fronce de trop à gauche. Ça lui fait les hanches inégales...

Et Émilie pinça les lèvres pour y maintenir les épingles, s'agenouilla devant Marie, tandis qu'Hortense restait les bras ballants.

— Qu'est-ce que ça peut te faire ?

— Je ne sais pas… Je trouve que c'est bête…

Marie ignorait encore si elle devait parler ou non. Jean, élevé comme une fille, avait des ruses de fille et ne disait rien.

— Laquelle crois-tu ?

— Je ne sais pas…

— Hortense ?

— Je ne sais pas…

— Laquelle est la plus gentille ?

— Cela dépend…

— Laquelle aimes-tu le mieux ?

— Tantôt tante Hortense… Tantôt tante Émilie…

— Alors ! Pourquoi te tracasses-tu ?

— Je voudrais savoir…

Hortense pleurait, car c'était le jour de la noce et les jeunes mariés venaient de monter seuls dans leur chambre pour changer de vêtements.

— Si tu le dis…

— Si tu le dis, je dis… menaçait Émilie.

Un chantage qui durait depuis vingt-quatre ans. En clair, cela signifiait :

— Si tu dis la vérité, moi je la dis tout entière et j'apprends à Jean qu'il est le fils de Joseph, notre ancien valet…

— Dis !… suppliait Jean.

— Tu y tiens ?

— Comme tu voudras ! fit-il, soudain froid.

Et elle, effrayée :

— Je le dis… Ne boude plus… C'est Hortense…

Elle se reprit, ajouta, maintenant qu'elle était de la famille :

— Tante Hortense… Seulement, tante Émilie est jalouse… Elles te veulent toutes les deux…

Jean, un peu bouleversé, ne savait plus que penser.

— Et c'est moi qui t'ai ! triomphait Marie.

Il n'y prit pas garde sur le moment. Il pensait toujours à ses deux tantes, ou plutôt à sa mère et à sa tante.

— Surtout, ne leur dis pas…

— Mais non !

— Ne fais pas comme si…

— Je te promets…

— Chut !… recommanda-t-elle en entendant des pas dans l'escalier. Parlons vite d'autre chose… Je leur ai promis…

— Quoi ?

Elle n'eut pas le temps de répondre. Elle ne répondit jamais.

Désormais, elles étaient trois à la Queue de Vache.

Le matin des trois absoutes

Pourquoi n'aurait-ce pas été vrai ? Parce que, soi-disant, tous les enfants mentent ? Il prétendait, lui, qu'il entendait, *avant*, comme le bruit immatériel d'une araignée, qu'il ouvrait les yeux tout grands, qu'il attendait, presque haletant, et qu'il prévoyait la seconde à laquelle allait se déclencher la sonnerie furieuse du réveil.

Puisqu'on ne le croyait pas, tant pis ! Il en fut ce matin-là comme des autres matins. À cinq heures et demie, il faisait nuit. Il faisait froid. Il devait y avoir du givre sur les vitres. La veilleuse, dans le coin de la cheminée, jetait sa lueur orangée et sirupeuse. Il avait toujours dormi avec de la lumière, à cause de ses réveils brusques, effrayés, qui le laissaient pantelant, de la sueur au front. C'était une petite bouteille brune trapue, qui avait contenu jadis Dieu sait quoi et qu'on avait coiffée d'une mèche à huile. Il suffisait du moindre mouvement dans la chambre pour faire osciller la flamme.

Il se leva, pieds nus, en longue chemise blanche. Dans le lit, son jeune frère dormait, gonflant la lèvre supérieure. Le sommier grinça dans la pièce voisine ; le père ou la mère qui se retournait.

Le froid du linoléum sous les pieds. L'eau glacée de la cuvette. Et le réveil qui battait les secondes plus vite qu'à tout autre moment de la journée. Ces secondes étaient comptées. Les chaussettes. Les culottes courtes. La chemise de flanelle et le veston droit, boutonné jusqu'au cou. Le peigne mouillé dans les cheveux blonds qui se hérissaient en épi au sommet du crâne.

Puis l'escalier obscur. Le pardessus de ratine qu'il décrochait au portemanteau de bambou du corridor. Il fallait tâtonner. La clef. Enfin l'haleine froide, humide du matin. Une obscurité qui n'était pas tout à fait celle de la nuit et les cloches de la chapelle qui, à cet instant précis, à l'autre bout du quartier, sonnaient le premier coup de la messe de six heures. Tout à l'heure, quand il tournerait le coin de la rue, d'autres cloches, celles de l'église Saint-Denis, dont l'horloge retardait, sonneraient à leur tour.

Il marchait vite. Il rasait les maisons. Il les connaissait toutes, mais il était presque le seul à connaître leur visage à cette heure-ci. Dans sa rue, il n'avait pas peur. Rue de l'Enseignement non plus. C'était un peu comme s'il eût encore tenu à chez lui par un fil.

Il fallait ensuite traverser la place du Congrès, avec ses arbres noirs, son gigantesque poteau téléphonique au sommet duquel des centaines de fils vibraient dans le vent. Il marchait plus vite. Il lui était arrivé de courir. Tous les volets étaient clos. Les magasins étaient fermés. C'est à peine si on distinguait l'enseigne de chez Horisse, l'épicier, dont le gamin allait en classe avec lui et avait si peur des chiens.

C'était le second hiver qu'il faisait le même chemin, à la même heure, tous les jours, sauf les rares fois que le réveil ne sonnait pas.

La rue Pasteur, qui ressemblait à un canal vidé de son eau... Il faisait, exprès, du bruit avec ses souliers... Au bout, là-bas, après le sixième bec de gaz, ce serait fini... Il tournerait à droite et...

Très loin, dans une rue transversale, des vélos... Il en avait l'habitude... C'étaient les ouvriers de l'usine à gaz qui se rendaient à leur travail...

Et soudain... Il en était sûr... Il y avait des mois qu'il craignait ce moment-là... À dix mètres de lui, à moins de dix mètres, contre la porte cochère du fabricant d'eaux gazeuses, il y avait quelqu'un, debout, quelqu'un qui attendait... Il était trop tard pour faire demi-tour... Un seul parti possible : s'élancer, traverser la rue, gagner l'autre trottoir, courir à toutes jambes jusqu'à l'hôpital...

— Hep ! Petit...

Est-ce qu'il courait vraiment ? Il n'en savait rien. La tête lui tournait. Comme dans ses plus mauvais rêves, ceux qui le faisaient crier, ses jambes mollissaient, il ne sentait plus le sol sous ses pieds, une torpeur l'envahissait, une lourdeur de tous ses membres, comme une paralysie.

— Écoute !...

Il avait réellement couru, puisqu'il se trouvait devant la porte du charcutier chez qui sa mère l'envoyait si souvent chercher des côtelettes. Mais la porte était fermée, comme les autres. À peine si, de toute la rue, on voyait une lumière rougeâtre dans une mansarde. Et comment aurait-il crié ? Il n'avait plus de jambes, plus de voix. Il n'entendait que les pas de l'homme, plus rapides que les siens. Il appréhendait la seconde à laquelle, comme pour le réveil…

Et cela arriva ! Il se trouva immobilisé. Une main le tenait à l'épaule. Sa respiration était brûlante comme du feu. Il eut l'idée de balbutier :

— Ne me tuez pas…

Pourquoi ne le fit-il pas, il ne le sut jamais. Il écarquillait les yeux. Un homme qui lui paraissait très grand le regardait des pieds à la tête et il lui semblait qu'il était aussi gêné que lui et qu'il haletait, lui aussi. Peut-être n'était-il plus habitué à courir ?

— Écoute, petit…

Le gamin ne se doutait pas qu'à cet instant il avait les traits pointus, le regard aigu, l'air effronté, malgré sa frayeur.

— Il faut que je te demande quelque chose… Voilà trois jours et plus que je te vois passer…

On ne peut pas penser. Cela va trop vite. C'est trop effrayant. Trois jours et plus que dans cette encoignure…

— Si on t'offrait un beau cadeau, un magnifique cadeau, qu'est-ce que tu préférerais ?

Partir ?… Sonner enfin, en se hissant sur la pointe des pieds, à la lourde porte vernie de l'hôpital où il servait la messe !

— Parle… N'aie pas peur…

Dans une demi-heure, dans vingt minutes, il ferait jour et les gens commenceraient à vivre, les fenêtres et les portes à s'ouvrir, tandis que passerait le premier tramway aux lampes encore éclairées.

Un agent de police, il y en avait tout au bout de la rue, à plus de trois cents mètres, près du pont.

— Dépêche-toi de répondre… Je n'ai pas envie de te faire de mal…

Comment aurait-il décrit l'homme, après coup ? Ce n'était pas quelqu'un du quartier, peut-être pas de la ville ? Il était très grand, très maigre. Il avait une voix étrange, et pas de pardessus, malgré la saison. Peut-être était-il féroce ? Sa main, en tout cas, se crispait toujours plus sur l'épaule du gamin et la meurtrissait.

Georget le lui dit :

— Vous me faites mal !

Et il fut surpris d'avoir parlé.

— Réponds ! Qu'est-ce que tu aimerais ?…

— Un vélo !

D'où cela était-il venu ? Il l'ignorait. Peut-être de l'intensité de sa peur ? Et il levait la tête au bout de son cou maigre, regardait l'autre dans les yeux.

— Tu l'auras !… Je te promets que tu l'auras… Tu entends ?… Mais écoute ce que je vais te dire… Qu'est-ce qu'il y a, à droite, avant d'entrer dans la chapelle de l'hôpital ?

— Une porte.

— Cette porte est munie d'un verrou… En passant, tu le tireras… Jure que tu le tireras…

Silence. La lumière s'était éteinte dans la lointaine mansarde.

— Jure que tu le tireras…

— Je le jure…

— Si tu oubliais, si tu ne le tirais pas, je te retrouverais, et alors…

— Je le jure !… Lâchez-moi…

Est-ce que l'homme le lâcha ? Est-ce l'enfant qui se libéra d'un mouvement brusque ? Il courut si vite qu'il faillit tomber. Il vit de loin l'horloge de l'hôpital qui marquait six heures moins cinq. Il était en retard de deux minutes. D'habitude, il atteignait cet endroit à six heures moins sept.

Du vide, autour de lui. Un vide qui changeait de qualité, qui devenait déjà plus tiède. Il suffisait de se hisser sur la borne, d'atteindre la sonnette, de déclencher le carillon qui rappelait celui d'un couvent. Alors, il entendait dans le silence du vaste porche un trottinement de souris. Une clef tournait dans la serrure bien huilée. Le concierge souriait sans rien dire.

Dans son élan, l'enfant faillit heurter un corbillard arrêté sous la voûte. Au bout de cette voûte, comme par miracle, de vagues lueurs matinales éclairaient la cour de l'hôpital où, parmi les arbres, des bâtiments se dressaient à l'infini.

Une odeur familière lui montait aux narines. Les courants d'air eux-mêmes étaient différents d'ailleurs. On voyait des bonnes sœurs venir de très loin, quelques fenêtres éclairées, des infirmières qui passaient à pas rapides.

Il longea les cuisines en sous-sol et une autre odeur l'enveloppa, chaude, un peu écœurante.

— *Jure que tu le tireras…*

La chapelle se dressait à droite, dans la cour, précédée d'un porche qu'il ne se souvint pas ensuite d'avoir franchi. La porte était là, qui donnait sur le boulevard, condamnée par un solide verrou.

Il tressaillit. Il lui sembla que quelqu'un avait parlé derrière lui et il rougit comme si déjà il était pris en faute. Il ne pensait pas au vélo. C'était différent. C'était un ordre auquel il se soumettait, une volonté plus forte que la sienne qui le guidait. Sa main toucha le verrou. Il était si soigneusement huilé qu'il glissa sans peine.

— Dépêchez-vous, Georget…

Il ne sut jamais non plus si sœur Adonie, la sœur sacristine, avait surpris son geste. Une seconde de plus ou de moins…

Ce qu'il vit, en traversant la chapelle, ce fut un catafalque. Donc, il y avait une absoute et il allait gagner trois francs. Les cierges n'étaient pas encore allumés. Dans la sacristie, deux robes étaient préparées, une rouge et une noire, et il passa machinalement la noire, à cause du catafalque.

— La rouge, Georget !… Vous changerez après la messe… Ce n'est pas une messe de requiem… Je vous ai apporté une barre de chocolat, car il y a trois absoutes…

Trois absoutes le même jour ! D'autres fois, il eût tressailli de joie. Neuf francs !

L'aumônier entrait dans un glissement. C'était sa façon de marcher. Il était long, maigre, blafard, avec l'air de faire partie d'un vitrail. Il sourit, sans rien dire, d'un sourire que les saints devaient avoir quand ils imposaient les mains. Puis il se pencha sur sa chasuble qu'il baisa, fit une courte prière.

Sœur Adonie allait d'un côté de l'autel à l'autre, son éteignoir surmonté d'un rat-de-cave à la main, et à son passage les cierges s'allumaient. De la chapelle montaient des bruits de pas feutrés.

Les sœurs prenaient place en haut, dans la galerie. En bas, les malades, vêtus d'un uniforme de laine délavée, les pieds dans de grosses pantoufles, faisaient grincer les chaises et certains marchaient avec des béquilles, d'autres étaient poussés dans de petites voitures, une jeune fille diaphane, chaque matin, était apportée sur une civière.

Un signe de l'aumônier. Le gamin agita sa sonnette, se précipita. Génuflexion. Et déjà sœur Adonie, en prévision des absoutes, allumait des braises dans l'encensoir.

— *Dominus vobiscum*...

— *Et cum spiritu tuo*...

Les répliques voletaient, la lumière des cierges dansait, l'esprit du gamin s'évadait, allait et venait, oubliant les répons, oubliant la messe, pensant au verrou, au vélo, à la malade sur la civière. Deux fois, le prêtre dut attendre, car l'enfant de chœur en oubliait jusqu'aux burettes et, de la sacristie, sœur Adonie, d'un sourire attristé, le rappela à l'ordre.

— *Agnus dei, qui tollis peccata mundi*...

— *Dona eis requiem*...

Il s'était encore trompé. Le « Dona eis requiem », c'était pour les messes de mort et il n'y avait ce jour-là que des absoutes.

— *Agnus dei, qui tollis*...

Il trottait, sur ses petites jambes de onze ans, aux genoux bleuis par le froid, apportait les burettes, repartait, saisissait sa sonnette à trois timbres.

— *Ite missa est*...

Il sentit le chocolat amolli dans sa poche et il en eut une sorte de haut-le-cœur. Où était-il ? Déjà dans la sacristie. Sœur Adonie l'aidait à changer sa robe rouge contre une robe noire, lui passait un surplis.

— Vous n'aurez pas trop faim, Georget ?

Elle repartait, dans son large vêtement de bure, pour allumer les cierges autour du catafalque. Les malades s'en allaient. La plupart des sœurs aussi. Des hommes apportaient un premier cercueil. Le gamin, sans savoir ce qu'il faisait, soufflait sur les cendres de l'encensoir et ses joues devenaient pourpres.

Il ne s'était encore rien passé et pourtant il avait tiré le verrou... Sans doute était-ce maintenant, pendant une des absoutes ?...

Un signe de l'aumônier. Il saisit la grande croix noire, marcha devant, buta dans sa robe.

— *Libera me, domine...*

Sœur Adonie était déjà à l'orgue et l'enfant avait envie de pleurer, comme chaque fois qu'il servait une absoute. Des larmes sans tristesse, graves, presque heureuses.

— *Dies irae, dies illa ; solvet saeclum in favilla...*

Il connaissait les paroles par cœur. Il lui arrivait de les entonner, tout seul, de la même voix sourde que l'aumônier. La chapelle était presque vide. Sur les premières chaises, seulement, une femme en deuil et un jeune homme de quinze ou seize ans.

— *Pater Noster...*

Le moment qu'il préférait. Ces deux mots lancés au ciel comme un appel suprême par le prêtre qui saisissait le goupillon et qui, dans le silence total, contournait lentement le cercueil.

Puis l'encensoir…

— *Et ne nos inducas in tentationem…*

— *Sed libera nos a malo…*

Pourquoi lui avait-on promis un vélo ? Il n'avait toujours pas mangé son chocolat. Il le triturait, dans sa poche, à travers l'ouverture de la robe d'enfant de chœur.

— *Requiescat in pace !*

— *Amen…*

Brouhaha. Il y avait peu d'assistants mais les semelles crissaient sur les dalles de pierre grise. On emportait le cercueil. La femme et le jeune homme s'en allaient. On apportait un autre mort. Les orgues, à nouveau.

— *De profundis clamavi…*

Un cercueil de pauvre, celui-ci, sans ornement, caisse de bois blanc fournie par l'Assistance publique. Seule une sœur priait dans un coin, près du confessionnal.

— *Pater Noster…*

Est-ce que l'aumônier avait faim ? On allait plus vite. Les orgues elles-mêmes semblaient plus allègres.

— *Requiescat in pace…*

Au troisième ! Et personne derrière ! Dehors, on entendait les roues du second corbillard.

— *De profundis…*

Pourquoi l'homme lui aurait-il fait cadeau d'un vélo ? Il avait menti. Il ne donnerait jamais le vélo. On ne donne pas un vélo à quelqu'un qu'on ne connaît pas. Depuis des années, depuis qu'il allait à l'école, il avait envie d'un vélo, mais…

— *Pater Noster…*

Il se trompait, tendait l'encensoir au lieu du goupillon, était sur le point d'éclater en sanglots. Il irait se confesser le lendemain. Non, le jour même, car s'il mourait d'ici là…

— *Et ne nos inducas…*

Il faisait grand jour. Le soleil brillait. Il s'en aperçut soudain quand on ouvrit la porte pour emmener le troisième mort.

— Vous avez été distrait, aujourd'hui, Georget.

Il regarda la sœur sacristine en se demandant s'il ne ferait pas mieux de tout lui avouer.

— Vous avez mangé votre chocolat ?

Pourquoi mentit-il ? Il dit oui, alors que le chocolat ne formait plus qu'une pâte dans sa poche, en dessous de son mouchoir.

Et sœur Adonie fouillait dans les plis de sa large robe, son chapelet cliquetait, elle tirait de quelque mystérieuse cachette des pièces d'un franc qu'elle alignait sur la table.

— Voici neuf francs, Georget… Soyez à l'heure demain matin…

Il n'y serait pas, il le savait. Il ne viendrait plus jamais. Il était triste. L'aumônier, comme chaque jour, s'était agenouillé au pied de l'autel, en soutane, et récitait sa prière personnelle. Il y avait un courant d'air, car la porte était restée ouverte. Du soleil venait du dehors, ternissant la flamme des cierges.

Est-ce qu'il oserait sortir de l'hôpital ? Il gagna sa maison en courant, se laissa tomber sur sa chaise, devant la table de la cuisine, et, parce qu'il ne trouvait rien à dire à sa mère étonnée, il lança :

— J'ai faim !

Surtout, il ne fallait pas en parler ! À personne ! À aucun prix ! C'est pour cela qu'à la récréation, après la leçon de calcul, il choisit celui de ses camarades qu'il aimait le moins, Gallet, un garçon pâle, à grosse tête, le plus fielleux des rapporteurs.

— Je vais avoir un vélo !

— Ce n'est pas vrai !

— Qu'est-ce que tu paries que je vais avoir un vélo ?

— Tes parents sont trop pauvres !

— Ce ne sont pas mes parents qui me l'achèteront.

— C'est qui ?

Pourtant il n'y croyait pas, au vélo.

— Qu'est-ce que tu paries ? Un vélo à deux vitesses, avec des garde-boue chromés…

Puis ce fut la leçon de géographie. Puis, presque tout de suite, onze heures et demie, l'envol des élèves par la grande porte verte.

Il traîna dans les rues, exprès, en donnant des coups de talon sur le seuil des maisons, s'arrêta longtemps devant la vitrine de Luska, le marchand de jouets.

— Ta mère te cherche ! lui cria Ledoux, un voisin, qui passait en courant.

— Ce n'est pas vrai !

Parce que le vélo…

Or, le vélo était là. Il le vit, dans le corridor, encore entouré en partie de papier d'emballage. Il vit aussi sa mère et son père qui contemplaient la machine avec embarras.

— Je te dis que c'est Mathilde ! affirmait la mère, qui éprouvait le besoin de prendre un air triste dans les moments les plus heureux. La pauvre fille s'en veut de ce qu'elle nous a fait. Elle s'est souvenue que c'est bientôt la première communion de Georget. Elle est quand même sa marraine…

— Pour ce qu'elle s'est occupée de lui jusqu'à présent !

— Je ne prétends pas que Mathilde n'a pas eu de torts, mais… Ne touche pas, Georget !… Tu vas l'abîmer… Qui est-ce qui aurait envoyé un vélo à l'enfant, si ce n'est Mathilde ?

— Je ne vois pas comment, alors qu'elle est au Caire, elle a pu…

— Comme si elle n'a pas pu écrire aux Nouvelles-Galeries de livrer un vélo à Georget…

— Ce qui ne lui ressemble pas, c'est de ne pas nous faire savoir que c'est de sa part…

— La lettre va peut-être arriver…

On discuta encore, parce que le guidon n'était pas placé et que personne ne savait comment le fixer.

— Il n'y a qu'à appeler le fils Dupain… C'est lui qui répare tous les vélos de la rue.

On s'étonna de voir que Georget ne mangeait pas.

— Il est trop ému… Il n'aurait pas fallu le lui montrer tout à coup…

— Je ne suis pas ému… Et, d'abord, je le savais…

— Tu savais quoi ?

— Que j'allais avoir un vélo…

Sa mère soupira, comme pour dire :

— Le voilà qui ment à nouveau !

Son père regardait l'heure, car il devait se rendre à son bureau et il aurait voulu essayer d'abord le vélo.

— Dépêche-toi ! Tu vas être en retard à l'école…

Comme si l'école avait encore de l'importance ! Il y alla, parce qu'il le fallait. Il annonça à cette sale bête de Gallet :

— J'ai mon vélo !

— Ce n'est pas vrai !

— Tu viendras le voir à quatre heures...

Il aurait aimé ajouter autre chose. Cela lui chatouillait la langue. Dire, par exemple :

— C'est moi qui l'ai gagné ! Mes parents croient que c'est un cadeau de tante Mathilde, mais ce n'est pas vrai. Ce matin, un homme...

Il ne l'avouerait à personne ! À aucun prix ! Qui sait ? peut-être, tout à l'heure, des gendarmes l'attendraient-ils à la sortie de la classe pour l'arrêter ?

— Qui a tiré le verrou de la petite porte ?

— Ce n'est pas moi.

— Sœur Adonie t'a vu...

— Sœur Adonie est une menteuse...

— Alors, explique-moi comment tu as un vélo ?

Il leva deux doigts avec insistance. C'était pressant. À peine dans les cabinets, il vomit tout ce qu'il avait mangé à midi et cela avait le goût de tomate. Il ne se souvenait pas d'avoir mangé de la sauce tomate avec un reste de pot-au-feu.

— Eh ! bien, qu'est-ce que vous avez ?

— Moi, monsieur, je n'ai rien.

— Vous êtes tout pâle...

— Je n'ai rien...

— Sucez ceci...

La manie de l'instituteur, qui distribuait des pastilles de menthe, non pas entières, mais coupées en quatre.

— Je te défends de toucher au vélo avant que ton père soit rentré…

Il fit ses devoirs sous la lampe, apprit sa leçon à voix haute. C'était une leçon d'histoire sur Philippe le Bel. On mangea. Il avait encore un arrière-goût de pastille de menthe à la bouche.

— Je pense qu'il faut écrire à Mathilde pour la remercier…

— Et si ce n'est pas elle ?

— Si ce n'est pas elle, ce qui est impossible, cela lui rappellera qu'elle a un filleul qui va faire sa première communion…

— Écris !

— Écris, toi. C'est ta sœur…

— Qu'est-ce que tu veux que je lui écrive ?

Le père dicta. La mère écrivit. On déchira quatre ou cinq feuilles de papier quadrillé.

— Ce que je me demande, c'est pourquoi elle a choisi un vélo… D'habitude, c'est plutôt une montre qu'une marraine donne à un premier communiant…

Le petit frère était au lit. C'était miracle qu'on n'ait pas pensé à coucher Georget qui se faisait tout petit dans son coin.

On y pensa, d'ailleurs, au moment précis où il faisait cette réflexion.

— Mon Dieu ! Il n'est pas encore au lit et il se lève à cinq heures et demie.

Alors, il déclara :

— Je n'irai plus à l'hôpital…

— Pourquoi ?

Il devint cramoisi, sentit le sang battre ses tempes.

— Parce que !

— Pourquoi n'irais-tu plus à l'hôpital ? C'est toi qui l'as voulu… Tu sais que c'est pour ton livret de caisse d'épargne…

— Je ne veux plus y aller.

— On t'a fait quelque chose ? Les sœurs ne sont pas gentilles avec toi ?

Il ne répondit pas.

— Va te coucher… Demain, j'irai voir sœur Adonie…

Il s'éveilla le lendemain quelques instants avant cinq heures et demie, resta les yeux ouverts à attendre le déclic du réveil qu'il n'avait pas remonté, puis il se rendormit en rêvant de verrous monstrueux que deux hommes ne parvenaient pas à tirer.

Au petit déjeuner, sa mère lui fit la tête.

— Je ne comprends pas que, quand un enfant peut mettre neuf francs de côté en servant trois absoutes…

Son père était allé prendre le journal dans la boîte aux lettres. Il achevait son café, les pieds sous le fourneau, en fumant sa première cigarette. Quant au petit frère, il mangeait un œuf à la coque, en chemise de nuit, dans un rayon de soleil.

— Écoute, Germaine…

Le père avait l'habitude d'appeler sa femme à tout propos pour lui lire des passages du journal. Comme elle savait que ce n'était pas toujours pour les enfants…

— Georget est ici… remarqua-t-elle.

— Peu importe… C'est au sujet du vol de la banque… Tu te souviens ?… Giovanni… Celui qui a été pris et qui est mort d'une pleurésie à l'hôpital… Au fait, on l'a enterré hier… C'est Georget qui a dû servir son absoute…

Elle avait beau adresser des signes à son mari…

— Il n'a jamais voulu donner le nom de ses complices, ni dire où il avait caché l'argent…

Elle toussa, résignée. Tant pis s'il ne comprenait pas qu'un cerveau d'enfant…

— Voici ce qu'ils disent dans le journal…

Un étrange cambriolage à l'hôpital Edith-Cavell.

Hier, un cambriolage aussi macabre qu'inattendu a été commis à l'hôpital Edith-Cavell, peu avant ou après l'enterrement de Giovanni, un des auteurs du vol de la banque Lert et Chauvin.

On sait que ce vol, commis avec habileté et audace, a requis la collaboration d'au moins trois complices. On sait aussi qu'il a rapporté à ses auteurs plus de six cent mille francs qui n'ont pas été retrouvés.

Giovanni seul a été pris. Mal portant, il a été atteint, en prison, de pleurésie, et a dû être transporté à l'hôpital, où il n'a pas tardé à décéder. Inutile d'ajouter qu'il était étroitement surveillé.

Or, hier, au moment des obsèques, un inconnu s'est introduit dans la morgue de l'hôpital où les vêtements du mort attendaient d'être portés à l'étuve.

Un soulier seul, le soulier gauche, a disparu, emporté par le voleur. Ce qui laisse supposer que ce soulier contenait le secret du bandit que la police a vainement essayé de faire parler.

S'agissait-il simplement de la liste des complices ? Ne s'agissait-il pas plutôt de renseignements sur l'endroit où l'argent était caché ?...

— Tu entends ? Un soulier !… répéta le père en rallumant sa cigarette. Quand on pense que ces choses-là se passent autour de nous, que c'était Georget qui servait l'absoute... Qu'est-ce que tu attends pour aller à l'école, Georget ?...

Sans répondre, le gamin saisit son cartable, jeta son pardessus de ratine sur son bras et s'éloigna dans le corridor où le vélo se trouvait toujours. La porte de la rue claqua. Plus tard, pendant la classe, il fit passer à Gallet un papier où il avait écrit : *J'ai gagné. Tu me dois deux sucettes...*

Si sœur Adonie...

Un jour... Deux jours...

— Tu as vu sœur Adonie ?

— Elle se doutait que l'enfant ne continuerait pas longtemps. Cela les amuse un certain temps. Ils sont tous les mêmes. Puis...

On ne lui permettait pas de rouler à vélo avant le printemps, pour ne pas l'abîmer.

Enfin on reçut une carte de tante Mathilde, une carte postale qui représentait le canal de Suez, avec un ciel bleu sombre.

J'ai été heureuse d'avoir de vos nouvelles. Ainsi, nos petits malentendus sont dissipés. Hector va bien. Les enfants aussi. Berthe ira l'an prochain à l'école. Nous passerons sans doute notre congé à Vichy. Baisers affectueux.

Mathilde.

Puis, en coin, d'une écriture plus serrée :

Meilleurs vœux à mon filleul pour sa première communion.

— Qu'est-ce que je t'avais dit ?

— Évidemment !... Pourtant...

— Comme je connais Mathilde... délicate comme elle l'est... elle a préféré faire un cadeau à Georget avant de nous écrire...

Et Georget ne dit rien. Il ne dit rien à son ennemi Gallet. Il ne dit rien à personne. Même à confesse, il trouva une formule vague.

— ... je m'accuse d'avoir péché par imprudence... et de ne pas avoir toujours dit toute la vérité...

Plus tard seulement... Il avait dix-huit ans... Son père était mort... Mathilde vivait dans la misère, car son mari l'avait abandonnée avec trois enfants, pour suivre Dieu sait quelle femme dont on ne parlait qu'à mots couverts...

Georget était seul avec sa mère, dans la cuisine où rien n'avait changé, sinon que lui-même avait des poils follets au menton, une voix un peu rauque, et qu'au lieu de partir pour l'école, il partait, aux mêmes heures à peu près, pour sa banque.

— Dis donc, maman... Il y a longtemps que je veux te dire... À propos de tante Mathilde... Tu te souviens du vélo ?...

Depuis des années il attendait cette minute-là et elle était enfin arrivée. Il était presque le chef de famille. C'est lui qui faisait vivre le ménage. Il pouvait se permettre...

— Qu'est-ce qu'il y a, avec tante Mathilde ?... Tu vas devenir comme ton pauvre père, qui ne pouvait pas la sentir, parce qu'à un moment donné elle a peut-être eu des torts ?...

— Mais il s'agit…

Elle versa le café dans les tasses, prit le sucrier dans le placard, s'assit en face de ses deux fils.

— Mathilde est beaucoup meilleure que vous le pensez… La preuve, ce vélo qu'elle a envoyé sans rien dire… Peut-être, je me le suis demandé bien des fois, à l'insu de son mari, qui n'aimait pas notre famille… Qu'est-ce que tu as encore contre elle ?…

Sur la cheminée, au-dessus du fourneau, le réveil, qui jadis l'éveillait à cinq heures et demie du matin, battait les secondes, toujours pressé, toujours bruyant.

— Rien, maman… Je…

À quoi bon ? Le vélo, maintenant, était rouillé, trop petit pour lui et même pour son frère. Qui entendait encore, à six heures moins le quart, le premier coup de la messe de l'hôpital ? Quel gamin se faufilait dans le matin sombre en rasant les murs, escomptant le plus possible d'absoutes à trois francs ?

— Passe-moi la confiture ! se contenta-t-il de soupirer.

Puis il enfourcha un vélo d'homme pour aller, comme une grande personne, à son travail.

Le naufrage de l'armoire à glace

Si vous débarquez dans ce paradis terrestre qu'est l'île de Porquerolles, à quelques milles au sud d'Hyères l'endormie, il est possible qu'on vous raconte autrement le naufrage de l'« armoire à glace ». Il est même possible que, selon que vous vous adressiez au grand patron Grimaud, à Tadot Tête-de-Pirate, à l'Entrouille, à Maurice la Bouillabaisse, à tant d'autres que vous trouverez jouant aux boules à l'ombre des maigres eucalyptus de la place, on vous fasse des récits différents.

Sachez qu'ils ne mentent ni les uns, ni les autres. Mais, faute de connaître la seule vérité que vous trouverez ici, ils inventent des vérités. Et, à mesure que le temps passera, il y en aura davantage.

Pour l'heure à laquelle c'est arrivé, il n'existe aucun témoignage. L'horloge de l'église, qui, d'ailleurs, marque une heure fantaisiste, est à plusieurs kilomètres de la pointe des Mèdes. Cette pointe des Mèdes elle-même se trouve à bonne distance de la ferme Notre-Dame et les gens de la ferme, ce jour-là comme les autres, étaient courbés quelque part dans l'embrasement des vignes. Peut-être d'un navire de guerre ancré dans la baie des Salins aurait-on pu, à la jumelle, assister au drame ?

Toujours est-il que Boussus, le gros Boussus, quittant sa maison fleurie de la place, était arrivé au port vers six heures du matin, en pyjama douteux, les pieds sales dans des espadrilles, un chapeau de paille en forme de casque sur la tête. Il n'était ni rasé, ni débarbouillé. Dans un panier, il emportait une bouteille de vin rosé de l'île, un pain de deux livres, une boîte d'anchois à la sauce piquante et une épaisse tranche de fromage de Roquefort.

Casimir, qui avait relevé ses filets au petit jour, le vit, comme presque tous les matins, monter à bord de son bateau, la *Girelle Royale*, plus connu sous le nom d'armoire à glace. Comme chaque nuit aussi, le moteur fit des façons avant de partir. Enfin, pendant qu'il chauffait, Boussus installa à l'arrière la tente à rayures rouges et jaunes, déploya son pliant, s'assura que ses boulantins étaient en état et retira de l'eau le casier de bernard-l'ermite qui allaient lui servir d'appâts.

Peu après, la *Girelle Royale*, qui ne mesurait pas plus de six mètres (dans le pays, on dit vingt-huit pans), suivie d'un sillage blanc, déchirait la soie de l'eau en direction des Mèdes, à l'extrême pointe de l'île.

Boussus avait sa place et n'en changeait jamais. La pointe des Mèdes est un rocher à pic, hors de vue de toute habitation. À vingt mètres à peine, une aiguille de roche émerge de l'eau profonde.

— Mon parasol ! disait volontiers Boussus, à qui cette roche faisait de l'ombre.

Là, reconnaissant le fond à vingt mètres, à travers l'eau transparente, il mouilla la pierre amarrée à un filin qui lui servait d'ancre. Il cassa ses piades, s'installa sur son pliant, déploya ses lignes et commença à pêcher.

Une chose est certaine : à neuf heures, il y avait dans son panier, qu'il recouvrait d'un linge mouillé, une quarantaine de girelles, vingt sérans orangés, cinq rascasses plus brunes que rouges, aux épines hérissées, et deux ou trois serres aux reflets verts et bleus.

La bouteille de vin de Porquerolles, à portée de la main de Boussus, était largement entamée. La boîte d'anchois à la sauce piquante était vide. Le soleil était déjà haut dans le ciel. Et la mer, sans une ride sous un ciel sans brise, était soulevée par une houle plate et lente comme le sein d'une jeune femme émue.

Certains ont parlé de deux bouteilles, d'autres de trois. Toujours est-il qu'on n'en a retrouvé qu'une. Boussus venait de retirer son boulantin auquel étaient accrochés deux sérans. En se penchant, il pouvait distinguer au fond de l'eau limpide les rochers qu'il connaissait comme un paysan connaît les moindres détails de son champ, les trous ombreux, les algues, les bandes de girelles agiles et folles comme des cabris.

Pas une âme en vue. Pas le moindre bourdonnement de moteur. Personne à terre ou sur la mer. Et pourtant une voix appelait soudain :

— Mimile !...

Or, Boussus ne sursauta pas. Il se dit simplement : « Je le savais ! »

Personne, depuis vingt-cinq ans, ne l'avait appelé Mimile. Personne, à Porquerolles, ne savait que, jadis, c'était son surnom. Personne ne se trouvait dans le champ de son regard.

Néanmoins, il leva lentement la tête. Ses yeux, toujours abrités sous des verres fumés, firent le tour du paysage. Et, comme Caïn jadis, il se contenta de balbutier :

— Où es-tu ?

— Mimile...

Un des sérans lui échappa. Il était perdu car, arraché à une profondeur de vingt mètres, il ne tarderait pas à mourir et on le retrouverait le ventre en l'air.

— Mimile...

À ce moment, il y eut un clapotis. De derrière le rocher auquel la *Girelle Royale* était comme adossée, une barque plate, une bette, comme on dit dans le Midi, surgit silencieusement, et un homme seul était assis au milieu.

— C'est toi... prononça Boussus.

Le prononça-t-il ? Ne le prononça-t-il pas ? Toujours est-il que ses lèvres remuèrent et qu'il eut l'illusion de parler. De même eut-il l'illusion de se pencher, de prendre, dans un tiroir qui se trouvait à sa portée, un revolver chargé qui s'y trouvait toujours.

Alors l'autre, dans la barque plate dont il avait lâché les avirons et qui voguait à quelques mètres de la *Girelle Royale*, de murmurer d'un ton de reproche :

— De quoi as-tu peur ?

— Je savais que tu allais revenir...

— Parce que les journaux en ont parlé, n'est-ce pas ? Cependant, j'aurais pu aller ailleurs...

— Je savais que tu viendrais ici… Je savais que tu trouverais mon adresse…

— Ne tire pas, Mimile…

— Qu'est-ce que tu me veux ?…

— Je suis venu te dire bonjour, comme à un vieux copain… N'est-ce pas naturel de venir dire bonjour, après si longtemps, à un copain comme toi ?…

Le ciel était de turquoise, la mer d'opale, avec toujours cette respiration lente et calme comme le rythme même de la nature. Le bateau se balançait sur son corps-mort. L'eau montait et descendait le long des roches, découvrant des parties mouillées garnies de mousse verte et de coquillages.

Mais c'était l'homme de la barque plate qui exprimait le plus de quiétude, voire de béatitude. Depuis des années, depuis des mois, Boussus se demandait :

« Est-ce que je le reconnaîtrais ? »

Un homme qui avait vingt-deux ans lors de leur dernière rencontre et qui était maigre comme un chat de gouttière… Combien de temps, depuis ?… Vingt-cinq ans… Vingt-cinq ans de bagne, là-bas, en Guyane…

Des mois que Boussus épiait les étrangers qui débarquaient dans l'île et se demandait :

« Est-ce qu'il ressemble à Mauvoisin ? »

Peut-être était-il devenu borgne ? Peut-être avait-il le nez cassé, les oreilles en chou-fleur, la voix éraillée, le corps tordu ?

Comment Mauvoisin se présenterait-il ? Haineux, féroce, impatient de se venger ?

Et voilà que l'homme, dans la barque plate, disait simplement, d'une voix douce, presque timide :

— Bonjour, ami…

Tandis que Boussus essayait de grimacer un sourire et balbutiait :

— Bonjour…

— Tu vois… Je suis venu te dire bonjour…

C'était sans ironie, sans la moindre menace. C'était la paix qui tombait sur la terre, ou plutôt sur la mer.

— Tu as un bien joli bateau, Mimile…

Mimile était gêné comme quand une jolie femme lui adressait un compliment. Est-ce que Mauvoisin savait que, dans le pays, on surnommait son bateau : l'armoire à glace ? Est-ce qu'il savait que Boussus était seul à le défendre contre les sarcasmes des Grimaud, des Tadot, de l'Entrouille, de tous ceux de chez Maurice et du Café des Îles d'Or ?

— Je l'ai arrangé à mon idée… murmurait-il.

Il était gros, gras, douillet, et ses cuisses larges l'obligeaient à écarter les jambes en marchant. Il aimait son confort, ses aises. Voilà pourquoi il avait une tente rayée à l'arrière du bateau. Voilà pourquoi aussi il avait installé une cabine minuscule, avec une armoire, des tiroirs, une glacière en miniature, des coussins…

On disait dans l'île :

— À force de l'alourdir avec des superstructures, il fera couler le bateau à pic… Ce n'est d'ailleurs plus un bateau… C'est une armoire à glace…

Mauvoisin était le seul à approuver.

— Un bien beau bateau, Mimile… Si nous avions eu ça, et la Méditerranée à Saint-Quentin…

Boussus se méfiait encore. Mais non ! Ce n'était pas le Mauvoisin d'autrefois qu'il avait devant lui, ni le Mauvoisin qu'il avait craint de voir surgir.

Douze bagnards, parmi les plus dangereux, viennent de s'évader de la Guyane et ont tenté de passer au Venezuela à bord d'un canot, avaient imprimé les journaux.

Plus loin :

Sept d'entre eux ont été dévorés par les requins...

Enfin :

Parmi ceux qui sont parvenus à atteindre l'île Sainte-Marguerite, exténués, affamés, sans eau depuis huit jours, on cite Jules Mauvoisin, l'assassin du caissier des Tréfileries de Saint-Quentin...

C'était ce Mauvoisin-là qui se montrait doux comme un agneau. Il parlait sans haine, avec une sentimentalité d'ivrogne. Ses cheveux étaient devenus d'un blanc de neige, son teint blanc aussi, ses yeux comme transparents, et il était tout petit, tout maigre au milieu de sa bette bleu ciel.

— Je suis bien content, Mimile, que tu t'en sois tiré... Je me disais toujours, là-bas : « Pourvu que Mimile s'en tire !... » Tu as un beau bateau... Il paraît que tu possèdes une jolie maison sur la place...

Boussus, à la façon des ivrognes aussi, sentait son cœur fondre.

— C'est la plus jolie, c'est vrai, Mauvoisin...

— Appelle-moi Jules...

— C'est la plus jolie, Jules !... L'année dernière, j'ai fait garnir les murs de la cuisine de carreaux de faïence... Cette année, j'ai entouré la terrasse de fleurs... J'ai même installé une salle de bains dont je ne me sers pas...

— Tu as eu raison, Mimile...

— Tu ne peux pas comprendre… Je suis tellement seul !… Il faut bien que je me donne de la distraction…

— Tu as planté dans ton jardin les meilleurs pêchers de l'île…

— Et pourtant je n'aime pas les pêches !… Tu te souviens, Jules ?… Le type… M. Michel… Eh ! bien, j'ai beau faire, je le sens toujours mou dans le sac…

— C'est si vieux, Mimile !…

— Et puis, vois-tu, il y a toi… Il y a toi que je savais là-bas, à casser des pierres sur la route…

— Cela m'a refait les poumons… J'avais les poumons faibles… Les docteurs m'avaient passé à la radio et voulaient m'envoyer à la montagne… Tu vois que le régime m'a réussi…

Mauvoisin souriait d'un sourire glacé comme le fond de l'eau.

— Tu ne m'en veux pas, Jules ?

— De quoi ?

Il était si doux, si plein de mansuétude que Boussus ne pouvait s'empêcher de parler.

— Je vais t'avouer la vérité… J'ai une belle maison, des centaines de milliers de francs à la banque, un beau bateau, quoi qu'ils disent… En tout cas, il est à ma mesure… Cependant, Jules, je n'ai jamais été heureux…

— Pourquoi ?

— À cause de toi…

— Est-ce que je t'ai jamais adressé des reproches ?

— Tu ne m'as jamais écrit…

— J'aurais pu le faire… On a des moyens, par des copains… Pourquoi t'aurais-je fait des reproches ?

— Tu ne sais pas, Jules ?

— Je suis au courant de tout…

— De tout ?…

Devant tant de bonté, le gros Boussus avait envie de fondre en larmes.

— Vois-tu, quand on revient de là-bas, c'est un peu comme si on revenait de l'enfer. On comprend les choses autrement. Tu ne peux pas savoir…

Il avait toujours la douceur d'un saint de vitrail. Et Boussus qui, pendant des années et des années, avait été poursuivi par un fantôme grimaçant !

— Tu te souviens de tout, Jules ?

— De tout…

— C'était un samedi…

— Au mois de novembre, oui… Il pleuvait… Il ventait… Je tenais un petit garage au bord de la route, à cinq kilomètres de Saint-Quentin… Comme je n'arrivais pas à joindre les deux bouts, j'avais ouvert un estaminet à côté du garage… Malgré ça, on me menaçait de saisie… Ma femme, qui était jolie, était allée à Paris voir sa tante malade… Je me demande maintenant si c'était vraiment sa tante…

— Eh ! bien, Jules, puisqu'on est des frères, je peux te dire…

— Je m'en doutais… Cela n'a pas d'importance… D'ailleurs, après, elle a demandé le divorce…

— Je suis arrivé chez toi vers six heures du soir… J'habitais à deux cents mètres et je bricolais dans le pays…

C'était inouï ! Jamais Boussus ne se serait imaginé que l'entrevue se passerait ainsi ! Ils étaient comme au ciel, où les âmes doivent évoquer en toute sérénité leurs affaires terrestres.

— Quand je suis entré chez toi, des pieds dépassaient de la porte du placard…

— Je venais de le tuer…

— À coups de clef anglaise…

— Je me suis servi de ce que j'avais sous la main…

Même les détails les plus sordides, grâce à cette humeur comme désincarnée de Jules Mauvoisin, perdaient ce qu'ils avaient d'atroce !

Et pourtant… La route mouillée… Le garage et l'estaminet… Le pauvre Michel, le caissier des Tréfileries de Saint-Quentin, qui avait une jambe de bois et qui circulait sur son vélomoteur… Non seulement c'était samedi, mais c'était le 30 du mois… Il était allé à la banque chercher la paie des milliers d'ouvriers et d'employés de l'usine…

— Hé ! Jules… Regarde s'il n'y a pas d'eau dans mon carburateur…

Son vélomoteur cognait et il avait peur de rester en panne dans la côte.

— Si vous preniez un coup de genièvre pendant que j'arrange ça, monsieur Michel ?…

Mauvoisin savait que la sacoche contenait des centaines de milliers de francs en billets. Boussus n'était pas encore là.

Boussus ne vit pas le drame, le coup de clef anglaise donné sur le crâne du caissier, les coups suivants, le geste pour pousser le corps inerte dans le placard.

Avec autant de sérénité que son interlocuteur, il disait maintenant :

— J'ai vu les pieds qui dépassaient et tu m'as dit : « Si tu m'aides à me débarrasser de ce copain-là, part à deux… »

— Nous étions jeunes !

— Nous avons pris la camionnette et nous sommes allés jusqu'au canal, après avoir ficelé le corps dans un sac à charbon… C'était mou… Je n'ai jamais pu oublier ce paquet mou…

— Nous étions jeunes…

— Depuis, chaque jour, que je pêche au boulantin ou que je joue aux boules, que je bêche mon jardin ou que je fasse la manille chez Maurice, je…

— On voit bien que tu n'es pas allé là-bas…

— Peut-être que tu ne sais pas tout, Jules…

— Là-bas, nous savons tout…

— Y compris ce que j'ai fait après ?… Je suis un sale type, vois-tu !… Personne ne sait que je suis un sale type et c'est le plus terrible… Je t'attendais pour te le dire… Ta femme…

— Fernande ?

— Oui… Eh ! bien… Déjà avant…

— Cela a si peu d'importance !

— Remarque que je me demande pourquoi elle me préférait à toi… Je n'étais pas beau…

— Moi non plus…

— Je n'étais pas riche…

— Moi non plus… Peut-être qu'elle avait envie de changer ?…

— Mais après… Quand tu as été arrêté…

— Cela n'a aucune importance…

— Je te jure que ça en a, Jules… J'ai agi comme un cochon, comme… je ne sais pas quoi !… Nous avions partagé les sept cent mille francs de la sacoche…

— C'était régulier…

— Pas tout à fait, puisque tu avais tué Michel tout seul… Moi, je t'avais seulement aidé à le mettre dans le sac et…

— C'est la même chose…

— Seulement, huit jours plus tard, quand les flics ont commencé à te regarder de travers…

— Je suis allé te porter ma part en te demandant de la garder pendant l'enquête…

— C'est alors que je suis devenu un cochon, Jules !… J'avais les sept cent mille francs… Je voulais garder Fernande pour moi seul… J'ai écrit la lettre anonyme… Tu as bien dû penser que c'était moi qui avais écrit la lettre anonyme…

— Oui…

— Et tu n'as pas été fâché ?…

— C'est si loin, tout ça !

— N'empêche que j'ai écrit au commissaire que Michel avait été tué par toi à coups de clef anglaise, que la serviette qui t'avait servi à te laver les mains était enterrée dans ton jardin, près du puits, et que la sacoche avait été brûlée dans ton garage, où on a retrouvé les cendres… Je suis un cochon, Jules !… Mais je te jure que, depuis lors, je n'ai pas été plus heureux que toi… Fernande a filé sans vouloir vivre avec moi… Il paraît qu'elle est morte il y a deux ans à l'hôpital…

— Bien fait pour elle !

— Et moi… Je vis, bien sûr, je me lève le matin, je viens à la pêche, je mange la bouillabaisse, je joue aux boules et à la manille, mais, toute la journée et toute la nuit, je pense : « Dire que le pauvre Jules, pendant ce temps-là... »

Est-ce que vraiment le bagne est capable de changer à ce point un homme ? Jules tombait dans le panneau ! Il dodelinait de la tête.

— Tu es un frère ! affirmait-il.

— Je suis un cochon !

— Bah ! Cochon pour cochon... Tu vois... Je suis venu te dire un petit bonjour... Je reviendrai de temps en temps...

— Où habites-tu ?

D'un geste qui désignait les montagnes de la côte :

— Par là-bas...

— Tu n'as pas peur qu'ils te reprennent ?

En parlant ainsi, Boussus pensait à son marteau qu'il emportait dans l'armoire à glace pour casser l'épaisse coquille des bernard-l'ermite. Si la barque plate se rapprochait...

— C'est si vieux, tout ça... répétait philosophiquement Jules Mauvoisin.

Il était doux. D'une douceur telle que...

Avoir, pendant tant d'années, lu les journaux avec l'angoisse d'apprendre que le forçat Mauvoisin s'était évadé... Avoir, depuis des mois, épié tous les étrangers qui débarquaient à Porquerolles... Avoir...

Et c'était si simple ! Si gentil ! Si facile !

On prétend que nos rêves, même les plus longs, ne durent que quelques secondes.

En voici peut-être une preuve ?

Boussus ouvrit les yeux et fut stupéfait de n'apercevoir aucune barque plate autour de lui. Rien sur la mer, aussi loin qu'il pouvait voir, sinon un gros contre-torpilleur gris ancré dans la baie des Salins.

La bouteille de vin de Porquerolles était vide, ou à peu près. Des mouches couvraient la boîte d'anchois aux épices. Le quignon de pain séchait au soleil.

Du coup, le visage de Boussus se creusa, comme quand il avait des ennuis avec son foie, et ses yeux eurent l'air de billes qui nageaient dans du mouillé.

Si cela avait pu être autre chose qu'un rêve ?... Si cela avait pu être vrai ?... Si Jules était vraiment revenu avec cette humeur... comment dire ?... supra-terrestre ?...

Il avait un grand mouchoir rouge dans sa poche. Il le tira pour essuyer ses verres fumés couverts de buée.

Il se demanda...

Mais non ! Il n'y avait personne. Pas de bateau. Pas de bette ! Il se pencha pour voir derrière le rocher des Mèdes et fut sur le point de se sentir rassuré.

C'était pourtant la date, ou à peu près. Il avait fait ses calculs. Depuis que Jules Mauvoisin s'était évadé, il avait eu le temps, en tenant compte des difficultés, de prendre un bateau pour la France, d'aller dans le Nord, de suivre depuis le début la piste de Boussus et d'atteindre Porquerolles.

Il avait fait ce calcul-là depuis tant d'années !

Tout le reste était vrai... Les pieds du caissier... Le corps mou dans le sac... La camionnette... Le canal...

Et surtout la lettre anonyme !

Pourquoi avait-il agi ainsi ? Franchement, il lui arrivait maintenant de douter. Pour avoir Fernande à lui seul ? Pour ne pas partager les sept cent mille francs ?

Il vivait, depuis, dans l'angoisse. Est-ce que seulement, là-bas, *ils étaient bien gardés* ?

Il pêchait, aménageait son bateau, sa maison. Il jouait aux boules et aux cartes. Chaque fois qu'on criait sur la place ombragée d'eucalyptus : « Hé ! Boussus… », il croyait reconnaître la voix de Jules.

Il se leva à demi pour retirer un des deux boulantins qu'il n'avait pas lâchés dans son sommeil.

— Mimile !…

La voix ne venait pas de la mer, mais de la terre, de cette pointe des Mèdes qui n'était qu'un rocher nu dans le soleil.

— À toi, Mimile, hé, crapule !…

Ce fut tout. Il entendit vaguement une détonation. Il bascula. Il eut tout ensemble frais et chaud au corps et il vit un instant, de plus près, le fond bleuté où nageaient les girelles.

— J'ai toujours dit que son armoire à glace finirait comme ça ! déclarait Grimaud tandis qu'on ramenait le bateau, la quille en l'air.

— Il a dû avoir un étourdissement… À force de fixer la mer…

Un pêcheur d'oursins retrouva le corps entre deux eaux.

Ce ne fut que le soir que le docteur découvrit un petit trou rond à la tempe.

— Cet homme a été tué d'une balle de revolver…

Il y eut une enquête, des policiers vinrent de Hyères et de Toulon. On finit par apprendre qu'un inconnu avait débarqué du *Cormoran*, un type qui avait une sale tête, affirma Baptiste, le capitaine, et qui louchait. Il était reparti par le bateau de trois heures et il riait tout seul.

On l'avait aperçu, entre-temps, qui passait devant la ferme Notre-Dame.

Enfin, il avait demandé à un gamin où était M. Boussus.

— Il est à la pêche, té ! lui avait-on répondu.

— Où ça ?

— À sa place !

— Et où est sa place ?

— Près de la pointe des Mèdes… Juste au pied du rocher… Vous reconnaîtrez son bateau sans vous tromper… On l'appelle l'armoire à glace…

Le borgne l'avait reconnu.

Cela importe peu, d'ailleurs. Ce qui importe, c'est que, du rivage, il dut crier à Boussus endormi :

— Mimile !…

Et que ce « Mimile » atteignit le pêcheur au fond de son sommeil, déclencha un rêve qui ne dura que quelques secondes, peut-être quelques dixièmes de seconde ?

Quand les yeux du dormeur s'ouvrirent, encore pleins de la vision d'un Jules tout sucre et tout miel qui évoquait le passé sans rancune, il trouva devant lui un individu qui lui lançait, gonflé de la rancœur de vingt-cinq ans de Guyane :

— À toi, Mimile, hé, crapule !…

Un petit bruit sec, dans le calme d'une matinée méditerranéenne. Un gros corps qui basculait. Les girelles, les rascasses, les sérans, les bernard-l'ermite et tout le matériel de pêche perdus…

La *Girelle Royale* flottant, le ventre en l'air, comme une véritable armoire à glace…

Tant pis si chez Maurice on vous raconte l'histoire autrement.

Les mains pleines

Il y avait deux heures qu'il était couché, sans dormir, les yeux fixés sur un coin de la chambre où la lune éclairait le mur passé à la chaux, un cadre noir qui contenait un chromo, les barreaux du lit de sa sœur. Il pouvait percevoir le ronflement de son père dans la chambre voisine. Il avait choisi exprès un soir de marché, parce que, ces jours-là, son père buvait quelques verres de vin blanc et avait le sommeil épais.

Il sortit les jambes des couvertures, s'habilla sans bruit, ses pieds nus collant à la fraîcheur des carreaux. Il comprenait bien, à la qualité du silence, que sa sœur ne dormait pas ; il devinait ses nerfs tendus ; il aurait presque pu dire à quel moment, tandis qu'il faisait un pas, elle trahirait sa veille.

— Tu y vas ?

Ce fut à peine un chuchotement. La vibration des syllabes le frôla tout juste et, ses souliers dans les mains, il s'approcha du lit, toucha des lèvres un front moite qui sentait la femme.

— Je crois que ça y est, souffla-t-il. Demain, tu leur diras…

Comment avait-elle deviné ? Et lui, de son côté, depuis plusieurs jours, n'était-il pas sûr qu'elle savait ? Elle ne faisait aucune allusion. D'ailleurs, elle travaillait toute la journée comme bonne chez le boucher et elle ne prenait même pas les repas avec eux. Cela avait toujours été comme ça : ils se parlaient à peine et elle savait. Rien qu'avec lui. Il faut croire qu'il y avait entre eux un lien qui n'existe pas entre les autres humains.

Elle ne pleurait pas, ne lui faisait pas de recommandations. Il s'éloignait, ouvrait la porte et il continuait à sentir ses yeux ouverts, tournés vers lui, dans le noir de la chambre. Il sortit par la cour, sauta la haie du fond du jardin et traversa les prés humides, en contrebas, derrière l'église. Assez loin du bourg, il mit ses souliers et les laça.

Il était très calme. Il avait tant pensé tous ces gestes qu'il les accomplissait machinalement. Une grosse lune nageait dans le ciel. Une couche de buée s'étendait au ras des prés et des champs.

Il gagna ainsi, à deux kilomètres, près de la rivière, le point qu'il s'était fixé et là, dans le creux d'un châtaignier mort, il trouva le fusil de chasse.

Peut-être aurait-il de la chance ? Peut-être serait-il obligé de recommencer deux ou trois nuits ? Le fusil de son père, qu'il avait déterré depuis quinze jours à l'insu de celui-ci, était bien net, sans une tache de rouille. Dans chaque canon, il y avait une cartouche à chevrotines et il en avait trois autres dans sa poche, à portée de la main. Mais aurait-il le temps de recharger l'arme ? Il valait mieux ne pas y compter.

Il se mit à l'affût, à l'endroit qu'il avait préparé, derrière la haie. Il voyait la route qui, après le pont, montait vers lui. Et, sur le macadam, il avait pris la précaution, le jour même, de tracer un trait à la craie. Quand la moto arriverait à ce trait, pas avant, il faudrait tirer.

Après, tout serait changé. Maintenant, il était seul, il n'était rien, il était, dans la nuit, un garçon de vingt ans à qui le froid engourdissait les doigts. L'air était si calme qu'il entendait, à plus de cent mètres, le murmure de la rivière d'où parfois lui parvenait un léger plouf. Un rat d'eau ? Un poisson ?

Il y avait plus d'une semaine, neuf jours, qu'il était allé les trouver, là-bas, dans la forêt, à une douzaine de kilomètres, où il savait qu'*ils* se cachaient. En plein midi. Il avançait, les mains dans les poches, la gorge serrée. Il s'attendait toujours à voir luire le canon d'une mitraillette, mais on l'avait laissé s'avancer jusqu'à la ferme. Un grand type en salopette, en sabots, était assis sur le seuil, à jouer avec une enfant.

— Qu'est-ce que tu veux ?

— Voir le chef.

— D'où tu es ?

Il avait cité son village, précisé qu'il était ouvrier charron. Et, du fond de la salle, des gars surgissaient qui se tenaient autour de lui et le regardaient.

— Tu crois qu'on doit l'éveiller ?

Il dormait dans la paille de la grange, le chef. Un garçon tout jeune aussi, frisé, les yeux bleus, avec un chandail bleu à fines rayures rouges et des espadrilles aux pieds. Un Parisien. Un mécano. Hérissé de paille dorée.

— Tu es bien gentil, mon gars. Mais qu'est-ce que tu veux qu'on f... de toi ? On a un fusil pour quatre et une paire de croquenots pour deux...

Cette phrase, il se l'était répétée tout le long du chemin du retour :

— Un fusil pour quatre… Une paire de croquenots pour deux…

Et lui s'était présenté les mains vides ! Il en avait honte, maintenant, comme d'avoir commis une incongruité chez des gens bien élevés. Peut-être était-ce le désir d'effacer cette honte, plus encore que le besoin de ne plus être seul, qui lui donnait la fièvre tandis qu'il attendait derrière la haie.

Il y avait des nuits où, de son lit, il entendait des motos passer toutes les heures. Des autos aussi, mais il ne pouvait pas songer aux autos. Il en entendit une, de très loin, qui d'ailleurs tourna avant d'atteindre la rivière. Puis le silence. Il avait envie de fumer. Le fusil était vraiment glacé. Des cloches, celles de son village, semblaient courir après lui.

Puis, soudain, enfin, un bourdonnement auquel il ne pouvait se méprendre. Il ne bougea pas, ne tressaillit pas ; eut peut-être un peu trop de salive dans la gorge. Ce fut d'abord très long, à croire que la moto n'arriverait jamais à la rivière.

Après, ce fut très rapide, très simple, presque trop. La machine, avec sa faible lueur rose, toucha le trait à la craie et il tira. Le moteur gronda plus fort, à en éclater, la moto roula encore sur une vingtaine de mètres, avec son cavalier qui dansait drôlement, et elle se coucha au bord du fossé tandis que le moteur menaçait toujours.

Lui n'avait pas bougé. Il attendait. L'homme remua, dans l'herbe mouillée. Il tira son second coup.

Est-ce que sa sœur, à cet instant précis, n'avait pas tressailli dans son lit ? En tout cas, il pensa à elle, sans savoir pourquoi. Il remit le fusil dans le trou de l'arbre mort, se glissa sur la route. Il fallait d'abord arrêter le moteur, éteindre la lumière.

Ensuite, posément, sans s'affoler, sans oublier un détail, faire ce qu'il avait à faire. Il n'avait pas besoin de réfléchir. Il savait. Et il était sans étonnement.

Le frisé d'abord. Il avait une carabine sur le dos et un revolver à la ceinture. Avec le soin méticuleux d'une fourmi, il alla porter la carabine dans l'arbre, avec les munitions. Les bottes ? Il fallait les prendre, mais il n'avait pas prévu ça et il préféra ne s'écarter en rien de son programme.

À deux cents mètres, il existait un puits désaffecté où il fit glisser le cadavre. Il n'avait plus froid, mais très chaud. Il lui restait encore à tirer la moto dans le pré et à prendre les pneus. Il avait si bien pensé à tout qu'il avait des outils dans ses poches.

La machine, à son tour, dégringola dans le puits.

Comme ça, il éviterait les représailles à son village. Il ne restait rien sur la route, pas même un éclat de verre.

Mais il avait encore des kilomètres à parcourir, avec les pneus sur les épaules. Le petit jour allait poindre quand il frappa à la porte du cordonnier qu'il avait vu trois jours plus tôt dans un bourg voisin. Une fenêtre s'ouvrit. Un homme en chemise.

— C'est toi ? À cette heure-ci ?

— J'apporte ce que j'ai promis…

Car l'autre avait dit :

— Des brodequins ? Je ne peux pas t'en donner, moi, des brodequins. Ou alors, trouve-moi deux pneus de moto. Avec ça, je m'arrangerai…

Il traînait ses savates dans la boutique.

— T'as pas soif ?

— Non… Faudrait que tu me prêtes un vieux sac pour les emporter… Quatre paires, hein !…

— Du petit ou du grand ?

— Plutôt du grand…

Le cordonnier pensait, bien sûr, mais il aimait mieux, lui aussi, ne pas avoir l'air de penser.

— Si tu rentres chez toi, dis à ton père…

— Je ne rentre pas tout de suite…

— Bonne chance, alors…

Il le rappela.

— Dis donc !… Le sac… Faudra me rapporter le sac…

On commençait à voir de la lumière dans les étables, des femmes dans les cours avec des seaux de lait.

Il était un peu plus de six heures quand il atteignit la ferme dans les bois. Ou plutôt, à cinquante mètres, une voix lui fit :

— Halte !… Approche par ici… À gauche…

Il marchait sans voir personne et un homme surgissait, qui tâta le sac.

— Qu'est-ce que tu portes là ?

— Des croquenots… Des neufs… Quatre paires…

La sueur lui giclait du front, ses jambes mollissaient. Il avait une telle hâte, maintenant, d'entrer dans cette maison, de se laisser tomber sur le banc, près des autres, qu'il jetait vite, en paroles inintelligibles, tout son trésor.

— Rapport aux deux pneus du frisé… Mais faut pas avoir peur… Il est dans le puits… Et il y a une carabine dans l'arbre… Puis encore ceci…

Un bel automatique noir, luisant, qu'il tendait en offrande au cerbère, avec des larmes aux yeux.

Cette fois-ci, il était venu les mains pleines.

Nicolas

Au début, les deux amis prenaient des précautions. Dès neuf heures et demie du soir, Nicolas, toujours enrhumé du cerveau, engoncé dans un énorme cache-nez de tricot rose bébé, faisait les cent pas sur le trottoir de gauche de la rue de Turenne. C'était un peu une loterie. Des soirs, il n'y avait pour ainsi dire pas d'attente ; d'autres fois, Nicolas en avait pour une bonne heure à battre la semelle en regardant les lumières s'éteindre les unes après les autres aux fenêtres.

De toutes ces lumières, une seule importait, un peu rougeâtre, au deuxième étage du 37 *bis*. Quand elle s'éteignait et se rallumait deux fois coup sur coup, Nicolas perdait instantanément ses attitudes de chien errant, traversait la chaussée et sonnait à la porte dont le mécanisme ne tardait pas à se déclencher.

À cette heure-là, la concierge n'était pas couchée. Le plus souvent, dans le fond de la loge embuée, elle s'occupait à lessiver les langes de son bébé et elle tournait à peine la tête, peu inquiète des locataires qui rentraient.

Nicolas, marchant de travers pour ne laisser voir qu'un profil perdu, passait vite, s'engageait dans l'escalier, où, le premier étage franchi, il s'arrêtait un moment pour retirer ses souliers presque toujours détrempés qu'il portait ensuite à la main.

La lumière avait le temps de s'éteindre avant le second étage. Une porte, à droite, une vilaine porte brune, étroite, était entrouverte sur un logement plein de bonne chaleur et d'odeurs de cuisine.

Il entrait sans bruit, traversait sur la pointe des pieds le vestibule non éclairé pendant que, derrière lui, son ami Paul refermait l'huis et mettait le verrou.

Souvent, derrière une porte, une voix de femme s'inquiétait :

— Qu'est-ce que tu fais, Paul ?

— Rien, tante. Je m'assurais que le verrou était mis !

Le logement n'était pas grand. Une chambre à gauche, puis une cuisine ; au fond, un réduit qu'on avait transformé en salle de bains et où la baignoire, encore que de petit modèle, prenait toute la place ; enfin une chambre à droite, donnant sur la cour. C'était celle de la tante. La belle chambre, celle de devant, avait été cédée à Paul, par miracle, car autrement les signaux lumineux eussent été impossibles.

Chaque soir, Paul tremblait pendant cet éclusage délicat et c'était invariablement un visage pâle et crispé que Nicolas découvrait quand la porte de la chambre se refermait sur eux deux.

En réalité, Paul ne l'avait pas fait exprès, n'avait même jamais été tout à fait consentant à cette combinaison qui, fortuite d'abord, était devenue une habitude en attendant d'être considérée par Nicolas comme un droit acquis.

C'était arrivé bêtement. Ils s'en revenaient un soir du petit café de Montmartre où ils se réunissaient à quatre ou cinq, tous de Lille, tous plus ou moins artistes et appelés à de hautes destinées.

— Où vas-tu ? avait demandé Paul, qui logeait à Paris chez une sœur de sa mère.

— Je ne sais pas.

— Tu as quitté ton hôtel de la rue des Dames ?

— Il y a déjà trois jours.

— Où couches-tu ?

— Nulle part.

Nicolas disait cela si simplement que c'en était irrésistible. Il marchait avec sérénité, comme un homme qui sait où il va, et cependant…

— Mais enfin, ces trois nuits ?

Un geste sans emphase pour désigner les rues où clignotaient les becs de gaz.

— Par ce froid ?

Un haussement d'épaules. Il était comme ça.

— Je te reconduis un bout de chemin, murmurait-il ensuite. C'est loin, chez ta tante ?

— Rue de Turenne…

Et l'autre avait l'air de dire, à la façon muette du chien perdu qui adopte pour maître le premier passant venu :

— Va pour la rue de Turenne !

Il questionnait :

— Elle est riche, ta tante ?

— Non. Elle est veuve d'un employé du chemin de fer et touche une petite pension.

— Tu as une chambre pour toi seul ?

— Bien sûr.

Ce fut tout. Il ne demanda rien, s'arrêta devant la porte. Il tombait une petite pluie noire et froide, et c'était Paul qui avait proposé, comme l'autre ne s'en allait pas, mais ne quémandait pas non plus :

— Monte avec moi… Ma tante doit être endormie… Tu n'auras qu'à partir avant sept heures…

Il lui avait fait retirer ses souliers dans l'escalier. Il avait crié à sa tante, à travers une porte :

— C'est moi…

Nicolas, cette nuit-là, avait tenu à coucher par terre, tout habillé, en affirmant qu'il dormait mieux ainsi. Il était parti à sept heures. Puis, le soir, Paul l'avait rencontré au coin de la rue.

— Où vas-tu ?

— Je ne sais pas… J'avais trouvé un remplacement dans un caveau des Halles, mais ils m'ont fichu à la porte parce que j'ai dit au patron qu'il chantait faux… Je ne peux pourtant pas accompagner au piano quelqu'un qui chante faux…

— Tu as mangé ?

Encore un geste flou, qui signifiait que c'était sans importance.

— Et pour coucher ?

Même geste.

— Bon, maintenant il faut que je rentre… Mais, quand ma tante sera couchée, j'éteindrai et rallumerai deux fois la lampe… Je vais te montrer la fenêtre… Tu n'auras qu'à monter…

Nicolas monta, s'étendit par terre, sur une couverture, et, cette fois, retira ses souliers et ses chaussettes trouées.

— Tu comprends ! J'en profite pour les mettre à sécher…

À sept heures, Paul eut quelque mal à le réveiller et Nicolas ne parut pas content de son insistance à le pousser dehors alors qu'on entendait la tante remuer dans son lit.

— À ce soir… annonça-t-il.

Cela dura peut-être huit jours, peut-être neuf. Le plus dur, de plus en plus, c'était de le réveiller le matin. Et, un jour, il n'y eut rien à faire.

— Non, mon vieux… Ce n'est pas humain… Qu'est-ce que tu veux que je fasse dehors à cette heure-ci ?… Tu vas voir…

Il se glissa sous le lit, tout au fond, contre le mur, attira à lui ses chaussures et ses chaussettes.

— Ta tante ne me verra pas… Il faudra bien qu'elle sorte pour faire son marché et j'en profiterai… Laisse-moi la clef…

Paul, qui se destinait au journalisme, et qui avait été reporter à Roubaix, travaillait en attendant mieux comme correcteur dans une imprimerie de la Bourse. Il partait à huit heures et demie après avoir pris son café au lait et ses croissants en tête à tête avec sa tante.

Il n'y avait pas de chauffage central dans le logement. Pour que les pièces soient chauffées par la cuisinière, on laissait les portes ouvertes.

C'était gênant de savoir Nicolas sous le lit… Et de le laisser là avec la tante… Mais que faire ?

Les choses se passèrent fort bien ce jour-là. Nicolas ne vit de la brave femme que les pantoufles et les chevilles un peu épaisses tandis qu'elle faisait le lit et balayait la chambre.

Elle sortit vers dix heures, comme il s'y attendait, et il s'en alla peu de temps après, non sans avoir vidé la cafetière où il restait un fond de café et glissé deux morceaux de sucre dans sa poche.

La concierge était dans le corridor. Elle regarda avec un peu d'étonnement ce jeune homme aux vêtements râpés, à l'écharpe rose tendre et à la toison rousse, en crinière de lion, mais il la salua si simplement qu'elle oublia de réfléchir à son sujet.

Le soir, Nicolas était enrhumé et Paul lui fit une place dans son lit, lui permit de se déshabiller. Le lendemain matin, Nicolas eut une nouvelle chance. Au petit déjeuner, la tante annonça à son neveu :

— C'est malheureux qu'il gèle. Il faut que j'aille voir Mme Micou à Grenelle et je ne rentrerai probablement pas avant le soir.

Paul se douta de ce qui allait se passer. Cela se passa. Pourquoi Nicolas s'en serait-il allé, quand il se trouvait dans un logement bien chauffé, où il y avait un lit ?

La tante à peine dehors, il se leva, en caleçon, alla dans la cuisine et rechargea le poêle, se fit cuire un œuf qu'il mangea avec un morceau de pain couvert d'une bonne épaisseur de beurre. Après quoi, le poêle à nouveau bourré, il retourna dans son lit et se rendormit. Il avait mis le réveil sur trois heures et, à quatre heures, après être allé se chauffer et avoir grignoté du sucre, il prit place, non plus sur, mais sous le lit, où Paul le retrouva.

— Tu n'es pas sorti ?

— À quoi bon ?

— Tu as mangé ?

Un geste vague, son geste vague qui était si éloquent que l'autre ne pouvait y résister et qu'il lui apporta deux petits pains au jambon achetés chez le charcutier d'en face.

Dommage que la tante ne sortît pas tous les jours ! Du moins, maintenant, chaque jour, Nicolas faisait-il la grasse matinée, sous le lit, ne sortant qu'une fois la brave femme en courses dans le quartier.

Chaque fois qu'elle le rencontrait, la concierge avait le même sursaut, le même front plissé de quelqu'un qui pense :

— Mais où diable ai-je vu cette tête-là ?

D'autant plus que, paresseux pour sa toilette, Nicolas avait décidé de laisser pousser sa barbe.

Elle questionnait parfois ses locataires.

— Il n'est pas venu quelqu'un pour vous, madame Roy ?

— Je n'ai vu personne…

— Cela devait être pour le cinquième, alors…

Ou pour le troisième… ou…

Lui saluait poliment, avec une assurance désarmante, et se glissait dans la rue où il arpentait quotidiennement, du même pas décidé, des kilomètres de trottoir.

— Tu sais, mon vieux, je crois que la semaine prochaine je te quitterai…

Il annonçait ça timidement, avec des ménagements, comme une mauvaise nouvelle.

— Il est question que je parte avec une tournée d'opérette qui a besoin d'un pianiste… Le Midi… Puis les Pyrénées…

Quelquefois la tante murmurait :

— C'est toi qui as pris du sucre, Paul ?

— Oui, tante…

— C'est drôle… Je ne sais pas si je perds la mémoire, mais il me semble toujours qu'il me manque des œufs…

— Tu sais… il m'arrive… il m'arrive parfois d'en gober un en rentrant ou en sortant…

— Je croyais que tu détestais les œufs crus…

Bien entendu, Nicolas ne partait pas en tournée, n'en parlait plus.

Et, ce qui gênait davantage Paul, c'était son sentiment que son ami ne cherchait pas de travail, n'avait aucun désir de trouver ailleurs à se loger.

Il devait crever de faim. Ce n'est pas drôle de dormir sous un lit, puis de passer ses journées à marcher sans fin dans un Paris hivernal.

Ce n'était donc pas par paresse… Alors ?

Paul sentait confusément qu'il y avait autre chose, quelque chose qu'il ne faisait que vaguement pressentir et qui le tracassait.

Nicolas s'était habitué, voilà ! Il avait ses heures, ses manies. Il s'était créé un petit monde auquel il tenait et, ma foi, il n'avait pas envie de s'en laisser déloger.

Même la tante… Peut-on prétendre qu'une certaine intimité s'était établie entre elle et Nicolas ? Pas de son côté à elle, puisqu'elle ignorait l'existence de son hôte. Mais de son côté à lui.

Il voyait arriver ses pantoufles mauves, ses chevilles un peu grasses. Il l'entendait fredonner, parler toute seule. Elle s'asseyait à deux mètres de lui, après avoir fait le lit, pour se gratter la plante des pieds. Elle faisait chauffer de l'eau pour son bain, le samedi, et il aurait pu, s'il avait voulu, la regarder par la serrure.

— Tu sais que c'est une brave femme ? disait-il gravement à Paul.

— Je sais…

— Elle est gaie, mon vieux ! Quand elle est toute seule, elle est très gaie…

— Sans blague !

— Avec toi, elle se montre sévère, parce qu'elle a peur que tu tournes mal… Mais si ! Je sais ce que je dis… Hier, la concierge est montée lui porter le courrier et elles ont parlé de toi… Il paraît que ton père…

— Quoi, mon père ?

— Enfin, qu'il n'a pas toujours été sérieux… Qu'est-ce que tu penses de ma barbe ?

Et, une autre fois :

— Dis donc, croirais-tu que la concierge a tellement l'habitude de moi qu'elle me salue dans l'escalier ?… Elle finit par me prendre pour un locataire… Si j'étais riche, je lui donnerais des étrennes…

Un soir, la tante demanda à son neveu :

— Tu n'es pas rentré de la journée ?

— Non, tante… Je ne crois pas…

— Comment, tu ne crois pas ?

— Je veux dire…

— Avoue que c'est curieux… J'avais laissé de la savonnée dans une bassine pour laver des bas… Quand je suis rentrée de faire mon marché, elle n'y était plus… Je n'ai pourtant pas l'âge de perdre la mémoire…

Un peu plus tard, Paul questionnait Nicolas.

— C'est toi qui t'es servi de la savonnée de ma tante ?

— Elle s'en est aperçue ? Pour laver mon linge, figure-toi…

— Hein ?

— Je savais qu'elle avait beaucoup de courses à faire… J'en ai profité… Je finissais par me dégoûter… Je puais, mon vieux !…

— Il ne te manquera plus que de te faire chauffer un bain dans la baignoire…

Imprudent qu'il était ! S'il avait seulement soupçonné que cette perspective d'un bain chaud enfiévrait son ami depuis des semaines !

L'occasion s'en présenta, hélas ! La tante, un matin, parla d'aller visiter la tombe de son mari au Père-Lachaise. Pourquoi, averti par quel instinct, Paul essaya-t-il de l'en dissuader ?

— Il y a du verglas… Tu ferais mieux d'y aller un autre jour, tante…

— Voilà une semaine que je me dis ça… C'est justement par ce temps-là que le cimetière est si triste…

Elle partit, prit son métro rue Saint-Antoine et, deux stations plus loin, en descendit. Elle n'était pas tranquille. Vraiment, elle commençait à se méfier de sa mémoire. Est-ce que, oui ou non, elle avait oublié de fermer le gaz ? Elle voulut en avoir le cœur net, revint sur ses pas. La porte du logement à peine ouverte, elle n'eut plus aucun doute. De la vapeur flottait dans l'appartement, une odeur chaude, comme une odeur de lessive, prenait à la gorge…

Elle courut vers la cuisine… En passant, elle vit, ouverte, la porte de la salle de bains et, dans la baignoire de zinc, un homme, une barbe rousse qui flottait sur l'eau savonneuse, une tignasse flamboyante.

Quand Paul rentra, ce soir-là, il sursauta, puis devint blême en voyant sa tante et Nicolas attablés sous la lampe. Il ne fut même pas rassuré par le clin d'œil que lui lança son ami.

— Entre, Paul, disait la tante d'une voix assez sévère. Tu vois que tout finit par se savoir et que tu as eu tort…

— Je vous demande pardon, bafouilla-t-il à tout hasard.

— Ton ami m'a tout raconté… Je ne te fais pas de reproches, bien que tu en mérites !… En somme, tu as eu bon cœur et tu…

Elle lui remplissait son assiette de soupe.

— Mange…

— Comment est-ce que vous avez…

— Peu importe… Ne parlons pas de cela… Je vois seulement une chose : ton ami est malheureux et nous pouvons encore l'aider pendant quelques jours… Il y a un vieux lit de camp au grenier et nous le dresserons tout à l'heure dans ta chambre…

Nicolas mangeait comme Paul n'avait jamais vu manger personne, tellement occupé par cet acte considérable qu'il n'entendait rien, ne voyait rien, restait étranger à la conversation.

— Dorénavant, tu te fieras davantage à moi et, dans des cas semblables… Buvez un peu de vin, monsieur Nicolas, cela vous fortifiera… Quand je pense…

Ce n'était qu'une petite bonne femme bien banale et sensible, qui se demandait si elle aurait assez de couvertures, puis où elle avait mis la clef du grenier, puis…

— Viens là-haut avec moi chercher le lit de camp… Attendez-nous quelques minutes, monsieur Nicolas…

Ils pataugèrent tous les deux dans les objets les plus inattendus et dans les toiles d'araignée, à la lumière d'une bougie.

— Quand je pense à ce que ce pauvre garçon a pu souffrir !… Mais tu ne te doutes pas que je vivais, sans m'en méfier, tout près d'un homme, que parfois je passais déshabillée dans le couloir, que j'aurais pu… Tu n'es pas raisonnable, Paul… Enfin, maintenant…

Ils redescendirent, regardèrent avec étonnement autour d'eux. Paul appela :

— Nicolas !… Nicolas !…

Nicolas était parti, sans rien dire.

— Qu'est-ce qui lui a pris ?

— Je ne sais pas… Je me le demande… Tu comprends, il est un peu sauvage…

— Tu crois que c'est par timidité qu'il…

Il valait mieux dire oui.

Mais ce n'était pas vrai, Paul le sentait. C'était tout simplement parce que la chose n'avait plus d'attrait. Au point où il en était, il aimait encore mieux marcher dans les rues, s'étendre sur un banc ou traîner dans des cafés lugubres.

Il le vit le surlendemain, dans leur bistrot de Montmartre, et c'était Paul qui était gêné, Nicolas qui ne l'était pas du tout.

— Écoute, mon vieux, tu es un salaud. Ma tante se donne la peine de te descendre un lit, de t'installer dans ma chambre. Elle te permet, la brave femme, de…

— Et après ? Tu ne voudrais quand même pas que j'accepte votre hospitalité ?…

Paul faillit parler des morceaux de sucre, des œufs gobés, du pain qui… et encore du linge lavé dans… et du feu qu'on retrouvait toujours rouge bien que personne ne l'eût chargé…

La voix lui manqua. Cela restait trop compliqué pour lui. Et s'il garda à Nicolas une rancune telle que la bande, entraînée par lui, changea de café pour dépister le musicien, ce fut sans savoir au juste pourquoi.

Annette et la dame blonde

1

Le drame du lapin ou Annette n'a pas tout dit

Le coup réussit une fois de plus. Il réussit à peu près tous les dimanches, avec des variantes. On a beau savoir, on ne se méfie jamais assez d'Annette, surtout quand elle prend cet air lointain, son air distingué, comme elle dit elle-même.

Elles sont toutes attablées à la terrasse du Café Français. Il n'y a pas une table de libre. L'orchestre joue une valse lente, derrière la baie ouverte, cependant que le soleil se couche avec toute la majesté voulue sur le port de La Rochelle.

— Dites donc, mes petites…

Annette s'est penchée sur les copines, Lucette, Gigi et Marie-Louise.

— N'ayez l'air de rien… Regardez la dame en violet, près du violoncelle.

Aucune ne se méfie. C'est exact, d'ailleurs, qu'il y a une dame d'âge mûr, en violet agressif, les joues presque aussi violettes que sa robe, et cette dame, lèvres entrouvertes, contemple, comme si désormais il n'y avait plus qu'eux deux au monde, le violoncelliste gominé.

— Zut ! s'écrie soudain Gigi.

Trop tard ! Annette a eu le temps de plonger la main dans le carton qui est posé au milieu du guéridon et qui contient les gâteaux. Combien en a-t-elle pris ? Deux ou trois. Elle a mordu à tous. Et maintenant elles ont beau s'indigner, elle les regarde sans qu'aucun remords vienne troubler la sérénité de son visage, la pureté de ses grands yeux de biche.

— Sale goinfre !... Ça t'en fait au moins cinq...

La bouche pleine, elle désigne celui qu'elle tient encore à la main, entamé, et elle articule avec peine :

— Celui-ci est le meilleur... Vous devriez aller en racheter les mêmes... La pâtisserie est encore ouverte...

Elles ont commandé des portos. Les petites langues gourmandes lèchent les verres. Annette a réussi son coup, c'est entendu, mais on n'a pas encore une seule fois ri aux éclats.

— Qu'est-ce que tu as ?

— Je n'ai rien...

Certes, elle a toujours cette gravité de petite statue. Et même, plus elle est grave et plus on s'amuse, car plus c'est drôle de l'entendre lancer, au moment où on s'y attend le moins, une de ses énormités habituelles.

— T'as vu, Annette ?

Bien sûr, qu'elle a vu, et son front est devenu têtu, la dernière bouchée de gâteau, dans sa bouche, a pris un drôle de goût. Une auto de sport vient de s'arrêter, couverte de poussière, tout à côté de la terrasse.

— Moi, je l'aime mieux en foncé qu'en clair, déclare Gigi qui a à peine seize ans.

C'est Maurice. Maurice qui ? Il n'y a qu'un Maurice, celui-là. Qu'elles se rencontrent n'importe où, n'importe quand, la petite phrase finit toujours bien par sortir.

— Tu as vu Maurice ?

Maurice, enfin, l'homme, l'homme idéal, un grand garçon qui ne se doute probablement pas de l'admiration dont il est l'objet et qui promène dans la vie son sourire heureux. Ce soir, son visage est un peu buriné par la fatigue, la fatigue de la route, sans doute. Jusqu'où sont-ils allés ? Jusqu'à Royan ?

Dure comme une statuette d'ivoire, Annette préfère regarder ailleurs.

— Moi, fait Lucette, je ne la trouve pas si mal…

Et Annette, la voix mauvaise :

— Vous feriez mieux de vous taire, vous autres…

— Tu as vu son air radieux ?… Elle le promène comme si elle venait de l'acheter…

— Elle ne rira plus tout à l'heure…

— Pourquoi ?

— Parce que !

Le couple s'est installé à un guéridon, dans des fauteuils d'osier. Annette souffre. C'est terrible de souffrir ainsi, de se demander où ils sont allés, ce qu'ils ont fait…

Et d'abord, il devrait être interdit aux divorcées. Car c'est une divorcée, tout le monde le sait… On ignore d'où elle vient, mais voilà déjà quelques semaines qu'elle s'est installée à l'Hôtel Trianon, avec autant de malles qu'une voyageuse de grand luxe, et qu'elle change de toilette tous les jours.

Pour quoi ? Pour Maurice, évidemment ! C'est son avocat, d'accord. Mais pourquoi a-t-elle choisi un si jeune avocat, qui vient tout juste de s'inscrire au barreau et qui n'a pas encore plaidé ? Et pourquoi vient-elle le voir chaque matin, sur le coup de six heures ? Annette le sait. Elle travaille en face de la maison de Maurice, et elle voit tout, elle sait qui il reçoit, ce qu'il fait, quand il sort...

Tragique, Annette répète en regardant le port devant elle, et les voiliers qui se balancent :

— Elle ne rira plus tout à l'heure... Rapprochez-vous... N'ayez pas l'air de les regarder, surtout !

C'est leur faute à toutes, aussi ! Peut-être que si on avait laissé Annette tranquille ? Elle a eu le malheur, voilà plus d'un an, la première fois, exactement, qu'elles ont ensemble rencontré Maurice – elles ne savaient même pas qui il était –, elle a eu le malheur de prononcer avec son assurance imperturbable :

— Celui-là, c'est pour moi !

Et il a bien fallu se rendre compte qu'elle ne plaisantait pas. Depuis lors, elle n'a pas parlé à un garçon. Elle passe des heures à guetter la maison de l'avocat des fenêtres de son patron. Un jour, elle a eu le culot d'entrer chez Morillon, le photographe. Il y avait un portrait de Maurice à la vitrine.

— Je voudrais que vous me vendiez cette photographie...

— Mais, mademoiselle, elle n'est pas à vendre… Tout au moins faudrait-il l'autorisation de mon client…

En sortant de chez Morillon, Annette a froidement déclaré aux autres :

— Tant pis ! Je la volerai !

Elle ne l'a pas encore volée, mais ce matin… Il était dix heures… Elle venait de sortir de chez elle pour aller chez Gigi… Les rues étaient calmes, désertes… Elle étrennait son nouveau tailleur… Au moment où elle arrive au coin de la rue Réaumur, une auto la dépasse et elle tressaille, car il n'y a qu'une auto vert tendre à La Rochelle, l'auto de Maurice… Un Maurice qui ne fait pas attention à elle, qui ne la voit même pas, qui manque la renverser en prenant son virage à la corde et qui stoppe, avec un grand bruit de freins, en face de l'Hôtel Trianon…

Il est en gris clair. Il est radieux. Il pénètre dans le hall de l'hôtel et Annette…

Elle raconte, à voix basse, et les autres en frissonnent. Gigi soupire :

— Mais tu es folle, ma fille…

Pourquoi Annette est-elle entrée à l'Hôtel Trianon sur les pas de Maurice ? Elle n'en sait rien. Personne, dans le hall, ne lui a demandé où elle allait. C'est inouï comme il est facile de pénétrer dans un hôtel et d'y circuler !

Devant elle, Maurice monte l'escalier quatre à quatre et tout son être, ce matin-là, exprime la joie de vivre. Parbleu !… Il est heureux, lui !… *Elle* l'attend… Il est à peine dans le couloir du premier étage qu'une porte s'ouvre… La divorcée blonde devait le guetter par la fenêtre…

— Je suis prête, ami… murmure-t-elle avec un des sourires pâmés qu'Annette déteste.

Une femme qui fait des manières, qui tend les deux mains au lieu d'une en un geste théâtral.

— Vous aimez ma robe ?… J'ai voulu l'assortir à votre voiture…

Et Annette gronde entre ses dents :

— Chante toujours, poupée !…

Elle la hait. Elle n'a jamais haï personne comme elle hait cette femme-là, qui a pourtant l'air bien doux, une femme de trente-cinq ans, dodue comme une caille, soignée, parfumée, enveloppée comme un bonbon chez le grand confiseur.

Elle va refermer sa porte pour suivre Maurice, car elle est prête. Au moment de prendre la clef, elle se ravise.

— On va venir faire la chambre, remarque-t-elle.

Et elle laisse la clef sur la porte. Elle parle, elle parle, en femme sûre que ses moindres paroles sont écoutées.

— Figurez-vous que ce matin en m'éveillant, cher, je me suis dit…

Annette est sur leur chemin. Elle ne veut pas être vue. Une porte, derrière elle, est entrouverte. En reculant, elle la pousse…

— Et s'il y avait eu un homme dans cette chambre ? questionne Lucette. Un homme, par exemple, en train de s'habiller…

Les yeux d'Annette deviennent encore plus fixes et elle boit une gorgée de porto. Pas dans son verre, d'ailleurs, qui est vide depuis longtemps, mais au verre de Gigi.

— Continue… Qu'est-ce que tu as fait ?

Ce qu'elle a fait ? Eh bien ! elle a… Ses jambes en tremblent rien que d'y penser. Il y a des moments comme ça où on n'a peur de rien… Elle entendait encore dans l'escalier la voix exaspérante de la femme blonde… Ils s'en allaient en auto, tous les deux… Vers Royan… Ils déjeuneraient en tête à tête… Ils…

— Je suis entrée dans sa chambre, avoue-t-elle.

— Non !

— Oui !… Ça sentait aussi fort que chez un coiffeur…

Et elle lui avait permis de regarder dans cette chambre en désordre, avec du linge sur le lit défait, des … Des malles partout, de grandes malles-cabines qui s'ouvrent comme des armoires. Un désordre de femme élégante qui a autant de robes qu'elle en veut, cinq paires, six paires de souliers à la traîne… Elle a dû essayer trois ou quatre toilettes avant de s'habiller… Sur le lit, un peignoir en crêpe Georgette d'un rose qui…

— Je l'ai déchiré, déclare Annette qui a la gorge sèche, et dont la main cherche un nouveau verre de porto.

— Tu as déchiré son peignoir ?

— D'un seul coup… Vlan !… Il n'était pas plus solide que du papier, et il était complètement transparent…

Les autres en ont la respiration coupée et regardent machinalement la dame blonde qui sourit aux anges, peut-être à ses souvenirs de cette magnifique journée, sans se douter que…

— La plus grande malle était ouverte… Une fourrure dépassait, un manteau… Alors, j'ai attrapé les ciseaux sur la toilette et…

— Tu as fait ça ?

L'œil féroce, Annette fouille son sac. Elle en tire une toute petite chose molle et légère qui a l'air d'une touffe de cheveux.

— Même que j'en ai apporté un morceau… C'est sûrement du lapin…

Lucette a plongé la main dans son sac.

— Et ça ?

Annette pique un fard.

— Ça, je l'ai pris aussi… Quand je pense qu'elle avait le culot de le laisser traîner sur sa table de nuit…

C'est un portrait de Maurice, le même portrait, exactement, que celui qu'Annette voulait racheter au photographe et qu'on lui a refusé.

— Eh bien ! ma pauvre fille…

— Tant pis pour elle !

— N'empêche que si quelqu'un t'avait vue…

Elle s'efforce de sourire. Le couple se lève. L'auto démarre.

— Dire que, dans quelques minutes, elle va s'apercevoir de…

Il est temps que les filles s'en aillent, elles aussi. La terrasse se vide. La dame mûre contemple toujours, comme un jouet trop cher, le violoncelliste qui range son instrument contre le mur.

— À demain, vous autres…

Annette et Gigi habitent la même rue. Elles s'éloignent bras dessus, bras dessous, après la traditionnelle embrassade générale.

— Il n'y a pas à dire, soupire Gigi. Tu as eu un sacré culot… Moi, à ta place…

Et elle se fige en entendant Annette lui répondre :

— Et encore ! Je n'ai pas tout dit…

— Tu as fait autre chose ?

— Ce n'est pas moi… Enfin… Tu te souviens de ce que je leur ai raconté ?… Quand Maurice et… et cette femme se sont avancés dans le corridor pour sortir, j'ai poussé machinalement la porte…

— Et alors ?

— Alors, ce n'est pas vrai qu'il n'y avait personne dans la chambre…

Le soir tombe, bleuit les rues. Il fait plus frais.

— Il y avait un homme… Je l'ai mal vu, car il était en train de se raser et il avait le visage couvert de savon… Je me souviens seulement du regard ahuri qu'il m'a lancé…

— Qu'est-ce que tu as fait ?

— J'ai balbutié : « Oh ! pardon… Je crois que je me trompe de chambre… »

— Et tu es quand même entrée chez cette femme ? Je me demande comment tu peux parler de ça si calmement…

— Il fallait bien… Il fallait bien que j'aie l'air de m'être trompée de chambre… Je crois qu'il m'avait suivie dans le couloir et qu'il me regardait m'éloigner…

— Dis donc, ma vieille…

— Quoi ?

— Si cette femme porte plainte... Si on fait une enquête... Si cet homme parle...

Elles ont atteint le seuil de chez Gigi.

— Tant pis ! articula Annette. Bonsoir ! Surtout, ne dis rien aux autres...

Elle habite rue de l'Escale, une vieille rue à arcades, et elle ne risque pas de se tromper de porte. À cinquante mètres, déjà, on entend la maison Barnavon – c'est le nom de famille d'Annette. On l'entend, car c'est une école de musique. Mme Barnavon, premier prix de Conservatoire, donne des leçons de piano et de chant. M. Barnavon, lui, enseigne le violon, le violoncelle, la clarinette, Dieu sait quoi encore.

— La la la la...

— Mi sol la...

Il y a toujours, même le dimanche, des élèves dans une pièce ou l'autre de la maison, quand il n'y en a pas dans trois ou quatre à la fois.

C'est bien pourquoi, d'ailleurs, Annette a préféré être sténodactylo chez M. Etrillard, le marchand de biens.

— Tant pis ! répète-t-elle en enfonçant sa clef dans la serrure et en recevant de la musique au visage.

2

L'ami du Bon-Chien-Chien ou Annette recommence à mentir

Chut !...

Ça va ! Annette connaît ça. Elle voit bien que sa mère est au piano et a mis ses lunettes d'écaille. Elle accompagne Bon-Chien-Chien qui, ses yeux de barbet mi-clos, comme en extase, joue du violon. S'ils sont dans le grand salon, celui qui sert pour les leçons aux élèves les plus anciens, c'est évidemment qu'il y a « quelqu'un ».

Du « quelqu'un », elle ne voit que les jambes qui émergent d'un fauteuil.

Annette sait vivre. Elle connaît la consigne. Elle referme la porte sans bruit et reste immobile, le dos appuyé au chambranle, tellement silencieuse qu'on pourrait croire qu'elle ne respire plus.

Elle essaie de reconnaître le morceau que joue son père, pour savoir si c'est un long ou un court. Un chic type de père, comme elle le répète volontiers. Même qu'il ne se fâche pas quand elle l'appelle Bon-Chien-Chien. C'est vrai qu'avec les poils roussâtres qui couvrent presque tout son visage et ses prunelles comme dorées, il a l'air d'un chien barbet. La maman est plus sévère. C'est elle que les élèves appellent Mme la Directrice. Brrr !... Surtout quand elle a mis ses lunettes d'écaille...

Bon-Chien-Chien, malgré le violon vissé à son cou, parvient à lui lancer un tout petit clin d'œil. Le morceau n'est pas trop long. On s'ébroue.

— Ah ! Voici enfin notre fille Annette... Ma petite Annette, je te présente Bernard, le fils de mon vieil ami Borchin, de Montpellier... Bernard est à La Rochelle pour quelques jours...

— Mademoiselle...

Les longues jambes qui émergeaient du fauteuil se sont repliées, puis déployées à nouveau dans le sens vertical et un immense jeune homme est debout au milieu du salon, balbutiant un compliment difficile, sans oser regarder la jeune fille.

— Bonsoir, monsieur… Enchantée… Vous êtes musicien aussi ?

— C'est-à-dire… Non. Je suis dans les assurances.

— Mais il a une âme de musicien, tranche la mère d'Annette. Je crois qu'il est temps de nous mettre à table.

Quelques coups d'œil en dessous, pendant le repas, sous le lustre à fausses bougies de la salle à manger. Exactement le mari qu'il faudrait à Gigi. Gigi veut un mari calme et doux qui lui laisse tout faire à sa guise. Eh bien ! si Bernard avait de la barbe, ce serait, lui aussi, un Bon-Chien-Chien.

— Je pense, mes enfants, que cela vous amuserait davantage d'aller au cinéma tous les deux…

C'est papa qui a trouvé ça. Brave papa ! Peut-être cela ne l'amusait-il pas de faire de la musique toute la soirée ! En l'honneur de Bernard, on a servi des crêpes. Annette oublie qu'il y a un invité et mange des crêpes, deux, trois, quatre, cinq… Il faut que le pied de sa mère, par-dessous la table… Est-ce sa faute si elle a toujours faim ?

— Dépêchez-vous, mes enfants… Vous allez être en retard…

Ce qui serait chic, ce serait de rencontrer Maurice… Maurice qui serait bien surpris en apercevant Annette avec un jeune homme, surtout un jeune comme celui-là, car Bernard fait sérieux, il fait très fiancé…

Dans la rue, il marche à grands pas. Qu'est-ce qu'il a ? Pourquoi tousse-t-il avec embarras ?

— Je suis confus, mademoiselle… Je vous demande pardon… Je vous assure que ce n'est pas de ma faute… C'est votre père qui…

— Qui quoi ?

— Je me rends compte de la situation… Évidemment que je vous empêche… Je vous oblige à m'accompagner au cinéma, alors que…

Elle a peur de deviner. Elle attend, les sourcils froncés, et il continue avec l'air de se jeter à l'eau :

— Je vous jure que je ne dirai rien… D'ailleurs, cela ne me regarde pas, n'est-ce pas ?

Elle pourrait se contenter de ça. Elle a compris. Ce que cela peut changer un homme d'être en pyjama, avec de la mousse de savon sur les joues et les cheveux ébouriffés !

— Je ne comprends pas… articule-t-elle.

— Je… Vous… Ce matin. La chambre 12…

Et elle, faussement candide :

— Vous êtes sûr que c'était la chambre 12 ?… Je ne me rappelais plus le numéro…

Pauvre Bernard ! Qu'est-ce qu'il peut bien penser d'elle ? Voilà donc pourquoi, pendant tout le dîner, il n'a pas osé lever le nez de son assiette !

Ils sont presque arrivés place d'Armes où se trouve le cinéma dont on entend tinter la sonnette. Mais Annette dirige leurs pas dans le sens contraire, vers le parc qu'éclairent les lampadaires à lumière orangée.

C'est encore une manie d'Annette d'improviser, sans réfléchir aux conséquences. Souvent, il lui arrive de savoir parfaitement qu'elle va faire une gaffe, mais rien, à ces moments-là, n'est capable de la retenir.

N'est-elle pas en train d'accrocher sa petite main

au bras de ce grand diable blond de Bernard ? Et où trouve-t-elle cette voix sourde, dramatique, pour balbutier :

— Écoutez, Bernard… Je vous demande pardon de vous appeler ainsi…

C'est lui qui est tout gêné et qui a envie de répondre : « Je vous en prie… »

— Écoutez, Bernard… Je ne vous connais pas beaucoup, mais je sens qu'on peut avoir confiance en vous… Vous êtes un honnête homme, n'est-ce pas ?

Mon Dieu, qu'est-ce qu'elle va bien pouvoir lui dire ? Elle n'en sait encore rien. Elle invente. Son démon la pousse. Après, ma foi, on verra !

— Ce matin, quand vous m'avez aperçue…

Elle ne le fait pas exprès d'être comédienne, et pourtant sa voix se mouille tout naturellement, elle serait très bien dans une scène de théâtre.

— Je jouais le tout pour le tout… Je ne peux pas tout vous dire… Mon secret ne m'appartient pas… Sachez seulement qu'il y a un homme…

Il marche. Il marche à fond ! Ému, il éprouve le besoin, pour l'encourager, de tapoter la petite main non gantée toujours accrochée à son bras.

— J'ai commis des imprudences… Et maintenant cet homme…

— Il essaie d'en profiter ?

Allons ! Il n'y a plus qu'à baisser la tête, qu'à rester dans le vague.

— Il était à l'hôtel ce matin ? questionne le brave, le saint Bernard.

— Je ne peux pas vous répondre…

— Je vous comprends… Ne dites rien… Il y était… C'était lui qui a exigé… Dites-moi, Annette. Vous permettez que je vous appelle ainsi à mon tour ?… Il a des lettres de vous, n'est-ce pas ?…

Elle se contente de battre des paupières et elle sent bien qu'il a envie de poser les lèvres sur ses longs cils.

— Je ne vous demande pas de vous confier à moi… Pas tout de suite, mais si vous avez besoin… Sans doute ne voudrez-vous pas me dire son nom ?

— Maurice… souffle-t-elle, tout heureuse de pouvoir prononcer ces syllabes à voix haute.

— Et vous avez… Il vous a… Il vous a vraiment compromise ?

Le petit cœur d'Annette bat à tout rompre. Peu importe ce qui arrivera demain ! Elle pense à la fourrure lacérée, au saut-de-lit transparent, au couple descendant de voiture avec des mines de triomphe.

— Oui… balbutia-t-elle, tête basse.

Une grosse main d'homme serre la sienne avec plus d'insistance.

— Si vous le permettiez, si vous me laissiez le soin de…

— Pas encore, je vous en supplie…

— Promettez-moi au moins que vous me ferez signe… que, quand le moment sera venu… Qu'est-ce qu'il fait ?

— Il est avocat…

Aïe !… Elle se mord la langue. Peut-être ce mot-là est-il de trop ? Il arrive que les moutons comme Bernard deviennent enragés et alors…

Allons ! C'est assez pour ce soir.

— Si nous entrions au cinéma…

Il ne voit rien du film. Elle le sent ému, bouleversé. À plusieurs reprises, il se penche et il balbutie :

— Ce que vous devez souffrir…

— Oh oui…

Une autre fois, il supplie :

— Ne pensez pas à ce misérable…

Et elle qui, dans la salle obscure, ne pense qu'à Maurice, à Maurice, toujours à Maurice, farouchement, voluptueusement, murmure :

— J'essaie.

Bernard lui offre un verre, à l'entracte. Ils prennent place dans la fumée des pipes et des cigarettes, au Café de la Paix. Des habitués jouent aux cartes. Annette surprend quelques mots :

— J'en viens… La police n'y comprend rien…

Bernard la contemple avec une chaude pitié déjà amoureuse. Si seulement Maurice pouvait la regarder ainsi ! Ou plutôt non. Elle ne veut pas de la pitié de Maurice. Avec lui, ce sera autre chose, tout ou rien ! Et il faudra que, fier comme un coq, il la conduise à Royan dans sa voiture…

— Ce qui est le plus incompréhensible, c'est que rien n'a été volé… D'après une des femmes de chambre qui était de service ce matin…

Zut ! Juste au moment où cela devenait intéressant, le garçon arrive avec son plateau, fait un vacarme en posant des demis sur le marbre, puis en cherchant la monnaie dans sa petite poche. La sonnette du cinéma retentit.

— Je me demande, Bernard, si je n'aurai pas besoin de vous plus tôt que vous le pensez…

Elle se voit dans la glace qui est en face d'elle, un peu embuée par la fumée. Elle a des yeux immenses, de vrais yeux de poupée. Elle a toujours l'air de penser à autre chose et pourtant…

Ils ont à peine repris leur place au cinéma que Bernard balbutie après avoir toussé :

— Je ne comprends pas qu'un homme…

En attendant de comprendre, il lui a pris la main, comme par mégarde, et il ne la lâche plus, il se risque même à caresser doucement le bout des doigts.

— Une jeune fille qui ne sait pas…

Dans l'obscurité, Annette peut bien se permettre de sourire.

— Quand on pense que certains vous jetteraient la pierre…

Attention, Annette ! Ce n'est pas le moment de rire ! Tu as juré d'avoir Maurice. Peut-être t'es-tu mise dans d'assez vilains draps. Mais voici à côté de toi un brave garçon qui…

— Vous aimez la musique ?

Il a dit cela sur un ton si sentimental qu'elle n'hésite pas à répondre :

— Je l'adore !

Et lui, qui ne connaît pas trois notes, se croit obligé de poursuivre avec conviction :

— Moi aussi…

Ce qu'elle doit enrager, la dame blonde, devant les restes de son manteau de lapin et de sa robe de chambre transparente !

La soirée s'achève. La foule s'écoule. Annette marche un peu plus vite, car Bernard, décidément, prend goût à sa petite main qu'il triture sans répit.

— Bonsoir, Bernard…

— Bonsoir, Annette… Surtout, n'oubliez pas que…

Elle ne rêve même pas. Elle ne rêve jamais… Elle a bon appétit et bon sommeil. Quand elle se lève, elle est la première à aller chercher le journal dans la boîte aux lettres.

Un événement mystérieux...

Annette ne porte, elle, qu'une robe de chambre en molleton bleu ciel. Ça ne fait pas riche. Ça ne moule pas les formes. Mais elle n'a sûrement pas de petits bourrelets dodus aux hanches comme la dame blonde.

Un manteau de vison d'une valeur de quatre-vingt mille francs environ a été rageusement...

Hein ? Quoi ? Ce n'était pas du lapin ? Annette en a perdu la respiration. La tête lui tourne un peu. Elle reste debout, immobile, dans le corridor, et elle lit, par bribes :

Plainte a été déposée au Parquet, et la police de notre ville...

— Annette !… Annette !… appelle sa mère, du premier étage.

Elle ne bronche pas. Elle est pieds nus. Les dalles sont glacées.

... Les déclarations d'une femme de chambre permettent d'espérer qu'une piste sérieuse...

— Eh bien ! Annette…

— Oui, maman…

— Habille-toi vite… Tu iras chez M. Etrillard et tu lui demanderas trois jours de congé… Ton père et moi n'avons pas le temps de nous occuper de Bernard, et…

— Oui, maman…

— Mets ton tailleur bleu… Et surtout essaie d'être un peu plus gentille qu'hier au soir… Bernard est un garçon… Enfin, un garçon qui…

— Oui, maman…

— Quoi, oui, maman ?… Qu'est-ce que cela veut dire ?

— Cela ne veut rien dire… C'est un garçon qui, comme tu dis…

— Si ton père ne t'avait pas si mal élevée…

Quatre-vingt mille francs ! Mon Dieu ! Mon Dieu ! Et elle en a encore un petit bout dans son sac…

— Tu lui feras visiter la ville…

— Oui, maman…

— Et tu…

Annette n'entend rien, n'écoute rien. Elle se débarbouille en vitesse en pensant au vison, à ce sale vison qu'elle a pris pour un lapin, et elle répète machinalement en écoutant la voix de sa mère :

— Oui, maman…

3

Le mouton courageux ou Annette complique tout

Elle en est à ses cheveux, le cauchemar de la famille. Voilà deux ans, sa mère, à chaque repas, fronçait les sourcils.

— Je me demande ce qui arrive aux cheveux d'Annette… Tu es sûre que tu ne mets rien sur tes cheveux ?

Annette jurait. Trois mois plus tard, elle qui était brune, était devenue insensiblement blonde comme les blés. Pas même à cause d'un amoureux. À cause d'un acteur de cinéma qu'elle n'avait jamais vu en chair et en os et qui avait déclaré dans une interview que seules les blondes avaient du sex-appeal.

— Je t'assure, maman, que c'est naturel…

Maintenant, au contraire, elle est plus brune que nature, couleur aile de corbeau. Ses cheveux sont si gras qu'elle en tache ses chapeaux. C'est qu'elle a découvert – par la petite Maud, du salon de coiffure – la marque de brillantine dont Maurice se sert et elle en use un tube par semaine.

— Je te jure, maman, que je me suis encore lavé les cheveux avant-hier…

Tiens ! L'usine à musique qui commence à fonctionner, au rez-de-chaussée ! C'est Mlle Binet, la rousse qui sent le fade et qui tient la petite classe de piano. Papa, dans le couloir, téléphone. Pauvre Bon-Chien-Chien ! C'est toujours lui qu'on charge de téléphoner et c'est son supplice. La vérité, Annette l'a découverte, mais elle n'en parlera pas, c'est juré, juré pour de bon, cette fois, en crachant dans la main : papa devient sourd. Un sourd qui donne des leçons de musique…

Alors, au téléphone, il est sur des charbons ardents.

— Allô… Oui, monsieur Etrillard… Une visite très importante, qui pourrait avoir pour notre Annette des conséquences incalculables… Je ne sais pas si vous comprenez… Alors, je vous demande de lui donner deux ou trois jours de congé…

Mme Barnavon, presque harnachée, sort de sa chambre.

— Téléphone maintenant à Bernard pour lui dire… Es-tu prête, Annette ?

— Presque, maman.

Sauf qu'en tout et pour tout elle n'a mis que ses bas, auxquels elle a fait une échelle. On sonne. On entre. On monte.

— Pardon, madame… Annette est dans sa chambre ?

C'est Gigi, essoufflée, Gigi qui referme la porte avec soin, se laisse tomber au bord du lit et soupire :

— Eh bien ! ma vieille…

— Qu'est-ce qu'il y a ?

— Je viens de l'Hôtel Trianon. Il y a tout un rassemblement à la porte. Le commissaire de police est arrivé avec le commissaire spécial et je ne sais qui du Parquet… La dame blonde… Il paraît que c'était la femme de quelqu'un de haut placé, un gouverneur de colonies ou quelque chose de ce genre…

— Puisqu'elle est divorcée ! riposte Annette en mouillant son index et en le passant sur l'échelle de son bas.

— N'empêche, ma pauvre vieille, que, d'après ce que j'ai entendu dire…

— Annette !… Annette !… Tu es prête ?

— Presque, maman.

— Il faut que tu ailles prendre Bernard à l'Hôtel Trianon… Tu lui montreras le musée, la tour des Quatre-Sergents, l'église Saint-Nicolas, et tu le ramèneras pour déjeuner… Surtout, essaie d'être un peu gentille…

Et Gigi, qui regarde sa copine avec attention, ne peut s'empêcher de murmurer :

— Ce que tu es calme !

Il est vrai qu'elle ajoute aussitôt :

— Mais ce que tu es pâle !

Tout ce que Gigi a annoncé est exact. Si l'Hôtel Trianon n'est pas en état de siège, c'est tout comme. Il y a trois voitures devant la porte et un agent qui empêche les curieux d'entrer. Quelques messieurs sont groupés dans le hall. Maurice, alerté par un coup de téléphone, vient d'arriver.

Quant à la dame blonde, elle est là et elle paraît jouer la scène capitale de sa vie. Elle a choisi le plus capiteux de ses déshabillés du matin. Elle va, elle vient, elle prend tout le monde à témoin, surtout le jeune avocat.

— N'est-ce pas, Maurice... J'étais tout heureuse, messieurs... Maurice venait me prendre pour une promenade en voiture... Au moment de fermer la porte... N'est-ce pas, Maurice ?

Et chaque fois qu'elle dit « Maurice », sa voix prend des inflexions tendres, comme confidentielles.

— Au moment de fermer la porte, je dis donc à Maurice...

Le personnel de l'hôtel attend dans le bureau, car on va interroger chacun à son tour. La plupart des voyageurs sont là. Bernard est parmi eux, le front soucieux, et à ce nom de Maurice, tant de fois répété, il ne peut s'empêcher de tressaillir.

— Voyez-vous, messieurs, je m'y connais en

femmes et je prétends que ce ne peut être qu'une vengeance de femme...

Elle regarde Maurice. Maurice fronce les sourcils comme quelqu'un qui se souvient de quelque chose.

— Vous n'avez aperçu personne dans le couloir au moment de votre départ ? questionne le commissaire de police.

— C'est-à-dire... Il me semble... Dites, Maurice. Souvenez-vous... À certain moment, comme une porte s'ouvrait et se fermait près de vous, vous avez murmuré :

» — Tiens ! Tiens !...

Maurice rougit et elle insiste :

— Même que, quand je vous ai demandé pourquoi vous disiez ça, vous m'avez répondu :

» — Quelqu'un que j'ai cru reconnaître...

— Je vous écoute, mon cher maître, intervient le commissaire. Vous auriez donc aperçu dans le couloir quelqu'un dont la présence vous a étonné et...

À ce moment, une ombre se profile sur le groupe, une immense silhouette s'interpose : un grand jeune homme blond, auquel personne ne faisait attention, se campe devant l'avocat, les poings serrés, comme prêt à frapper.

— J'espère que vous n'aurez pas le cynisme de répondre...

— Pardon... Je...

— Bernard Borchin... Peu importe... Mon nom ne vous dit rien...

— Qui est-ce, Maurice ? questionne la dame blonde.

Bernard ricane. Parbleu ! La machination est bien ourdie et c'est une chance pour la pauvre Annette qu'il soit là.

— Monsieur le commissaire, je vous demande pardon de mon intervention… Avant que vous questionniez ce monsieur… ce monsieur Maurice… – il prononce les syllabes avec mépris – … je désirerais avoir un bref entretien avec lui…

— Mais, monsieur…

— Quand je vous aurai dit qu'il s'agit de l'honneur d'une femme, de l'honneur d'une jeune fille…

— Maurice ! Qu'est-ce que cela veut dire ?

— Je ne sais pas… Je vous jure que je ne sais pas… Si ce monsieur veut bien m'expliquer…

Bernard, devenu mouton enragé, ricane :

— Quand nous serons seuls, s'il vous plaît…

Annette et Gigi sont sur le point de sortir de la maison de la rue de l'Escale. Elles se heurtent à Lucette, la plus grosse des filles, qui en a oublié de se maquiller et qui est pâle comme un navet.

— Tu sais ce que le facteur vient de dire à ma mère ? Je ne sais pas de qui il le tient, mais il est toujours bien renseigné… On est sur la piste, ma pauvre !… Un agent de police a affirmé que la coupable serait sous les verrous avant midi…

Et Lucette regarde Annette des pieds à la tête. Si Annette est gourmande, Lucette est frileuse.

— Moi, à ta place, à tout hasard, je mettrais quelque chose de chaud… J'ai bien pensé t'acheter du chocolat mais je me suis dit qu'il valait mieux… Où vas-tu ?

La vérité, c'est qu'Annette n'en sait rien. Le mot chocolat… Tant pis ! Elle répond :

— Je vais d'abord manger des gâteaux…

Pour se donner le temps de réfléchir.

— À ton âge, on te mettra dans une maison de correction et tu y resteras jusqu'à tes vingt et un ans…

Dire qu'il y a, ce matin-là, un soleil couleur de champagne, que l'air est doux, pétillant, parfumé… Une auto passe en trombe… Annette tressaille… Non ! Ce n'est pas l'auto verte de Maurice…

— Combien de gâteaux, mademoiselle ?

Elle répond avec assurance :

— Trois !

Ce n'est pas vrai. Elle en a mangé cinq. Au point où elle en est…

— Où vas-tu, maintenant ?

— Vous le saurez par les journaux…

— Annette !… Promets au moins que tu… que tu ne…

Ça y est ! Elles pleurent, toutes les deux, et Annette en profite pour se défiler.

— Si vous voulez venir dans mon cabinet… C'est à deux pas… Je vous avoue que j'ai hâte de savoir…

La vérité, c'est que Bernard ne s'est pas du tout imaginé sous un tel aspect le fameux Maurice. Ce gaillard est sympathique, en somme, du même âge que lui à peu près. Ce n'en est que plus odieux ! S'en prendre à une gamine comme Annette et la laisser tomber cyniquement pour une divorcée…

Et cette histoire de manteau déchiré ? Une

combinaison louche, malpropre, un moyen de se débarrasser de la petite en lui donnant un vilain rôle.

Ils suivent le trottoir à grands pas.

— Remarquez, murmure Maurice qui réfléchit, qu'au moment où vous êtes intervenu, j'étais bien en peine de prononcer un nom…

Quel cynisme ! Est-ce que, par hasard, il y a tant de noms de jeunes filles dans sa mémoire ?

— J'ai aperçu une silhouette, c'est exact… Une silhouette que je connais bien, qui m'est familière comme…

— Parbleu !

— Vous dites ?

— Rien…

— Attendez… Cela me revient… Quelqu'un que je vois souvent à travers les vitres… Dans le bureau d'Etrillard, ma parole, juste en face de chez moi !… Tenez !… La troisième maison à gauche… Nous sommes arrivés… C'était la petite… la petite… J'ai le nom sur la langue… L'école de musique.

Il cherche sa clef dans sa poche.

— Enfin… Puisque vous allez pouvoir m'expliquer…

La bonne veut se précipiter à leur rencontre. Elle a déjà la bouche ouverte.

— Ça va, Anna…

— Mais, monsieur…

— Oui, tout à l'heure… Je suis pressé…

Une porte matelassée à gauche, un cabinet aux murs couverts de bibliothèques.

— Donnez-vous la peine d'entrer… Par exemple !… Je… Qu'est-ce que… ?

Simplement, comme une visiteuse ordinaire, Annette, qui attendait dans un fauteuil, s'est levée, tenant son sac à deux mains, et elle fait un petit salut de la tête.

— Je me demande… commence Maurice, qui regarde tour à tour la jeune fille et Bernard. Oui, je commence à me demander si…

— Si vous ne vous êtes pas mis dans de vilains draps, n'est-ce pas, monsieur Maurice ?

Annette a tressailli. Elle a observé Bernard avec attention. Il a mis tant de fougue dans son apostrophe qu'elle a toutes les peines à ne pas éclater de rire.

— Pardon, en fait de vilains draps…

On dirait deux coqs qui vont s'élancer au combat. Bernard est le plus rouge, le plus agressif des deux.

— Mademoiselle Annette, je pense qu'il serait plus convenable que vous n'assistiez pas à cette explication…

Il en parle comme s'il n'était pas question d'une explication, mais d'un combat sanglant, d'un combat à mort.

— Pardon, intervient Maurice, je voudrais tout de même savoir de quel droit…

Tiens ! Juste au même instant, Gigi et Lucette, qui ont retrouvé la piste d'Annette, passent et repassent dans la rue. Il y a même un petit bruit contre la vitre, sûrement Gigi.

Annette a encore un goût sucré de gâteaux dans la bouche. Elle fait un petit geste qui passe inaperçu : sur le bureau, il y avait un portrait de femme, un portrait de la dame blonde. Il n'y est plus. Elle le tient serré contre son sac à main.

— Lorsque nous serons en tête à tête, monsieur, je vous dirai ce que j'ai à vous dire et on verra à ce moment-là si…

Elle a fait deux pas vers la porte. Elle les regarde tour à tour. Elle regarde surtout Maurice qu'elle a rarement eu l'occasion d'admirer de si près. Il lui faut un effort héroïque pour ne pas sourire de contentement.

Elle dit, bien doucement, de sa voix la plus naturelle :

— Je vous laisse, Bernard… À tout à l'heure…

Elle se heurte presque, dans le corridor, à Anna qui écoutait à la porte. Anna la reconduit. Le panneau se referme derrière elle. Gigi et Lucette sont sur le trottoir d'en face et lui adressent des signes qui voudraient être discrets.

— Eh bien ?…

— Rien, mes vieilles…

— On ne t'a pas arrêtée ?… Qu'est-ce qu'ils font ?

Alors, Annette soupire :

— C'est bien ce que je me demande…

— Tu ne crois pas que tu ferais mieux d'aller avouer la vérité à la police ?

La rue est calme. La maison de Maurice est calme. C'est même extraordinaire comme elle est calme. Annette s'attend à des éclats de voix, à des vitres en miettes, à des appels au secours…

Qu'est-ce qu'ils font, tous les deux ? Qu'est-ce qu'ils peuvent bien faire ? Bernard avait l'air…

Pourvu, mon Dieu, qu'il… qu'il ne…

— Où vas-tu ?

Et Annette se contente de hausser les épaules, comme si la décision qu'elle vient de prendre dépassait leur entendement.

4

Le banc, le mur et les tartines ou quand Annette est héroïque

Sous les arcades de la rue du Palais, l'ombre a encore la fraîcheur du petit matin. Annette ne marche pas trop vite, mais elle marche, sans s'arrêter, avec toute la gravité qui doit imprégner une pareille minute. Peu importe la pâtisserie d'en face. Peu importe que ce soit la journée idéale pour aller s'étendre sur la plage !

Au-dessus d'une porte qui s'ouvre sur un sombre couloir, il est marqué, noir sur blanc : « Maison d'Arrêt ». Annette cherche la sonnette. Elle ne la trouve pas. Elle pousse le battant planté de gros clous, orné de lourdes ferrures. Elle voit des portes alignées, avec un guichet au milieu, une lucarne au-dessus, et elle reçoit aux narines une odeur chaude, pas très agréable, quelque chose comme l'odeur d'une lessive très sale.

— Quelqu'un ! appelle-t-elle.

Et une grosse voix fait, derrière elle :

— Pourriez pas sonner ?… Qu'est-ce que vous voulez ?

— J'ai cherché la sonnette, explique-t-elle sans se démonter.

— Je vous demande ce que vous voulez...

— Je viens me constituer prisonnière...

Elle a prononcé ces mots avec une dignité simple qu'elle admire elle-même. C'est dommage que Maurice ne puisse pas la voir, un léger sourire aux lèvres, un sourire un peu mélancolique de quelqu'un qui se sacrifie.

— Vous avez un papier ? questionne le gardien qui a sa vareuse déboutonnée sur un gros ventre.

— Quel papier ?

— Je ne peux tout de même pas vous enfermer comme ça... Allez demander une feuille d'écrou au juge d'instruction...

— C'est bien. Je reviendrai tout à l'heure...

Sur le seuil, elle se ravise et demande poliment :

— Je ne pourrais pas jeter un petit coup d'œil ?

Du Palais de Justice, on l'a renvoyée au commissariat de police et elle est assise depuis plus d'une heure sur un banc sans dossier. À côté d'elle ronfle un ivrogne qu'on a ramassé sur les quais. Ici, cela ne sent plus la lessive sale, mais l'encre violette, la colle forte, le vieux papier, la pipe refroidie et le célibataire.

— Vous êtes sûr, monsieur, que le commissaire n'est pas rentré ?

Derrière une barrière, un secrétaire passe son temps à tourner lentement, lentement les pages d'un registre puis, en guise de récréation, il taille un crayon, puis il tourne à nouveau les pages. Il ne s'est pas plus ému que le gardien de la maison d'arrêt quand Annette a déclaré en arrivant :

— Je viens me constituer prisonnière.

Il s'est contenté de répondre :

— Asseyez-vous. Cela regarde le commissaire et il n'est pas ici…

Jamais Annette n'a vu une horloge aussi lente que celle qui est appliquée au mur blanchi à la chaux, au-dessus d'une affiche toute jaunie. L'ivrogne glisse insensiblement et finit par poser la tête sur son épaule. Annette recule jusqu'au bout du banc.

— Vous pourriez tout au moins téléphoner à mon avocat pour l'avertir…

— Vous direz ça au commissaire…

Et, comme il est midi, il se lève avec satisfaction, change de veston, se lave les mains, se cure les ongles tandis que deux agents en uniforme viennent prendre sa place. Ceux-ci ont apporté de quoi manger, de grosses tartines enveloppées dans de la toile cirée, et ils réchauffent sur le poêle un bidon de café en émail bleu.

Et dire que dans toute la ville, dans tout le département, dans toute la France, il y a comme ça des milliers, des millions de gens qui mangent !

— Tant pis si je m'évanouis… murmure Annette à mi-voix.

— Vous dites ?

— Rien…

Si elle sortait, est-ce qu'on la retiendrait ? Elle en serait quitte pour revenir après déjeuner. Elle essaie.

— Hé ! là… Où allez-vous ?

— Je voulais…

— Asseyez-vous, s'il vous plaît… Il paraît que vous devez attendre le commissaire…

— Mais c'est moi qui…

— Il n'y a pas de mais… Asseyez-vous…

Rue de l'Escale, Mme Barnavon remarque, en se mettant à table :

— C'est curieux qu'Annette ne soit pas rentrée...

— Sans doute Bernard l'a-t-il invitée à déjeuner, fait M. Barnavon, la bouche pleine.

Quant à Maurice... Si Annette le voyait ! Il est assis dans un rayon de soleil, à la terrasse de la Pergola, face à la mer. À la même table, la dame blonde, qui a choisi ce jour-là sa toilette la plus gaie, un tailleur en piqué blanc. Entre eux, une somptueuse langouste que le garçon vient de découper et du champagne nature qui brille dans les verres.

— Vous ne vous souvenez vraiment pas du nom de cette petite ?

Elle le soupçonne de mensonge, elle épie ses réflexes et il répond avec embarras :

— Je vous assure, Daisy... C'est d'ailleurs très vague, n'est-ce pas ?... J'ai eu l'impression, au moment où nous sortions hier matin, d'apercevoir une jeune fille que j'avais déjà vue dans la rue...

— Vous faites donc attention aux jeunes filles !... Sans doute vous retournez-vous sur elles ?...

— Mais non... Et la preuve, c'est que mon souvenir est si vague...

— Pourquoi ce jeune homme blond vous a-t-il apostrophé ?... Pourquoi l'avez-vous emmené chez vous ?

— Je vous assure, Daisy, que je ne peux rien vous dire... C'est un secret professionnel... Vous devez comprendre... Je suis avocat...

Deux heures... Deux heures et demie... Le commissaire arrive enfin, Annette se lève d'une détente.

— Je suis venue pour demander qu'on me mette en prison. C'est moi qui ai déchiré le manteau de la vieille chipie. Et je parie que ce n'est pas du vison, mais du lapin. D'ailleurs, j'en ai emporté un échantillon. On verra bien si...

— Pardon... Un instant... Qui êtes-vous ?... Que faites-vous ici ?...

— J'ai déjà choisi un avocat. Je désire le voir le plus tôt possible. J'ai le droit de voir mon avocat...

— Un instant, de grâce, mademoiselle...

— C'est Me Maurice Camage... Vous n'avez qu'à lui téléphoner... Tant qu'il ne sera pas là, je ne dirai rien... Je ne parlerai qu'en présence de mon avocat...

— Vous remarquerez, mademoiselle, que je ne vous ai pas demandé de parler... Qu'est-ce qui vous a amenée ici ?

— Je suis venue toute seule.

— Pourquoi ?

— Je vous répète que c'est moi qui ai déchiré le manteau et le peignoir... Même que c'est de la camelote... Ça fait de l'effet, comme ça, mais à la main, ça ne tient pas...

— Asseyez-vous !

— Est-ce que vous allez téléphoner ?

Il téléphone, en effet, mais ce n'est pas à Maurice, c'est à quelqu'un du Parquet.

— ... Qui... Une jeune fille... Elle prétend... Évidemment... Je suis tout à fait de votre avis... Moi aussi, je me méfie...

Tout en parlant, il lance à Annette un regard en effet plein de méfiance.

— Très agitée, oui… C'est entendu, monsieur le juge… Son âge ?… Attendez… Je vais le lui demander. Quel âge avez-vous ?

— Dix-sept ans…

— Allô !… Dix-sept ans…

Il rit. L'autre doit rire aussi au bout du fil. Il se lève, appelle un agent.

— Vous conduirez mademoiselle chez le juge d'instruction…

Si, au moins, on lui passait les menottes ! Traverser toute la ville menottes aux poings, c'est ça qui… Pas du tout. Un petit signe de l'agent indifférent.

— Venez…

Il ne la surveille pas. Il l'oblige même à attendre devant un bureau de tabac pendant qu'il va acheter des cigarettes.

— Je parie que je sais ce que vous avez fait… murmure-t-il un peu plus tard. Vous êtes toutes les mêmes… Chipé quelque chose à un étalage, hein ?… Si vous étiez ma fille, je vous flanquerais une bonne tripotée, moi…

— Mais je ne suis pas votre fille ! réplique-t-elle avec dignité.

Le Palais de Justice. Au premier étage, on la fait à nouveau attendre sur un banc, dans le couloir. Et elle murmure avec conviction :

— Sûr que si on ne me donne pas à manger, je m'évanouis…

— Faites entrer… Ah ! c'est vous la jeune fille qui… Asseyez-vous… Vos nom, prénoms, âge, qualité… Vous prétendez que c'est vous qui vous êtes introduite dans une chambre de l'Hôtel Trianon et qui… Est-ce que vous pouvez le prouver ?… Est-ce que quelqu'un vous a vue ?

Elle brandit une touffe de poils bruns.

— Tenez !

— Qu'est-ce que c'est ?

— Un morceau de son sale vison… À moins que ce soit du lapin, comme je l'ai toujours dit… Je veux voir mon avocat…

— Votre avocat !… Tiens ! Tiens…

Et le juge joue avec sa petite barbiche. Annette est furieuse. Depuis le matin, elle a l'impression qu'on se moque d'elle, que personne ne veut la prendre au sérieux.

— Allô… Maître Camage ?… Oui… J'ai ici dans mon cabinet une jeune fille qui prétend… Oui… C'est cela. Entendu, je vous attends…

Annette tend un doigt comme à l'école :

— Monsieur le juge… Je voudrais vous demander… Je… J'ai très faim…

Le juge d'instruction sonne un huissier, lui dit quelques mots. Un peu plus tard, on apporte à Annette un sandwich au jambon dans lequel, sans le moindre respect humain, elle mord à belles dents. Il était temps.

Naturellement, elle a la bouche pleine et le bout des doigts tout gras quand Maurice arrive en coup de vent, en complet clair, comme quelqu'un qui vient de passer sa journée au beau soleil.

— Où est-elle, cette peste ?

Il se campe devant Annette qui essaie d'avaler sa bouchée de sandwich.

— Ah ! c'est vous… Qu'est-ce que vous fichez ici ?… Vous m'excusez, mon cher juge ?…

Allons… La bouchée est avalée et Annette prononce enfin :

— Je suis venue me constituer prisonnière… Je vous ai choisi comme avocat… Je suis donc votre cliente et…

Elle a été sur le point d'ajouter :

— … et vous pourriez donc être poli…

Mais Maurice ne lui en laisse pas le temps. Il s'est tourné vers le magistrat.

— Vous permettez que j'aie un entretien avec elle ?

— Je vous en prie… Si vous voulez passer à côté…

Personne ne voit le sourire d'Annette. Enfin seuls ! Il est là, devant elle. Il est furieux, c'est vrai, mais il est là ! Pas de dame blonde entre eux !

Annette a un moment d'espoir insensé. Oui ! Maurice est tellement surexcité qu'un instant elle est persuadée qu'il va la saisir aux épaules, ou aux poignets, et la secouer comme un prunier. Ce serait magnifique ! Malheureusement, il se maîtrise. Il se contente de tapoter une cigarette sur son étui.

— Vous pourriez peut-être m'en offrir une ?…

Pourquoi ne la bat-il pas ? Elle fait tout ce qu'elle peut pour l'exaspérer, pour le mettre hors de lui. Elle a pris son air le plus tranquille ; elle fait ses grands yeux de poupée innocente.

— Écoutez, ma petite…

— D'abord, je ne suis pas votre petite…

Il fronce les sourcils. Est-ce qu'il se fâche enfin ? Hélas ! non, il allume sa cigarette. Sa main tremble.

— Je voudrais bien que vous me disiez pourquoi vous êtes allée raconter des idioties à ce garçon… ce

Bernard… C'est bien ainsi qu'il s'appelle, n'est-ce pas ?

Annette n'a que quelques secondes pour réfléchir. Dans ces moments-là, elle saute toujours sur l'idée la plus baroque, la plus dangereuse.

— Parce que je l'aime !

C'est tellement inattendu qu'il en reste interloqué.

— Aimez-le tant que vous voudrez… Mais, de là à aller lui raconter que je vous ai… que je…

Il cherche ses mots. Le regard insistant d'Annette le gêne.

— Enfin, pour l'amour de Dieu, veuillez me dire ce qui vous a passé par la tête… Ce garçon m'a presque sauté aux yeux… J'ai vu le moment où nous nous battrions comme des chiffonniers et j'ai eu toutes les peines du monde à lui faire entendre que…

— C'est votre faute !

— Hein !

— Bien sûr, c'est votre faute… Souvenez-vous du 13 janvier de l'année dernière…

Elle est devenue plus rose. Son cœur bat.

— Écoutez, mon petit… Soyez raisonnable… Si vous vous moquez du monde, dites-le… Quelle est cette nouvelle histoire de 13 janvier ?… Vous êtes tout bonnement en train de me faire passer pour ridicule et de…

Tiens ! tiens ! Est-ce qu'il aurait eu une scène avec la dame blonde ?

— Alors ?… Ce 13 janvier ?…

— Vous portiez un manteau chiné à martingale…

Il la regarde sans comprendre et maintenant elle

prend son temps. Si seulement ce tête-à-tête pouvait durer des heures, des jours, des années !

— Vous étiez avec le fils Husseau, le fils du quincaillier... Il était cinq heures de l'après-midi. Vous alliez entrer tous les deux au Café de la Paix. Vous vous êtes arrêté un instant pour me regarder passer et vous avez dit à mi-voix :

» — Voilà une gamine qui fera une femme superbe !

5

Un coup de sonnette ou Annette n'a pas menti

Obscurité. Tout le monde sait qu'Annette a horreur de l'obscurité, non pas parce qu'elle a peur, mais parce que cela fait triste. C'est bien pourquoi sa mère, avant de sortir de la chambre, a retiré l'ampoule électrique. Puis elle a donné deux tours de clef. Puis elle est descendue en emportant la clef. Voilà les parents.

Annette est assise sur son lit. Elle ne veut pas se déshabiller. Elle ne veut pas se coucher. Elle reste immobile, l'oreille tendue. Des bruits familiers la renseignent. Par exemple, elle sait que Bernard a dîné à la maison. Elle a entendu le heurt des assiettes, le murmure confus de la conversation. Qu'est-ce qu'ils peuvent bien se raconter ?

— Sale bête !... articule-t-elle entre ses dents.

La sale bête, c'est Maurice. Jamais elle n'aurait cru

qu'il pourrait se montrer aussi mufle, aussi insensible, aussi cruel, aussi…

Ah ! ce qu'elle aurait préféré une bonne colère, ou même une gifle ! Pas du tout. Il l'a écoutée jusqu'au bout. À peine, de temps en temps, lui a-t-il lancé un petit coup d'œil curieux, quand il croyait qu'elle ne le regardait pas. Enfin, il a soupiré en se levant :

— C'est malin…

Il l'a laissée là, dans un bureau, sans plus s'inquiéter d'elle, et il s'est enfermé pendant près d'une heure avec le juge d'instruction. Elle a entendu qu'ils donnaient des coups de téléphone. Puis une voix familière dans le couloir, celle de sa mère.

Enfin la porte s'est ouverte. Dans l'encadrement, Mme Barnavon, droite comme une tour, le visage sévère, les yeux rouges. Elle a dit simplement :

— C'est du propre !

Quant à Maurice, il a évité de regarder Annette. Il tournait le dos, feignant de contempler la rue.

— Tu as encore de la chance que ces messieurs essayent d'arranger ça… Viens…

C'est difficile d'être digne dans de pareilles conditions et, pourtant, Annette a l'impression qu'elle a été très digne. Elle s'est tournée vers le juge. Elle a déclaré d'une voix calme :

— Je vous remercie, monsieur le juge… Mais, vous savez, j'aurais préféré la prison…

Elle n'a pas dit au revoir à Maurice. En chemin, sa mère n'a pas desserré les dents.

— Monte dans ta chambre…

C'est tout. Sans doute faudra-t-il payer le manteau

et la robe de chambre. Si c'est du lapin, ce ne sera pas trop cher. Si c'est vraiment du vison…

Qu'est-ce que ses parents et Bernard peuvent bien se raconter, en bas ?

Quant à Maurice, c'est un sans-cœur, c'est un… Il l'a traitée en petite fille… Il n'a pas paru ému le moins du monde… Sans doute est-il allé retrouver sa dame blonde et sont-ils occupés tous les deux à se moquer d'elle…

Elle sursaute. On a sonné. Ce n'est pas l'heure des visites. Elle entend le pas de la bonne dans le corridor, une voix, une voix qu'elle est sûre de reconnaître, celle de Maurice qu'on fait entrer au salon. Sa mère est capable de lui dire :

— Pour la punir, j'ai enfermé Annette dans sa chambre, dans l'obscurité.

Pourquoi pas au pain sec et à l'eau ? En quoi tout cela les regarde-t-il ? Et Bernard qui se mêle à leurs histoires ! C'est énervant d'entendre un murmure de voix, une sorte de bourdonnement continu, et de ne même pas deviner ce qui se dit ! Maurice doit être assis dans le grand fauteuil, celui qu'on donne toujours à l'invité. Est-ce qu'il tapote sa cigarette sur son étui ?

— Sale bête !… répète-t-elle. Mais attends !… Attends !…

Est-ce qu'elle pleure ? En tout cas, personne n'est là pour le voir. C'est vrai, ce qu'elle lui a dit tout à l'heure. C'est bien lui qui, le premier, l'a remarquée ! Quand il a prononcé la fameuse phrase, en face du Café de la Paix, elle s'est retournée vivement et leurs regards se sont croisés.

Maintenant, le lâche, il fait celui qui ne s'en souvient même pas !

Bon ! C'est déjà fini. La porte du salon s'ouvre. Les voix, dans le corridor, deviennent plus distinctes. Puis c'est la porte de la rue…

Sale bête ! Elle entend son pas, sur le trottoir, un pas rapide, guilleret… Parbleu ! il va la retrouver… Elle le questionnera ironiquement :

— Alors, cette petite sotte ?…

— Tu dors ? murmure une voix sur le palier.

Annette ne répond pas. Sa mère entre, l'aperçoit immobile dans l'obscurité.

— Pourquoi ne réponds-tu pas ?

— Parce que !

— M. Camage vient de sortir…

— Ah !

— Grâce à lui, tout est arrangé… Enfin, je veux dire que cette dame a retiré sa plainte…

Sa mère reste debout, éclairée par la lumière du palier.

— N'empêche que toute la ville est au courant et qu'on va nous montrer du doigt… Quand je pense que tu as été capable de faire une chose pareille… Comme je l'ai dit à ton père, c'est sa faute… C'est lui qui…

Elle serait bien étonnée si elle savait ce que pense sa fille à cet instant.

Elle pense, très exactement :

« Si je m'élançais en courant et si je bousculais un peu maman, est-ce que j'aurais des chances d'atteindre la porte de la rue avant que… »

— Tu ne dis rien ?

— Non, maman.

— Tu n'as pas honte ?

— Non, maman…

— Sais-tu que cela va peut-être nous coûter aussi cher que la maison que ton père voulait acheter à la campagne pour nos vieux jours ?

— Pauvre papa !

— Un expert fixera la valeur du manteau et nous devrons payer…

— C'est du lapin…

— Quant à toi, tu partiras dès demain matin…

Annette se fige. Elle se demande si elle a bien compris.

— Tu peux encore remercier le ciel de nous avoir envoyé un brave garçon comme Bernard… Il a compris la situation… Il est évident qu'après ce qui s'est passé, tu ne peux pas te montrer en ville… Il a déjà téléphoné à ses parents… Il te conduira chez eux, à Montpellier, où tu resteras un certain temps… Je me demande même… Enfin… J'aime mieux ne pas parler de ça dès à présent, mais il est certain que Bernard est un garçon tout ce qu'il y a de bien et que… Qu'est-ce que tu dis ?

— Rien, maman…

— Tu fais bien car, dans ta situation, on a juste le droit de ne rien dire… On a le droit de se taire, entends-tu ?

— Oui, maman…

— Couche-toi… Bonsoir… Essaie d'être prête demain à neuf heures…

Bernard est parti. La bonne est montée. On l'entend aller et venir dans sa chambre. M. et Mme Barnavon continuent, dans leur lit, la conversation commencée.

Quant à Annette, elle attend. Quand enfin tous les bruits se sont tus dans la maison, elle se dirige à tâtons vers la fenêtre et elle met un temps infini à l'ouvrir sans provoquer le moindre craquement.

La nuit est sombre. La chambre donne sur la cour. On devine des toits, les quelques arbres rabougris d'un jardin.

C'est dans ces moments-là qu'Annette est le plus calme. Elle est toujours calme, d'ailleurs. Elle décide quelque chose et elle le fait, simplement. Il y a deux ans, elle a décidé qu'elle épouserait Maurice. Tant pis pour lui si…

Le plus difficile, c'est d'atteindre la gouttière et, pendant quelques instants, Annette en a la respiration coupée. Si jamais le tuyau de descente dégringole…

Pauvre papa ! Pauvre Bon-Chien-Chien ! Quelle dégelée de reproches il doit prendre en ce moment ! Car c'est toujours sur lui que ça retombe.

— Tu ne sais pas élever ta fille ! Tu n'es pas assez sévère avec elle…

Surtout que si on était sévère avec Annette… Enfin ! Le tuyau a résisté. Annette a les mains un peu écorchées, mais ça ne fait rien.

Elle rentre dans la maison par la porte de la cour. Elle traverse le corridor et elle cherche son chapeau au portemanteau. Elle ne le trouve pas. Tant pis ! Avec ou sans chapeau…

Elle retire la chaîne, tourne doucement la clef dans la serrure. Ouf !… La rue est déserte… Annette se met à marcher, vite, toujours plus vite… Si jamais il était couché…

Cette fois-ci, c'est quitte ou double... Elle ne va pas pleurer. Elle ne va pas lui faire du sentiment... Non, elle va lui dire, comme on traite une affaire...

Au fait, que lui dira-t-elle ? Elle parle à mi-voix, chemin faisant :

— Réfléchissez bien à ce que vous allez répondre... Tout à l'heure il sera trop tard et vous le regretterez peut-être toute votre vie... Cette femme... Cette femme...

Comment n'a-t-il pas compris de lui-même que cette femme blonde et dodue n'est pas faite pour lui ?

— Surtout, ne croyez pas que je ne sache rien faire... Je ne prétends pas que je sois cuisinière, mais je suis capable... Quant à être dépensière, comme maman le prétend, la preuve que ce n'est pas vrai, c'est que mon tailleur d'été, qui fait pourtant de l'effet, ne m'est revenu qu'à cent soixante-quinze francs... Et encore, avec la garniture !

La sale bête !... Dire qu'il lui aurait suffi d'un mot... Pas même d'un mot, d'un geste, d'une toute petite émotion, d'un frémissement de sa lèvre... Est-ce qu'il se croit vraiment si fort ?

Une rue... Une autre... Ça y est ! Il y a encore de la lumière au rez-de-chaussée, de fines raies lumineuses entre les lattes des persiennes...

— Voilà ! Je suis venue pour vous dire...

Et puis zut ! Elle improvisera. Tant pis ! Elle sonne. Elle a l'impression que la sonnerie s'entend dans toute la rue. Elle regarde par la serrure. Le corridor n'est pas éclairé, mais il y a de la lumière à gauche, dans le cabinet de travail.

Est-ce qu'il aurait le culot de ne même pas venir ouvrir ? Faudra-t-il qu'elle sonne à nouveau ? Non, une porte s'ouvre, au fond, la porte de la cuisine. C'est la domestique qui tourne le commutateur. Par la serrure, Annette voit le portemanteau, le chapeau gris de Maurice… Il est onze heures et demie du soir…

— Pardon, madame… Voulez-vous m'annoncer à M. Camage, s'il vous plaît ?

La bonne est ahurie.

— C'est que…

— Dites-lui que c'est une question de vie ou de mort…

Une phrase qui lui revient, qu'elle a entendue au cinéma. Cela fait bien. D'ailleurs, c'est tout à fait de circonstance.

— C'est que… répète la bonne… Je ne sais pas si…

Et elle lance un coup d'œil inquiet à la porte du cabinet de travail sous laquelle filtre de la lumière. Parbleu ! Maurice n'est pas seul ! On parle dans le cabinet ! *Elle est là !* Une voix de femme, cela ne peut être que *la sienne.*

— Et moi, Daisy, je vous répète que vous êtes…

Ça, c'est la voix de Maurice. Il doit être furieux, car il a élevé le ton. Que vous êtes quoi ?…

Dommage qu'elle n'entende pas la fin, que la bonne frappe à la porte, qu'elle en pousse le battant.

— Je demande pardon à monsieur… C'est une jeune fille qui dit comme ça…

— Ah ! non, j'en ai assez, à la fin… Répondez à cette jeune fille que…

— Mais, Maurice…

— Non ! Non et non…

Annette s'est avancée de deux pas et elle atteint ainsi la porte. Elle regarde de tous ses yeux. Maurice est vraiment furieux. Il a le teint animé. On sent que quelques instants auparavant il faisait les cent pas. Il y a une bouteille et des verres sur le bureau. La dame est assise dans un fauteuil de cuir.

— Ah ! vous voilà, vous !… Ainsi, vous trouvez que c'est une heure pour…

Au fond, c'est ainsi qu'Annette l'aime le mieux, quand il crie, quand il essaie d'être méchant. Elle a l'impression alors que ce serait si facile, si facile de le dresser… Tandis que quand il parle froidement, d'un air indifférent, comme tout à l'heure au Palais de Justice…

— Vous ne comprenez donc pas que c'est assez pour aujourd'hui et que je commence à…

— Je ne pensais pas vous déranger… Je venais simplement pour… pour…

Décidément, elle a la manie de se mettre dans des situations impossibles. Qu'est-ce qu'elle va bien pouvoir inventer ?

— Je venais pour vous dire adieu…

— Eh bien ! c'est très gentil, sauf que l'heure n'est pas trop bien choisie… Adieu, mademoiselle…

— Vous savez, vous ne… vous ne me reverrez plus…

C'est ridicule. Sa gorge, tout à coup, s'est gonflée. Les dernières syllabes passent à peine. Ses paupières picotent.

— Ad… ad…

— Un instant, mademoiselle…

Ah ! non, pas celle-là ! Car c'est la dame blonde qui la rappelle. Pour se moquer d'elle, sans doute ?

— Adieu.

Sa vue se trouble. Elle voit, en très flou, la haute silhouette de Maurice qui a l'air de ne pas trop savoir ce qu'il doit faire, son regard étonné…

Elle bouscule la bonne qui est toujours debout dans le corridor. La porte est restée ouverte.

Alors, Annette se met à courir.

Tant pis pour lui !

6

Le Tonnerre de Brest
ou Annette triche une dernière fois

Tant pis pour lui ! Tant pis pour eux ! Tant pis pour tous !

Tant pis pour le juge d'instruction qui n'a pas voulu la mettre en prison ! Tant pis pour sa mère qui l'a enfermée dans sa chambre comme une petite fille ! Tant pis pour ce mouton de Bernard qui a eu l'idée saugrenue de l'emmener à Montpellier…

Comme si… À Montpellier ! Pourquoi pas au Pôle Nord ?… Pendant que Maurice, lui… Et que cette odieuse femme blonde…

Elle est bien décidée à en finir et à se jeter dans le bassin.

Pendant cent mètres au moins, le temps d'atteindre le coin de la première rue, elle est absolument sincère et résolue à mourir.

Ce n'est qu'en arrivant au coin de cette rue qu'elle ralentit un peu sa course, pas beaucoup, juste de quoi faire moins de bruit et d'écouter… Elle voudrait savoir si on a refermé la porte derrière elle et si Maurice… Elle n'ose pas se retourner… Elle se rend compte que cela ferait mauvais effet…

On n'a pas refermé la porte… Elle l'aurait entendu… Un instant, l'angle de la rue tourné, elle s'arrête tout à fait, elle écoute et…

Allons ! Elle peut repartir de plus belle : il la suit !

C'est une chance, car, comme ça, elle n'aura probablement pas besoin de mourir. On ne la croira peut-être pas, mais elle y était bien décidée. Évidemment qu'à la dernière minute, elle aurait peut-être hésité…

Tout va bien… Elle marche vite… Il ne faut pas qu'il puisse la rattraper car cela risquerait de faire tout rater… Il est à cinquante, à quarante mètres derrière elle. Elle accélère son allure… Elle tourne à droite, puis à gauche… Elle s'engouffre sous la tour de la Grosse Horloge… Tiens ! Un agent de police qui, tout surpris, la regarde passer sans même penser à la poursuivre…

Le port… Des bateaux… La lune vient de se lever et l'eau est toute couverte d'écailles d'argent… Elle doit être glacée, cette eau trop calme…

— Annette !…

Tiens ! Il a appelé… Et c'est son nom qu'il a prononcé…

Quant à la dame blonde, qu'est-ce qu'elle peut faire pendant ce temps-là ? Ce n'est pas une femme à courir. Elle a les hanches trop épaisses, avec des bourrelets de graisse… Elle serait tout à fait ridicule… Est-elle restée à attendre dans la maison ?… Peut-être suit-elle plus lentement ?

Encore cinquante mètres… Courage, Annette… Tant pis si c'est froid… Pourvu… Chance ! Elle se souvient qu'elle a mis ses souliers de daim qui ne lui tiennent presque pas aux pieds… Avec ses chaussures à semelles crêpe, cela aurait été plus difficile de nager… Qui sait même…

Son père et sa mère sont-ils toujours en train de se disputer dans leur grand lit d'acajou ? Et ce pauvre Bernard… Il y a des gens qui ne doutent de rien… Il l'aurait emmenée, comme ça, tout naturellement…

— Papa, je te présente… Maman, je te présente…

Il aurait rougi. Il aurait laissé entendre que peut-être un jour…

Il n'a donc pas regardé Maurice ? Il ne s'est pas rendu compte de la différence ? Alors…

— Annette… Je vous ordonne…

Bon ! Voilà Maurice qui ordonne, à présent ! Si seulement elle pouvait se retourner ! Elle donnerait gros, le prix d'un manteau de vison, pour voir la tête qu'il fait en ce moment.

Est-ce qu'au moins il sait nager ?

Plus le temps de réfléchir… Elle frôle la catastrophe de près… Son pied a bien failli se prendre dans une amarre et alors elle s'étalait de tout son long sur le quai ; elle se faisait peut-être une bosse au front, elle saignait du nez… C'était la fin de tout…

À la dernière seconde, elle a évité l'amarre et…

— Ann…

Plouff… Elle n'entend plus rien que comme un glouglou d'eau dans ses oreilles… C'est moins froid qu'elle le craignait…

Et si Maurice ne sait pas nager ? S'il hésite à se jeter à l'eau ?…

Il y a des bateaux tout près… Ses cheveux collés à son visage l'empêchent de voir… Elle les écarte d'une main… Un nom, sur une coque, un nom dont elle se souviendra : *Tonnerre de Brest*...

Il ne faut pas qu'il s'aperçoive qu'elle nage… Elle contourne le *Tonnerre de Brest*... Quelque chose traîne sur l'eau, le filin qui retient le canot du bateau…

Ça va… On ne peut plus la voir de la berge… Elle saisit le filin… Elle reprend son souffle…

Plouff… C'est merveilleux ! Jamais, dans ses rêves les plus fous, elle n'a imaginé qu'elle vivrait une minute pareille… Il est dans l'eau… Il barbote. Elle entend sa respiration plus rauque.

— Ann… Annette. Où êtes-vous ?…

Du moment qu'il sait nager, il vaut mieux le laisser quelque temps dans le bain. Elle ne bouge pas. Elle est très bien ainsi, comme à la plage, quand on se repose sous le plongeoir.

— Annette… Où…

Encore quelques minutes, pour le punir. Il l'a bien mérité. Est-ce qu'il lui a tendu la perche, lui, l'après-midi, au Palais, quand elle avouait que…

Ces cheveux dans la figure… Cela doit faire moche… Elle ne pouvait quand même pas mettre un bonnet de bain…

— Annette…

Pauvre garçon ! Sa voix, maintenant, est vraiment anxieuse. On l'entend aller et venir, plonger, cracher l'eau…

Elle pense :

« Je compte jusqu'à dix et… Un… deux… trois… quatre… »

Non ! Il est trop inquiet. Elle n'attend pas dix. Elle pousse un cri inarticulé, elle lâche la corde et elle se laisse aller en arrière, comme une vraie noyée. Tant pis si elle boit la tasse. Il faut que cela ait l'air vrai.

— Annette… Maintenez-vous… Je…

Il l'a vue… Quelques brasses et il la saisit… Il est tellement ému qu'il la saisit d'abord par les cheveux et qu'il lui fait mal… Encore un peu et elle criait !

— Tenez-vous à moi… Je… je… Cramponnez-vous…

Tu parles, si je vais me cramponner ! Je l'ai attendue longtemps, cette minute, mais maintenant…

Elle garde les yeux fermés. Elle doit paraître très pâle sous les rayons de la lune… Sa petite main ne tient pas moins l'épaule de Maurice bien serrée…

— Cramponnez-vous…

Pour lui faire encore plus peur, elle laisse sa tête descendre un peu dans l'eau, pince les narines… Une vraie noyée…

Quant à lui, il cherche un moyen de remonter sur la berge. Il ignore où se trouve l'escalier de pierre. Il nage. Il tourne en rond. Il est impossible de grimper sur ce mur à pic.

Pourvu, Seigneur, qu'il n'appelle pas au secours ! Tout serait gâté…

— Cramponnez-vous… N'ayez pas peur…

Il vaut mieux entrouvrir les yeux un instant, lui souffler :

— Là… À gauche…

Elle connaît le port, elle ! On voit bien qu'il n'est pas de La Rochelle et qu'il n'a pas joué tout enfant sur les quais !

Il nage vers l'escalier. Il la pousse. Il la hisse avec précaution.

— Faites un effort… Essayez de…

Non ! Qu'il se débrouille ! C'est bien son tour ! Quant à elle, elle fait la morte, elle se laisse pousser, inerte, les yeux toujours clos. Les marches de l'escalier, à cause de la marée, sont recouvertes de mousse glissante et Maurice manque le pas, se cogne le genou sur la pierre et ne peut retenir un :

— Zut…

Elle a bien plus de peine encore, elle, à retenir un éclat de rire. Ce que cela peut être douillet, un homme ! Et gauche, à certains moments ! Il est là, debout, tout dégouttant d'eau, et il a l'air de chercher une inspiration autour de lui. Il s'agenouille. Il lui soulève la tête. Il appelle, très bas :

— Annette…

Il ajoute pour lui-même, entre ses dents :

— Pourvu qu'elle ne soit pas morte…

Si les filles pouvaient être là ! Le Café Français est tout près, la terrasse où la veille…

Ah ! tu faisais le fier en descendant de voiture avec ta blonde entre deux âges !

— Annette… Dites-moi quelque chose…

Il ne faut pas exagérer, car il serait capable d'appeler

à l'aide. Elle bat des paupières. Elle entrouvre les yeux. Elle murmure :

— Où suis-je ?

— N'ayez pas peur… Vous êtes sauvée… Quand je pense que vous avez… que vous… que je…

Il lui tient toujours la tête.

— Vous n'avez pas mal ?…

Alors, malgré tout, elle ne peut s'empêcher de murmurer :

— Je suis bien…

Des pas. Une voix, dans l'ombre du quai.

— Maurice… Vous êtes là ?…

Bravo, Maurice ! Jamais tu n'as donné un tel plaisir à Annette. C'est comme ça qu'elle t'aime, en colère, surtout quand ce n'est pas contre elle, quand c'est contre cette affreuse dame blonde à qui tu cries :

— Encore vous ?… Ah ! non…

— Mais, Maurice… Qu'est-ce que… ?

Il a trouvé, enfin, le mot de la situation :

— Vous ne voyez donc pas que j'ai autre chose à faire ?

Et elle, avant de s'éloigner :

— C'est bien… Je n'insiste pas… J'ai compris…

Elle éprouve le besoin d'ajouter, acide :

— D'ailleurs, je m'en doutais…

Ils repassent, tous les deux, sous le mur de la Grosse Horloge et l'agent de faction regarde avec stupeur ces deux silhouettes ruisselantes.

Eux ne le voient même pas.

— Vous avez froid, n'est-ce pas ?

— Pas trop…

— Avant tout, nous allons passer chez moi et je vous ferai préparer un grog…

Alors, Annette, les grandes émotions passées, sent un malaise, comme un vide dans sa poitrine et elle réplique simplement :

— Je crois que j'ai surtout faim !

Encore quelques pas. Son front se barre d'une ride.

— Dites donc, Maurice… À votre idée…

Il s'attend à des paroles mémorables :

— C'est du lapin, n'est-ce pas ?

Table

PAPIER À BASE DE FIBRES CERTIFIÉES

Le Livre de Poche s'engage pour l'environnement en réduisant l'empreinte carbone de ses livres. Celle de cet exemplaire est de : 460 g éq. CO_2
Rendez-vous sur www.livredepoche-durable.fr

Composition réalisée par PCA

Achevé d'imprimer en France par
CPI BUSSIÈRE (18200 Saint-Amand-Montrond)
en septembre 2020
N° d'impression : 2052457
Dépôt légal 1re publication : avril 2014
Édition 03 - septembre 2020
LIBRAIRIE GÉNÉRALE FRANÇAISE
21, rue du Montparnasse – 75298 Paris Cedex 06

24/7776/4

insel taschenbuch 258

De Quincey

Der Mord als eine schöne Kunst betrachtet

THOMAS DE QUINCEY
DER MORD
ALS EINE SCHÖNE KUNST
BETRACHTET

Herausgegeben und eingeleitet
von Norbert Kohl
Mit zeitgenössischen
Illustrationen
Insel Verlag

Nach der Übersetzung von Alfred Peuker
bearbeitet von Ursula Fischer

insel taschenbuch 258
Erste Auflage 1977

Vertrieb durch den Suhrkamp Taschenbuch Verlag
Umschlag nach Entwürfen von Willy Fleckhaus
Typografie: Max Bartholl
Satz: LibroSatz, Kriftel
Druck: Nomos Verlagsgesellschaft, Baden-Baden
Printed in Germany

2 3 4 5 6 7 – 89 88 87 86 85 84

Inhalt

Einleitung

Wer ernst nimmt, was der Titel dieser Schrift verspricht, wird ihre Absicht mißverstehen; dies ist kein Programm für schwarze Messen. Wer seine extravagante Formulierung als Einladung zu einer moralisch entschärften Plauderei über ein originell verfremdetes Thema ansieht, wird bei der Lektüre ein zeitweiliges Unbehagen nicht unterdrücken können. Moralische Entrüstung zöge den Kunstcharakter des Essays nicht in Betracht, totale intellektuelle Distanzhaltung nähme das Inhumane seines Themas nicht wahr. Gewiß liegt sein besonderer Reiz in einer Art von doppelter Brechung der Wirklichkeit: die imaginative Verwandlung mit den Mitteln der Sprache, der Form und der Fiktion, die zum Wesen des literarischen Kunstwerks gehören, wird dadurch überlagert, daß sein Gegenstand, der Mord, nicht mit den gewohnten sittlichen Maßstäben gemessen, sondern aus der Perspektive des Künstlers betrachtet wird. Diese neue und ungewohnte Betrachtungsweise, die den Erwartungshorizont des Lesers durchbricht, gewährt ihm ein intellektuelles Vergnügen, das gerade dadurch ermöglicht wird, daß sein moralisches Urteilsvermögen nicht außer Kraft gesetzt wird, sondern intakt bleibt.

Wer nach den geistigen Wurzeln jener ›Umwertung aller Werte‹ sucht, welche zur Faszination des Bösen und seinen literarischen Manifestationen beigetragen hat, wie sie sich in Thomas De Quinceys Schrift *Der Mord als eine schöne Kunst betrachtet (On Murder Considered as one of the Fine Arts,* 1827-1854) spiegelt, darf nicht bei Nietzsche beginnen, sondern muß ins 18. Jahrhundert zurückgehen, in dem die Vernunft einerseits als Instrument radikaler Entmythologisierung benutzt, andererseits zur Legitimation der bürgerlichen Ordnung in Anspruch genommen werden konnte. Wie sollte eine formalistische, wertneutrale, gegenüber Zielen indifferente Vernunft einen hinreichenden Grund dafür abgeben, die Gesellschaft freier, gerechter und humaner zu machen, wenn sie sich mühelos für ganz andere Zwecke einspannen ließ? De Sades Darstellung der beiden Schwestern – der tugendsamen Justine, deren Leben ein einziger Leidensweg ist, und der lasterhaften Juliette, die für ihre Untaten den Lohn materiellen Wohlstands und gesellschaftlichen Ansehens kassiert, – markierte die zynische Liquidation des in Erosion begriffenen christlichen Weltbildes. Doch hinter dieser ins Extrem getriebenen Pervertierung christlicher Moralvorstellungen steckte noch ein anderes: die Konsequenz nämlich, die aus einem machiavellistisch interpretierten Rationalismus gezogen werden kann, dem die Bindung an den kategorischen Imperativ abhanden gekommen ist.

Auf die Viktorianer, die man doch als respektable, arbeitsame und gottesfürchtige Bürger zu kennen glaubt, übte der Mord eine merkwürdige Anziehungskraft aus. Man weiß, daß sie in einer hierarchisch aufgebauten und reglementierten Ordnung lebten, in der jeder Verstoß gegen die gesellschaftlichen Spielregeln mit Sanktionen geahndet wurde. Alles Unregelmäßige, Unbotmäßige, der allgemeinen Ordnung Zuwiderlaufende mußte deshalb bereits an sich, als schierer Regelverstoß, bemerkenswert sein und auf ein viel höheres Interesse stoßen, als dies in einer Gesellschaft der Fall wäre, in der Kritik an etablierter Autorität zu ihrem liberalen Selbstverständnis zählt. Der hohe Konformitätsdruck, unter dem die Bürger lebten, machte normabweichendes Verhalten beinahe unmöglich und umgab es gleichzeitig mit dem Reiz des Abenteuerlichen. Der Mord galt den Viktorianern deshalb nicht bloß als verabscheuungswürdiger Verstoß gegen das Sittengesetz, wie schon zu Zeiten Kains, sondern er ist von ihnen ebenso stark unter einem anderen Aspekt wahrgenommen worden: als Rebellion gegen die soziale Ordnung. Die Sensationsgier der viktorianischen Massen, der durch die im Gefolge der napoleonischen Kriege überall neu entstandenen Zeitungen, in zahlreichen ad hoc verfertigten Flugschriften und »penny novels« reichlich Nahrung geliefert wurde, läßt sich kaum mit der Identifikation des Lesers mit dem Opfer deuten. Mit dieser öffentlich geübten Tugend des Mitleids vermischte sich eine andere Gefühlsregung, die auf den Mörder als außergewöhnliches Individuum, als quasi-heroischen Rebellen reagierte, der in einem Akt des Aufruhrs die Ordnung punktuell gesprengt, die Normen verletzt und das moralische Tabu gebrochen hatte. Der Schauder über die Tat verband sich mit dem fast wohligen *frisson* vor dem Ungeheuer, das – stellvertretend – als Einzelgänger das repressive System herausgefordert hatte. Daß Madame Tussaud die bekanntesten dieser Gesetzesbrecher in so liebevoller Weise in Wachs modellieren ließ und in einem Gruselkabinett (»Chamber of Horrors«) öffentlich und gegen Gebühr zur Schau stellte, trug gewiß diesem Bedürfnis Rechnung. Wer im Obergeschoß ihres Etablissements beim Anblick der wächsernen Pracht des politischen, gesellschaftlichen und kulturellen Establishments nicht auf seine Kosten kam, konnte seine unterbewußten Triebregungen sinnigerweise im Keller bei der Betrachtung effektvoll beleuchteter, ganz und gar ungefährlicher Missetäter befriedigen, jener radikalen Außenseiter, die nicht selten auch während ihres Lebens zu »denen da unten« gehört hatten: Ästhetisch überblendeter Horror, der das verstohlen genossene Vergnügen hinter der Maske der biedermännischen Abscheugebärde möglich machte, wo doch die Zurschaustellung der vergifteten, erdolchten oder zerstückelten Opfer nur das blanke Entsetzen hätte hervorrufen müssen.

Indes wäre Madame Tussauds Idee kein großer Erfolg beschieden gewesen, wenn ihr nicht die Wirklichkeit des 19. Jahrhunderts zu Hilfe gekommen wäre. Das gesteigerte öffentliche Interesse an Mordfällen darf allerdings nicht so gedeutet werden, als sei es in dieser Epoche der Geschichte besonders blutrünstig zugegangen. Die Angaben, die Richard D. Altick in seinem Buch *Victorian Studies in Scarlet* (1970) verschiedenen Statistiken entnommen hat, zeigen, daß die

Anzahl der jährlich registrierten Tötungsdelikte zwischen 272 im Jahre 1866 und 142 im Jahre 1899 schwankte.[1] Natürlich sind diese Zahlen unzuverlässig, weil viele Delikte dieser Art den Behörden entweder nicht bekannt oder von den Ärzten nicht als Gewalttaten erkannt wurden. Einige Kapitalverbrechen, die von Zeitungen und Flugblättern zu spektakulären Fällen ausgewalzt wurden, genügten vollauf, um die Nation für einige Zeit in Atem zu halten: so z. B. der Raubmord des abgemusterten Seemanns John Thurtell an einem gewissen William Weare im Jahre 1823, der schwunghafte Handel, den William Burke und William Hare im Jahre 1828 mit den Leichen ihrer getöteten Opfer betrieben, die sie an einen Anatomie-Professor aus Edinburgh zum Stückpreis von £ 10 verkauften, die kaltblütige Ermordung des irischen Zollangestellten Patrick O'Connor durch das Ehepaar Manning, der Fall des Giftmörders Dr. William Palmer, der zwischen 1847 und 1855 mehr als ein halbes Dutzend Menschen aus Habgier umgebracht hatte, um seine Leidenschaft für Pferde und Pferdewetten zu finanzieren, und schließlich die bestialischen Morde an mehreren East End-Prostituierten durch den legendären Jack the Ripper. Die Liste ließe sich fortsetzen. Gleichwohl war es nicht die Häufigkeit dieser Untaten, sondern die sensationslüsterne Aufmachung in den Medien, die wesentlich zu ihrer außerordentlichen Publizität beitrug.
Was den einzelnen bewegte, mußte auch in der Literatur, der hohen wie der niederen, seinen Niederschlag finden. Mord und Totschlag gehörten natürlich seit eh und je zu ihrem festen Motivbestand. Shakespeare, das elisabethanische Drama, die jakobäische Rachetragödie und selbst das bürgerliche Trauerspiel des 18. Jahrhunderts variierten das Motiv stets aufs neue. Allein 70 Theaterstücke aus dem 19. Jahrhundert tragen bereits im Titel das Wort ›Mord‹.[2] In der erzählenden Literatur war es nicht anders. Während das grausige Geschehen in den Schauerromanen gegen Ende des 18. Jahrhunderts vorzugsweise an einen exotischen Ort verlegt

wurde, um es durch eine möglichst düstere, fremd wirkende und unheilschwangere Atmosphäre effektvoll zu untermalen, bevorzugten die Autoren des »Newgate novel« aus den dreißiger und vierziger Jahren des 19. Jahrhunderts (Edward G. Bulwer-Lytton, William H. Ainsworth) sowie des Sensationsromans aus den sechziger Jahren (Mary E. Braddon, Mrs. Henry Wood) einheimische Schauplätze, die die vertraute Umgebung des größten Teiles der Leserschaft bildeten. Das Motiv fehlte aber auch in der anspruchsvolleren Erzählkunst nicht, wie ein Blick in die Romane von Charles Dickens, Elizabeth Gaskell, George Eliot und Oscar Wilde zeigt. In Dickens' *Bleakhaus (Bleak House,* 1852-53) wird der Rechtsanwalt Tulkinghorn von der früheren Zofe Lady Dedlocks umgebracht, in Gaskells *Mary Barton* (1848) tötet der Gewerkschaftler John Barton den Unternehmersohn Henry Carson, in George Eliots *Adam Bede* (1859) setzt die verführte, verlassene und verzweifelte Hetty Sorrel ihr Neugeborenes aus, so daß es stirbt, und in Wildes *Das Bildnis des Dorian Gray (The Picture of Dorian Gray,* 1890) ersticht der Protagonist seinen Freund, den Maler Basil Hallward, und läßt die Leiche anschließend von einem Bekannten, der sich auf Chemie versteht, unauffällig beseitigen. Robert Brownings größtes Werk *Der Ring und das Buch (The Ring and the Book,* 1868-69) behandelt in über 20 000 Versen die Geschichte eines Gattenmordes und seiner Aufklärung im Italien des 17. Jahrhunderts. Nicht selten modellierten die Autoren ihre fiktiven Morddarstellungen nach aktuellen Vorbildern. So übernahm Wilkie Collins in seinem Roman *Der Monddiamant (The Moonstone,* 1868) einzelne Erzählelemente dem Constance Kent-Fall vom Jahr 1860, und R. L. Stevensons *Der Leichenräuber (The Body-Snatcher,* 1884) erinnert an die erwähnten Burke und Hare-Verbrechen aus den zwanziger Jahren des Jahrhunderts.

Man muß De Quinceys Essay *Der Mord als eine schöne Kunst betrachtet* auf dem Hintergrund dieser journalistischen und literarischen Vermarktung des Mordes sehen, um beurteilen zu können, worin die Originalität der Schrift besteht, und wo sie sich an bestehende Konventionen der Mordepik anschließt. In der Vorrede, die mit »X.Y.Z.« gezeichnet ist, berichtet der Erzähler von der Existenz eines Klubs in London, der sich »Die Gesellschaft der Mordkenner«[3] nennt. Die Mitglieder dieser makabren Vereinigung betrachten Mord und Totschlag vom ästhetischen Gesichtspunkt und unterziehen jedes Verbrechen, von dem sie aus den Polizeiberichten Kenntnis erlangen, einer kritischen Würdigung, »so wie etwa ein Bild, eine Skulptur oder ein anderes Kunstwerk«.[4] Eine der monatlichen Vorlesungen, die in diesem Klub gehalten werden, ist zufällig dem Erzähler in die Hände gefallen, der es als seine christliche Pflicht ansieht, die Öffentlichkeit auf die haarsträubenden Vorgänge in diesem Verein aufmerksam zu machen.

In der anschließend veröffentlichten Vorlesung betont der Redner zunächst, daß zur »künstlerischen Vollendung einer Mordtat«[5] doch mehr gehört als ein Messer, eine Geldbörse, eine dunkle Seitenstraße und zwei Dummköpfe, einer, der tötet, und einer, der getötet wird. Formgebung, Gruppierung der Beteiligten sowie die Verteilung von Licht und Schatten sind neben anderen Faktoren unerläßliche Bedingungen für die ästhetische Qualität einer solchen Handlung. Um möglichen Mißverständnissen vorzubeugen, hält es der Vortragende freilich für geraten, mit Nachdruck zu betonen, daß er die Tötung eines Menschen für eine ganz und gar unanständige Verhaltensweise hält. Allerdings habe alles seine zwei Seiten, wie er sogleich hinzufügt, auch ein Mord, und er nimmt für sich in Anspruch, dieses Phänomen nicht unter dem moralischen, sondern unter dem ästhetischen Aspekt zu betrachten. Dabei sieht er sich keineswegs in einer Außenseiterposition, sondern beruft sich auf Autoritäten wie S. T. Coleridge, Aristoteles und den Arzt Dr. Howship. Warum sollte Coleridge nicht ohne Skrupel das Schauspiel eines brennenden

Klavierbauer-Geschäftes in der Oxford Street genossen haben, wenn doch die Versicherung für den Schaden aufkommen würde? Beschrieb nicht Aristoteles einen Dieb, der sein zweifelhaftes Gewerbe bis zur höchsten Vollkommenheit entwickelt hatte? Und ist es nicht verständlich, wenn Dr. Howship in seinen *Praktischen Hinweisen zum Problem der Verdauungsstörung* (1825) bedenkenlos von einem »schönen Geschwür«[6] spricht? Niemand wird Coleridge unterstellen können, er habe dem Besitzer des in Brand geratenen Hauses Böses gewünscht, niemand kann im Ernst vom Verfasser der *Nikomachischen Ethik* annehmen, er verherrliche den Diebstahl, und niemand wird bestreiten, daß Dr. Howships berufliches Bemühen auf das Erkennen und Bekämpfen von Geschwüren gerichtet ist. Dennoch haben ein perfekter Dieb und ein voll entwickeltes Geschwür eines gemeinsam: ihre Vollendung liegt im Maß ihrer Unvollkommenheit, sie sind gleichsam idealtypische Formen eines Defektes, sei er nun moralischer oder pathologischer Natur.
Nachdem der Redner die Prinzipien der Gesellschaft, vor der er seine Rede hält, dargelegt und sich gegen Angriffe der Öffentlichkeit (und der Zensur) abgesichert zu haben glaubt, gibt er im zweiten Teil seiner Vorlesung einen geschichtlichen Rückblick auf sein Thema, der von Kain bis zu einem gewissen Mr. Thurtell reicht, dem ehemaligen Vorsitzenden dieser ›ehrenwerten Gesellschaft‹. Während in der Antike keine bemerkenswerten Mordfälle zu registrieren sind, weist das Mittelalter »sieben hervorragende Arbeiten«[7] auf, darunter die Ermordung Wilhelms I. von Oranien, Gustav Adolfs und Wallensteins, wobei der letztere *stricto sensu* nicht mehr in diese Zeit gehört. Mit besonderem Gusto wird jener Fälle gedacht, in denen bekannte Figuren der Zeitgeschichte mit Mord bedroht, tatsächlich umgebracht oder – leider – diesem Schicksal entronnen sind. Descartes sei während der Fahrt auf einem gemieteten Boot, das ihn nach Westfriesland bringen sollte, nur deshalb einem Anschlag auf sein Leben entkom-

men, weil er deutsch verstanden habe; der kränkelnde Spinoza sei entgegen der landläufigen Meinung keineswegs eines natürlichen Todes gestorben, sondern von seinem eigenen Arzt mit Kissen im Bett erstickt worden, nachdem er durch den Verzehr eines »alten Hahns«[8] schon halb tot gewesen sei; Hobbes schließlich, der Autor des *Leviathan* (1651), habe bedauerlicherweise nicht das gleiche Schicksal erlitten, doch möge es die Zuhörer trösten zu erfahren, daß immerhin drei Mordanschläge auf ihn verübt wurden. Der Vortragende beschließt seine Ausführungen mit einigen Bemerkungen über Prinzipien, von denen sich ein potentieller Mörder für das ästhetische Gelingen seines Tuns leiten lassen sollte. Dazu gehören Überlegungen zur Auswahl des geeigneten Opfers, zur Bestimmung des Tatorts, der Tatzeit und anderer Umstände. Das Opfer sollte vorzugsweise ein moralisch untadeliger Charakter sein, sich bester Gesundheit erfreuen und möglichst eine Familie mit Kleinkindern haben, die noch von ihm abhängig ist; nur so könne die beabsichtigte künstlerische Wirkung der Tat auch erreicht werden, die mit der von Aristoteles proklamierten Zielsetzung der Tragödie identisch sei: »das menschliche Herz durch Furcht und Mitleid zu läutern«.[9] Was bei der Wahl des Ortes und der Zeit für die Tat sowie der Werkzeuge zu beachten ist, kann der Redner aus Platzmangel, wie er sagt, nicht mehr ausführen.
Im Supplement, das der fiktive Herausgeber erst 12 Jahre später, nämlich 1839, der Vorlesung beifügt, berichtet er von einem Festessen, das der Klub aus Anlaß eines nach seinen Vorstellungen perfekten Mordes veranstaltet. Die eilig herbeigerufenen Mitglieder bringen dabei zahlreiche Trinksprüche auf einige renommierte Missetäter, deren Taten und Tatwerkzeuge aus. »Unke«, ein kauziges älteres Mitglied, unverbesserlicher *laudator temporis acti,* der sich jahrelang schmollend aus dem Klubleben zurückgezogen hatte, weil er mit der gegenwärtigen Praxis des von ihm so geschätzten Metiers unzufrieden war, tut sich auf dieser *dinner party* besonders her-

vor. Aufgeputscht von den vergangenen ›Glanzleistungen‹ der Klubidole gebärdet er sich so wild, daß man befürchten muß, er wolle aus der Festversammlung ein Massaker machen. Man muß ihn schließlich mit Gewalt aus dem Saal befördern und singt dazu:

»Et interrogatum est ab omnibus – Ubi est ille »Unke?«
Et responsum est ab omnibus – Non est inventus«.

Im *Postscriptum (Postscript)*, das erst 1854 während der Arbeiten an der englischen Gesamtausgabe der Werke De Quinceys veröffentlicht wurde, schildert der Erzähler bis ins Detail drei denkwürdige Fälle aus den Annalen der englischen Kriminalgeschichte: die sogenannten Ratcliffe-Highway-Morde, durch die John Williams im Jahre 1812 zwei Familien im Osten Londons fast völlig ausgelöscht hatte, sowie den Raubmord der Brüder M'Kean in einer Dorfschenke, nahe der Stadt Manchester. Diese Gewalttaten werden keineswegs aus ästhetischer Distanz, sondern eher im Stile spannender, engagierter Berichterstattung und mit beachtlichem psychologischem Einfühlungsvermögen veranschaulicht.[10] Der Autor läßt den Leser an den Beweggründen der Täter, an ihren Plänen und den Vorbereitungen zur Tat, an den Methoden ihres Vorgehens und an der Reaktion der Bevölkerung auf das Verbrechen teilhaben.

Ein Meisterstück spannungsgeladener, konziser Darstellung gelingt De Quincey bei der Schilderung des ersten Ratcliffe-Highway-Mordes. Er beginnt mit einer Beschreibung des Tatortes, nämlich dem Ratcliffe Highway in einer Hafengegend im Osten Londons, wo ein buntes Völkergemisch aus aller Herren Länder zusammentrifft, gibt dann ein Porträt des Mr. Williams – »sein Äußeres war völlig normal ... und, was seine Gesichtszüge anbelangt, geradezu gewöhnlich «[11] –, und nennt schließlich die genaue Zeit, zu der sich der Mörder auf den Weg macht: 7. Dezember, 1812[12], Sonnabend, gegen 23 Uhr. Nachdem der Leser durch die grobe Lokalisierung des Geschehens, die später noch ergänzt wird, durch die Vorstellung des Protagonisten und die Fixierung des Zeitpunktes über die äußeren Umstände ins Bild gesetzt worden ist, erfährt er einiges über die Motive, die Williams zu der geplanten Gewalttat an seinem ehemaligen Freund Marr und dessen Familie veranlassen könnten. War es Rache als Reaktion auf einen lange zurückliegenden Streit, oder war Rivalität um die hübsche Frau Marrs der treibende Beweggrund? Der Erzähler ist sich selbst nicht sicher und vermeidet somit jede auktoriale Allwissenheit, die ihm einen Informationsvorsprung vor dem Leser sichern könnte. Zwischendurch spart er nicht mit ominösen Vorausdeutungen, welche die Spannung anheizen und dem Leser das angenehme Gefühl vermitteln, über den Verlauf der Geschichte ebensogut orientiert zu sein wie der Autor selbst.

Nach der Präsentation des Täters, der sich langsam seinen Weg zum Ratcliffe Highway Nr. 29 bahnt, folgt ein Porträt des Opfers, seiner Familie und der Umstände, in denen es lebt. Dann wechselt die Erzählperspektive erneut, diesmal auf die Hausangestellte Mary, die zu später Stunde, kurz vor Mitternacht, beauftragt wird, für den Hausherrn Austern einkaufen zu gehen. Der Leser wird eingeladen, sie auf diesem Gang zu begleiten, nachdem er darüber informiert worden ist, daß der Mörder nun für die Dauer von fünfzig Minuten mit seinen Opfern allein bleibt.[13] Der Höhepunkt, auf den die Episode zusteuert, wird an der erwarteten Stelle ausgespart, um die Spannung möglichst lange aufrechtzuerhalten. Auf diese Weise wird der Leser auch nicht zum Zuschauer eines wenig delikaten Schauspiels, sondern befindet sich eher in der Rolle des Detektivs, der das Verbrechen entdeckt. Nachdem Mary arg verspätet und ohne die gewünschten Austern von ihrem nächtlichen Gang zurückgekehrt ist, betätigt sie Klingel und Türklopfer, um wieder in das Haus der Marrs eingelassen zu werden. Nachdem sich auf ihre Signale hin zunächst nichts rührt, nach einer Weile lediglich ein verdächtiges Knarren der Treppenstufen und tappende Schritte zu hören sind, die sich

von innen her auf die Haustür zubewegen, vor der sie zitternd verharrt, schlägt sie, von panischer Angst ergriffen, Alarm. Ein Nachbar, der durch das Geschrei aus dem Schlaf geschreckt wird, erkennt die Lage, verschafft sich über den Hof Zutritt in das Haus der Marrs und wird als erster Zeuge des Massakers, das dort angerichtet worden ist. Später kommen noch zwei Nachtwächter hinzu. Erst an dieser Stelle wird das gesamte grausige Geschehen, auf das der Leser zwar vorbereitet wurde, von dem er aber bislang nichts erfahren hat, aus Indizien und mittels einer Rückblende rekonstruiert.
Diese Technik der analytischen Rekonstruktion des Geschehens erinnert an retrospektive Verfahren aus Kriminalfilmen, die zu dem Zeitpunkt, als die Tat bereits geschehen ist, erst einsetzen, und deren Handlung darin besteht, rückblickend die in die Tat verwickelten Personen und ihre Motive zu ermitteln. Dieser Kunstgriff De Quinceys hat überdies den Vorteil, die kreative Phantasie des Lesers anzusprechen und seinen detektivischen Spürsinn zu beteiligen. Er vermeidet die bloß auf Horroreffekte abzielende Beschreibung der Bluttat, indem er ihre direkte Wiedergabe aus dem Erzählvorgang ausblendet und zu einem späteren Zeitpunkt aus der Sicht eines scharfsinnigen Kriminalisten, des Erzählers selbst, der den Hergang des Geschehens rekonstruiert, nachholt. Diese Mischung aus direkter szenischer Vergegenwärtigung und analytischer, die Phantasie ansprechender Rekonstruktion einer in der Erzählung ausgesparten Handlungspartie, wirkt auf die affektive Sensibilität, hebt aber zugleich das imaginativ Dargestellte stärker ins Bewußtsein. Damit erfüllt gerade diese Episode aus dem Essay in besonderem Maße eine Bedingung, die De Quincey als das Wesen der Literatur ansah, denn durch sie »sollte ich dazu veranlaßt werden, lebhaft und mit vitaler Bewußtheit Gefühle zu empfinden, zu denen ich im gewöhnlichen Leben selten oder nie angeregt werde und die vorher ungeweckt und mir kaum bewußt waren«.[14]
Gewiß ist dieser Essay, ein Geniestreich schwarzen Humors,

als parodistische Reaktion auf die betont moralische, teilweise erbauliche Betrachtungsweise in der Literatur seiner Zeit zu sehen. Die Art, wie es De Quincey streckenweise gelingt, die übliche Werthierarchie umzukehren und ästhetisch zu verfremden, ist durchaus originell, so etwa, wenn der Erzähler einen Mörder, der sich bei ihm um Anstellung als Diener bewirbt, mit den Worten belehrt:

»Wenn einer sich erst aufs Morden einläßt, dann verfällt er auch bald aufs Rauben; Saufen und Sabbatschänden sind die nächsten Laster, und von da ist es nicht mehr weit zu Frechheit und Saumseligkeit. Wer sich einmal auf abschüssiger Bahn befindet, kann nie wissen, wo er endet. Schon bei manchem Menschen ist ein Mord oder ein ähnlicher Fehltritt, dem er zur Zeit keine Bedeutung beimaß, der erste Schritt zum Verderben gewesen. *Principiis obsta* – das ist mein Grundsatz.«[15]

Allerdings hat De Quincey die ästhetische Sehweise nicht konsequent durchgehalten, so daß es dem Essay an Geschlossenheit mangelt. Während die ersten beiden Teile den vom Titel gesteckten Rahmen ausfüllen, gerät das Postscriptum eher zu einer Aneinanderreihung von Kriminalgeschichten, die zwar psychologisch reflektiert und spannend erzählt sind, aber eben doch konventionell bleiben. Es scheint, als habe den Autor im Jahre 1854 der Mut zur Provokation verlassen, den er bei der Konzeption der beiden ersten Teile im Jahre 1827 noch besessen hatte. Liest man den Anfang des letzten Abschnitts, dann wird schnell klar, wo die Gründe dafür, daß De Quincey seine ursprüngliche Gestaltungsabsicht aufgegeben hat, zu suchen sind. Vielen Lesern, auch den wohlmeinenden, war die Extravaganz des Sujets doch zu weit gegangen. De Quincey fühlte sich deshalb veranlaßt, einige klärende Worte zu sprechen:

»Die bewußte Übertreibung dient, indem sie dem Leser beständig das Phantastische der ganzen Betrachtung vor Augen führt, als sicherstes Mittel dazu, ihm das Gefühl des Grauens zu nehmen, das sich sonst seiner bemächtigen würde.«[16]

Danach erinnert er seine Kritiker an Swifts *Bescheidenen Vorschlag, wie man verhindern könnte, daß die Kinder der Armen ihren Eltern oder ihrem Land zur Last fallen, und wie man sie dem Gemeinwohl nutzbar machen könnte* (1729).[17] Swift hatte in dieser Prosasatire als Ausweg aus dem Elend der Iren vorgeschlagen, die einjährigen Kinder der Armen zu töten und ihr Fleisch zu verkaufen, um auf diese Weise die Armut zu lindern, die Wirtschaft zu beleben und – ein willkommener zusätzlicher Effekt – den Bevölkerungsüberschuß abzubauen. Im Gegensatz zu dieser Schrift, so argumentiert De Quincey, habe er nie zu solchen groben Mitteln gegriffen wie Swift; zum anderen macht er geltend, daß »die Neigung zur kritischen oder ästhetischen Beurteilung von Feuersbrünsten oder Morden allgemein verbreitet«[18] sei, wohingegen niemand behaupten könne, »in der Menschheit schlummere der Trieb, Säuglinge als Volksnahrungsmittel zu betrachten«.[19]
De Quincey war nicht der einzige englische Autor des 19. Jahrhunderts, der in provozierender Absicht das Böse vom ästhetischen Standpunkt aus betrachtet hat. Leslie Stephens Essay *Der Niedergang des Mordes (The Decay of Murder)*, der in der Dezember-Ausgabe 1869 des renommierten *Cornhill Magazine* erschien, und Oscar Wildes Schrift *Feder, Pinsel und Gift (Pen, Pencil and Poison)*, die zwanzig Jahre später, nämlich 1889 in der *Fortnightly Review* publiziert wurde, setzten diese Tradition fort. Stephen beklagt sich zunächst über den Mangel an Stilempfinden, der bei der Ausführung aktueller Mordtaten zu beobachten sei. Er führt diese Degenerationserscheinung auf gesellschaftliche Ursachen zurück, vor allem auf den zunehmenden Konformitätsdruck, der originelles Handeln wie exzentrisches Sektierertum erscheinen läßt. Der Druck der öffentlichen Meinung erstickt die Entwicklung individueller Idiosynkrasien schon im Keime: »Man ähnelt mehr und mehr seinem Nachbarn«.[20] Unter diesen Umständen bietet jene soziale Schicht, »die etwas von den Lastern und Tugenden eines unzivilisierteren Zustandes der Gesell-

schaft in sich zurückbehalten hat«[21] das einzige Reservoir, aus dem Täter mit Leidenschaft und Mut zu entschlossenem Handeln kommen könnten. Da Zerstreuungen und Ablenkung immer mehr zunehmen, fällt es dem einzelnen doppelt schwer, ein großes Ziel, nämlich die stilistisch vollendete Ausführung einer Mordtat, fest im Auge zu behalten. Hinzu kommt noch, daß Rache als Motiv schon lange aus der Mode gekommen ist. Hamlet würde sich heute nicht mehr an den Geist seines Vaters wenden, sondern einen Privatdetektiv anheuern, und Jago beschränkte sich gewiß darauf, gehässige Briefe an das Kriegsministerium in Venedig zu schreiben. Während Leslie Stephen auf amüsante, wenn auch teilweise recht makabre Weise den gesellschaftlichen Ursachen für den Niedergang des Mordes als schöner Kunst nachspürt, liest sich Wildes Essay *Feder, Pinsel und Gift,* oberflächlich betrachtet, wie eine Kurzbiographie des Schriftstellers, Kunstkritikers und Malers Thomas Griffiths Wainewright (1794-1852), der sich neben diesen ehrenwerten Betätigungen auch als Fälscher und Giftmörder einen Namen gemacht hat. Fasziniert vom unbürgerlichen Doppelleben dieser zwielichtigen Figur, das gewisse, wenn auch schwache Anklänge an sein eigenes, ganz und gar unkriminelles, (homo)sexuell motiviertes *Bunburying* besaß, stilisiert Wilde den illustren frühviktorianischen Künstler und Killer, der eines seiner Opfer angeblich wegen ihrer unansehnlichen dicken Knöchel umgebracht haben soll, zum amoralischen, aber kunstsinnigen fin de siècle-Dandy, dessen Verbrechen einen beträchtlichen Einfluß auf seine Werke ausgeübt hätten. Wainewright – eine Mischung aus Künstlertum und Kriminalität, Giftmörder und dilettierendem Ästheten – hat eine ebenso romantische wie antibourgeoise Lebenshaltung verwirklicht, die für den angepaßten Rebellen Wilde nur deshalb alle Reize eines exotischen Abenteuers verkörperte, weil er selbst nie zum konsequenten Außenseiter geworden ist. Es blieb beim gedanklichen, im *Dorian Gray* beim erzählerischen Experiment; denn da kann man sich in der Tat »eine starke Persönlichkeit vorstellen, die aus der Sünde geschaffen worden ist«.[22] Was bei De Quincey als skurrile, extravagante, nie ernst gemeinte Parodie beabsichtigt war, in Leslie Stephens Essay zu einem frivolen Plädoyer für das Außergewöhnliche in einer durch und durch normierten Gesellschaft geriet, nimmt in *Feder, Pinsel und Gift* die Konturen eines ästhetischen Individualismus an, in dem Wilde den Kult der schrankenlosen Persönlichkeit auf die Spitze treibt und seinem Kokettieren mit dem Verbrechen als echter Bereicherung der Ausdrucksmöglichkeiten des Künstlers einen beunruhigend ernsten Unterton verleiht.

Während Wildes Wainewright-Porträt unverkennbar die Züge des *alter ego* seines Autors trägt, bleibt die Distanz De Quinceys zur »Gesellschaft der Mordkenner« stets gewahrt. Seine Neugierde an diesem Delikt hat allerdings nie nachgelassen. Davon zeugt nicht nur seine Kriminalberichterstattung in der *Westmorland Gazette*[23], zu deren Herausgebern er für kurze Zeit, zwischen 1818 und 1819, avancierte, sondern auch der berühmt gewordene Essay *Über das Klopfen an der Pforte in »Macbeth« (On the Knocking at the Gate in »Macbeth«,* 1823), ein Meisterstück psychologischer Literaturkritik. Shakespeare habe, so führt er darin aus, vor der Aufgabe gestanden, den Leser am inneren Konflikt des Mörders zu interessieren, ihn an dessen psychischer Reaktion teilhaben zu lassen. Er mußte deutlich machen, wie die »göttliche Natur der Liebe« in Macbeth gewichen und der »teuflischen Natur« Platz gemacht habe.[24] Dies sei in den Szenen, die den Königsmord vorbereiten, geschehen. Das mehrmalige Klopfen nach dem Mord, das den Täter aufschreckt, signalisiere hörbar das Wiedereinsetzen des gewöhnlichen Lebens, nachdem es durch das mörderische Geschehen gleichsam für eine Zeitlang angehalten schien. Und dies ist der Moment, in der sich auch der Leser, wie aus einer Trance erwachend, der Kluft bewußt wird, die sich zwischen dem Lauf der Natur und den Abgründen des Bösen aufgetan hat.

Man würde ein arges Zerrbild von De Quincey zeichnen, wenn man ihn als bloßen *littérateur* mit einem abseitigen Faible für die dunklen Seiten der menschlichen Natur darstellte. Der scheue und zurückhaltende Mann war zuerst und im umfassenden Sinne ein Intellektueller, angetrieben von einer unbändigen Neugierde und Begeisterung für alles Wissenswerte, alles, wonach es sich zu fragen lohnte.[25] Freilich waren Wißbegierde, Lerneifer und grüblerische Versenkung in philosophische Probleme von einer fast völligen Unfähigkeit zur Regelung der sogenannten praktischen Dinge des Lebens begleitet. Seine Vergeßlichkeit war ebenso legendär wie sein phänomenales Gedächtnis für alles, das ihn geistig interessierte. Obwohl er die meiste Zeit seines Lebens über verschuldet war, kam es vor, daß er die Miete für eine Anzahl von Wohnungen entrichtete, die er längst nicht mehr benutzte; er hatte sie nämlich mit allerlei Papieren und Büchern so vollgestopft, daß sie nicht mehr bewohnbar waren. Der einzige Ausweg lag dann im Verlassen der Unterkunft[26]; andere Lösungen des Problems scheinen ihm nicht in den Sinn gekommen zu sein. Oft kleidete er sich so nachlässig, daß man den einsamen, im übrigen sehr ausdauernden Wanderer im Seengebiet um Grasmere – Nachtmärsche zählten zu seinen bevorzugten Aktivitäten – eher für einen umherirrenden Vagabunden als für einen der belesensten und gebildetsten Geister seiner Zeit halten konnte.
Sein Lebensweg hat in der Tat etwas von einer nie endenden *vagabondage* und nimmt sich wie das Handlungsmuster eines pikaresken Romans aus, wobei sich freilich die aufregendsten Abenteuer des *picaro* nicht in der Wirklichkeit, sondern im Reich der Phantasie und der Träume abspielten. Der frühreife Schüler und Student – der Opium-Esser – der glückliche Ehemann mit Familie – der gehetzte Schuldner – die Lokalberühmtheit im schottischen Lasswade: dies alles sind Rollen und Stationen einer Entwicklung, Marksteine einer äußeren Biographie, deren Fluchtpunkt trotz der häufigen Windungen

und Biegungen des Weges stets fixiert blieb: er lag im Inneren, war nie an der Erreichung beruflicher oder gesellschaftlicher Positionen orientiert. Wurde der Wechsel der Wohnungen und Schulen zunächst noch durch Entscheidungen des Elternhauses bestimmt, trieb ihn bald seine eigene Unzufriedenheit aus der Enge seiner Umgebung hinaus in die Weite der walisischen Landschaft, später nach London. Seßhaft und bodenständig, verwurzelt mit einem Fleckchen Erde ist er nie geworden. Bewegung im physischen Sinne fesselte ihn ungemein, wie man aus dem Abschnitt über den *Zauber der Bewegung (The Glory of Motion)* in seiner Schrift über *Die englische Postkutsche (The English Mail Coach,* 1849) ersehen kann. Im Grunde war er vor den Schmerzen und Zwängen der Wirklichkeit auf der Flucht in die Welt der Imagination und der künstlichen Paradiese seiner Traumvisionen, denn »der Traum weiß es am besten, und ich betone noch einmal, daß der Traum die verantwortliche Instanz ist«.[27]
Es scheint, als ob die thematische Breite seiner Schriften die Odyssee seines Lebens widerspiegele. Nirgends verweilt er länger, »sein epischer Atem [ist] kurz«.[28] Der Kanon seiner Schriften wirkt wie ein bunter Jahrmarkt, der fast für jeden Geschmack etwas zu bieten hat. De Quincey schrieb literarkritische Aufsätze über Shakespeare (1838), Alexander Pope (1837-38), Oliver Goldsmith (1848), William Wordsworth (1845) und S. T. Coleridge (1834-35), erwarb sich Verdienste um das Bekanntwerden der deutschen Literatur in England mit einigen Artikeln über Lessing (1827), Goethe (1824), Schiller (1838) und Jean Paul (1821) und übersetzte sogar einen obskuren dreibändigen deutschsprachigen Roman, *Walladmor* (1824), ins Englische. Neben seinen zahlreichen Rezensionen, autobiographischen Schriften, vor allem den berühmt gewordenen *Bekenntnissen eines englischen Opiumessers (Confessions of an English Opium-Eater,* 1821) und den *Autobiographischen Skizzen und Erinnerungen (Autobiographical Sketches and Reminiscences,* 1834 seqq.) be-

schäftigte er sich mit antiker Literatur und schrieb über die *Theorie der griechischen Tragödie (Theory of Greek Tragedy,* 1840), Homer (1841), Herodot (1842), Cicero (1842), verfaßte gelehrte Abhandlungen über die Essener (1840) – eine jüdische Sekte –, Judas Ischariot (1853), die Cäsaren (1832-34), Jeanne d'Arc (1847), die letzten Tage Immanuel Kants (1826-27) und wußte auch etwas über die Rosenkreuzer und die Freimaurer zu sagen. Daß er sich noch an einem Schauerroman, *Klosterheim* (1832), versuchte, an den Geheimnissen der Astrologie (1848) nicht vorbeigehen konnte, und auch einen Beitrag zur *Logik der Nationalökonomie (The Logic of Political Economy,* 1844) beisteuerte, rundet das Bild eines Polyhistor ab, wie man ihn in der englischen Literatur des 19. Jahrhunderts kaum ein zweites Mal findet. Diese thematische Vielfalt seines Œuvre, das selbstverständlich qualitative Unebenheiten nicht vermeiden kann, ist umso erstaunlicher, als er, abgesehen von zwei unbedeutenden Schriften, erst im Jahre 1821, also im Alter von 36 Jahren regelmäßig zu publizieren begann, dann allerdings fast ausschließlich vom Schreiben lebte und damit eine größere Familie ernähren mußte.

De Quincey war ein Intellektueller mit ausgeprägten literarischen Interessen. Politisch konservativ, von quietistischer Religiosität, stand er allen sozialreformerischen Aktivitäten, ja selbst den sozialethischen Vorstellungen Carlyles reserviert gegenüber. Die Geschichte werde die Heilkräfte für die Erneuerung der Gesellschaft schon aus sich selbst heraus produzieren und die providentielle Fügung Gottes werde alles zum Besseren wenden. Viele seiner Ideen wurzeln im konservativen Welt- und Staatsbild Edmund Burkes, denn ebenso wie dieser beharrte auch De Quincey auf der nicht aufhebbaren Verschiedenheit der Menschen und stand demokratischen Tendenzen mit äußerstem Mißtrauen gegenüber. Zweifellos muß es paradox anmuten, wenn man weiß, wie freigebig er einerseits Almosen spendete oder Bittstellern half, obwohl er selbst meist auf Kredit lebte[29], während er andererseits jede politische Erneuerung der Gesellschaft als einen unerlaubten, menschlicher Hybris entspringenden Eingriff in den gottgelenkten Lauf der Geschichte abtat. Waterloo, nicht die Französische Revolution, bildete das Koordinatenkreuz seines nationalen Geschichtsbildes. Waterloo bedeutete ihm mehr als ein Sieg über den Imperialismus napoleonischer Prägung: es bestätigte »die Rolle Englands als des auserwählten Volkes«[30], das zum Befreier des christlichen Abendlandes geworden war, ein Gedanke, mit dem sich übrigens mühelos der britische Kolonialismus rechtfertigen ließ.

Das Porträt De Quinceys als eines literarisch tätigen Intellektuellen, der in seinem geschichtlichen und religiösen Denken christlich-konservativ eingestellt war und in seiner Dichtungsauffassung die psychologische Analyse des ästhetischen Effekts in den Vordergrund stellte, wäre sicher unvollkommen, wenn nicht eine andere, vielleicht noch wichtigere Seite seiner Persönlichkeit herausgearbeitet würde, die er selbst in den *Bekenntnissen eines englischen Opiumessers* so anschaulich geschildert hat. Dort heißt es an einer Stelle:

»Ich gebe zu, daß ich die eingefleischte Schwäche habe, Eudämonist zu sein. Ich sehne mich zu sehr nach einem Zustande des Glücks sowohl für mich als für andere. Weder dem eigenen noch dem fremden Elend gegenüber besitzt mein Auge die nötige Festigkeit, und ich bin kaum imstande, um künftigen Vorteils willen, mich der Qual des Augenblicks zu widersetzen.«[31]

Ein Eudämonist, ein Sucher nach dem Glück also, der sich der »Qual des Augenblicks«, d. h. der schmerzlichen Berührung mit einer sperrigen Wirklichkeit nicht zu widersetzen vermochte. Gewiß keine stoische Maxime, die De Quincey hier verkündet, eher der zögernde, vorsichtige (und mit dem Wort »Schwäche« auch für puritanische Gemüter entschuldbare) Ausdruck einer Lebensphilosophie, die sich gegen Ende des Jahrhunderts, im Epikurismus Walter Paters und im Hedonismus Oscar Wildes, zu einem impressionistischen Genießertum entwickelte. Bei De Quincey halten die moralischen Gegengewichte stets die Balance zum freien ästhetischen Spiel. Auf die »Freuden des Opiums« folgt ein Kapitel über die »Leiden des Opiums«, und an die verspielte Darstellung des Mordes als schöner Kunst schließt sich die Schilderung dreier grausiger Mordfälle und die Bestrafung der Täter an. Wer im übrigen Goethes *Wilhelm Meister* aus moralischen Gründen kritisiert und Jean Paul, den Dichter des Biedermeier, auf das höchste verehrt, ist ohnehin über den Verdacht erhaben, zu den ›freischwebenden‹ Intellektuellen zu gehören. Als De Quincey im Jahre 1804 auf den Rat eines Bekannten hin zum ersten Mal Opium gegen eine peinigende Neuralgie ausprobierte, waren alle äußeren Umstände – die »Qual des Augenblicks« – so widrig, daß es kaum verwundert, wenn er es fortan nicht mehr ausschließlich als schmerzlinderndes Mittel, sondern in erster Linie als ein »Elixier des Vergnügens«[32] genoß. Aus dem Medikament wurde die Droge, was Beschwerden vertrieben hatte, sollte in Zukunft lustvolle Empfindungen erzeugen. Nach 1813 wurde De Quincey ein »regelmäßiger und überzeugter Opiumesser«[33]. Er nahm sein Elixier in der Form des Laudanum, einer Tinktur, in der das Opium in Alkohol gelöst und mit Wasser verdünnt wird. Zeitweise steigerte er die tägliche Dosis von 8000 auf 12 000 Tropfen[34] – ein horrendes Quantum, das ihn wohl in unserer Zeit zum hoffnungslosen Fall für jedes Rehabilitationszentrum gemacht hätte. Es gab Abschnitte in seinem Leben, in denen er tagelang in Trancezuständen dahindämmerte, unfähig zu jeder Anstrengung, geschweige denn zur Arbeit, aller Energien beraubt. Dennoch: nach über dreißigjähriger Abhängigkeit gelang es ihm gegen Ende der 40er Jahre die hohen Rationen, die er mit gewissen Unterbrechungen täglich genommen hatte, endgültig auf ein Minimum zu reduzieren und sich so aus eigener Kraft aus dieser fast lebenslangen Gewöhnung zu befreien.

Es ist viel über die Frage spekuliert worden, wie sich die Einnahme von Drogen auf die Einbildungskraft des Dichters und auf die künstlerische Kreativität im allgemeinen auswirkt. Mit dieser Frage befaßte sich Alethea Hayter, neben anderen[35], in ihrem Buch über *Opium and the Romantic Imagination* (1968) anhand der Lebensläufe und der Werke von acht Dichtern aus dem 19. Jahrhundert, die alle Drogen in verschieden hohen Dosierungen und über verschieden lange Zeiträume genommen hatten, nämlich Keats, S. T. Coleridge, De Quincey, George Crabbe, E. A. Poe, Baudelaire, Wilkie Collins und Francis Thompson. Sie kam dabei zu dem Ergebnis, daß sich im Gesamtwerk der untersuchten Dichter kein signifikantes literarisches Muster abzeichnet, das allen oder auch nur einigen gemeinsam und damit auf die Wirkungen von Rauschmitteln zurückzuführen wäre. Allerdings kann ihr Genuß hyperästhetische und synästhetische Zustände hervorrufen, d. h. intensive, ›gemischte‹ Wahrnehmungen, die sich dann zu ungewöhnlichen imaginativen Mustern kristallisieren, analog zu halbbewußten Tagträumereien. Opiumgenuß vermag wohl die Erlebnisbestände des Unbewußten, verdrängte Kindheitserfahrungen, die angenehmen wie die unangenehmen, verfügbar zu machen. In einem seiner Träume, die De Quincey in den *Bekenntnissen* erzählt, taucht denn auch die Prostituierte Ann aus der Oxford Street wieder auf, die er im Jahre 1803 zum letzten Mal gesehen hatte. Die Vergrößerung der räumlichen Proportionen ins Gigantische, die Entgrenzung der zeitlichen Dauer, die Intensivierung von Farbeindrücken und Geruchsempfindungen scheinen ebenso zu den von Drogen ausgelösten Erlebnissen – man vergleiche Baudelaires *Les Paradis artificiels* – zu gehören wie bestimmte Bilder und Visionen, z. B. silbrig glänzende Seen, versteinerte Landschaften, im Meer versunkene Tempel, riesige Paläste und das, was De Quincey einmal »die Tyrannei des menschlichen Antlitzes«[36] genannt hat. Durch den Opiumgenuß wird also nichts neu geschaffen, das im psychischen Haushalt nicht

ohnehin latent schon vorhanden wäre. Daraus eine *méthode de travail* für die Literaturproduktion zu machen, hieße denn doch einen sehr hohen Preis zu zahlen.
Es ist möglich, daß der Mangel an Geschlossenheit, formaler Disziplin und thematischer Konzentration, der die Schwäche des Künstlers De Quincey ausmacht[37], indirekt auf den übermäßigen Drogengenuß zurückzuführen ist, der ein kontinuierliches und geplantes Arbeiten nicht zuließ. Ungehemmt von den Zwängen vorausplanender Organisation und architektonischer Gestaltung schöpfte seine frei schweifende, assoziative Phantasie aus einem wohlgefüllten Erinnerungsreservoir, in dem bereits die Lesefrüchte dreier Jahrzehnte gespeichert waren, bevor der Autor zu schreiben begann. Unter diesen Umständen ist es leicht erklärlich, daß in vielen seiner Essays der Zug ins Abschweifige, Abseitige, Nebensächliche dominiert, der Fluß der Gedanken sich in Fußnoten verirrt, denen nicht selten noch eine Anmerkung beigegeben wird. Gewiß haftet dem Essay etwas Romantisch-Fragmentarisches an, die Diskontinuität eines ins Unendliche weiterlaufenden Gedankenganges. Mit den Worten Adornos: »Weder sind seine Begriffe von einem Ersten her konstruiert noch runden sie sich zu einem Letzten«.[38] Seine schier unerschöpfliche Phantasie scheint wie ein breiter Strom ständig über die Ufer zu treten, die wenig widerstandsfähigen Dämme des Themas zu durchbrechen und sich im labyrinthischen Geäder von Nachbemerkungen, Zusätzen und Erläuterungen dieser Zusätze zu verlieren. Pläne zu schmieden, die dann mit Geduld, nach und nach, und mit Energie auszuführen gewesen wären, Strukturen zu ersinnen, in denen das Material hätte organisiert werden müssen, dies entsprach nicht seinem literarischen Temperament. Es ist bezeichnend, daß der Essay, der hier in deutscher Übersetzung abgedruckt wird, in drei Anläufen, nämlich 1827, 1839 und 1854, also über einen Zeitraum von fast 30 Jahren entstanden ist. Die *Bekenntnisse,* die 1821 geschrieben wurden, revidierte er 1856, wobei er den Umfang

der Schrift fast verdreifachte und ihre beeindruckende Unmittelbarkeit durch zahlreiche Einschübe zerstörte. Der Zug ins Ausufernde, Kurzatmige und Fragmentarische, der sein Œuvre kennzeichnet, läßt immer wieder an den vielfach gewundenen, unruhigen und diskontinuierlichen Lebensweg denken, den der Autor selbst durchschritten hat.

Seine Stärke liegt denn auch auf einem anderen Gebiet: er gehört – darin sind sich viele seiner Kritiker einig – zu den Meistern der englischen Prosa des 19. Jahrhunderts.[39] Sein Stil hat nichts von der syntaktischen Klarheit Macaulays, dem zeremoniellen Prunk der Perioden Walter Paters, und es fehlt ihm auch der gesprächsnahe Plauderton, der epigrammatische Witz eines Oscar Wilde. De Quincey hat sich selten auf die Erörterung eines Sachverhalts, die Beschreibung eines Gegenstandes oder die Schilderung einer Handlung eingelassen, ohne nicht zugleich das Erörterte, Beschriebene und Geschilderte aus der Perspektive seiner Wirkung auf das Gemüt, die affektive Sensibilität der Beteiligten, einschließlich des Lesers zu betrachten. Epische Darstellung und psychologische Analyse durchdringen sich wechselseitig, die imaginierte Situation wird, gleichsam in einem zweiten Anlauf, in ihrer Wirkung auf das Gemüt geschildert.[40] So wie ein Stein, der in ein ruhiges Gewässer geworfen wird, Kreise zieht, erzeugt der erzählerische Kern die Ringe der Ausstrahlung auf das Gefühl. In einer berühmten Passage der *Englischen Postkutsche* wird beispielsweise aus dem vergleichsweise banalen Anlaß der Abfahrt einer Postkutsche vom Hauptpostamt in London durch die Verknüpfung mit einem Ereignis von nationaler Tragweite – dem Sieg der Engländer bei Waterloo – eine Triumphfahrt, welche die freudige Nachricht in alle Winkel des Vereinigten Königreiches trägt. Was hier als liebevolle Versenkung ins Detail im Stil einer Biedermeier-Idylle beginnt – gestriegelte und festlich geschmückte Pferde, blank geputzte Positionslampen an den Postkutschen, schmucke Livreen der Kutscher und der begleitenden Gardisten – mündet bald ein in patriotische Euphorie, die an manchen Stellen nicht frei von falschen Tönen ist, etwa wenn die erfolgreiche Attacke eines Dragonerregiments mit der Inspiration Gottes in Zusammenhang gebracht wird. Der Erzähler gebärdet sich streckenweise so, als sei er John Bull persönlich.[41] De Quinceys Neigung zum Pathos vermag leicht in einen überspannten Nationalismus abzugleiten, aber auch sublime Horror-Effekte, wie z. B. bei der Schilderung der Ratcliffe-Highway-Morde, zu erreichen.[42] Sie korrespondiert mit seinem Hang, die Erzählung mit komischen Wirkungen aufzuheitern; allerdings gelingt ihm dies auch nicht immer, denn manchmal wirkt sein Humor allzu schwerfällig, wie z. B. in der Szene mit dem Bäcker aus München in dem nachfolgend abgedruckten Essay. De Quinceys Sicherheit in der Beherrschung rhetorischer Kunstgriffe, sein feines Gespür für musikalisch-rhythmische Effekte in seinen Sätzen ebenso wie seine stets durchscheinende immense Belesenheit lassen die Lektüre mancher seiner Schriften zu einem echten intellektuellen Vergnügen werden, selbst dort noch, wo er Gefahr läuft, die Geduld des Lesers mit seiner abschweifenden Darstellungsweise und dem beschaulichen Verweilen bei Nebensächlichkeiten allzu sehr zu strapazieren.

Leben und Werk De Quinceys bieten ein ambivalentes Bild: auf der einen Seite der insulare, patriotisch überspannte romantische Individualist, der sich weder politisch noch sozialreformerisch betätigte, dafür stets den Weg nach innen suchte, auf der anderen Seite der brillante intellektuelle Kosmopolit, dem kein Thema ungelegen kam; die verträumte, weltfremde, leicht kauzig wirkende Spitzweg-Figur verbindet sich in ihm mit dem haltlosen Süchtigen, dem freimütigen, fast exhibitionistischen opiomanen Bekenner, der – ein zweiter Augustinus oder Rousseau – seine Schwächen vor der Welt ausbreitet; dann der Kritiker, von unsicherem Geschmack, nicht frei von dogmatischen Vorurteilen, für den z. B. die Literatur des 18. Jahrhunderts, (wie Leslie Stephen einmal sagte), eine »öde

Wüstenei«[43] ist; der Gelehrte, der sein Wissen nicht immer so zuverlässig verfügbar machen kann, wie es sein eigener Anspruch verlangt; der Stilist schließlich, pedantisch, diffus, weitschweifig bis zur Geschwätzigkeit, und doch über Strekken von unerhörter Lebendigkeit, Musikalität und Authentizität. Die Wirklichkeit war ihm stets nur als imaginatives Konstrukt zugänglich, das er mal aus intellektueller Distanz, humorig aufgeheitert oder ästhetisch übermalt darstellt, zuweilen aber mit Leidenschaft sehr unvermittelt durchlebt und in pathoshaltigen Szenen vergegenwärtigt hat. Geschaffen für eine Biedermeier-Existenz im Winkel – »Beatus ille qui procul negotiis«[44] – fühlte er sich zeitlebens von einer geschäftigen Welt drangsaliert. Was blieben da anderes als das »Elixier des Vergnügens« und der Rausch?

Gewiß zählt der nachfolgende Essay, zusammen mit den *Bekenntnissen,* zu den Schriften, die Bestand haben werden. So wie De Quincey hier den Mord mit einem guten Schuß schwarzen Humors als ästhetisches Spectaculum ansieht, dann aber doch, gegen Ende, der Versuchung erliegt – oder soll man sagen: der moralischen Pflicht genügt? – an drei Beispielen die Scheußlichkeit eines solchen Verbrechens gefühlswirksam zu veranschaulichen, so ist sein eigener Versuch, das Leben als träumerisches Spiel der Phantasie und des Rausches zu gestalten, allzu oft von den rüden Eingriffen der Wirklichkeit gestört worden. Dennoch: ...»der Traum weiß es am besten, und ich betone noch einmal, daß der Traum die verantwortliche Instanz ist«.[45]

1 *Victorian Studies in Scarlet,* Toronto 1970, p.282. Cf. auch die detaillierten statistischen Angaben bei J. J. Tobias, *Crime and Industrial Society in the 19th Century,* London 1967, pp. 256-267.

2 Altick, *Victorian Studies in Scarlet,* p. 87.

3 ...»the Society of Connoisseurs in Murder«. *On Murder Considered as one of the Fine Arts,* in: *The Collected Writings of Thomas De Quincey,* ed. David Masson, vol. XIII, London 1897, p. 9.

4 . . . »as [they would criticise] a picture, statue, or other work of art«. *Collected Writings,* vol. XIII, p. 10.
5 . . . »the composition of a fine murder«. Ib., p. 12.
6 . . . »a beautiful ulcer«. Ib., p. 15.
7 . . . »seven splendid works«. Ib., p. 22.
8 . . . »the *old cock*«. Ib., p. 28.
9 . . . »to cleanse the heart by means of pity and terror«. Ib., p. 47.
10 Cf. einen Vergleich zwischen De Quinceys Schilderung und der Darstellung in der aktuellen Berichterstattung der *Times* aus jenen Tagen in Albert Goldman, *The Mine & the Mint. Sources for the writings of Thomas De Quincey,* Carbondale/Edwardsville (Ill.) 1965, pp. 140-153 und Thomas Burke, *The Obsequies of Mr. Williams. New light on De Quincey's famous tale of murder,* The Bookman (New York) 68 : 3, 1928, pp. 257-263.
11 »In other respects his appearance was natural enough, and ... I should say mean as regarded his facial structure«. *Collected Writings,* vol. XIII, p. 77.
12 De Quincey datierte die Morde irrtümlicherweise in das Jahr 1812. Sie wurden jedoch im Dezember 1811 verübt.
13 »For fifty minutes let him work his pleasure.« *Collected Writings,* vol. XIII, p. 85.
14 ... »I should be made to feel vividly, and with a vital consciousness, emotions which ordinary life rarely or never supplies occasions for exciting, and which had previously lain unwakened, and hardly within the dawn of consciousness«. *Letters to a Young Man whose Education has been Neglected, Letter* 3, 1823, in: *Collected Writings,* vol. X, p. 48. – Cf. zu De Quinceys Literaturauffassung die Textanthologie *De Quincey as Critic,* ed. John E. Jordan, London/Boston 1973 (= The Routledge Critics Series) sowie die Darstellungen von Sigmund K. Proctor, *Thomas De Quincey's Theory of Literature,* Ann Arbor (Mich.) 1943, repr. New York 1966; John E. Jordan, *Thomas De Quincey, Literary Critic. His method and achievement,* Berkeley/Los Angeles 1952 und Clifford Leech, *De Quincey as Literary Critic,* REL 2, 1961, pp. 38-48.
15 »For, if once a man indulges himself in murder, very soon he comes to think little of robbing, and from robbing he comes next to drinking and Sabbath-breaking, and from that to incivility and procrastination. Once begin upon this downward path, you never know where you are to stop. Many a man dated his ruin from some murder or other that perhaps he thought little of at the time. *Principiis obsta* – that's my rule.« *Collected Writings,* vol. XIII, p. 56.
16 »The very excess of the extravagance, in fact, by suggesting to the reader continually the mere aeriality of the entire speculation, furnishes the surest means of disenchanting him from the horror which might else gather from his feelings.« Ib., pp. 70-71.
17 *A Modest Proposal for Preventing the Children of the Poor People from Being a Burthen to their Parents or the Country, and for Making them Beneficial to the Publick,* 1729.

18 ...»the tendency to a critical or aesthetic valuation of fires and murders is universal«. *Collected Writings,* vol. XIII, p. 72.
19 [Nobody can pretend] ... »that there is any ordinary and natural tendency in human thoughts which could ever turn to infants as articles of diet«. Ib.
20 »One man is more and more like his neighbour.« Cornhill Magazine 20, 1869, p. 725.
21 ...»who retain something of the vices and virtues of a more barbarous state of society«. Ib., p. 726.
22 ...»an intense personality being created out of sin.« *Complete Works of Oscar Wilde.* With an introduction by Vyvyan Holland, London/Glasgow 1966 [1948], p. 1007.
23 »De Quincey's fascination for the grim and ghastly, later shown in his famous papers on *Murder Considered as one of the Fine Arts,* appeared not only in the detailed publication of trials all over the country, but in the careful selection of peculiarly mysterious and revolting cases. His prepossession necessitated frequent apologies for the omission of really important news and communications. It is easy to guess why he allowed himself to draw so heavily upon such material. He had an almost morbid interest in it, himself.« Horace A. Eaton, *Thomas De Quincey. A biography,* New York 1936, repr. New York 1972, p. 240.
24 »We were to be made to feel that the human nature, –*i. e.* the divine nature of love and mercy, spread through the hearts of all creatures, and seldom utterly withdrawn from man, – was gone, vanished, extinct, and that the fiendish nature had taken its place.« *Collected Writings,* vol. X, p. 392.
25 »For my own part, without breach of truth or modesty, I may affirm, that my life has been, on the whole, the life of a philosopher: from my birth I was made an intellectual creature.« *Confessions of an English Opium Eater,* ed. with an introduction by Alethea Hayter, Harmondsworth (Middlesex) 1975 [1971], p. 30. (= The Penguin English Library).
26 »Everywhere he lived, he accumulated piles of manuscript and books copiously annotated, with slips sticking out of them like feathers. At Lasswade, the accumulation would proceed until the room was so littered that he could no longer move about with comfort; he would then lock the the room up and go to work in another.« Malcolm Elwin, *De Quincey,* London 1935, repr. Port Washington (New York)/London 1972, p.137.
27 ...»the Dream knows best; and the Dream, I say again, is the responsible party«. *Collected Writings,* vol. XIII, p. 330.
28 Walter Schmiele, *Nachwort,* in: Thomas De Quincey, *Bekenntnisse eines englischen Opiumessers, Suspiria de profundis, Die englische Postkutsche, Der Mord als schöne Kunst betrachtet.* Deutsch v. Walter Schmiele, Stuttgart 1962, p. 504.
29 »His ready sympathy made him a generous and charitable man, even when he was in need himself; indeed he was repeatedly approached by the same beggars, some with borrowed children, taking advantage of his liberality.« Judson

S. Lyon, *Thomas De Quincey,* New York 1969, p. 64. (= TEAS 83).

30 Ernst Th. Sehrt, *Geschichtliches und religiöses Denken bei Thomas De Quincey (1785-1859),* Berlin 1936, p. 40.

31 »I confess it, as a besetting infirmity of mine, that I am too much of an Eudaemonist: I hanker too much after a state of happiness, both for myself and others: I cannot face misery, whether my own or not, with an eye of sufficient firmness: and am little capable of encountering present pain for the sake of reversionary benefit.« *Confessions of an English Opium Eater,* op. cit., p. 87.

32 ...»elixir of pleasure«. Ib., p. 93.

33 ...»a regular and confirmed opium-eater«. *Confessions of an English Opium Eater,* op. cit., p. 88.

34 David Masson, *De Quincey,* London 1881, p. 61; so auch Alethea Hayter, *Opium and the Romantic Imagination,* London 1968, p. 230.

35 Cf. auch M. H. Abrams, *The Milk of Paradise. The effect of opium visions on the works of De Quincey, Crabbe, Francis Thompson, and Coleridge,* Cambridge (Mass.) 1934, repr. New York 1970 und Elisabeth Schneider, *Coleridge, Opium and »Kubla Khan«,* Chicago 1953.

36 ...»the tyranny of the human face«. *Confessions of an English Opium Eater,* op. cit., pp. 107-108.

37 »The principal weakness of De Quincey's miscellaneous essays lies in his constitutional inability to set a straight course and come deliberately to a point.« Douglas Grant, *Thomas De Quincey,* in: *Some British Romantics. A collection of essays ...,* edd. James V. Logan, John E. Jordan, and Northrop Frye, Ohio State UP, 1966, p.161.

38 *Noten zur Literatur I,* Frankfurt/M. 1965 [1958], p. 11.

39 Cf. z. B. George Saintsbury, *De Quincey,* in: *Essays in English Literature, 1780-1860,* London 1890, pp. 331 seqq; Edward Sackville West, *A Flame in Sunlight. The life and work of Thomas De Quincey.* New edition with preface and notes by John E. Jordan, London 1974 [1936], p. 336; Françoise Moreux, *Thomas De Quincey. La vie. L'homme. L'oeuvre,* Paris 1964, p. 544.

40 Virginia Woolf sah die Ursache für die Faszination, die von den autobiographischen Schriften De Quinceys ausgeht, in der Verknüpfung von äußerem Geschehnisablauf mit den »Augenblicken emotionaler Verdichtung«. »To tell the whole story of a life the autobiographer must devise some means by which the two levels of existence can be recorded – that rapid passage of events and actions; the slow opening up of single and solemn moments of concentrated emotion. It is the fascination of De Quincey's pages that the two levels are beautifully, if unequally, combined.« *The Common Reader.* Second series, London 1948 [1932], p. 139.

41 Mario Praz hat in seinem Essay über *Thomas De Quincey,* in: *The Hero in Eclipse in Victorian Fiction.* Transl. from the Italian by Angus Davidson, London 1956, p. 75 besonders auf die »bourgeois tendencies in the life of the opium-eater« hingewiesen.

42 »De Quincey, pour sa part, se place à la fois dans l'âme du meurtrier et dans celle de ses victimes et fait avant tout du crime un drame psychologique.« Moreux, *Thomas De Quincey,* p. 289.
43 ... »a barren wilderness«. *Hours in a Library.* New edition, with additions, vol. I, London 1907, repr. Hildesheim/New York 1969, p. 355.
44 Horaz, Epod. 2, 1.
45 Cf. Anmerkung 27.

DER MORD
ALS EINE SCHÖNE KUNST
BETRACHTET

Erster Teil[1]

1
Der Leser lernt einen Mann von krankhafter Tugend kennen[2]

Die meisten von uns, die Bücher lesen, haben vielleicht schon einmal etwas vom Höllenfeuerklub[3], einer Gesellschaft zur Förderung des Lasters, gehört, die im vorigen Jahrhundert von Sir Francis Dashwood und anderen gegründet wurde. Auch in Brighton, glaube ich, entstand eine Gesellschaft zur Beseitigung der Tugend. Diese Gesellschaft wurde zwar ihrerseits wieder beseitigt, aber leider existiert in London eine weitere, von noch abscheulicherer Natur. Man mag sie ihrer Tendenz nach eine Gesellschaft zur Förderung des Mordes nennen, aber mit dem ihr eigenen vornehmen Euphemismus bezeichnet sie sich als eine Gesellschaft von Mordkennern. Die Mitglieder bekennen sich zu ihrem Interesse am Totschlag, wollen Amateure und Dilettanten in den verschiedenen Arten des Blutvergießens, kurz: Mord-Liebhaber sein. Jede einschlägige Greueltat, die von den Polizeiberichten Europas ans Licht gebracht wird, besprechen und kritisieren sie wie etwa ein Bild, eine Skulptur oder ein anderes Kunstwerk. Aber ich brauche mich nicht mit dem Versuch aufzuhalten, den Geist ihrer Betätigung mit meinen Worten zu schildern. Der Leser wird diesen viel besser in einer der monatlichen Vorlesungen aus dem letzten Jahr erkennen, die mir trotz aller Vorsichtsmaßnahmen, mit denen sie ihre Verhandlungen vor der Öffentlichkeit geheimhalten, per Zufall in die Hände gefallen ist. Die Veröffentlichung dieser Vorlesung wird ihnen eine Warnung sein, und das soll sie auch sein. Ich möchte sie nämlich durch den Appell an die öffentliche Meinung lieber in aller Stille zum Aufgeben zwingen als durch die Bloßstellung

Der Höllenfeuerklub

von Namen, die unvermeidlich wäre, wenn ich mich an Bow Street wende. Zu diesem letzten Mittel möchte ich erst dann meine Zuflucht nehmen, wenn meine Warnung ungehört verhallen sollte. Denn mein ganzes moralisches Empfinden empört sich dagegen, solche Dinge in einem christlichen Lande zu dulden. Hat doch schon zu Zeiten des antiken Heidentums der christliche Autor Lactantius[4] die Duldung des Mordes – ich meine die gräßlichen Schauspiele in den römischen Arenen – als eine himmelschreiende Schande für die öffentliche Moral empfunden. Mit seinen Worten, die eigens auf das von mir angeschnittene Thema gemünzt zu sein scheinen, will ich schließen:

– »*Quid tam horribile*«, sagt er, »*tam tetrum, quam hominis trucidatio? Ideo severissimis legibus vita nostra munitur; ideo bella execrabilia sunt. Invenit tamen consuetudo quatenus homicidium sine bello ac sine legibus faciat; et hoc sibi voluptas quod scelus vindicavit. Quod, si interesse homicidio sceleris conscientia est, et eidem facinori spectator obstrictus est cui et admissor, ergo et in his gladiatorum caedibus non minus cruore profunditur qui spectat quam ille qui facit: nec potest esse immunis a sanguine qui voluit effundi; aut videri non interfecisse qui interfectori et favit et praemium postulavit.*«

»Was ist so scheußlich«, sagt Lactantius, »so verabscheuenswürdig und empörend wie der Mord an einem menschlichen Wesen? Deshalb gewährleisten die strengsten Gesetze bei uns die Sicherheit des Lebens, und deshalb gilt uns der Krieg als ein Fluch. Und doch hat die Gewohnheit Wege gefunden, um Mordtaten in Friedenszeiten ohne Furcht vor den Gesetzen zu verüben; und das Verbrechen zollt dem Vergnügen seinen Tribut.«

Das mag die Gesellschaft der Herren Mordkünstler sich gesagt sein lassen und besonders den Sinn des folgenden Satzes beherzigen, der mir so schwerwiegend erscheint, daß ich es versuchen möchte, ihn ebenfalls in unserer Sprache hier wiederzugeben.

»Wenn unsere bloße Anwesenheit bei einem Morde unser Einverständnis bekundet und der Zuschauer wie der Täter in dasselbe Verbrechen verwickelt sind, so folgt daraus, daß die Hand des Zuschauers nicht minder blutbefleckt ist als die Hand desjenigen, der den tödlichen Streich führt. Wer das Blutvergießen billigt, ist selbst nicht rein vom Blut, und der ist mitschuldig, der dem Mörder Beifall klatscht und Belohnung für ihn verlangt.«

Wenn nun auch meines Wissens die Londoner Mordliebhaber noch nie des *»praemia postulavit«* beschuldigt worden sind, obwohl ihre Neigungen und Bestrebungen unzweideutig nach dieser Richtung zielen, so liegt jedoch das *»interfectori favit«* schon im Titel jener Gesellschaft und in jeder Zeile nachstehender Abhandlung. X. Y. Z.[5]

2
Die Vorlesung

Meine Herren: – Mir ist von Ihrem Komitee der schwierige Auftrag zuteil geworden, Ihnen die Williams-Vorlesung »Der Mord als eine schöne Kunst betrachtet« zu halten. Noch vor drei, vier Jahrhunderten hätte dieses Thema keine sonderlichen Schwierigkeiten geboten, da jene Kunst noch wenig entwickelt war und nur einzelne große Vorbilder gezeitigt hatte. In unserem Zeitalter jedoch, in welchem Meisterstücke von erfahrener Hand vollendet ausgeführt worden sind, muß auch die kritische Würdigung dieser Taten ein entsprechendes Niveau haben, denn Praxis und Theorie sollen *pari passu* vorwärtsschreiten. Man beginnt allmählich einzusehen, daß zur künstlerischen Vollendung einer Mordtat doch etwas mehr gehört als zwei Dummköpfe, einer, der tötet, und einer, der getötet wird, ein Messer, eine Brieftasche und eine dunkle Gasse. Formgebung, meine Herren, Sinn für Gruppierung und Beleuchtung, poetisches Empfinden und Zartgefühl wer-

Dashwood, als Mönch verkleidet, huldigt der Venus. Hogarth.

den heute zu einer solchen Tat verlangt. Williams[6] hat für den idealen Mord Maßstäbe gesetzt und mir damit meine Aufgabe wesentlich erschwert. Wie Aischylos oder Milton die Dichtkunst, wie Michelangelo die Malerei, so hat er seine Kunst zu

gewaltiger Erhabenheit emporgeführt und, wie Wordsworth es einmal ausgedrückt hat, »selbst den Geschmack geschaffen, mit dem er genossen sein will«. Die Geschichte dieser Kunst darzustellen und ihre Grundsätze kritisch zu beleuchten, bleibt nun dem Kenner und Richter vorbehalten, der sich vom Gepräge der Herren Richter in Seiner Majestät Schwurgericht allerdings wesentlich unterscheidet.
Bevor ich jedoch meine eigentlichen Darlegungen beginne, möchte ich mich zunächst mit einigen Worten gegen gewisse Spießer wenden, welche die Bestrebungen unserer Vereinigung als unmoralisch brandmarken wollen. Unmoralisch! Meine Herren, Jupiter steh' mir bei![7] Was wollen diese Leute eigentlich? Ich bin gewiß der erste, der für Tugend und Moral usw. eintritt, und ich gehe so weit zu behaupten – komme, was wolle –, daß eine Mordtat ein ungehöriges Benehmen darstellt – höchst ungehörig! – und daß derjenige, der sich eines solchen Verbrechens schuldig macht, weder seiner Denkweise noch seinen Grundsätzen nach zu den einwandfreien Charakteren gehört. Es liegt mir ebenfalls völlig fern, ihm etwa dadurch in die Hände zu arbeiten, daß ich ihm den Schlupfwinkel seines Opfers verrate, wie ein großer deutscher Moralphilosoph[8] dies allen Ernstes von jedem rechtschaffenen Menschen verlangt; ja, ich würde für seine Ergreifung sogar einen Schilling und sechs Pence opfern, also achtzehn Pence mehr als die größten Moralphilosophen bisher dafür übrig gehabt haben. Im übrigen aber hat jedes Ding zwei Seiten. Den Mord z. B. kann man von seiner moralischen Seite betrachten, wie dies gewöhnlich von der Kanzel herab und im Old Bailey geschieht, und diese ist – ich muß es gestehen – seine schwache Seite, oder man kann ihn ästhetisch würdigen, wie die Deutschen es nennen würden, d. h. mit Rücksicht auf den künstlerischen Geschmack.
Um meine Darlegungen wirksam zu illustrieren, möchte ich mich auf drei berühmte Autoritäten berufen, nämlich S. T. Coleridge, Aristoteles und den Chirurgen Howship.

Lassen Sie mich mit S. T. Coleridge beginnen: Vor vielen Jahren saß ich eines Abends mit ihm beim Tee in Berners Street[9], die, obwohl sie so kurz ist, schon so vielen genialen Naturen befruchtende Anregungen geboten hat. Ich war nicht der einzige Gast, und außer in allerhand leiblichen Genüssen wie Tee und Toast schwelgte unsere kleine Gesellschaft in den geistvollen Abhandlungen über Plotinus aus Coleridges klassischem Munde. Plötzlich erscholl der Ruf: »Feuer! Feuer!« und mit größter Geschwindigkeit stürzten wir alle – Meister und Schüler, Plato und οἱ περί τον Πλατωνα auf die Straße, um uns das Schauspiel anzusehen. Der Brand war bei einem Klavierfabrikanten in der Oxford Street ausgebrochen, und da er sich zu einer bedeutenden Feuersbrunst auszuwachsen versprach, bedauerte ich lebhaft, daß anderweitige Verpflichtungen mich aus unserem kleinen Kreise abriefen, noch ehe das Ereignis ein kritisches Stadium erreicht hatte. Als ich nach einigen Tagen wieder mit meinem platonischen Gastfreund zusammentraf, erkundigte ich mich nach dem Verlauf des Schauspiels, das so vielversprechend begonnen hatte. »Ach«, sagte er, »es wurde so schnell gelöscht, daß wir uns alle geärgert haben.« Nun wird wohl niemand daran zweifeln, daß Coleridge, obwohl er zu aktiver Ausübung christlicher Tugend zu dick und bequem ist, dennoch entschieden zu den guten Christen zu rechnen ist. Niemand wird ihn einer Brandstiftung für fähig halten oder ihm zutrauen, daß er jenem armen Kerl und seinen Klavieren (die meisten davon sicherlich mit besonders vielen Tasten) irgend etwas Böses wünschen könnte. Ich möchte im Gegenteil meinen Kopf dafür zum Pfande setzen, daß Coleridge sich im Notfall selbst an die Spritze gestellt und aus Leibeskräften löschen geholfen hätte, was ihm bei seiner Korpulenz gewiß nicht leicht gefallen wäre. In diesem Falle jedoch kam es auf eine derartige Hilfsbereitschaft gar nicht an. Sobald die Feuerspritzen an der Brandstätte erschienen, mochte die Versicherungsgesellschaft den Standpunkt der Moral vertreten, Coleridge, der um des interessanten Schauspiels willen seinen Tee hatte stehen lassen, war vollkommen im Recht, wenn er sich enttäuscht fühlte, als die erhoffte Augenweide seinen Erwartungen nicht entsprach. Und ich behaupte, daß unter den vorhin geschilderten Umständen auch der ehrenwerteste Mann berechtigt war, die Feuersbrunst als geistigen Leckerbissen zu genießen und sie wie irgendein anderes Schaustück, das im Publikum zuerst große Erwartungen erregte, später aber nicht erfüllte, auszuzischen. Noch auf weitere Autoritäten kann ich mich berufen: im fünften Buch seiner »Metaphysik« (wenn ich nicht irre) schildert Stagiras großer Sohn einen Κλεπτὴν τέλειον – also einen »vollendeten Dieb«[10], und in seiner Arbeit über Verdauungsstörungen hat der Chirurg Howship[11] keine Bedenken, von einem »schönen Geschwür« zu sprechen. Nun wird wohl niemand behaupten, daß ein Dieb als solcher dem Aristoteles als vollkommener Charakter gegolten hätte, oder daß Mr. Howship vor einem Geschwür tatsächlich in Begeisterung geraten wäre. Aristoteles war ein so lauterer Charakter, daß er sich nicht damit begnügte, seine moralischen Grundsätze in dem Oktavbändchen der Nikomachischen Ethik niederzulegen, sondern ein weiteres systematisches Werk schrieb, die sogenannte »Magna moralia« oder Große Ethik. Wer aber ethische Grundsätze irgendwelcher Art aufstellt, kann nicht gleichzeitig einen Dieb per se bewundern. Ähnlich liegt die Sache bei Mr. Howship, der doch auf alle Geschwüre der Grafschaft Middlesex Jagd macht, ohne sich durch ihre Reize verführen zu lassen. Es ist aber trotzdem nicht zu leugnen, daß sowohl ein Dieb als ein Geschwür, so verabscheuungswürdig sie an sich auch sein mögen, es doch in ihrer Art zum höchsten Grad der Vollkommenheit bringen können. Es ist richtig, daß beide Unvollkommenheiten sind, aber da die Unvollkommenheit ihr Wesen ausmacht, besteht ihre Vollkommenheit eben in dem Grad ihrer Unvollkommenheit. *Spartam nactus es, hanc exorna*. Ein Dieb wie Autolycus oder der weiland berühmte George Barrington[12] und ein phagozytierendes Geschwür[13], die alle Entwicklungsstadien durchlaufen, können das Ideal ihrer Gattung genau so gut verkörpern wie z. B. eine Moosrose auf dem Weg von der Knospe zur vollendeten Blüte oder, auf dem Gebiet menschlicher Entwicklung, eine mit allen Reizen ihres Geschlechts ausgestattete, voll erblühte junge Frau. So kann man sich also nicht nur ein ideales Tintenfaß vorstellen, wie es Coleridge in seinem berühmten Briefwechsel[14] mit Blackwood tut, obwohl an einem Tintenfaß ohnehin nicht viel auszusetzen ist, da man es an sich schon eine lobenswerte Sache und ein nützliches Mitglied der Gesellschaft nennen kann – auch bei der unvollkommensten Sache der Welt gibt es ein Stadium höchster Vollendung oder einen Idealzustand.

Verzeihen Sie diese philosophischen Abschweifungen, meine Herren, ich schreite sofort zur Nutzanwendung. Wenn eine Mordtat sich erst in der Zukunft abspielen wird, noch nicht geschehen ist, auch nicht im Begriff ist zu geschehen, sondern erst geschehen wird, und ein Gerücht davon zu unseren Ohren kommt, so ist es selbstverständlich unsere Pflicht und Schuldigkeit, uns voll und ganz auf den Standpunkt der Moral zu stellen. Setzen wir aber einmal den Fall, die Tat sei schon geschehen, oder, wie jener harte Molossus[15] aus der »Medea« es ausdrückt, τετέλεσται, wir ständen also vor einem *fait accompli* und könnten sagen »εἴϱγασταί«, »Es ist vollbracht«; nehmen wir an, das arme Opfer habe ausgelitten und der schurkische Täter sei spurlos verschwunden; nehmen wir ferner an, wir hätten bei seiner Verfolgung – obwohl ohne jeden Erfolg – unser möglichstes geleistet, *»abiit, evasit, excessit, erupit«* usw. – was könnte man dann noch mehr von uns verlangen?

Der Moral ist vollauf Genüge getan, jetzt können auch Geschmack und Kunstsinn zu ihrem Recht kommen. Es handelt sich ja fraglos um eine sehr traurige Angelegenheit, allein daran vermögen wir doch nichts zu ändern. Deshalb wollen wir uns bemühen, ihr die beste Seite abzugewinnen, und, da für die Moral nun einmal nichts dabei herausschaut, ihr vom ästhetischen Standpunkte aus beizukommen suchen. Das ist die Logik der Vernunft, und was folgt daraus? Wenn die Tränen getrocknet sind, machen wir vielleicht zu unserer Genugtuung die Entdeckung, daß eine Tat, die, unter moralischem Gesichtswinkel betrachtet, empörend und durch nichts zu rechtfertigen ist, für die Anforderungen des guten Geschmacks dennoch äußerst verdienstvoll sein kann. So ist alle Welt zufriedengestellt, und das alte Sprichwort, daß in jedem Unglück etwas Gutes zu finden sei, bewahrheitet sich aufs neue, denn jetzt kommt auch der Liebhaber, der – solange die Moral im Spiele war – sauertöpfisch und verdrossen dreinschaute, auf seine Kosten, und die gute Laune trägt den Sieg davon. Der Tugend ist Genüge getan, jetzt kommen Liebhaberei und Kunstsinn an die Reihe. Und in diesem Sinne, meine Herren, möchte ich Sie im Geiste von Kain bis Thurtell geleiten. In andächtiger Bewunderung lassen Sie uns Hand in Hand jene Galerie großer Morde durchwandern, wobei ich mich bemühen werde, die lohnendsten Beispiele Ihrer Betrachtung besonders zu empfehlen.

Der erste Mord ist uns wohl bekannt. Als Erfinder des Mordes und Begründer jener Kunst muß Kain ein Genie ersten Ranges gewesen sein – wie überhaupt alle Kains, denn ein Kain erfand z. B. das Fernrohr oder etwas Ähnliches. Wie groß aber auch das Genie und die Erfindungsgabe des Künstlers gewesen sein mag, man darf nicht vergessen, daß die Kunst selbst noch in den Kinderschuhen steckte, und muß diese Tatsache bei einer Kritik jener ersten Kunsterzeugnisse stets in Betracht ziehen. Sogar die Erfindung des Fernrohrs würde heutzutage in Sheffield wenig geschätzt werden, und deshalb ist es auch keine Herabsetzung, wenn ich von Kain (Kain senior nämlich) behaupte, daß seine Technik nur so là-là gewesen ist. Milton scheint freilich anderer Ansicht gewesen zu sein; seine Art der Schilderung läßt vermuten, daß es sich bei Kains Tat um seinen Lieblingsmord handelt, denn er bemüht sich sichtlich um anschauliche Wirkung:

Worüber jener innerlich ergrimmt
Und mit dem Hirten hadernd einen Stein
Auf dessen Zwerchfell warf, so daß der Schlag
Das Leben endete. Der andere fiel
Und seufzte todesbleich der Seele Hauch
Mit Blutesströmen aus.

Paradise Lost, XI

Über diese Stelle äußert sich der Maler Richardson, der einen scharfen Blick für alles Wirkungsvolle hat, in seinen *Notes on Paradise Lost* auf Seite 497 folgendermaßen:
»Man nimmt gewöhnlich an, daß Kain seinen Bruder mit einem großen Stein erschlagen habe. Auch Milton schließt sich dieser Meinung an, gibt uns in seiner Schilderung aber gleichzeitig die Vorstellung einer klaffenden Wunde.« Das war an dieser Stelle eine sehr glückliche Ergänzung, denn ohne diesen belebenden warmen, blutvollen Farbton hätte der Vorgang bei einer so primitiven Tatwaffe gar zu sehr nach nacktem Urmenschentum ausgesehen, und die Tat hätte ebenso gut, ohne Vorkenntnisse, ohne Überlegung, von einem Polyphem mit einem Hammelknochen begangen werden können. Was mich anbetrifft, so gefällt mir jener Zusatz Miltons besonders deshalb so gut, weil er mir beweist, daß der Verfasser in die Reihen der Unsrigen gehört. Unübertroffen ist Shakespeare, dessen Schilderungen der ermordeten Duncan, Banquo usw., vor allem aber das unglaublich fein ausgeführte Miniaturbild des ermordeten Gloucester[16] in *Heinrich VI.* die Wahrheit meiner Behauptung deutlich beweisen.
Nach ihrer Erfindung schlummerte die Mordkunst leider ohne nennenswerte Verbesserung Jahrhunderte hindurch, und ich kann bis lange nach dem Eintritt der christlichen Ära alle Mörder, religiöse sowohl als profane, getrost überspringen, da sie der Erwähnung nicht wert sind. Auch Griechenland hat – selbst zur Zeit des Perikles – keinen Mörder hervorgebracht, wenigstens keinen, der zur Entwicklung der Mordkunst auch

nur das geringste beigetragen hätte; und Rom besaß zu wenig geistige Selbständigkeit, um aus sich heraus etwas leisten zu können, worin sein großes Vorbild versagte.[17] Nicht einmal sprachlich war es imstande, den Begriff »Mord« angemessen wiederzugeben. »Der Mann wurde ermordet« heißt auf Lateinisch nur »interfectus est« oder »interemptus est«, wodurch lediglich die Tatsache des Meuchelmordes gekennzeichnet ist; das Kirchenlatein des Mittelalters sah sich daher genötigt, ein neues Wort zu prägen, wozu das klassische Zeitalter niemals fähig gewesen wäre. »Murdratus est«[18] heißt es in der sublimeren Ausdrucksweise aus gotischer Zeit. Inzwischen pflegte die jüdische Schule die spärlichen Überlieferungen jener Kunst und übermittelte sie der abendländischen Welt. Auch im Mittelalter hat die jüdische Schule stets recht achtbare Leistungen gezeitigt, wie der Fall Hugo von Lincolns beweist, den sogar Chaucer der Erwähnung wert findet, da er ihn in seinen *Canterbury Tales* der Äbtissin bei Darstellung einer ähnlichen Kunstleistung in den Mund legt.[19] Um aber noch einmal auf das klassische Altertum zurückzukommen, so bin ich fest davon überzeugt, daß Catilina, Claudius und Konsorten erstklassige Künstler abgegeben hätten, und daß Ciceros Musterhaftigkeit, die sein Vaterland der einzigen Gelegenheit beraubte, sich in dieser Hinsicht auszuzeichnen, aufs tiefste zu bedauern ist. Zum Opfer eines Mordes hätte sich übrigens niemand besser geeignet als er. Stellen Sie sich nur einmal sein Schreckensgeheul vor, wenn er Cethegus unter seinem Bette entdeckt hätte. O Jemine![20] Ich glaube, ihm wäre das *»utile«* hier lieber gewesen als das *»honestum«*, und er hätte sich eher in einen Abtritt oder sogar in eine Kloake verkrochen, als daß er dem kühnen Künstler beherzt entgegengetreten wäre.

Wir kommen jetzt zum finsteren Mittelalter, womit wir, um genau zu sein, besonders das zehnte Jahrhundert meinen, das gewissermaßen als Meridianlinie zwischen dem vorhergehenden und dem folgenden zu bezeichnen ist, die in tiefe Nacht getaucht sind. Diese Zeit – etwa von 888 bis 1111 – muß der Entfaltung der Mordkunst ebenso günstig gewesen sein wie etwa dem Fortschritt in der Kirchenarchitektur, der Glasmalerei usw. Und in der Tat erwuchs gegen Ausgang dieser Periode unserer Kunst ein hervorragender Vertreter in der Gestalt des »Alten vom Berge«. Er war ohne Frage ein leuchtender Stern, und ich brauche Sie wohl kaum daran zu erinnern, daß der Ausdruck »assassin« von ihm abstammt.[21] Er war ein so begeisterter Anhänger seiner Kunst, daß er sogar einmal, als sein eigenes Leben von einem seiner Lieblingsassassinen bedroht wurde, vom Talent seines Zöglings trotz des mißglückten Anschlags so entzückt war, daß er ihn auf der Stelle zum Herzog mit Erbfolgeberechtigung in der weiblichen Linie ernannte und ihm eine dreifache lebenslängliche Rente aussetzte. Der Meuchelmord ist ein Kunstzweig, der besondere Beachtung verdient, und es ist daher nicht ausgeschlossen, daß ich ihm einmal eine besondere Vorlesung widme. Inzwischen möchte ich nur bemerken, wie seltsam es ist, daß dieser Kunstzweig nur in periodischen Abständen erblüht. Er ist nicht mit einem Landregen, sondern vielmehr mit einem Gewitterregen zu vergleichen. Unser Zeitalter kann sich allerdings einiger schöner Meisterwerke dieser Kunstart rühmen, beispielsweise der Affäre Bellinghams mit dem Ministerpräsidenten Perceval; ferner ist der Fall des Herzogs von Berry im Pariser Opernhause und der des Marschalls Bessières in Avignon erwähnenswert.[22] Vor zweieinhalb Jahrhunderten konnte man sogar von einer Hochflut derartiger Taten sprechen; ich erinnere Sie nur an das bekannte Siebengestirn: die Ermordung Wilhelms I. von Oranien, der drei französischen Heinriche, nämlich des Herzogs Heinrich von Guise, der nach dem Thron von Frankreich strebte, Heinrichs III., des letzten Fürsten aus dem Hause Valois, der damals jenen Thron innehatte, und schließlich Heinrichs IV., seines Schwagers, der ihm als erster Herrscher der bourbonischen Linie in der Königswürde folgte. Kaum achtzehn Jahre später fand der fünfte Mord statt, nämlich der des Herzogs von Buckingham, (der in den von Sir Henry Ellis im Britischen Museum veröffentlichten Briefen ausgezeichnet geschildert ist), sechstens kam dann der Mord Gustav Adolfs und siebentens derjenige Wallensteins hinzu. Was für ein herrliches Siebengestirn, das umsomehr unsere Bewunderung verdient, als diese glänzende Konstellation künstlerischer Offenbarungen drei gekrönte Häupter, drei Mitglieder von Fürstenhäusern und eine andere hochgestellte Persönlichkeit einschließt und das alles in dem verhältnismäßig kurzen Zeitraum von 1588 bis 1635.[23] Die Ermordung des Königs von Schweden wird übrigens von verschiedenen Schriftstellern, wie z. B. Harte, angezweifelt; doch sind sie im Irrtum – er wurde tatsächlich ermordet. Und zwar halte ich diesen Mord für einzig in seiner Art, denn er wurde am hellichten Tage auf dem Schlachtfelde verübt – ein Zug künstlerischer Eigenart, wie wir ihn in keinem anderen derartigen Kunstwerk mehr wiederfinden. Den Plan zu einem Meuchelmord, der sozusagen in Parenthese in das gewaltige Schauspiel des Schlachtgemetzels eingefügt ist, auf eigene Rechnung zu fassen, das gleicht beinahe Hamlets scharfsinnigem Einfall einer Tragödie in der Tragödie. In der Tat bieten alle diese Morde dem gewiegten Kenner einen hohen ästhetischen Genuß und können wohl als Musterbeispiele, als Modellstücke ihrer Gattung betrachtet werden, von denen es heißt:

»*Nocturna versate manu, versate diurna* –« besonders »*nocturna*«.

Daß die Ermordeten gerade Fürsten und Staatsmänner waren, ist nicht weiter verwunderlich, wenn man die Umwälzungen bedenkt, die ihr Tod in den meisten Fällen mit sich bringt. Außerdem macht gerade ihre hervorragende Stellung sie denjenigen Mordkünstlern, die für große szenische Wirkungen Sinn haben, als Zielobjekt besonders geeignet. Mich setzt eine andere Klasse von Morden, die seit Beginn des 17. Jahrhunderts vorherrschen, weit mehr in Erstaunen, nämlich die Ermordung von Philosophen. Denn, meine Herren, es ist Tatsache, daß in den letzten beiden Jahrhunderten jeder Philosoph von einiger Bedeutung entweder tatsächlich ermordet worden oder zum mindesten doch nahe daran gewesen ist. Ja, man kann sogar sagen: hat sich gegen einen Mann, der sich selbst zu den Philosophen zählt, niemals eine Mörderhand erhoben, so ist das ein untrüglicher Beweis für den Unwert seiner Philosophie. Besonders gegen die Philosophie John Lockes ist es ein schlagendes Argument – falls überhaupt noch eins vonnöten ist –, daß, obwohl er zweiundsiebzig Jahre alt wurde, sich niemand fand, der ihm die Kehle abschnitt.[24] Da jene Philosophenmorde wenig bekannt, dabei aber in den meisten Fällen recht geschickt geplant und ausgeführt worden sind, so will ich bei diesem Kapitel ein wenig länger verweilen und Ihnen mitteilen, was ich selber darüber in Erfahrung bringen konnte. Der erste große Philosoph des 17. Jahrhunderts (wenn wir von Bacon und Galilei absehen) war Descartes; und wenn man je von einem Manne sagen konnte, daß er fast um Haaresbreite sein Leben unter Mörderhänden ausgehaucht hätte, so war dies bei ihm ganz gewiß der Fall. Der von Baillet in *Vie de M. Des Cartes,* tom. I, S. 102-103, berichtete Sachverhalt war folgender. Im Jahre 1621 – als Descartes etwa 26 Jahre alt sein mochte – reiste er seiner Gewohnheit nach wieder einmal umher (denn er war so ruhelos wie eine Hyäne) und kam damals auch entweder bei Glückstadt oder bei Hamburg an die Elbe, wo er sich nach Ostfriesland einschiffte. Was er dort eigentlich wollte, hat man niemals herausbekommen, vielleicht wußte er es selbst nicht, denn in Emden änderte er plötzlich seine Reiseroute und beschloß, nach Westfriesland zu segeln. Da er nicht warten wollte, mietete er selbst eine Barke mit ein paar Seeleuten, machte jedoch, kaum daß er in See gestochen war, die erfreuliche Entdeckung, daß er sich inmitten einer Mörderbande befand. Seine Mannschaft bestand laut Baillet aus »*des scélérats*«, Galgenstricken, nicht etwa aus Mordliebhabern, wie wir es sind, meine Herren, sondern gewerbsmäßigen Mordgesellen, die nur auf die Gelegenheit lauerten, ihm die Kehle abzuschneiden. Die Geschichte ist zu amüsant, um mit ein paar Worten abgetan zu werden; ich will sie Ihnen daher in der wortgetreuen Übertragung des französischen Urtextes mitteilen: »Herr Descartes war nur von einem Diener begleitet, mit dem er Französisch zu sprechen pflegte. Die Seeleute hielten ihn jedoch nicht für einen reisenden Kavalier, sondern vielmehr für einen ausländischen Kaufmann und glaubten daher, daß er viel Geld bei sich haben müsse. Aus diesem Grunde kamen sie zu einem für seine Börse nicht gerade vorteilhaften Entschlusse. Zwischen Land- und Seeräubern besteht nun der wichtige Unterschied, daß die ersteren unbeschadet ihrer eigenen Sicherheit imstande sind, das Leben ihrer Opfer zu schonen, während die letzteren nicht gut einen Beraubten an Land setzen können, ohne sich selbst aufs schwerste zu gefährden. Descartes' Mannschaft beschloß denn auch, jedes derartige Risiko zu vermeiden, umso mehr, als die Leute bemerkten, daß er ein in der Umgegend unbekannter Ausländer war, nach dem höchstwahrscheinlich niemand fragen würde, falls er spurlos verschwinden sollte (*quand il viendroit à manquer*).« Stellen Sie sich vor, meine Herren, wie jene Friesenhunde über das Schicksal eines Philosophen beraten, als handle es sich um ein beliebiges, für irgendeinen Schiffsmakler bestimmtes Faß Rum. »Er war, wie sie bemerkt hatten, ruhig und geduldig, und da sie aus seinem Benehmen und der Höflichkeit, mit der er sie behandelte, schlossen, daß er nur ein grüner Junge ohne Rang und Rückhalt sei, so meinten sie, leichtes Spiel mit ihm zu haben. Sie scheuten sich nicht im geringsten, über ihre Mordpläne in seiner Gegenwart zu verhandeln, denn sie glaubten ihn nur der einen Sprache mächtig, in der sie ihn mit seinem Diener sprechen hörten. Das Resultat ihrer Beratungen war schließlich, daß sie ihn ermorden, den Leichnam in die See werfen und die Beute teilen wollten.«

Entschuldigen Sie meine Heiterkeit, meine Herren, aber je-

desmal, wenn ich an die Sache denke, kann ich nicht umhin, über zweierlei Dinge herzlich zu lachen. Erstlich, wenn ich mir den panischen Schrecken Descartes' vorstelle (oder den Bammel, wie es in Eton heißt), als er so mit eigenen Ohren die Szenenfolge seines Todes und Begräbnisses, seiner Erbfolge und Nachlaßverwaltung entwickeln hörte. In noch höherem Maße aber belustigt mich der Gedanke, daß wir – falls den friesischen Spitzbuben damals ihr Plan geglückt wäre – heute keine cartesianische Philosophie hätten, und wo wären wir ohne sie, betrachtet man nur einmal die Menge von Büchern in ihrem Gefolge – das ist einfach nicht auszudenken.
Fahren wir indessen fort: trotz seines enormen Bammels ließ Descartes sich nicht verblüffen und brachte den anti-cartesianischen Schurken das Fürchten bei. »Als er merkte«, erzählt Baillet, »daß es sich nicht etwa nur um einen schlechten Witz handelte, sprang er mit einem heftigen Ruck auf und donnerte den Schurken in ihrer eigenen Sprache ins Gesicht, er werde ihnen auf der Stelle den Degen durch den Leib rennen, wenn sie es sich einfallen ließen, auch nur die Hand gegen ihn zu erheben.« Nun wäre es für jene nichtswürdigen Schufte doch entschieden eine höchst unverdiente Ehre gewesen, der Reihe nach wie Lerchen auf einen cartesianischen Degen gespießt zu werden. Daher freue ich mich, daß Descartes es nicht nötig hatte, dem Galgen Konkurrenz zu machen und seine Drohung in die Tat umzusetzen, zumal er mit einer aufgespießten Mannschaft wohl niemals den Hafen erreicht hätte und auf ewig in der Zuidersee hätte kreuzen müssen, wo ihn Seeleute vielleicht für den Fliegenden Holländer auf der Heimreise gehalten hätten. »Descartes' entschlossene Haltung«, fährt sein Biograph fort, »wirkte bei den feigen Hunden wahrhaft Wunder. Sie waren so bestürzt und verblüfft, daß sie nicht mehr zu mucksen wagten und ihn mit größter Unterwürfigkeit heil und unversehrt an seinem Bestimmungsort an Land setzten.«
Wir könnten uns vielleicht auch vorstellen, meine Herren, daß – jenem berühmten Worte Caesars an seinen Fährmann ent-

sprechend: »*Caesarem vehis et fortunas ejus*« – Descartes zu jenen Elenden hätte sagen können: »Wie dürft ihr Hunde mir die Gurgel abschneiden; ihr habt Descartes und seine Philosophie an Bord!« In diesem Falle hätte ich allerdings für sein Leben keinen Pfifferling gegeben. Etwas Ähnliches wird von einem deutschen Kaiser erzählt, der, als man ihm bei einer Kanonade riet, aus der Schußlinie zu gehen, erwiderte: »Pah, wann hätte jemals eine Kanonenkugel einen Kaiser getötet?«[25] Was einen Kaiser anbetrifft, so bin ich allerdings nicht so genau orientiert, daß aber eine weit geringfügigere Ursache einem Philosophen das Lebenslicht ausgeblasen hat – das weiß ich, denn der nächste große Philosoph Europas, Spinoza, ist unzweifelhaft einem Mordanschlag zum Opfer gefallen.

Zwar ist die allgemein verbreitete Ansicht, er sei in seinem Bett gestorben, mir wohl bekannt, und ich will sie auch nicht einmal ohne weiteres als irrig bezeichnen; ermordet aber wurde er trotz alledem, wie ein im Jahre 1731 in Brüssel veröffentlichtes Buch untrüglich beweist. Es ist betitelt *La Vie de Spinoza,* von Jean Colerus und enthält eine Fülle von Anmerkungen aus der ungedruckten Biographie eines seiner Freunde. Spinoza starb am 21. Februar 1677, kaum vierundvierzig Jahre alt, was an sich schon verdächtig genug erscheint und durch eine jener handschriftlichen Biographie entnommene Äußerung, »daß er wahrscheinlich keines ganz natürlichen Todes gestorben«, noch viel verdächtiger wird. Als Bewohner eines naßkalten Seefahrerlandes wie Holland mag man ihn vielleicht für einen Freund des Grogs, namentlich des eben erfundenen Punsches[26] halten, dem war jedoch keineswegs so, denn Jean Colerus nennt ihn »im Essen und Trinken außerordentlich mäßig«. Und obwohl über seine Mandragora- (p. 140) und Opiumsucht (p. 144) allerlei abenteuerliche Gerüchte in Umlauf waren, weist seine Apothekerrechnung dennoch keinen einzigen derartigen Posten auf. Wie kann nun aber ein so mäßiger und nüchterner Mensch im Alter von vierundvierzig Jahren eines natürlichen Todes sterben? Hören wir, was sein Biograph uns darüber zu berichten weiß: »Am Sonntag, den 21. Februar, kam Spinoza vor Beginn des Gottesdienstes die Treppe herab und sprach mit dem Hausbesitzer und seiner Frau.« Daraus geht also zweifellos hervor, daß der Philosoph um diese Zeit – etwa zehn Uhr morgens – noch wohl und munter war. Er scheint jedoch »einen Amsterdamer Arzt konsultiert zu haben, den ich«, sagt sein Biograph, »nur mit den beiden Buchstaben L. M. bezeichnen will«. Dieser L. M. hatte Spinozas Hausgenossen die Weisung erteilt, »einen alten Hahn« zu kaufen und sofort zu kochen, damit der Philosoph zu Mittag einen Teller Fleischbrühe genießen könnte. Das geschah denn auch, und nachdem seine Wirtsleute aus der Kirche zurückgekehrt waren, genoß Spinoza mit gutem Appetit auch ein Stück von dem alten Hahn.

»Nachmittags blieb L. M. mit Spinoza allein, da die übrigen Hausbewohner wieder zur Kirche gegangen waren. Bei ihrer Rückkehr erfuhren sie zu ihrer größten Bestürzung, daß Spinoza gegen drei Uhr nachmittags in Gegenwart des Arztes verschieden sei. Noch an demselben Abend kehrte L. M. mit dem Nachtboot nach Amsterdam zurück, ohne sich weiterhin auch nur im mindesten um den Verstorbenen zu kümmern.« Auch nach der Begleichung seiner eigenen geringen Forderung fragte er nicht, denn »ohne Zweifel konnte er umso leichter darauf verzichten, als er sich selbst schon in den Besitz eines Dukaten, einer kleinen Menge Silbergeldes und eines Messers mit silbernem Griff gesetzt hatte und mit seiner Beute das Weite gesucht hatte.« Daß er aus Geldgier an Spinoza zum Mörder geworden, liegt nach den Umständen klar auf der Hand. Da man keinerlei Blutspuren fand, muß er den schwachen, gebrechlichen Philosophen zu Boden geworfen und mit Kissen erstickt haben, nachdem der arme Mann sich schon an seiner teuflischen Mahlzeit halb erwürgt hatte. Denn man kann sich ja denken, in welchem Zustand der Erschöpfung der Ärmste sich befunden haben muß, nachdem er jenen »alten«, also wahrscheinlich aus dem vorigen Jahrhundert stammenden Hahn zerkaut hatte. Daß er L. M. keinen energischen Widerstand entgegensetzen konnte, ist ohne weiteres erklärlich. Wer war aber nun eigentlich L. M.? Lindley Murray kann es unmöglich gewesen sein; ich sah ihn nämlich im Jahre 1825 in York; außerdem halte ich ihn einer derartigen Tat auch nicht für fähig, zum mindesten nicht einem Kollegen gegenüber. Denn es ist Ihnen doch wohl ohne Zweifel bekannt, meine Herren, daß Spinoza eine sehr beachtenswerte hebräische Grammatik geschrieben hat.

Warum Hobbes nicht ermordet worden ist, konnte ich nie begreifen. Die Mordfachleute des 17. Jahrhunderts haben sich da eine grobe Unterlassungssünde zuschulden kommen lassen, denn, abgesehen von seiner Magerkeit, eignete er sich in jeder Hinsicht hervorragend zum Mordobjekt. Er war nämlich ein wohlhabender Mann und besaß (das ist der Witz) nicht einmal eine Berechtigung zur Verteidigung seines Lebens, denn er selbst hatte jenen Lehrsatz aufgestellt, nach dem höchste Gewalt zugleich höchstes Recht sei, und demnach wäre es schwärzester Verrat, sich gegen das Ermordet-Werden zu sträuben, wenn ein überlegener Mörder auf den Plan tritt. Trotzdem er nun – wie ich schon erwähnte – zu meiner Verwunderung nicht ermordet worden ist, gereicht es mir gewissermaßen zum Trost, daß er – wie er selbst erzählt – wenigstens dreimal ziemlich nahe daran war, ermordet zu werden. Zum ersten Mal im Frühling 1640, als er – seiner eigenen Aussage nach – ein kleines Manuskript über das Verhalten des Königs gegen das Parlament[27] zirkulieren ließ. Dieses Manuskript ist später nie wieder zum Vorschein gekommen, Hobbes aber meint, daß es ihn in die größte Lebensgefahr gebracht hätte, »wenn das Parlament nicht (im Mai) von Sr. Majestät wieder aufgelöst worden wäre«. Im November desselben Jahres jedoch trat das lange Parlament[28] zusammen, und Hobbes, der jetzt zum zweiten Male für sein Leben zitterte, entwich schleunigst nach Frankreich. Seine Furcht grenzt beinahe an den Verfolgungswahn John Dennis'[29], der das Weite suchte, weil er sich einbildete, Ludwig XIV. würde mit der Königin Anna nur dann Frieden schließen, wenn sie sich bereit erklärte, ihn – Dennis nämlich – den französischen Rachegelüsten zu opfern. In Frankreich fühlte Hobbes sich zehn Jahre lang sicher, bis er, um sich bei Cromwell beliebt zu machen, seinen *Leviathan* veröffentlichte. Von diesem Zeitpunkt an schwebte der alte Feigling wieder in tausend Ängsten und fühlte, wenn er an das Schicksal der Parlamentsabgeordneten im Haag und in Madrid dachte, den Degen der Royalisten beständig an seiner Kehle. »*Tum*«, sagte er in seinem lateinischen Kauderwelsch, –

»*Tum venit in mentem mihi Dorislaus et Ascham;*
Tanquam proscripto terror ubique aderat.«[30]

Und stehenden Fußes eilte er nach England zurück. Nun verdient allerdings ein Mensch, der ein Machwerk wie den »Leviathan« zu veröffentlichen wagte, eine gehörige Tracht Prügel und eine doppelte und dreifache noch dazu für einen so elenden Pentameter wie den auf »*terror ubique aderat*« auslautenden. Außer einem derartigen Denkzettel aber hätte niemand ihm ein Leid zugefügt; die ganze Geschichte läuft also auf reine Angabe hinaus. Denn in einem von Schmähungen strotzenden Brief an einen »Gelehrten« (den Mathematiker Wallis nämlich) gibt Hobbes wieder eine ganz andere Darstellung der Sachlage und behauptet (p. 8), er sei in sein Vaterland zurückgeflüchtet, weil »der französische Klerus ihm seiner Religion wegen nach dem Leben trachtete«. Das wäre allerdings ein Hauptspaß gewesen, solch einen Narren wegen seiner »Religion« zum Scheiterhaufen geschleppt zu sehen! Ob nun Angabe oder nicht – jedenfalls ist Hobbes tatsächlich bis an sein Lebensende die Furcht vor einem gewaltsamen Tode nicht losgeworden. Den besten Beweis dafür bildet die Geschichte, die ich Ihnen sogleich erzählen werde, und die zwar keinem authentischen Text entstammt, allein – wie Coleridge sagt – so gut wie authentisch ist, denn sie ist einem gänzlich vergessenen Buche entnommen. Der Titel dieses zehn Jahre vor Hobbes' Tod anonym veröffentlichten Werkes lautet: *The Creed of Mr. Hobbes Examined: in a Conference between him and a student in Divinity*. Der Verfasser ist Tenison[31], der dreißig Jahre später Tillotson auf dem Erzbischofsstuhl von Canterbury ablöste, und die einleitende Anekdote, von der ich sprach, hat folgenden Wortlaut: »Ein gewisser Geistlicher« (ohne Zweifel Tenison selbst) »unternahm jährlich eine vierwöchige Erholungsreise nach verschiedenen Teilen der Insel. Auf einer dieser Reisen (1670) besuchte er – zum Teil durch Hobbes' Beschreibung[32] angeregt – den Peak of Derbyshire. Da er sich gerade in der Nähe von Buxton befand, kehrte er in diesem Orte ein und traf an der Tür des Gasthauses mit einer Reisegesellschaft zusammen, die sich eben aus den Sätteln schwang. Unter den Herren entpuppte sich ein langer Dünner als kein Geringerer denn Mr. Hobbes selbst, der wohl von Chatsworth[33] herübergeritten sein mochte. Natürlich hat ein auf Sehenswürdigkeiten erpichter Tourist nichts Eiligeres zu tun, als sich schleunigst an solch eine Berühmtheit heranzupirschen, und da zwei von Mr. Hobbes' Reisegefährten ganz plötzlich abgerufen wurden, so hatte Tenison auch die beste Gelegenheit, Leviathan ganz für sich allein zu genießen und, solange er noch in Buxton blieb, allabendlich mit ihm zu zechen. Anfänglich zeigte Hobbes sich ziemlich zugeknöpft, denn er wollte von der Geistlichkeit nicht viel wissen; allmählich jedoch taute er auf, wurde sogar recht heiter und mitteilsam und verabredete mit seinem neuen Bekannten ein gemeinsames Bad. Wie Tenison es fertig bekam, in demselben Wasser wie Leviathan zu baden, kann ich mir nicht erklären, doch plätscherten die beiden wie zwei Delphine umher, obgleich Hobbes schon so alt und verwittert gewesen sein mußte wie die Felsen von Derbyshire.

Und »wenn sie sich vom Schwimmen und Tauchen ein wenig

erholten, plauderten sie über die Bäder der Alten, den Ursprung der Quellen und ähnliche Themata. Nach einer Stunde verließen sie das Bad, rieben sich trocken, kleideten sich an und setzten sich in Erwartung der landesüblichen Abendmahlzeit nieder, wobei es ihnen, gleich den Deipnosophisten, mehr auf ihr philosophisches Gespräch als aufs Zechen ankam. In dieser löblichen Absicht wurden sie jedoch durch einen unter den gewöhnlichen Gästen ausbrechenden Streit gestört, der Mr. Hobbes in die größte Bestürzung versetzte, obwohl er sich ziemlich »weit vom Schuß« befand.« Und was halten Sie wohl für die Ursache seiner Bestürzung, meine Herren? »Zweifellos seine unparteiische, dem Greise und Philosophen wohl anstehende Friedensliebe«, werden Sie mir erwidern. Aber hören Sie nur weiter – : »Ganz fassungslos murmelte er in halblautem, ängstlichem Ton mehrmals vor sich hin, auch Sextus Roscius[34] sei nach dem Abendessen in der Nähe der palatinischen Bäder ermordet worden. Sein sonderbares Benehmen mußte jedem unbefangenen Zuschauer unwillkürlich Ciceros treffende Bemerkung über den Atheisten Epikur ins Gedächtnis zurückrufen, der nichts auf der Welt so sehr fürchtete wie das, was er am tiefsten verachtete, nämlich den Tod und die Götter.« Also nur, weil es gerade Abendbrotzeit war und er sich in der Nähe eines Bades befand, fürchtete Mr. Hobbes, er müsse das Schicksal des Sextus Roscius teilen. Er müsse ermordet werden, weil Sextus Roscius unter ähnlichen Umständen ermordet worden war. Da haben wir die Logik eines Mannes, der immer nur von Mord und Totschlag träumte. Da haben wir den Leviathan, der nicht mehr nur vor den Dolchen englischer Royalisten oder französischer Kleriker zittert, sondern den schon ein Wirtshausstreit zwischen ein paar biederen Bauerntrampeln aus Derbyshire aus der Fassung bringt, während jene guten Leute sich ihrerseits vor der dürren Vogelscheuche aus dem vorigen Jahrhundert zu Tode gefürchtet hätten.
Malebranche wurde, wie Sie mit Vergnügen hören werden,

wirklich ermordet. Der Name des Mörders ist uns wohl vertraut – es war der Bischof Berkeley. Auch die Geschichte dieses Mordes ist allgemein bekannt, obwohl noch niemand sie bisher ins rechte Licht gesetzt hat. Als junger Mann kam Berkeley nach Paris und besuchte auch den Pater Malebranche, den er in seiner Zelle mit Kochen beschäftigt fand. Köche pflegen ein *genus irritabile* zu haben, Schriftsteller erst recht: Malebranche war Koch und Schriftsteller in einer Person, daher kam es zwischen ihm und seinem Besucher bald zu Meinungsverschiedenheiten. Der alte, schon ziemlich erhitzte Pater wurde immer hitziger, seine kulinarischen und metaphysischen Diätfehler schlugen ihm auf die Leber – er mußte sich zu Bett legen und starb. Das ist die gewöhnliche Lesart der Geschichte, durch die jedoch »das Ohr des Reichs schmählich getäuscht« ward. Die Sache wurde zwar mit Rücksicht auf Berkeley, den – wie Pope richtig bemerkt – »jede Tugend schmückte«, totgeschwiegen, doch es ist erwiesen, daß Berkeley, von dem giftigen alten Franzosen bis aufs Blut gereizt, handgreiflich wurde. In der ersten Runde ging Malebranche zu Boden, schon war er ganz kleinlaut und hätte sicherlich aufgegeben, wenn Berkeley, der jetzt in Harnisch geraten war, nicht von ihm verlangt hätte, seine Lehre von den »Zufälligen Ursachen« zu widerrufen. Das war der Eitelkeit des Alten denn doch zu viel – er widerrief nicht und fiel als Opfer irischen Ungestüms und seiner eigenen Halsstarrigkeit.[35]

Da Leibniz dem alten Malebranche in jeder Beziehung weit überlegen war, so müßte man eigentlich *a fortiori* annehmen, daß er ermordet wurde, was jedoch nicht zutrifft. Ich glaube beinahe, er selbst hat sich deshalb immer ein wenig zurückgesetzt gefühlt, anders kann ich mir wenigstens sein Verhalten in seinen letzten Lebensjahren, als er gierig große Summen Goldes in seinem Haus in Wien hortete, nicht erklären. Nachgelassene Briefe bezeugen nämlich, daß er dort in ständiger Angst um sein Leben schwebte. Nun wäre es ihm freilich ein leichtes gewesen, durch Entfernung der Geldsummen aus seinem Hause die Gefahr zu beseitigen, allein das ließ sein Ehrgeiz, einmal das Ziel eines Attentats zu werden, nicht zu. Ein englischer Schulmeister Birminghamer* Fabrikats, Dr. Parr[36], war später unter ähnlichen Umständen mehr um sein eigenes Wohl besorgt. Er besaß eine Menge Gold- und Silberbestecks, das er im Schlafzimmer seines Hauses in Hatton aufbewahrte. Als seine Angst, ermordet zu werden, mit jedem Tag wuchs (er wußte, daß er unterliegen würde, und der Gedanke hatte auch nicht den geringsten Reiz für ihn), vertraute er seinen Schatz kurz entschlossen dem Hufschmied von Hatton an.

Denn ohne Zweifel war – wenigstens seiner Ansicht nach – die Ermordung eines Schmiedes für das *salus reipublicae* weniger nachteilig als die eines Pädagogen. Freilich habe ich das oft bestreiten hören, und es scheint mir jetzt allenthalben die Meinung verbreitet, daß ein gutes Hufeisen mehr wert ist als anderthalb Spitalpredigten.[37]

Während Leibniz sich halb zu Tode fürchtete, daß er ermordet werden könnte, und halb zu Tode ärgerte, daß er nicht ermordet wurde, ist Kant, der sonst in dieser Hinsicht keinen Ehrgeiz hegte, ebenso wie Descartes nur mit knapper Not einem gewaltsamen Tode entgangen. So wahllos wirft Fortuna ihre Lose! Der Fall wird in einer anonymen Biographie des großen Philosophen berichtet. Aus Gesundheitsrücksichten pflegte Kant alle Tage sechs Meilen auf der Landstraße zu wandern. Ein Mann, der seine eigenen Gründe zum Begehen eines Mordes hatte, erfuhr davon und lauerte dem allzeit pünktlichen Philosophen am dritten Meilenstein hinter Königsberg auf. Um Haaresbreite wäre Kant ein toter Mann gewesen. Daß dieses Verbrechen nicht zur Ausführung kam, lag an dem zartbesaiteten oder, wie Mrs. Quickly sagen würde, verbohrten Moralempfinden des Mörders. In der Erwägung, daß ein

* Da Birmingham den Beinamen »*toy-shop of Europe*«, d. h. »Europas Kramladen« führt, ein Ausdruck der Geringschätzung und der Minderwertigkeit. Anm. d. Übers.

Kind in seinem jungen Leben weniger Sünden auf sich geladen haben dürfte als ein alter Professor, gab er im kritischen Augenblick die Ermordung Kants auf und tötete bald danach ein fünfjähriges Kind. Dies ist die in Deutschland verbreitete Auffassung; meiner Ansicht nach war der Mörder jedoch ein Kunstliebhaber, dem ein alter, dürrer, ausgemergelter Metaphysiker kein sonderlich geeignetes Objekt zur Entfaltung seiner künstlerischen Begabung zu sein schien. Für das Auge hätte die Tat nichts geboten, denn mumienhafter als zu seinen Lebzeiten konnte der Mann auch schließlich im Tode nicht aussehen.

Während ich so den Spuren des Zusammenhanges zwischen der Philosophie und unserer Kunst nachgegangen bin, meine Herren, nähere ich mich allmählich unserem eigenen Zeitalter. Da es sich aber von dem vorhergehenden durch nichts unterscheidet, das siebzehnte, achtzehnte und das bisher verflossene Stück des neunzehnten Jahrhunderts vielmehr im Zusammenhange das augusteische Zeitalter des Mordes bilden, erübrigt es sich, Ihnen unsere Epoche besonders zu charakterisieren. Das hervorragendste Werk des siebzehnten Jahrhunderts, das meinen uneingeschränkten Beifall findet, ist fraglos Sir Edmundbury Godfreys[38] Ermordung. Der erhabene Zug des Geheimnisvollen, den in dieser oder jener Form eigentlich jeder scharfsinnig durchdachte Mordanschlag in sich tragen sollte, ist hier großartig ausgeprägt; denn der Schleier des Geheimnisses ist auf den heutigen Tag noch nicht gelüftet. Den Verdacht der Täterschaft auf die Papisten zu wälzen, hieße das Kunstwerk genauso schädigen, wie es bei einigen berühmten Gemälden Correggios durch die Hand professioneller Restauratoren passiert ist, und jene Tat gar in die jeder künstlerischen Beseelung entbehrende Klasse der politischen Morde zu verweisen, würde der vollständigen Vernichtung ihres Wertes gleichkommen. Ich richte daher an die geehrten Anwesenden die dringende Mahnung, derartigen Auslegungen mit aller Energie entgegenzutreten. Sie ent-

behren tatsächlich jeder Begründung und entspringen lediglich protestantischem Fanatismus. Denn Sir Edmundbury hatte sich beim Londoner Gerichtshof weder durch besondere Härte gegen die Papisten hervorgetan, noch den Eiferern nachgegeben, die gegen einzelne Persönlichkeiten die ganze Strenge des Gesetzes in Anwendung bringen wollten; er war überhaupt mit allen Religionsgemeinschaften gut ausgekommen. Die von tropfenden Wachskerzen herrührenden Flecke auf der Kleidung des Leichnams, als man ihn in einem Straßengraben entdeckte, ließen auf die Mittäterschaft der an Queen's Chapel amtierenden papistischen Priester schließen, aber entweder handelte es sich dabei um einen Täuschungsversuch, der den Verdacht auf die Papisten wälzen sollte, oder die ganze Wachstropfengeschichte war lediglich eine Erfindung des Bischofs Burnett, von dem die Herzogin von Portsmouth zu behaupten pflegte, er sei der größte Schwindler und Aufschneider des siebzehnten Jahrhunderts.
Es bleibt mir noch hinzuzufügen, daß das Zeitalter Sir Edmundburys an Morden, wenigstens an künstlerisch ausgeführten, nur eine geringe Anzahl aufzuweisen hatte, was man vielleicht dem Mangel an aufgeklärten Gönnern zuschreiben muß. *Sint Maecenates, non deerunt, Flacce, Marones.*[39] Aus Grants *Observations on the Bills of Mortality* (4. Ausg., Oxford, 1665) entnehme ich, daß von 229 250 Personen, die im siebzehnten Jahrhundert während eines Zeitraumes von zwanzig Jahren in London starben, nur sechsundachtzig, also ungefähr $4^3/_{10}$ im Jahr, ermordet wurden, eine Zahl, die wirklich zu klein ist, um eine Akademie darauf zu gründen, meine Herren. Sicherlich könnten wir bei einer so geringen Quantität wenigstens eine erstklassige Qualität beanspruchen; jedoch bin ich der Meinung, daß der größte Künstler dieses Jahrhunderts nicht an den besten des folgenden heranreicht. Denn so anerkennenswert der Fall Sir Edmundbury Godfreys auch sein mag (und wahrlich, niemand kann seinen Wert besser würdigen als ich), so möchte ich ihn mit dem der Mrs. Rus-

combe in Bristol doch nicht gleichstellen, weder was die Originalität des Plans noch die Kühnheit und Großartigkeit der Ausführung anbelangt. Die Ermordung dieser guten Dame fand im Anfang der Regierung Georgs III. statt, unter dem bekanntlich die schönen Künste überhaupt in hoher Blüte standen. Weder Mrs. Ruscombe selbst noch ihr Dienstmädchen, mit dem sie in College Green ein stilles, zurückgezogenes Leben führte, hätten ohne den großen Künstler, von dessen Taten ich Ihnen berichten will, auch nur die leiseste Anwartschaft gehabt, geschichtliche Berühmtheit zu erlangen. Eines schönen Vormittags – ganz Bristol war geschäftig auf den Beinen – schöpften die Nachbarn Verdacht, drangen gewaltsam in das Haus ein und fanden Mrs. Ruscombe ermordet in ihrem Schlafzimmer, das Dienstmädchen desgleichen auf der Treppe. Es war ungefähr um die Mittagszeit, und zwei Stunden früher hatte man Herrin und Dienerin noch lebend gesehen. Soweit ich mich entsinne, fand das Ereignis im Jahre 1764 statt; es sind seitdem also mehr denn sechzig Jahre verflossen, und noch immer ist der Künstler unentdeckt. Die Nachwelt verdächtigt einen Bäcker und einen Schornsteinfeger. Doch hier irrt die Nachwelt. Ein Neuling hätte nie den verwegenen Plan gefaßt, am hellichten Tag mitten in der Großstadt einen Mord zu begehen. Seien Sie versichert, meine Herren, nicht irgendein simpler Bäcker oder namenloser Schornsteinfeger hat diese Tat vollbracht. Ich weiß, wer es war. (Hier erhob sich in der Versammlung ein allgemeines Murmeln, das zuletzt zu stürmischem Beifall anschwoll, worauf der Vortragende unter tiefem Erröten mit nachdrücklichem Ernst fortfuhr:) Um Gottes willen, meine Herren, verstehen Sie mich nicht falsch! Ich bin es nicht etwa selber gewesen. Sie überschätzen mein bescheidenes Talent, und ich bin nicht eitel genug, um mir ein derartiges Meisterwerk anzumaßen. An einen Fall wie den der Mrs. Ruscombe reichen meine Fähigkeiten bei weitem nicht heran. Durch einen berühmten Chirurgen, der bei der Sektion des Mörders zugegen gewesen, erfuhr ich, wer der Täter war. In einem Privatmuseum, das jener Arzt sich zu Berufszwecken angelegt hatte, stand in einer Ecke der Abguß eines auffallend schön gebauten Mannes. »Was Sie dort sehen, ist der Abguß des berühmten Straßenräubers von Lancashire«, erklärte der Doktor. »Er zog seinem Pferd wollene Strümpfe an, damit das Klappern der Hufe auf der gepflasterten Allee, die zum Stalle führte, ihn nicht den Nachbarn verriete, so daß es ihm gelang, eine Zeitlang seine wahre Tätigkeit zu verheimlichen. Als er wegen Straßenraubs hingerichtet wurde, studierte ich gerade bei Cruickshank. Da der Körper des Mannes so ungewöhnlich schön war, wurden weder Mühe noch Kosten gescheut, möglichst schnell seiner habhaft zu werden. Dank dem liebenswürdigen Entgegenkommen des Untersheriffs wurde er unmittelbar nach der Hinrichtung auf einen Wagen geladen, so daß er, als er bei Cruickshank anlangte, noch nicht ganz tot war und Mr. – »damals noch ein junger Student, die Ehre hatte, ihm den Gnadenstoß zu geben und so dem Willen des Gesetzes Genüge zu tun«.

Die kleine Anekdote, aus der man entnehmen könnte, daß alle im Anatomiesaal Anwesenden Kunstliebhaber in unserem Sinne waren, interessierte mich sehr. Ich erzählte sie eines Tages einer Dame aus Lancashire, die mir darauf mitteilte, daß sie in der Nähe jenes Räubers gewohnt habe. Auch entsann sie sich noch zweier Umstände, deren Verknüpfung ihn in den Augen der Nachbarschaft zum Mörder Mrs. Ruscombes stempelte. Der erste war seine vierzehntägige Abwesenheit zur Zeit des Mordes, der andere, daß bald darauf die Gegend mit Dollars überschwemmt wurde, und es war stadtbekannt, daß Mrs. Ruscombe ungefähr zweitausend gehortet hatte.

Sei nun der Künstler, wer er wolle, die Tat selbst bleibt ein dauerndes Denkmal seines Genies. So ehrfurchtgebietend war der Eindruck, den die Macht künstlerischer Gestaltungskraft in diesem Morde hinterließ, daß sich (wie mir im Jahre

1810 erzählt wurde) bis dahin noch kein Mieter für Mrs. Ruscombes Haus gefunden hatte.[40]

Wenn ich nun auch in derartig begeisterter Form das Lob des Falles Ruscombe singe, so dürfen Sie deshalb keineswegs glauben, daß ich den Wert der zahlreichen anderen verdienstvollen, im Laufe dieses Jahrhunderts vollbrachten Werke unterschätze. Solchen Fällen allerdings wie denjenigen Miß Blands[41] oder des Kapitäns Donnellan und Sir Theophilus Boughtons[42] werde ich nun und nimmer auch nur das geringste Lob zollen.

Pfui über diese Giftmischer!

Weshalb können sie nicht die bewährte, ehrliche Methode des Halsabschneidens beibehalten, anstatt solche abscheulichen Neuerungen aus Italien einzuführen? Verglichen mit dem echten Kunstwerk schätze ich diese Giftmorde nicht höher ein als etwa eine Wachspuppe neben einer Marmorstatue oder einen lithographierten Druck neben einem schönen Volpato. Doch, abgesehen von diesen Pfuschereien, bleiben noch viele ausgezeichnete Werke von reinstem Stil übrig, zu deren Autorschaft sich jeder ohne Scham bekennen dürfte, wie es der ehrliche Kunstkenner zugeben wird. Ich betone, der ehrliche Kunstkenner, weil in diesen Fällen zu vieles berücksichtigt werden muß. Kein Künstler kann genau wissen, ob er imstande sein wird, seine sorgfältig ausgearbeitete Idee durchzuführen. Unliebsame Störungen können dazwischentreten. Die Leute wollen sich nicht ruhig den Hals abschneiden lassen; sie rennen davon, beißen und schlagen um sich.

Während die Porträtmaler über zuviel stumpfe Ausdruckslosigkeit in den Zügen ihrer Modelle zu klagen pflegen, wird dem Künstler unserer Richtung sein Werk durch zu große Lebhaftigkeit des Objekts erschwert. Wie störend aber auch für den Künstler die unangenehme Beigabe des Mordes, eben jene Erregung des Objekts, sein mag, so dürfen wir doch nicht außer acht lassen, daß sie dazu dient, schlummernde Talente ans Tageslicht zu bringen und dadurch der Welt im allgemeinen zu nützen. Jeremy Taylor spricht voll Bewunderung von den außergewöhnlichen Sprüngen, welche im Zustande der Todesangst ausgeführt werden. Ein charakteristisches Beispiel hierfür haben wir bei dem kürzlich passierten Fall der M'Keans.[43] Der Junge übersprang eine Höhe, die er bis an sein Lebensende nicht mehr erreichen wird. Hervorgerufen durch eine Panik, welche das Erscheinen unserer Künstler begleitet, entwickeln sich die glänzendsten Talente im Boxen oder in turnerischen Übungen – Talente, deren Licht ihren Besitzern und deren Bekannten wohl für immer unter einem Scheffel verborgen geblieben wäre. Ein Fall, von dem ich in Deutschland gehört habe, illustriert diesen Sachverhalt sehr anschaulich.

Als ich eines Tages in der Umgebung von München spazierenritt, begegnete ich einem bemerkenswerten Liebhaber unserer Kunst, dessen Namen ich aus begreiflichen Gründen verschweigen werde. Der zahmen Freuden bloßer Kunstliebhaberei überdrüssig (dies sind seine eigenen Worte) hatte er sich in der löblichen Absicht, sich ein wenig praktisch zu betätigen, nach dem Kontinent begeben und zu jenem Zweck Deutschland erwählt, weil er die Polizei dort für schwerfälliger hielt als in andern europäischen Ländern. Sein Debüt als ausübender Künstler fand in Mannheim statt, und da er wußte, daß ich ein Kunstfreund war wie er, weihte er mich offenherzig in alle Einzelheiten seines Erstlingswerkes ein. »Mir gegenüber wohnte ein Bäcker, der als Geizhals verschrien war und ganz allein lebte«, erzählte er. »Ob sein teigiges Mondgesicht es mir angetan hatte oder etwas anderes, kann ich nicht sagen – genug, er reizte mich, und in mir reifte der Entschluß, an seiner Gurgel, die er dazu noch in geradezu herausfordernder Weise stets entblößt trug, meine Tätigkeit zu beginnen. Meinen Beobachtungen nach pflegte er regelmäßig Punkt acht Uhr seine Läden zu schließen. Eines Abends drängte ich mich bei dieser Gelegenheit nach ihm ins Haus, verschloß die Tür und teilte ihm mit der größten Liebenswürdigkeit mein

Vorhaben mit, wobei ich ihm riet, keinen Widerstand zu leisten, um uns nicht gegenseitig Unannehmlichkeiten zu bereiten. Doch als ich nun mein Handwerkszeug hervorzog, geriet der Bäcker, den meine erste Ankündigung förmlich gelähmt zu haben schien, in wahnsinnige Aufregung. »Ich will aber nicht ermordet werden«, kreischte er, »weshalb soll ich meinen kostbaren Hals verlieren?« »Weshalb?« erwiderte ich. »Wenn aus keinem anderen Grunde, dann aus dem – daß Sie Alaun ins Brot backen. Doch ganz egal, ob Alaun oder nicht (ich wollte jedem Streit über diesen Punkt von vornherein die Spitze abbrechen), ich bin nämlich Mordvirtuose und darauf aus, mich in den Feinheiten meines Fachs zu vervollkommnen. In Ihren feisten Hals habe ich mich richtig verliebt und will an ihm meine Kunst erproben.« – »So?« sagte er. »Dann wollen wir doch mal sehen, ob Sie auch von dieser Kunst etwas verstehen.«
Damit nahm er Boxerstellung ein. Mir erschien der Gedanke, mit ihm zu boxen, direkt lächerlich. Allerdings hatte sich ein Londoner Bäcker im Ring ausgezeichnet und wurde unter dem Titel »Der Semmelmeister« weit und breit bekannt. Doch war jener ein junger Mann mit unverbrauchten Kräften, während dieser einem wandelnden Federbett glich, fünfzig Jahre alt und gänzlich »außer Form« war. Trotzdem ging er mir, der ich doch ein erstklassiger Boxer bin, so ernsthaft zu Leibe, daß es manchmal wirklich schien, als ob sich das Blatt wenden und ich, der Kunstliebhaber, von dem Schuft von Bäcker ermordet werden sollte. Was für eine Situation! Zartfühlende Gemüter werden meine Besorgnis nachempfinden können. Wie ernst es um mich stand, geht daraus hervor, daß bei den ersten dreizehn Runden der Bäcker tatsächlich im Vorteil war. In der vierzehnten bekam ich einen Schlag aufs rechte Auge, daß es sofort zuschwoll, und das war, glaube ich, meine Rettung, denn meine Wut steigerte sich jetzt dermaßen, daß ich in der nächsten und den drei folgenden Runden jedesmal den Bäcker zu Fall brachte.

Neunzehnte Runde. Keuchend und offensichtlich stark mitgenommen rappelte sich mein Gegner wieder auf. Seine abgezirkelten Schwinger hatten ihm in den letzten vier Runden nichts eingebracht. Immerhin konterte er einen meiner in seine leichenblasse Visage gezielten Hiebe so geschickt, daß ich ausrutschte und hinfiel.
Zwanzigste Runde. Ich sah mir den Bäcker an und schämte mich, daß so ein formloser Teigklumpen mir so viel zu schaffen machte. Wütend stürzte ich mich auf ihn und versetzte ihm ein paar derbe Hiebe. Es kam zum Handgemenge, wir fielen beide auf den Boden – der Bäcker zuunterst – jeder hätte zehn zu drei für den Freund der schönen Kunst gewettet.
Einundzwanzigste Runde. Der Bäcker sprang mit überraschender Beweglichkeit auf. Trotzdem er in Schweiß gebadet war, gebrauchte er wirklich seine Fäuste mit bewundernswürdiger Wucht; doch hatte er jetzt den Geschmack an unserm Wettkampfe verloren, in ihm wirkte nur noch die Todesangst. Lange konnte er's also nicht mehr machen. Wir gingen zum Nahkampf über, wobei ich stark im Vorteil war. Mehrmals gab ich ihm, um ihn zu reizen, etwas auf seinen pickeligen Rüssel, und hatte Erfolg.
Während der nächsten drei Runden stolperte der Semmelmeister umher wie eine Kuh auf dem Eise. In der vierundzwanzigsten flüsterte ich ihm ein paar Worte ins Ohr, worauf er umfiel wie ein Klotz; der kalte Schweiß stand ihm auf dem Gesicht, und ich hatte ihm doch nur im Vertrauen meine Ansicht darüber mitgeteilt, wie hoch eine Lebensversicherungsgesellschaft wohl den Wert seiner Kehle einschätzen würde. In den nächsten beiden Runden hatte ich leichtes Spiel, und als ich die siebenundzwanzigste ausrief, lag er da und rührte kein Glied mehr.«
»Man darf demnach wohl annehmen, daß Sie Ihren Zweck erreichten?« fragte ich den Kunstliebhaber. »Ganz recht«, erwiderte er sanft, »und was mich dabei noch mit besonderer Befriedigung erfüllte, war der Umstand, daß ich gleichzeitig zwei

Fliegen mit einer Klappe schlug.« Er wollte damit andeuten, daß er den Bäcker sowohl im Kampf besiegt als auch ermordet hatte.

Mir wollte diese Logik durchaus nicht einleuchten. Es schien mir vielmehr, als ob er mit zwei Klappen eine einzige Fliege geschlagen hätte, da er genötigt gewesen war, seinem Opfer erst mit der Faust und dann mit dem Werkzeug zu Leibe zu rücken. Aber die Logik beiseite – die Moral der Geschichte ist gut, denn sie beweist, daß die Aussicht, ermordet zu werden, außerordentlich beflügelnd auf verborgene Talente wirkt. Ein kurzatmiger, schwerfälliger, zum Schlaganfall neigender Mannheimer Bäcker hatte mit diesem Ansporn siebenundzwanzig Runden gegen einen englischen Meisterschaftsboxer durchgestanden. Bis zu solcher Vollendung hatte sich sein Naturtalent durch den genialen Auftritt seines Mörders gesteigert.

Wenn man solche Sachen erfährt, meine Herren, sollte man vielleicht doch versuchen, die Strenge, mit der die meisten Menschen den Mord verdammen, etwas zu mildern. Dem Urteil der großen Menge nach könnte man wirklich glauben, daß alle Nachteile und Unbequemlichkeiten nur auf der Seite derer lägen, die ermordet werden, und daß daher das einzig Erstrebenswerte wäre, nicht ermordet zu werden. Umsichtige Menschen denken jedoch anders. So äußerte sich z. B. Jeremy Taylor: »Sicherlich ist es ein geringeres Übel, zeitlich gesehen, durch ein scharfes Schwert als durch ein heftiges Fieber umzukommen, und die Axt (er hätte noch hinzufügen können: der Hammer des Schiffszimmermanns und das Brecheisen) verursachen weniger Schmerzen als ein Blasenkrampf.« Sehr richtig! Der Bischof spricht wahrhaftig wie ein Weiser und Kunstliebhaber, der er, meiner Überzeugung nach, auch wirklich gewesen. Ebenso war ein anderer großer Philosoph, Mark Aurel, in diesem Punkt über die Vorurteile der Menge erhaben. Er erklärte es »für eine der edelsten Funktionen der Vernunft, zu wissen, ob es Zeit ist, aus der Welt zu gehen oder nicht« (so im dritten Buch von Collers' Übersetzung). Wahrlich, der Mann, der es unternimmt, die Leute in diesem wenig verbreiteten Zweig der Wissenschaft gratis und noch dazu auf eigene, nicht geringe Gefahr hin zu unterrichten, muß ein Menschenfreund sondergleichen sein. Doch ich gebe dieses alles nur künftigen Moralisten zu bedenken; denn vorläufig bin ich noch der Meinung, daß sehr wenige Morde aus philanthropischen oder patriotischen Gründen geschehen, und kann nur wiederholen, was ich schon einmal gesagt habe, nämlich, daß die Mehrzahl der Mörder höchst minderwertige Charaktere sind.

Die Mordtaten Williams'[44], die genialsten und in ihrer Art vollkommensten, die je begangen wurden, erlauben es nicht, daß man sie nur nebenbei erwähnt. Es würde einer ganzen Vorlesung, ja, eines Zyklus von Vorlesungen bedürfen, um ihre Größe ganz auszuleuchten. Aber einen merkwürdigen, mit jenem Fall verknüpften Umstand, aus dem hervorgeht, daß die Sonne des Genies das Auge des Gesetzes total zu blenden vermochte, will ich hier erwähnen.

Sie alle werden sich erinnern, daß die Instrumente mit denen er sein erstes großes Werk (die Ermordung der Marrs) ausführte, ein Holzhammer und ein Messer waren. Der Hammer gehörte einem alten Schweden, John Peterson mit Namen, und war mit dessen Anfangsbuchstaben gezeichnet. Williams hatte ihn im Marrschen Haus zurückgelassen, wo er in die Hände des Gerichts fiel. Wäre nun dieser Umstand, meine Herren, der unmittelbar zur Verhaftung Williams' führte, früher veröffentlicht worden, so hätte sein zweites großes Werk, die Ermordung der Williamsons, die genau zwölf Tage später erfolgte, nie stattfinden können. Doch das Gericht hielt diese Tatsache zwölf Tage lang geheim, bis das zweite Werk vollbracht war, und erst nachher, anscheinend in der Empfindung, daß Williams nun genug für seinen Ruhm getan, der jetzt durch Zwischenfälle nicht mehr geschmälert werden konnte, veröffentlichte es den Fund des gekennzeichneten Holzhammers.

Der Thurtell-Mord, 1823. William Weare, das Opfer, wird aus einem Teich geborgen.

Wie ich mich zu Mr. Thurtells Fall[45] äußern soll, weiß ich nicht recht. Selbstverständlich achte ich meinen Vorgänger im Präsidium dieser Gesellschaft sehr hoch, auch gebe ich zu, daß seine Vorlesungen stets einwandfrei waren. Doch so geistreich er als Redner war, glaube ich, daß seine erste Leistung als Künstler in der Tat stark überschätzt worden ist. Ich selbst habe mich anfangs auch von der allgemeinen Begeisterung hinreißen lassen. Am Morgen nach dem Bekanntwerden des Mordes war die Versammlung der Kunstliebhaber so stark besucht, wie nie mehr seit Williams' Tagen. Alte, bettlägerige Kenner, die sonst nur verdrießlich höhnten und jammerten, daß »rein nichts mehr geschähe«, humpelten in den Klub, und solche Heiterkeit, solchen Ausdruck froher Zufriedenheit auf allen Mienen habe ich selten gesehen. In allen Ecken beglückwünschte man sich händeschüttelnd und verabredete sich für den Abend. Man hörte nur Ausrufe des Triumphes, wie – : »Na, was sagen Sie dazu?« »Sind Sie nun zufrieden?«

John Thurtell wird öffentlich hingerichtet, 1824.

»Ja, so etwas lobe ich mir!« Da, mitten in all dem Aufruhr, verstummten wir plötzlich, als der alte Zyniker L. S. mit seinem Holzbein und seinem gewöhnlichen sauertöpfischen Gesicht hereinstampfte, wobei er fortwährend vor sich hinbrummte: »Reinstes Plagiat! Niederträchtiges Plagiat von Ideen, auf die ich ihn gebracht habe! Und was für ein Stil! So hart wie Albrecht Dürers und so roh wie Füsslis!« Viele hielten dies für einen Ausdruck von Eifersucht und bissiger Veranlagung; doch ich muß gestehen, daß, nachdem das Feuer der Begeisterung verraucht war, scharfsinnige Kritiker in Thurtells Stil ebenfalls ein gewisses *»falsetto«* entdeckten. Naturgemäß mußte der Umstand, daß Thurtell Mitglied unseres Klubs war, unser Urteil günstig beeinflussen; auch erregte seine Person die Phantasie der Masse, so daß er bei der Bevölkerung Londons eine vorübergehende Volkstümlichkeit genoß, die seiner Anmaßung nicht gut bekam, denn *opinionum commenta delet dies, naturae iudicia confirmat.* Es existiert jedoch noch ein unvollendeter Plan Thurtells zur Ermordung eines Mannes mit einem Paar Hanteln, dem ich meine höchste

Bewunderung zolle. Diese Skizze, die niemals ausgeführt wurde, übertrifft, meiner Meinung nach, in jeder Beziehung sein Hauptwerk, doch kann ich mit den Kunstkennern, die das Bruchstückhafte des Entwurfs beklagen, nicht übereinstimmen, denn die von originellen Künstlern kühn hingeworfenen Umrisse und Bruchstücke tragen meistens den Stempel frischer Ursprünglichkeit, der bei genauer Ausführung der Einzelheiten leicht wieder schwindet.

Der Fall M'Kean[46] überragt, meines Erachtens, bei weitem die vielgerühmte Leistung Thurtells; er ist tatsächlich über jedes Lob erhaben und den unsterblichen Werken Williams' innerlich so verwandt wie die Äneide der Ilias.

Jetzt ist es wohl an der Zeit, daß ich Ihnen ein paar Grundregeln des Mordes, nicht als Anweisung für Ihre praktische Arbeit, sondern zur Schärfung Ihres Urteilsvermögens an die Hand gebe. Den alten Weibern und der großen Masse der Zeitungsleser gefällt schlechterdings alles, vorausgesetzt, daß nur recht viel Blut dabei fließt. Doch der denkende Mensch verlangt etwas mehr. So wollen wir denn erstens von der Person sprechen, die sich für die Zwecke des Mörders am besten eignet, zweitens von der Örtlichkeit, drittens von dem Zeitpunkt und andern Nebenumständen.

Was nun die Person betrifft, so ist es klar, daß das Opfer ein guter Mensch sein soll, denn wenn er es nicht ist, liegt die Gefahr nahe, daß er selbst Mordabsichten hegen könnte. Derartige Konkurrenzkämpfe, die sehr reizvoll sein können, wenn es nichts Besseres gibt, können den Ansprüchen strenger Kritik jedoch nicht standhalten. Ich will keine Namen nennen, aber ich könnte genug Fälle aufzählen, wo in einer finsteren Gasse jemand ermordet worden ist, und auf den ersten Blick schien alles eindeutig. Bei genauerem Hinsehen wäre man aber dahintergekommen, daß jene Ermordeten selbst die Absicht hatten, ihre Mörder zu überfallen, zu berauben und, wenn möglich, auch niederzumachen. Wenn das aber der Fall ist, dann ade künstlerische Vollendung der Mordtaten! Denn der Endzweck der Mordkunst ist doch ganz derselbe wie derjenige einer Tragödie in aristotelischem Sinne, nämlich: die Menschenherzen durch Furcht und Mitleid zu läutern. Furcht mag nun freilich auch bei jenen Mordtaten mit im Spiele sein, allein wie soll man Mitleid empfinden, wenn ein Tiger den anderen zerfleischt?

Ebenso klar liegt auf der Hand, daß das Opfer eines Mordes keine im öffentlichen Leben stehende Persönlichkeit sein darf. Ein erfahrener Mordkünstler würde z. B. niemals versucht haben, Abraham Newland[47] zu ermorden, denn jedermann las den Namen dieses Mannes so oft, ohne ihn selbst jemals zu Gesicht zu bekommen, daß er für das große Publikum schon geradezu ein abstrakter Begriff geworden war. Ich erinnere mich z. B., daß man mich einmal, als ich gesprächsweise erwähnte, ich hätte in einem Kaffeehause mit Abraham Newland zusammen gespeist, höchst mißtrauisch ansah, als ob ich behauptete, mit Prester John Billard gespielt oder mit dem Papste einen Ehrenhandel ausgetragen zu haben. Letzterer gehört übrigens gleichfalls in die Kategorie der zu einem Mordopfer gänzlich ungeeigneten Persönlichkeiten. Bei seiner Allgegenwart als Vater der Christenheit hört man nämlich beständig von ihm, sieht ihn aber so selten wie den Kuckuck, und die Vermutung, daß er vielen Menschen auch schon zu solch einer abstrakten Idee geworden, entbehrt daher nicht einer gewissen Berechtigung. Etwas anderes freilich ist es, wenn eine im öffentlichen Leben stehende Person für ihre raffinierten Dîners bekannt ist. In diesem Falle ist wohl jeder davon überzeugt, daß man es nicht mit einem abstrakten Begriff zu tun hat, und es stände der Ermordung dieser Persönlichkeit daher nichts im Wege. Allerdings würde ein solcher Mord in die Klasse der Meuchelmorde fallen, von denen ich bisher noch nicht gesprochen habe.

Drittens: Das auserkorene Opfer muß vollkommen gesund sein; es ist höchst barbarisch, eine kranke Person zu ermorden, die dem Angriff des Mörders nicht gewachsen ist. Aus diesem Grunde darf man z. B. keinen über fünfundzwanzig Jahre alten Schneider wählen; von diesem Alter an leiden nämlich die meisten bereits an schlechter Verdauung. Will man sich aber trotzdem die Jagd in diesen Revieren nicht versagen, so muß man zum Ausgleich nach guter, alter Regel wenigstens eine Potenz von Neun, also achtzehn oder siebenundzwanzig oder sechsunddreißig zur Strecke bringen. Gerade in dieser liebevollen Rücksichtnahme auf das Wohlbefinden kranker Personen erkennt man die veredelnde und verfeinernde Wirkung echter Kunst. Die breite Masse ist im allgemeinen sehr blutdürstig und verlangt von einem Morde nichts weiter als möglichst ausgiebiges Blutvergießen. Eine Schau in grellen Farben ist alles, was sie will. Der Geschmack des gewiegten Kenners ist dagegen weit anspruchsvoller, und seine Kunst, wie jede freie, mit Meisterschaft betriebene Kunst, führt schließlich zu wahrer Herzensbildung, denn

»Ingenuas didicisse fideliter artes
Emollit mores, nec sinit esse feros.«

Ein philosophisch veranlagter Freund unserer Sache, der durch seine Menschenfreundlichkeit und Nächstenliebe allgemein bekannt ist, verlangt auch, daß zur Erhöhung des künstlerischen Pathos der Ermordete eine Schar hilfloser, unversorgter Kinder hinterlassen müsse – zweifellos eine sehr feine Nuance, auf der ich jedoch nicht allzu streng bestehen möchte. Zwar gebe ich zu, daß die Erfüllung dieser Forderung fraglos höchste künstlerische Vollendung bedeutet, wenn jedoch das vom Künstler erwählte Objekt in moralischer und gesundheitlicher Beziehung vollkommen einwandfrei zu nennen ist, möchte ich einer derartigen Beschränkung des künstlerischen Betätigungsfeldes nicht das Wort reden.
So viel über die Person des Opfers. Was nun Zeit, Ort und Werkzeug der Tat anbetrifft, so wäre darüber noch sehr vieles zu sagen, wozu es mir hier leider an Raum mangelt. Der ge-

sunde Menschenverstand hat bei solchen Taten gewöhnlich Nacht und Verborgenheit bevorzugt, doch ist man mitunter auch von dieser Regel abgewichen, und zwar mit ausgezeichnetem Erfolge. Im Hinblick auf die Zeit ist beispielsweise der Fall Ruscombe, den ich bereits erwähnte, eine jener hervorragenden Ausnahmen; und was Zeit und Ort anbetrifft, so finden wir in den Annalen von Edinburgh (1805) einen Ausnahmefall, der seinerzeit jedem Kind in Edinburgh bekannt, seitdem jedoch durch englische Amateure in unverantwortlicher Weise seines wohlverdienten Ruhmes beraubt worden ist. Der Fall, den ich meine, betrifft einen Kassenboten, der einen Sack mit Geld bei sich hatte und am hellichten Tage an einer Ecke von High Street, einer der belebtesten Straßen Europas, ermordet wurde. Sein Mörder ist bis heute nicht entdeckt worden.[48]

»Sed fugit interea, fugit irreparabile tempus,
Singula dum capti circumvectamur amore.«

Und nun meine Herren, lassen Sie mich zum Schluß noch einmal feierlich beteuern, daß ich selbst nicht den geringsten Anspruch darauf erhebe, zu den Kunstbeflissenen gerechnet zu werden. Den einzigen Mord, den ich je verübt habe, beging ich im Jahre 1801 an einem Kater, und sogar diese bescheidene Kunstübung nahm einen ganz anderen Ausgang, als ich eigentlich beabsichtigt hatte. Was ich vorhatte, war blanker Mord. *»Semper ego auditor tantum?«* sagte ich mir, *»nunquamne reponam?«* Und so machte ich mich denn um ein Uhr in einer dunklen Nacht auf die Suche nach dem Kater, mit dem ganzen *»animus«* und der teuflischen Physiognomie eines Mörders. Ich fand mein Opfer gerade im Begriff, die Speisekammer zu plündern, und das gab der Sache natürlich sofort ein anderes Gesicht. Denn es waren schlechte Zeiten damals, so daß manch ein ehrlicher Christenmensch sich mit Kartoffelbrot oder Reisbrot behelfen mußte, und da sollte man es ruhig mit ansehen, wie der Kater in dem guten Weizenbrot hauste? Nein, in diesem Augenblick war es patriotische Pflicht, ihn zu töten, und während ich den funkelnden Stahl auf ihn zückte, kam ich mir vor wie Brutus an der Spitze der Freunde des Vaterlands, und als ich ihn durchbohrte,

»Da rief ich laut des Tullius Namen aus
Und huldigte dem Vater seines Landes.«

Seit jener Zeit verschloß ich alle Mordgedanken, die ich etwa noch gegen bejahrte Schafe, überfällige Hühner und ähnliches »Niederwild« hegen mochte, in meiner tiefsten Brust, und gar bis zur weidgerechten Pirsch auf Hochwild hat mein Ehrgeiz sich nie verstiegen. Nein, meine Herren, mit den Worten des Horaz

»Fungar vice cotis, acutum
Reddere quae ferrum valet, exsors ipsa secandi.«

Zweiter Teil[49]

Wie sich der geschätzte Leser entsinnen wird, gab ich mich vor einer Reihe von Jahren für einen Mordliebhaber[50] oder, besser noch, für einen Kunstkenner in Mordsachen aus, wenn das Wort »Liebhaber« dem Geschmack des mit einem zarten Gewissen und schwachen Nerven begabten Publikums zu kraß klingen sollte. Darin, hoffe ich, kann niemand etwas Unrechtes finden. Schließlich ist doch kein Mensch verpflichtet, Augen, Ohren und Verstand in die Hosentasche zu stecken, wenn sich ein Mord ereignet. Falls er nicht gänzlich stumpfsinnig ist, muß es ihm unbedingt einleuchten, daß ein Mord mehr oder weniger geschmackvoll ausgeführt werden kann als der andere. Wie Statuen, Gemälde, Oratorien, Kameen und Schnitzwerke, so unterscheiden sich auch Morde durch feine, künstlerische Nuancen.
Man kann es einem Manne wohl verübeln, wenn er über einen Gegenstand zu viel oder in zu breiter Öffentlichkeit spricht (das »Zuviel« stelle ich übrigens in Abrede – nie kann jemand seinen Kunstsinn zu sehr vervollkommnen), aber das Denken wenigstens müßte man ihm freistellen. Würden Sie es wohl für möglich halten, daß die Kunde von dem kleinen ästhetischen Essay, den ich veröffentlicht hatte, sich wie ein Lauffeuer in der ganzen Nachbarschaft verbreitete? Und als die Leute unseligerweise gleichzeitig erfuhren, daß ich bei einem Festmahl in dem Klub, welcher der gleichen Richtung huldigte, wie mein Essay – nämlich der Verbreitung des guten Geschmacks unter den getreuen Untertanen Ihrer Majestät[51] – den Vorsitz geführt hatte, überschütteten sie mich mit den niederträchtigsten Verleumdungen. Unter anderem behaupteten sie, daß ich oder der Klub (was auf dasselbe herauskommt) Prämien für wohlgelungene Abschlachtungen ausgesetzt hätte – und zwar nach einer für unsere Freunde aufgestellten Tabelle, die

eine Skala von Abzügen für Mißgriffe und Fehler bei der Ausführung der Tat enthielte. Wenn ich nunmehr dazu schreite, dem geneigten Leser die volle Wahrheit in Bezug auf das Festmahl und den Klub zu enthüllen, so wird er daraus ersehen, wie bösartig die Welt ist. Doch zunächst sei es mir gestattet, meine Grundsätze in der fraglichen Angelegenheit im Vertrauen darzulegen.

Es ist eine feststehende Tatsache, daß ich nie im Leben einen Mord begangen habe. Meine sämtlichen Freunde können es bezeugen und wenn ich wollte, könnte ich einen Bogen Papier von der Größe eines Tischtuches voller Unterschriften sammeln. Ich bezweifle sogar sehr, ob viele Leute imstande wären, so starke Beweismittel für ihre Unschuld beizubringen. Allerdings behauptet ein Klubmitglied, ich hätte mir einmal zu später Nachtstunde, als wir beide allein übriggeblieben waren, an seiner Gurgel zu schaffen gemacht. Doch pflegt sein Bericht, je nachdem, ob er deutlich Zivilisation oder nur Zivil-l-ation[52] aussprechen kann, stets anders zu lauten. Befindet er sich noch im Anfangsstadium, so begnügt er sich damit zu erzählen, ich hätte mit seiner Kehle geliebäugelt, worauf ich ein paar Wochen lang in Schwermut verfallen wäre; auch hätte das feine Ohr des Kenners damals aus dem Klang meiner Stimme das Bedauern über die »verpaßte Gelegenheit« herausgehört. Doch weiß der ganze Klub, daß er selbst ein in seinen Hoffnungen Betrogener ist und zu Zeiten die verhängnisvolle Nachlässigkeit, ohne Handwerkszeug ausgegangen zu sein, bitter beklagt. Übrigens ist das Ganze nur eine Angelegenheit zwischen zwei Dilettanten, denen wohl in einem solchen Falle ein paar kleine Schwindeleien und Übertreibungen gestattet sind. »Nun, wenn du auch gerade selbst noch niemand totgeschlagen hast, so könntest du doch immerhin einen Mord begünstigt oder gar angestiftet haben«, wirst du einwenden, lieber Leser! Auf mein Ehrenwort – nein! Dafür will ich eben in diesen Zeilen den Beweis antreten. Tatsächlich bin ich in allem, was den Mord anbelangt, sehr feinfühlig; ja, es kann sogar sein, daß ich hierbei in meinem Zartgefühl zu weit gehe. Der Stagirite ist vollkommen im Recht, wenn er – möglicherweise im Hinblick auf einen ähnlichen Fall wie den meinen – die Tugend in das τὸ μέσον oder in den Mittelpunkt zwischen zwei Extreme stellt. Stets die goldene Mitte einzuhalten, sollte sicherlich jedes Menschen eifrigstes Bestreben sein. Wenn es nur nicht leichter gesagt als getan wäre! Bei meiner allseits bekannten Sanftmut gelingt es mir leider nicht, einen stetigen Mittelweg zwischen den beiden Polen »zu viel« und »zu wenig« Mord beizubehalten. Durch meine übertriebene Gutmütigkeit werden Leute verschont – oder vielmehr gehen gänzlich unbehelligt durchs Leben –, die eigentlich nicht geschont werden dürften. Wenn ich die Welt zu regieren hätte, so gäbe es, glaube ich, jahraus-jahrein keinen einzigen Mord, denn ich bin im Grunde für Ruhe und Frieden, Kleinbeigeben und Zukreuzekriechen.[53] Einmal bewarb sich um die Stelle eines Dieners bei mir ein Mann, der in dem Rufe stand, in unserer Kunst ein wenig, und zwar nicht ganz erfolglos, herumgepfuscht zu haben. Daß er voraussetzte, die Ausübung dieser Kunst gehöre zu seinen regelmäßigen dienstlichen Obliegenheiten und seine Lohnansprüche danach bemaß, verblüffte mich jedoch stark. Das konnte ich unmöglich zulassen, und ich sagte ihm dann auch sofort: »Richard (oder James, oder wie er sonst heißen mochte), Sie irren sich in mir. Wenn jemand diesen schwierigen (und lassen Sie mich hinzufügen: gefährlichen) Kunstzweig ausüben will oder – weil er eine ungewöhnlich glänzende Begabung in sich spürt – muß, so kann er seine Studien fortsetzen, gleichviel ob er sich in meinem Dienst oder in dem eines andern befindet. Auch würde es ihm sowie dem Gegenstande, an dem er sich betätigt, nur zum Vorteil gereichen, wenn kunstverständige Leute ihn anleiteten. Wohl bedeutet Genie viel, doch langes, eingehendes Studium berechtigt zur Erteilung von Ratschlägen. Allgemeine Regeln will ich Ihnen daher gern geben, aber das ist auch alles! Mit irgendeinem konkreten Fall will ich nichts zu tun haben. Lassen

Sie sich das ein für allemal gesagt sein! Kommen Sie mir nicht mit einem Entwurf zu einem Kunstwerk – ich will nichts davon wissen. Wenn einer sich erst aufs Morden einläßt, dann verfällt er auch bald aufs Rauben; Saufen und Sabbatschänden sind die nächsten Laster, und von da ist es nicht mehr weit zu Frechheit und Saumseligkeit. Wer sich einmal auf abschüssiger Bahn befindet, kann nie wissen, wo er endet. Schon bei manchem Menschen ist ein Mord oder ein ähnlicher Fehltritt, dem er zur Zeit keine Bedeutung beimaß, der erste Schritt zum Verderben gewesen. »*Principiis obsta* – das ist mein Grundsatz.« Diese Worte, die ich zu jenem Manne sprach, waren auch stets die Richtschnur meines Handelns. Ich wüßte also wirklich nicht, was tugendhafter sein könnte.

Nunmehr komme ich zu dem Klub und dem Festessen. Der eigentliche Begründer jenes Klubs bin ich nicht, da er – wie sehr viele derartige Vereinigungen zur Förderung der Wahrheit und Ausbreitung neuer Ideen – sein Entstehen mehr einem allgemein empfundenen Bedürfnis als der Anregung eines einzelnen verdankt.

Wenn man die Verantwortung für das Festmahl einem der Klubmitglieder besonders in die Schuhe schieben will, so kann in diesem Falle nur die »Unke« in Frage kommen. Seine mißvergnügte, menschenfeindliche Gemütsart, in der er auf jeden modernen Mord als scheußlich mißlungene, allen Regeln der Kunst Hohn sprechende Stümperei schimpfte, hatte ihm in unserem Kreise den erwähnten Beinamen eingetragen. Die glänzendsten Leistungen unserer Epoche kritisierte er mit beißendem Spott und wurde schließlich so streitsüchtig und als *laudator temporis acti* so verschrien, daß man gern seine Gesellschaft mied, was seinen Grimm noch steigerte. Wo man ihn nur irgend zu Gesicht bekam, brummte er vor sich hin und hielt Selbstgespräche, aus denen Schlagworte wie »minderwertiger Streber – kein Sinn für Linienführung – keine Idee von Technik« heraustönten. Schließlich machte er den Eindruck, als sei ihm das Dasein vollständig vergällt, er richtete nur noch selten das Wort an uns und schien statt dessen mit Luftgebilden Zwiesprache zu halten. Wie seine Haushälterin uns erzählte, beschränkte sich seine Lektüre lediglich auf *God's Revenge upon Murder* von Reynolds[54] und einen noch älteren, ebenso betitelten Schmöker, den Sir Walter Scott in *Fortunes of Nigel*[55] erwähnt. Manchmal blätterte er noch in dem *Newgate Calendar* von 1788; ein Buch neueren Datums nahm er grundsätzlich nie in die Hand. Er verstieg sich sogar zu der Behauptung, daß die Französische Revolution für den Niedergang der Mordkunst verantwortlich sei. »Es wird nicht lange dauern«, pflegte er zu sagen, »und die Menschen werden nicht einmal mehr Hühner schlachten können. Selbst die Anfangsgründe der Kunst gehen ihnen allmählich verloren.« Im Jahre 1811 zog er sich gänzlich von der Gesellschaft zurück. Wo Menschen zusammenkamen, ward »Unke« nicht mehr gesehen. An seinen gewohnten Plätzen suchte man ihn vergeblich: »Nicht Wald noch Wiese kannten seine Spur.« Nur am Ufer des Kanals zur Mittagsstunde sah man, wie er hier, lang ausgestreckt, ins trübe Wasser blickt'.[56] »Selbst die Hunde sind nicht mehr, was sie waren – noch was sie sein sollten«, spann dieser Sittenprediger seine tiefsinnigen Betrachtungen. »Zu Lebzeiten meines Großvaters verstanden sie noch zu töten. Ich erinnere mich einer Bulldogge, die ihrem Nebenbuhler im Hinterhalt auflauerte – jawohl, mein Herr – und ihn schließlich wirklich sehr geschmackvoll umbrachte. Auch zählte ich einen Kater zu meiner engeren Bekanntschaft, der ähnliches geleistet hatte. Doch heutzutage –« Als ob die Fortsetzung dieses Gesprächs ihm unerträgliche Qualen bereite, preßte er die Hand an die Stirn und wankte in der Richtung seines Lieblingskanals davon, wo ein Kunstliebhaber ihn in einer Verfassung antraf, die es ihm bedenklich erscheinen ließ, den Sonderling anzureden. Kurz darauf verkroch sich »Unke« endgültig vor der Welt; er war anscheinend unrettbar dem Trübsinn verfallen, und schließlich verbreitete sich das Gerücht, er habe sich erhängt.

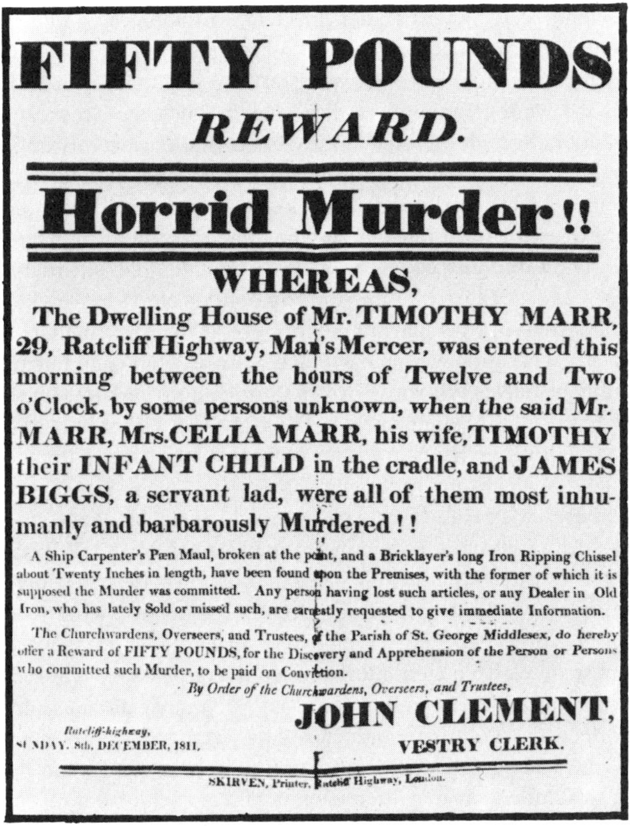

FIFTY POUNDS

REWARD.

Horrid Murder!!

WHEREAS,

The Dwelling House of Mr. TIMOTHY MARR, 29, Ratcliff Highway, Man's Mercer, was entered this morning between the hours of Twelve and Two o'Clock, by some persons unknown, when the said Mr. MARR, Mrs. CELIA MARR, his wife, TIMOTHY their INFANT CHILD in the cradle, and JAMES BIGGS, a servant lad, were all of them most inhumanly and barbarously Murdered!!

A Ship Carpenter's Pæn Maul, broken at the point, and a Bricklayer's long Iron Ripping Chissel about Twenty Inches in length, have been found upon the Premises, with the former of which it is supposed the Murder was committed. Any person having lost such articles, or any Dealer in Old Iron, who has lately Sold or missed such, are earnestly requested to give immediate Information.

The Churchwardens, Overseers, and Trustees, of the Parish of St. George Middlesex, do hereby offer a Reward of FIFTY POUNDS, for the Discovery and Apprehension of the Person or Persons who committed such Murder, to be paid on Conviction.

By Order of the Churchwardens, Overseers, and Trustees,

JOHN CLEMENT,

VESTRY CLERK.

Ratcliff-highway,
SUNDAY, 8th, DECEMBER, 1811,

SKIRVEN, Printer, Ratcliff Highway, London.

Zeitgenössisches Flugblatt.
Für die Ergreifung des Mörders werden £ 50 ausgesetzt.

Mit dieser weitverbreiteten Annahme befand sich die Welt, wie so oft auch in anderer Hinsicht, wieder einmal auf dem Holzwege. Wohl mochte »Unke« schlafen, doch tot war er keinesfalls, wie uns der Augenschein bald belehren sollte. Eines schönen Morgens im Jahre 1812 überraschte uns ein Kunstliebhaber mit einer Neuigkeit: »Es sprüht der Tau vor seinem hast'gen Schritt, der ihn dem Postmann rasch entgegenführt. Das ist schon viel: doch größ'res Wunder noch! Er trägt jetzt keinen Bart – er ist rasiert!« Wie staunten wir erst, als wir weiter vernahmen, daß »Unke« auch die Trauergewänder abgelegt und sich herausgeputzt hatte wie ein Bräutigam aus alten Tagen.[57] Was hatte das zu bedeuten? Hatte er den Verstand verloren? Nach kurzer Zeit »kam dann die Mordgeschichte heraus« und zwar in mehr als bildlichem Sinne. Die Londoner Morgenzeitungen brachten die Nachricht, daß vor drei Tagen im Zentrum von London ein Mord geschehen sei, wie ihn das Jahrhundert bis jetzt auch nicht annähernd so glorreich aufzuweisen hätte. Ich brauche wohl nicht hinzuzufügen, daß es Williams' großes Vernichtungswerk im Hause Marrs, Ratcliffe Highway Nr. 29, und, soweit bisher bekannt, das Debüt des Künstlers war. Was zwölf Nächte später im Hause Williamsons vollbracht wurde – das zweite Kunstwerk von derselben Hand – trug nach Ansicht verschiedener Leute in noch höherem Grade den Stempel künstlerischer Vollendung. Doch »Unke« erhob dagegen Einspruch. »Diese leidige Sucht zu vergleichen«, wie La Bruyère sie nennt, »wird noch unser Verderben sein,« ereiferte er sich. »Jedes Kunstwerk hat seine eigenen charakteristischen Merkmale – es läßt sich nicht mit anderen vergleichen. Mag auch einer die *Ilias,* der andere die *Odyssee* vorziehen, was ist damit gewonnen? Keine von beiden wird je übertroffen werden, und wenn ihr auch stundenlang diskutiert, so müßt ihr am Schluß darauf zurückkommen.« Während er vergleichende Kritik für unsinnig hielt, meinte er aber, daß sich über jeden der beiden Fälle ganze Bücher schreiben ließen, und er selbst wollte mindestens einen Quartband veröffentlichen.

Wie kam es aber, daß die Kunde von dem Meisterwerk schon in aller Herrgottsfrühe zu »Unkes« Ohren gedrungen war? Ein Londoner Korrespondent hatte den Auftrag, in »Unkes« Interesse den Kunstmarkt zu beobachten und im Falle einer bemerkenswerten Neuerscheinung auf jenem Gebiete sofort einen Expreßboten abzuschicken, Kostenpunkt Nebensache! Der Bote langte mitten in der Nacht an und »Unke«, der nach mehrstündigem Schimpfen zu Bett gegangen war, mußte geweckt werden. Nachdem er den Bericht gelesen, umarmte er den Boten, nannte ihn Bruder, »rettenden Engel« und drückte ihm sein lebhaftes Bedauern darüber aus, daß es leider nicht in seiner Macht läge, ihn in den Adelsstand zu erheben. Als wir übrigen Kunstliebhaber nun hörten, daß der alte Sonderling sich nicht aufgehängt hätte, drangen wir darauf, daß er sich persönlich unter uns blicken ließe. Er erschien – schüttelte jedem von uns fast die Hand aus dem Gelenk, wobei er sich in Ausdrücken höchster Begeisterung erging wie: »Endlich einmal ein wirklicher Mord! – Etwas Großes, Echtes! – Etwas, womit man sich einverstanden erklären, was man seinem besten Freunde warm empfehlen kann – eine ganz einwandfreie Sache! Ja, solche Ereignisse machen uns alle noch einmal jung!« Tatsächlich waren wir uns sämtlich darüber einig, daß »Unke« ohne diese Wiedergeburt der Kunst, welche er ein zweites Zeitalter Leos X. nannte, sicherlich draufgegangen wäre. Dieses Ereignis feierlich zu begehen, sei unsere heilige Pflicht, meinte er. Einstweilen schlug er vor, daß der Klub ein Festessen veranstalten sollte, zu dem alle Kunstliebhaber auf hundert Meilen in der Runde geladen werden sollten.

Über dieses Festessen existieren im Archiv des Klubs zahlreiche Notizen in Kurzschrift, die aber, um mich diplomatisch auszudrücken, nicht »übertragen« worden sind, und der Berichterstatter, der allein imstande wäre, den ganzen Bericht in extenso zu geben, ist leider abhanden gekommen – wenn ich nicht irre, so ist er ermordet worden. Bei einem viele Jahre später, anläßlich einer vielleicht ebenso interessanten Gelegenheit, nämlich beim Auftreten der Thugs und des Thuggismus[58], stattfindenden Festessen übernahm ich selbst in der Befürchtung, daß dem Stenographen wieder etwas zustoßen könnte, den Bericht, den ich hier beifüge.

Ich muß erwähnen, daß »Unke« auch bei diesem Festessen zugegen war, was der Angelegenheit einen gemütvollen Akzent verlieh. Wenn er bei dem Essen von 1812 schon alt gewesen war, so mußte er nach dem natürlichen Verlauf der Dinge beim Thug-Essen uralt gewesen sein. Er hatte sich wieder einen Bart stehen lassen, warum, kann ich nicht erklären, aber seine Züge erhielten dadurch etwas Mildes und Ehrwürdiges. Ein schier überirdisches Lächeln verklärte sein Antlitz, als er sich nach dem unglücklichen Berichterstatter erkundigte (dabei erzählte man sich, daß er selbst ihn in einer Anwandlung künstlerischen Schöpfertriebes umgebracht haben sollte). *»Non est inventus«,* gab der Untersheriff unserer Grafschaft zur Antwort, was einen stürmischen Heiterkeitsausbruch entfesselte. »Unke« lachte dermaßen, daß wir glaubten, er würde ersticken. Auf dringendes Bitten der Gesellschaft setzte ein Komponist den Scherz in Musik, und das Lied wurde unter allgemeinem Applaus und endlosem Gelächter fünfmal nach Tisch gesungen, wobei der Chor sich bemühte, den Unkenruf so lieblich wie irgendmöglich nachzuahmen.
Der Text lautete:

»Et interrogatum est ab »Unke«: Ubi est ille reporter?«
Et responsum est cum cachinno: Non est inventus.«

Chor.

»Deinde iteratum est ab omnibus, cum cachinnatione undulante, trepidante: Non est inventus.«

Nachträglich muß ich noch berichten, daß »Unke« vor etwa neun Jahren, als ihm ein Expreßbote aus Edinburgh die erste Nachricht von der durch Burke und Hare eingeleiteten Umwälzung auf dem Gebiet unserer Kunst[59] überbrachte, einen Tobsuchtsanfall bekam und den Boten, anstatt ihm eine lebenslängliche Pension auszusetzen oder einen Adelstitel zu verleihen, fast selbst »geburkt« hätte, so daß er in eine Zwangsjacke gesteckt werden mußte. Deshalb konnte damals

**William Burke und William Hare, 1828.
Sie verkauften die Leichen ihrer ermordeten Opfer
an die Anatomie in Edinburgh.**

kein Festessen stattfinden. Doch diesmal waren wir alle, die Narrenhäusler sowohl wie die anderen, wieder frisch und munter; auf der Liste der Festteilnehmer fehlte nicht ein einziger; auch waren verschiedene fremde Kunstliebhaber als Gäste anwesend. – Nachdem die Tafel aufgehoben war, wurde allseits der Wunsch nach der neuen Hymne »*Non est inventus*« geäußert, doch da diese sich mit dem erforderlichen Ernst der ersten Trinksprüche nicht vereinbaren ließ, lehnte ich den Vorschlag ab. So galt nach den üblichen Toasts auf das Königshaus der erste offizielle Toast in feierlicher Stille dem »Alten vom Berge«.[60]

»Unke« dankte in gewählter Rede, in deren Verlauf er durch einige zarte Andeutungen auf eine gewisse Ähnlichkeit zwischen dem »Alten vom Berge« und der eigenen Persönlichkeit anspielte, was bei der ganzen Gesellschaft ungeheure Heiterkeit auslöste. Er schloß mit einem Hoch auf Herrn von

Hammer, für dessen Geschichte des »Alten« und seiner Untertanen, der »Assassinen«[61], er anerkennende Worte fand. Hierauf erhob ich mich und erwiderte, daß zweifellos den meisten von uns hinlänglich bekannt sei, welchen Ehrenplatz die Orientalisten dem Österreicher von Hammer, diesem ausgezeichneten Kenner des Orients, anwiesen. Auf dem Gebiete unserer Kunst habe er, soweit sie im Zusammenhange mit jenen frühen und hervorragenden Künstlern, den syrischen Assassinen, aus der Zeit der Kreuzzüge steht, die tiefgründigsten Forschungen angestellt. Seit mehreren Jahren ruhe sein Werk als ein kostbarer Schatz in der Bibliothek des Klubs. »Ja, sogar der Name des Autors, meine Herren«, fuhr ich fort, »kennzeichnet ihn als den berufenen Historiker unserer Kunst – von Hammer –«

»Sehr richtig,« unterbrach mich »Unke«, »von Hammer ist der Mann für einen *malleus haereticorum.* Sie alle wissen, welche Bedeutung Williams dem Hammer oder dem Holzhammer, was auf dasselbe herauskommt, beigemessen hat. Meine Herren, ich erinnere Sie an einen anderen großen Hammer, Karl den Hammer oder, wie er im Altfranzösischen heißt, Karl Martell, der auf die Sarazenen einhämmerte, bis sie alle mausetot waren. Ein Hoch auf Karl Martell!« »Unkes« spontaner Ausbruch und das Hurra auf Karls des Großen seligen Großpapa brachten die Gesellschaft außer Rand und Band. Stürmisch wurde vom Orchester wieder das neue Lied verlangt. Ich ahnte eine wildbewegte Sitzung und postierte zur Verstärkung je drei Kellner rechts und links neben mich und den Vizepräsidenten. Schon machten sich Anzeichen zügelloser Begeisterung bemerkbar, und ich muß gestehen, daß auch ich, als die Musikkapelle die einleitenden Akkorde anstimmte und darauf der Jubelsang: *»Et interrogatum est ab »Unke«: Ubi est ille reporter?«* ertönte, von dem allgemeinen Rausch angesteckt wurde. Doch der Sturm der Leidenschaften erreichte seinen an Tobsucht grenzenden Höhepunkt, als der Chor einfiel: *»Et iteratum est ab omnibus: Non est inventus.«*

Der nächste Toast galt – den jüdischen Sicarii, über die ich den Anwesenden folgende Erläuterungen gab. »Es wird Sie sicherlich interessieren, meine Herren, daß die altehrwürdigen Assassinen im eigenen Lande bereits Vorläufer hatten. In ganz Syrien, hauptsächlich aber in Palästina trieb während der ersten Regierungsjahre Kaiser Neros eine Mörderbande ihr Wesen auf ganz eigene Art. Sie betätigten sich nicht zur Nachtzeit oder an einsamen Orten, sondern mischten sich in der richtigen Erwägung, daß dichte Menschenmassen an sich schon eine Art Finsternis darstellen, in der man den Täter nicht herausfinden kann, überall ins Gedränge. Wie Josephus berichtet, trieben sie ihre Kühnheit sogar so weit, beim Passahfest in Jerusalem in den Tempel zu dringen – nun, und gab es dort wohl ein würdigeres Objekt für ihre Kunst als Jonathan, den Pontifex Maximus selbst? Und ich behaupte, meine Herren, hätten sie ihn bei stockdunkler Nacht in einer engen Gasse unter den Händen gehabt, sie hätten keine vorzüglichere Arbeit leisten können. Als man dann nach dem Mörder und dessen Herkunft forschte –«

»Lautete die Antwort: *»Non est inventus«*, rief »Unke« dazwischen, und wie ich auch dagegen protestieren mochte, der Chor setzte sofort mit begleitendem Orchester ein: *»Et interrogatum est ab »Unke«: Ubi est ille Sicarius? Et responsum est ab omnibus: Non est inventus.«*

Als die donnernden Wogen des Chorgesanges sich legten, begann ich von neuem:

»Meine Herren, einen ausführlichen Bericht über die Sicarii finden Sie an mindestens drei verschiedenen Stellen bei Josephus; zunächst im Buch XX sec. V. C. VIII seiner »Altertümer«; dann im Buch I seiner »Kriege«, und im Abschnitt X des zuerst erwähnten Kapitels gibt er in folgenden Worten eine genaue Beschreibung ihrer Werkzeuge: »Sie arbeiteten mit kurzen Säbeln, die sich nicht viel von den persischen *Acinacae* unterschieden und in ihrer stark gebogenen Form noch mehr den halbmondförmigen römischen *Sicae* glichen.«

Wahrhaft erhebend, meine Herren, ist eine eingehende Lektüre der glorreichen Geschichte der Sicarii; vielleicht bildet sie den einzigen, urkundlich nachgewiesenen Fall, wo ein regelrechtes Heer von Mördern, ein *justus exercitus*, geschlossen auftrat. Sie rotteten sich in der Wüste so zahlreich zusammen, daß Festus selbst ihnen an der Spitze der römischen Legionen entgegenziehen mußte. In der heißen Schlacht, die darauf entbrannte, wurde das Heer dieser Kunstliebhaber vollständig aufgerieben. Beim Himmel, meine Herren, ein Bild erhabenster Größe! Stellen Sie sich vor! Die römischen Legionen – die Wüste – am Horizonte Jerusalem – und im Vordergrunde ein Heer von Mördern!«
Der nächste Toast galt den Verdiensten des Vereinsausschusses, der eine Studie über die Verbesserung des Werkzeugs erarbeitet hatte. Herr L. bedankte sich im Namen des Ausschusses und trug einen fesselnden Auszug aus der Studie vor, der deutlich machte, welch großes Gewicht schon die Alten, die Griechen sowohl wie die Römer, auf die Art der Ausführung legten. Zur Bestätigung dieser interessanten Tatsache machte er eine sehr verblüffende Mitteilung in bezug auf das früheste Werk vorsintflutlicher Kunst. Auf Seite eintausendvierhundertundeinunddreißig[62] seines umfangreichen Kommentars zur Genesis erwähnt nämlich ein gelehrter, römisch-katholischer Mönch, Pater Mersenne – von Geburt Franzose –, der sich dabei auf Werke mehrerer jüdischer Rabbis (Schriftgelehrter) bezieht, daß der Streit zwischen Kain und Abel um ein junges Weib entstand. Und zwar hat nach Angabe einiger Schriftgelehrter Kain seinen Bruder mit den Zähnen zerfleischt (*Abelem fuisse »morsibus« dilaceratum a Cain);* nach Angabe anderer hat er ihn mit einem Eselskinnbacken erschlagen, welches Werkzeug auch die meisten Maler in der Darstellung der Mordszene gewählt haben.
Für jeden fein empfindenden Menschen ist es höchst erfreulich, daß mit dem Fortschritt der Wissenschaft vernünftigere Ansichten Platz griffen. Da tritt ein Autor für die Heugabel

ein, der heilige Chrysostomus für das Schwert, Irenäus für die Sense, und Prudentius, der christliche Dichter des vierten Jahrhunderts, gibt uns seine Ansicht über diesen Punkt in folgenden Worten kund:

»*Frater probatae sanctitatis aemulus*
Germana curvo colla frangit sarculo«,

womit der Verfasser sagen will, daß »der Bruder in seiner Eifersucht auf die bewiesene Heiligkeit des anderen Bruders diesem mit einem krummen Gartenmesser die Kehle abschneidet«.

Es ist nicht die Sache des Komitees, meine Herren, diese Frage zu entscheiden; meine Darlegung bezweckt nur, dem Nachwuchs die Wichtigkeit, die sogar von Männern wie Chrysostomus und Irenäus der Art des Werkzeugs beigelegt wurde, eindringlich vor Augen zu führen.«

»Hol der Teufel den Irenäus!« rief »Unke« ungeduldig und erhob sich, um den nächsten Trinkspruch auszubringen: – »Auf unsere irischen Freunde! Mögen sie in bezug auf ihre Werkzeuge und alles andere, was mit unserer Kunst zusammenhängt, schleunigst eine völlige Umwälzung herbeiführen! Wir wollen der Wahrheit die Ehre geben, meine Herren. Jeden Tag, wenn wir die Zeitung in die Hand nehmen, fällt unser Auge auf einen Mordbericht. Wir sagen: »Gut! Ausgezeichnet! Prachtvoll!«, doch halt! Schon nach wenigen Zeilen erkennen wir an den Namen Tipperary, Ballina oder dergleichen das irische Markenzeichen. Sofort wettern wir los, winken den Kellner herbei und schimpfen: »Schaffen Sie uns die Zeitung aus den Augen, werfen Sie sie zum Fenster hinaus! Unser Schönheitssinn ist beleidigt!« Ich frage jeden unter Ihnen, meine Herren, ob er nicht bei der Entdeckung, daß ein noch so vielversprechender Mord den irischen Stempel trägt, genau so wütend wird, als wenn der Kellner ihm statt des bestellten Madeiras Kapwein bringt, oder als wenn er einen

Edelpilz gefunden zu haben glaubt und sich das Gewächs nachher als ganz gemeiner Fliegenschwamm entpuppt?
Seien es die Steuerprobleme oder die Politik – irgendetwas, das nicht hineingehört, vermasselt jeden irischen Mord. Hier muß dringend Ordnung geschaffen werden, meine Herren, oder Irland hört auf, zu den Ländern zu zählen, wo ein anständiger Mensch existieren kann. Wenigstens müßten wir, falls wir dort leben wollten, alle unsere Morde importieren, das ist klar!« Schnaubend vor unterdrücktem Zorn setzte sich »Unke«, und ein stürmisches »Hört! Hört!« verkündete geräuschvoll die allgemeine Zustimmung.
Der nächste Toast galt »der glorreichen Epoche des Burkismus und Harismus«!
Mit Begeisterung wurden die Gläser geleert. Eins der Mitglieder, das sich zur Sache äußerte, machte der Gesellschaft eine höchst merkwürdige Mitteilung:
»Wir halten den Burkismus für eine Erfindung unseres Zeitalters, meine Herren, und tatsächlich hat auch kein Pancirollus diesen Kunstzweig in seinem *de rebus deperditis* erwähnt.[63] Dennoch konnte ich feststellen, daß die wesentlichen Grundzüge dieser Kunstform schon den Alten bekannt waren, wenn sie auch, wie die Kunst der Glasmalerei, der Herstellung von Myrrhengefäßen und andere mehr wegen mangelnder Förderung wieder im Dunkel der Jahrhunderte untergegangen ist. In der berühmten, von Planudes[64] zusammengestellten Sammlung griechischer Epigramme befindet sich ein wahres Juwel, das direkt auf einen blendend schönen Fall von Burkismus gemünzt ist. Das Epigramm selbst kann ich Ihnen augenblicklich nicht zitieren; doch hier ist ein den Anmerkungen über Vopiscus[65] von Salmasius entnommener Auszug:
»*Est et elegans epigramma Lucilii*[66], *ubi medicus et pollinctor de compacto sic egerunt ut medicus aegros omnes curae suae commissos occideret.*« Wie Sie sehen, war dies die Grundlage des Vertrages, den einerseits der Doktor für sich und seine Rechtsnachfolger abgeschlossen hatte und auch getreulich er-

füllte, indem er alle die ihm anvertrauten Patienten ermordete: und aus welchem Grunde? Darin liegt eben die Schönheit des Falles – »*Et ut pollinctori amico suo traderet pollingendos.*« Bekanntlich versah der »*pollinctor*« das Geschäft des Leichenwäschers. Die eigentliche Veranlassung zu dem Abkommen scheint sentimentaler Natur gewesen zu sein; denn der mordlustige Doktor äußert sich mit Bezug auf den Pollinctor: »Er war mein Freund, er war mir lieb und wert.« – Doch das Gesetz, meine Herren, will in seiner Strenge und Härte von solchen zarten Beweggründen nichts wissen. Ein rechtmäßiger Vertrag bedarf zu seiner Gültigkeit der Gegenseitigkeit. Nun, und worin bestand diese Gegenseitigkeit? Bis jetzt lag der Vorteil ganz auf seiten des Pollinctor, der für seine Dienste reichlich bezahlt wurde, während der edle, großmütige Doktor leer ausging. Welches war nun das gleichwertige Entgelt, das die Klausel des gesetzmäßigen Vertrages dem Doktor zubilligte? frage ich abermals. Sie werden es gleich hören: *Et ut pollinctor vicissim* τελαμῶνας *quos furabatur de pollinctione mortuorum medico mitteret donis ad alliganda vulnera eorum quos curabat;* d.h. als Gegenleistung hatte der Pollinctor die Binden (τελαμῶνας), die er bei seiner beruflichen Tätigkeit gelegentlich den Leichen zu entwenden vermochte, dem Arzt als Wundverbände für dessen Patienten gratis zu liefern.

Der Fall liegt also klar auf der Hand: ein so ganz auf dem Prinzip der Gegenseitigkeit aufgebautes Geschäftsabkommen mußte von Bestand sein. Unmöglich konnte der Doktor, den wir wohl für einen Chirurgen halten müssen, alle seine Patienten umbringen: einige mußten notgedrungenerweise verschont bleiben. Für diese brauchte er leinene Bandagen. Nun trugen die Römer aber leider Wolle, weshalb sie auch so häufig badeten. Es gab allerdings Leinwand in Rom zu kaufen, jedoch zu unerschwinglichen Preisen. Daher konnte der Wundarzt die τελαμῶνες, die leinenen Wickelbinden, mit welchen, abergläubischer Vorschrift nach, die Leichen umwickelt wurden, vorzüglich gebrauchen. Aus diesem Grunde verpflichtete sich der Doktor zu fortlaufenden Lieferungen von Leichen an seinen Freund, – vorausgesetzt, daß dieser ihm die Hälfte des von den Angehörigen der Ermordeten gelieferten Verbandmaterials überließ. Der Doktor empfahl unentwegt seinen unschätzbaren Freund, den Pollinctor (den wir den Unternehmer nennen wollen), während dieser, im Hinblick auf die geheiligten Rechte der Freundschaft, mit gleicher Beharrlichkeit den Doktor empfahl. Gleich Orestes und Pylades waren sie leuchtende Vorbilder idealer Freundschaft, und wir wollen hoffen, daß ihre Eintracht, wie im Leben, so auch am Galgen, allen Widrigkeiten trotzte. Ich könnte mich totlachen, meine Herren, wenn ich mir vorstelle, wie die beiden Buch führten: »Abrechnung Pollinctor – Doktor: Debet für sechzehn Leichen, Kredit für fünfundvierzig Bandagen, davon zwei leicht angeschmutzt.«

Leider kennen wir die Namen[67] der beiden Ehrenmänner nicht, doch möchte ich beinahe glauben, sie müßten Quintus Burkius und Publius Harius geheißen haben. Da fällt mir übrigens ein, hat vielleicht jemand kürzlich etwas von Hare gehört, meine Herren? Meines Wissens hat er sich ganz gemütlich in Irland, recht weit im Westen, zur Ruhe gesetzt und schließt dort ab und zu ein kleines Geschäft ab, doch nur ganz bescheiden *en détail*, wie er seufzend zu bemerken pflegt – nichts im Vergleich zu dem blühenden, so leichtsinnig aufgegebenen Großhandel in Edinburgh. »Da sieht man, was dabei herauskommt, wenn man sein Geschäft vernachlässigt –« das ist die Lehre, das ἐπιμύθιον, wie Aesop sagen würde, die Hare aus seinen Erfahrungen zieht.[68]

Schließlich stieg der Toast des Tages: auf das Thugtum in allen Varianten.

Wieviel Anläufe zu Reden auf diesem Höhepunkt des Festessens genommen wurden, läßt sich in Zahlen nicht wiedergeben. Auch machten mir der donnernde Beifall, die rauschende Musik und das Klirren zerbrochener Gläser, die in dem allsei-

tigen Bestreben, keine zwei Mal mit demselben Glase zu toasten, unablässig an die Wände geschmettert wurden, ein gewissenhaftes Protokollieren unmöglich. Außerdem war »Unke« nun nicht mehr zu bändigen. Er feuerte mit der Pistole um sich, schickte seinen Diener nach seiner alten Hakenbüchse und wollte mit scharfen Patronen laden. Kurzum, entweder war bei der Erwähnung von Burke und Hare der Wahnsinn wieder bei ihm ausgebrochen, oder er hoffte, in einer erneuten Anwandlung von Lebensmüdigkeit, durch ein allgemeines Blutbad umzukommen.
Da wir dies unmöglich zulassen konnten, blieb uns nichts anderes übrig, als ihn an die Luft zu setzen, was wir dann auch, ungeachtet unseres Mitleids für seine grauen Haare und sein engelhaftes Lächeln, mit vereinten Kräften, sozusagen *uno pede* taten. Während dieses Gewaltaktes intonierte die Musik den bekannten Chor, und die ganze Gesellschaft – »Unke« machte zu unserer Überraschung wie besessen mit – stimmte an:

»Et interrogatum est ab omnibus:
Ubi est ille »Unke«?
Et responsum est ab omnibus:
Non est inventus.«

Dritter Teil

Nachschrift vom Jahre 1854 nebst einem Bericht über Williams' und M'Keans[69] Morde

Leser von jener grämlichen und mürrischen Sorte, die nicht in aufrichtiger Mitfreude an einer fröhlichen Stimmung teilnehmen können, besonders aber, wenn diese Fröhlichkeit ein wenig in das Gebiet des Außergewöhnlichen hinüberschweift, sind unmöglich zu befriedigen. In solchem Falle heißt Nichtmitempfinden Nichtverstehen, und der Scherz, der keinen Anklang findet, wirkt flach und albern oder ganz und gar sinnlos. Glücklicherweise bleibt mir, nachdem alle diese Philister sich voll höchsten Mißfallens aus meinem Leserkreise zurückgezogen haben, noch eine große Anzahl solcher, die unverhohlen eingestehen, welches Vergnügen ihnen meine kleine Schrift[70] bereitet hat, wobei sie durch eine leichte Dosis Kritik die Aufrichtigkeit ihres Lobes beweisen. Wiederholt haben Sie mir zu verstehen gegeben, daß ich in meiner absichtlichen Übertreibung, obwohl diese ein wesentliches Element meiner Konzeption darstellt, zu weit gegangen sei. Ich bin nicht dieser Ansicht. Die wohlmeinenden Kritiker mögen doch bedenken, daß es gerade das Ziel dieser literarischen Bagatelle ist, am Rand des Entsetzens zu grasen und alles das zu streifen, was in der Wirklichkeit höchst abstoßend wäre. Die bewußte Übertreibung dient, indem sie dem Leser beständig das Phantastische der ganzen Betrachtung vor Augen führt, als sicherstes Mittel dazu, ihm das Gefühl des Grauens zu nehmen, das sich sonst seiner bemächtigen würde. Ich erinnere diejenigen, die Einspruch dagegen erheben, nur an den Vorschlag des berühmten Dekans Swift, die überzähligen Kinder der drei Königreiche, die damals in den Findelhäusern von Dublin und

London versorgt wurden, zuzubereiten und zu verzehren. Dies war eine weit kühnere und in ihrer praktischen Auffassung viel derbere Ausschreitung als die meine, und doch erweckte sie, selbst bei Würdenträgern der höchsten irischen Kirche, keinerlei Tadel. Ihre Ungeheuerlichkeit war eben ihre Entschuldigung. Die krasse Übertreibung verlieh dem kleinen *jeu d'esprit* einen Freibrief, genau so wie die baren Unmöglichkeiten aus Liliput, Laputa, den Yahoos usw. jenen Phantasiegebilden Berechtigung verliehen.[71] Wenn also irgend jemand sich bemüßigt fühlt, gegen so eine schillernde Seifenblase wie jene Vorlesung über die Ästhetik des Mordes zu Felde zu ziehen, verschanze ich mich augenblicklich hinter dem Telamonischen Schilde des Dekans. In Wirklichkeit aber – und dies ist (um der Wahrheit die Ehre zu geben) einer der Gründe, weshalb ich den Leser noch mit einer Nachschrift behellige – bedarf mein kleines Schriftstück wohl einer besonderen Entschuldigung für seine Extravaganz, wie sie für dasjenige Swifts noch aussteht.

Niemand kann, zugunsten Swifts, behaupten, daß in der Menschheit der natürliche Hang schlummere, Säuglinge als Volksnahrungsmittel zu betrachten. Unter allen denkbaren Umständen würde dies stets als schwerste Form von Kannibalismus, noch dazu an den Hilflosesten des Menschengeschlechts verübt, aufgefaßt werden. Andererseits aber ist die Neigung zu kritischer oder ästhetischer Beurteilung von Feuersbrünsten oder Morden allgemein verbreitet. Wenn wir dem Schauspiel eines großen Brandes beiwohnen, so ist zweifellos unser erster Antrieb, löschen zu helfen. Doch dieses Betätigungsfeld ist eng begrenzt und wird über kurz oder lang durch beruflich geübte und für ihren Dienst wohl ausgerüstete Leute in Anspruch genommen. Zerstört das Feuer privates Eigentum, so hindert uns anfangs das Mitleid mit des Nächsten Unglück daran, das Vorkommnis als ein Spektakel aufzufassen. Bricht das Feuer jedoch in einem öffentlichen Gebäude aus, betrachten wir die Sache, nachdem wir den schuldigen Tribut des Bedauerns gezollt haben, ganz ungeniert als Schauspiel. Ausrufe der Begeisterung wie »Großartig! Wundervoll!« ertönen aus der Zuschauermenge. Als z. B. im ersten Dezennium dieses Jahrhunderts[72] das Drury Lane-Theater abbrannte, wurde der Einsturz des Daches durch den mimischen Selbstmord des Apollo angekündigt, der die Kuppel krönte. Mit der Lyra im Arm schien der Gott in die Glut hinabzublikken, die ihm so geschwind näherrückte. Plötzlich gaben die tragenden Balken unter ihm nach, die aufzuckenden Flammenwogen schienen ihn in die Höhe zu heben, und dann sah es aus, als ob der Gott der Musen in seiner Verzweiflung sich freiwillig kopfüber in das Flammenmeer stürzte. Was geschah? Von allen nahe gelegenen Brücken und freien Plätzen, die einen Ausblick auf das Schauspiel boten, erhoben sich anhaltende lärmende Kundgebungen der Bewunderung und Teilnahme.

Einige Jahre vor diesem Ereignis brach ein ungeheurer Brand in Liverpool aus: der Goree, ein mächtiger Speicher in der Nähe des Docks, brannte bis auf den Grund nieder. Das riesige, acht oder neun Stockwerke hohe Gebäude war bis ans Dach fast ausschließlich mit brennbaren Gütern vollgestopft. Viele tausend Ballen Baumwolle, Tausende von Zentnern Weizen und Hafer, Teer, Terpentin, Rum, Schießpulver und dergl. nährten während vieler Nachtstunden die Wut des gewaltigen Feuers. Um das Unheil noch zu vergrößern, blies ein steifer West – für die Schiffahrt ein Glück! – landeinwärts. Bis zu dem achtzehn Meilen* in östlicher Richtung entfernt gelegenen Warrington war die Nacht mit einem Funkenregen aus glühenden, oft noch mit Rum getränkten Baumwollflocken erfüllt, die das Firmament hell erleuchteten.

Alles Vieh, das im Umkreise von achtzehn Meilen im Freien nächtigte, wurde in Furcht und Schrecken versetzt, während die Menschen in dem wirbelnden Funkengestöber hoch über

* Gemeint sind englische Meilen; 1 englische Meile = ca. 2 Kilometer. Anm. des Übers.

ihnen natürlich die Boten einer ungeheuren Katastrophe ahnten, die in Liverpool vor sich gehen mußte. Trotz des allgemeinen Wehgeschreis, das sich deswegen erhob, konnte das Bedauern die spontanen Ausbrüche entzückter Bewunderung beim Anblick jener vielfarbigen Feuergarben, die auf den Schwingen des Orkans bald am freien Himmel, bald an dunklen Wolken vorüberbrausten, nicht unterdrücken.

Die gleiche Haltung nimmt die große Menge im allgemeinen einem Morde gegenüber ein. Nachdem das gebührende Mitleid mit den Opfern abgeklungen ist, spätestens aber, nachdem sich etwaige persönliche Interessen mit der Zeit gelegt haben, werden die szenischen Eigenschaften der Morde (die man in ästhetischem Sinne relative Vorzüge nennen könnte) rezensiert und gegeneinander abgewogen. Man vergleicht die einzelnen Morde und würdigt die verschiedenen Momente, die den einen vor dem andern auszeichnen; z. B. Plötzlichkeit der Überrumpelung, den Schleier des Geheimnisvollen usw. Meine Kühnheit findet daher ihre Entschuldigung in den unveränderlichen, angeborenen Neigungen der menschlichen Natur, während wohl niemand behaupten wird, daß Swift einen ähnlichen Milderungsgrund für sich in Anspruch nehmen könnte.

Dieser wichtige Unterschied zwischen mir und dem Dekan bildet den einen Grund zur Abfassung vorliegender Nachschrift. Die zweite Veranlassung ist die, den Leser ausführlich mit drei denkwürdigen, schon vor langer Zeit von den Freunden der schönen Kunst als Meisterstücke gepriesenen Mordfällen, und zwar besonders mit den beiden ersten, den unsterblichen Williamsmorden vom Jahre 1812[73], bekannt zu machen. Die Tat und der Täter sind, einzeln betrachtet, hochinteressant, und da seit 1812 bereits zweiundvierzig Jahre verflossen sind, läßt sich kaum annehmen, daß die jetzige Generation über beide gründlich unterrichtet ist.

Die Annalen der ganzen christlichen Zeitrechnung verzeichnen keinen Fall, in dem ein einzelnes, machtbegabtes Indivi-

duum der Menschheit einen derartigen Schrecken eingeflößt hätte wie John Williams durch jene Mordserie im Winter 1812, als er innerhalb kürzester Frist zwei Familien vollständig ausrottete und dadurch unter allen Abkömmlingen Kains den ersten Platz eroberte. Die wahnsinnige Erregung, die während der folgenden Wochen das Publikum beherrschte – der Sturm der Entrüstung bei den einen, die panische Angst bei den andern – läßt sich unmöglich beschreiben.
Als während der zwölf Tage zwischen den beiden Morden das grundlose Gerücht umging, der unbekannte Mörder habe London verlassen, verbreitete sich die Panik, von der die riesige Metropole ergriffen war, über die ganze Insel. Ich befand mich zu jener Zeit dreihundert Meilen von London entfernt, und auch dort, wie überall, war die Angst unbeschreiblich. Meine nächste Nachbarin, eine mir persönlich bekannte Dame, die in Abwesenheit ihres Gatten nur mit ein paar Dienstboten in einem abgelegenen Hause wohnte, ruhte nicht eher, als bis sie – wie ich später mit eigenen Augen sah – ihr Schlafzimmer durch achtzehn, mit schweren Riegeln, Eisenstangen und Ketten versehene Türen gegen jeden menschlichen Eindringling gesichert hatte. Sie auch nur in ihrem Wohnzimmer aufzusuchen, war schon mit ähnlichen Schwierigkeiten verknüpft wie der Gang eines Parlamentärs in eine belagerte Festung, denn alle sechs Schritte befand man sich vor einer Art Fallgatter.
Doch nicht allein die Reichen wurden von dieser Panik ergriffen. Mehr als eine Frau aus den unteren Volksschichten starb auf der Stelle vor Schreck, weil irgendein Landstreicher, der es wahrscheinlich nur auf einen Diebstahl abgesehen hatte, sich ihr in verdächtiger Weise genähert hatte und sie in ihm, unter dem Einfluß der Presseberichte, den schrecklichen Londoner Mörder zu sehen glaubte.
Inzwischen weilte dieser einzigartige Künstler, dessen alleinige Beschäftigung und Einnahmequelle, wie später bekannt wurde, der Mord bildete, getragen vom Bewußtsein seiner

Größe, wie ein Privat-Attila, eine »Gottesgeißel«, ruhig in London und bereitete in aller Stille ein wirkungsvolles Dementi der Zeitungsberichte vor. Am zwölften Tage nach seiner Mord-Premiere widerlegte er alle diejenigen, die ihm Neigung für das Landleben zutrauten, und bewies seine Anwesenheit in London dadurch, daß er eine zweite Familie ausrottete.

Die Provinz atmete jetzt ein wenig auf, denn nun war es ja erwiesen, daß der Mörder sich nicht herabgelassen hatte, auf dem Lande unterzukriechen oder aus Gründen der Vorsicht die für immer an den Ufern der Themse aufgeschlagene hauptstädtische *castra stativa* ungeheuerlicher Verbrechen auch nur für kurze Zeit zu verlassen. Es steht also fest, daß der große Künstler provinziellen Ruhm verschmähte. Ihm muß das Mißverhältnis zwischen einem kleinen Landstädtchen oder gar einem Dorfe und seinem gewaltigen Werke – einem Κτημα ἐς αει – einem Morde, der seinen Stempel trug, doch gar zu lächerlich vorgekommen sein.

Coleridge, den ich einige Monate nach diesen schrecklichen Ereignissen sprach, erzählte mir, daß er von der alles beherrschenden Panik nicht ergriffen worden wäre, obwohl er sich damals gerade in London aufhielt. Als Philosophen gaben ihm die Vorgänge Anlaß zu tiefgründigen Betrachtungen über die ungeheure Macht, die ein Mensch in Händen hält, wenn er Furcht und Gewissenszwang abgeworfen hat. Wenn Coleridge die öffentliche Panik auch nicht teilte, so fand er sie doch nicht ganz unbegründet. Wie er richtig sagte, bestehen Tausende von Haushaltungen in der Riesenstadt nur aus Frauen und Kindern; Tausende von anderen vertrauen ihre Sicherheit in langen Abendstunden der Besonnenheit eines jungen Dienstmädchens an, und wenn diese sich durch die Vorspiegelung einer Botschaft von ihrer Mutter, Schwester oder ihrem Schatz verleiten läßt, die Tür zu öffnen, so richtet sie im Augenblick die Sicherheit des ganzen Hauses zugrunde.

Zu jener Zeit und noch viele Monate später war es allgemein

üblich, die Sicherheitskette vor die Tür zu legen, ehe man sie öffnete, eine Gewohnheit, die den von Williams hinterlassenen tiefen Eindruck bekundete. Ich will noch erwähnen, daß auch Southey in diesem Falle mit der Allgemeinheit fühlte. Denn ein oder zwei Wochen nach dem ersten Morde bezeichnete er ihn mir gegenüber als eine Begebenheit aus dem Privatleben, die sich zum Range eines nationalen Ereignisses erhöbe.[74]

Nachdem ich den Leser nun so weit vorbereitet habe, daß er die ganze Bedeutung dieser grausigen Massenmorde zu würdigen vermag, will ich auf die Einzelheiten eingehen, da ich annehme, daß sich aus der heutigen Generation kaum jeder Vierte jenes denkwürdigen Falles aus einer zweiundvierzig Jahre zurückliegenden Ära genau entsinnen wird.

Zunächst ein paar Worte über den Tatort. Ratcliffe Highway ist eine Hauptverkehrsstraße in einer höchst chaotischen Gegend des Hafenviertels im Osten Londons. Zu jener Zeit (d. h. im Jahre 1812), als außer der für ihre besonderen Zwecke großartigen, aber für die allgemeine Sicherheit ganz unzulänglichen Kriminalpolizei in Bow Street noch keine reguläre Polizei existierte, war es ein ziemlich gefährliches Viertel. Fast jedem Dritten, dem man begegnete, sah man auf den ersten Blick den Ausländer an. Auf Schritt und Tritt traf man Inder, Chinesen, Mulatten und Neger. Abgesehen von all der Schurkerei, die sich unter den verschiedenen Kopfbedeckungen und Turbanen jener Fremdlinge verbirgt, von deren Vergangenheit kein Europäer auch nur die leiseste Ahnung hat, ist es allgemein bekannt, daß auch die christliche Marine (in Kriegszeiten besonders die Handelsmarine) ein sicherer Unterschlupf für alle Mörder und sonstigen Verbrecher ist, die triftige Gründe haben, sich für eine Weile der Öffentlichkeit zu entziehen. Allerdings eignen sich von jener Sorte die wenigsten zu »tüchtigen« Seeleuten. Doch zu allen Zeiten und hauptsächlich im Kriege besteht nur ein kleiner Teil (oder der »harte Kern«) jeder Schiffsmannschaft aus erfahrenen See-

leuten, die Mehrzahl setzt sich aus unerfahrenen Landratten zusammen.
John Williams, der gelegentlich als Matrose an Bord verschiedener Indienfahrer etc. gedient hatte, war vermutlich von Hause aus eine echte Teerjacke, alles in allem aber sicherlich ein sehr gewandter Mensch, der sich in unvorhergesehenen Zwangslagen stets zu helfen wußte und sich allen Veränderungen der sozialen Umwelt anzupassen verstand. Er war mittelgroß (fünf Fuß siebeneinhalb bis fünf Fuß acht Inch groß), schlank, fast mager, dabei aber sehnig und ziemlich muskulös, ohne alles überflüssige Fett. Eine Dame, die ihn beim Verhör (ich glaube, im Polizeipräsidium Themse) zu Gesicht bekam, versicherte mir, daß sein Haar eine äußerst auffällige, lebhafte gelblich-rötliche Farbe hatte, etwa zwischen Orange und Zitrone. Nun war Williams in Indien gewesen, zwar hauptsächlich in Bengalen und Madras, doch hatte er sich auch am Indus aufgehalten. Da bekanntlich im Pandschab die Pferde der höheren Kasten oft rot, blau, grün oder purpurn bemalt werden, kam mir der Gedanke, daß Williams vielleicht zu Tarnungszwecken aus diesen in Scinde und Lahore üblichen Bräuchen eine Nutzanwendung gezogen haben mochte und die geschilderte Haarfarbe gar nicht seine natürliche sei. Im übrigen war, nach einem Gipsabguß zu schließen, den ich in London kaufte, sein Äußeres durchaus normal und, was seine Gesichtszüge anbelangt, geradezu gewöhnlich. Eins jedoch war auffallend und paßte merkwürdig gut zu seiner Raubtiernatur: sein Gesicht zeigte stets eine geisterhafte, blutleere Blässe. »Man hätte sich vorstellen können, er habe kein lebendiges rotes Blut in den Adern, das in Scham, Zorn oder Mitleid die Wangen färbt, sondern einen grünlichen Saft, der keinem Menschenherzen entquillt«, sagte jene Dame. Sein Blick war glasig und starr, als fixiere er ein Opfer in der Ferne.
So abstoßend seine Erscheinung aber auch gewesen sein mag, muß er es, den übereinstimmenden Aussagen vieler Zeugen und der stummen Beweiskraft der Tatsachen nach, doch ver-

standen haben, durch glattes, einschmeichelndes Benehmen den gespenstischen Eindruck seiner Gesichtszüge vergessen zu machen, und das kam ihm bei unerfahrenen jungen Mädchen zugute. Ein umschwärmtes junges Ding, das er zweifellos zu ermorden beabsichtigte, sagte aus, daß er sie einmal unter vier Augen gefragt habe: »Was würden Sie sagen, Miß R., wenn ich um Mitternacht, mit einem Tranchiermesser bewaffnet, neben Ihrem Bette stände?« Und das vertrauensselige junge Mädchen antwortete: »Wenn es ein anderer wäre, Mr. Williams, würde ich vor Entsetzen außer mir sein. Doch sobald ich *Ihre* Stimme hörte, wäre ich ganz beruhigt.« Armes Ding! Hätte Williams dieses Vorhaben ausgeführt, so hätten ein gewisser Ausdruck in dem leichenhaften Gesicht, ein gewisser Ton der unheilvollen Stimme ihr die Ruhe auf immer geraubt. Und doch mußte es erst zu den entsetzlichen Taten kommen, ehe John Williams entlarvt wurde.
Es war an einem Dezembersonnabend[75], als Mr. Williams, von dem wir annehmen dürfen, daß er seinen »ersten Versuch« längst hinter sich hatte, durch die wimmelnden Straßen seinem Ziele zustrebte. Bei ihm galt: Gesagt, getan. Und heute abend, hatte er sich im stillen gesagt, sei die Stunde gekommen, ein bereits im Umriß angelegtes Werk auszuführen, das im Falle des Gelingens am folgenden Tage das ganze riesige London vom Mittelpunkt bis zum äußersten Umkreis in Schrecken und Bestürzung versetzen müßte. Später erinnerte man sich, daß er zu diesem schauerlichen Gang seine Unterkunft gegen elf Uhr abends verlassen hatte, nicht etwa, um schon so früh ans Werk zu gehen, sondern um vorher die Gelegenheit auszukundschaften. Sein Werkzeug hatte er unter dem losen, weiten Mantel verborgen. Ganz seinem Charakter und seiner Abneigung gegen Roheit entsprechend zeichnete sich sein Benehmen nach übereinstimmendem Urteil durch ausgesuchte Verbindlichkeit aus; das Herz des Tigers barg sich unter einschmeichelndem aalglattem Wesen.
Wer ihn kannte, bezeichnete seine Heuchelei als so vollendet,

daß er sicherlich beim Passieren der Straßen in den ärmeren Stadtteilen, die, wie an jedem Sonnabend, überfüllt waren, einen jeden auf das höflichste um Entschuldigung gebeten hätte, den er versehentlich anrempelte. Während sein teuflisches Herz die schwärzesten Pläne ausbrütete, wäre er auf seinem Wege stehengeblieben, um in den liebenswürdigsten Worten die Hoffnung auszudrücken, daß der zu einer gewissen, neunzig Minuten später vollbrachten Tat unter dem eleganten Überzieher verborgene Holzhammer dem Fremden, mit dem er zusammengestoßen war, auch ganz gewiß keinen Schaden zugefügt hatte. Ich glaube, Tizian, sicher aber auch Rubens und vielleicht auch Van Dyck pflegten ihre Kunst stets nur in tadellosem Anzuge, mit Spitzenkrause, Perücke und diamantenbesetztem Degen auszuüben. Wir haben guten Grund anzunehmen, daß auch Williams, als er sich zu dem großen Massaker aufmachte, in schwarzseidenen Strümpfen und Schnallenschuhen ging. Auch schätzte er sein Künstlertum zu hoch ein, um bei der Arbeit einen Alltagsanzug zu tragen. Dem einzigen Menschen, der, wie der Leser später erfahren wird, in zitternder Todesangst von einem verborgenen Schlupfwinkel aus gezwungenermaßen dem zweiten großen Werk und seinen Abscheulichkeiten als Zuschauer beiwohnen mußte, fiel es besonders auf, daß Williams einen langen blauen, mit Seide gefütterten Rock aus feinstem Tuche trug. In den Anekdoten, die über ihn im Schwange waren, hieß es damals, daß er beim besten Zahnarzt und beim besten Fußpfleger in Behandlung war. Zweitklassige Kräfte beehrte er unter keinen Bedingungen mit seiner Gunst, und man könnte ihn unter den Künstlern, die jener gefährlichen Richtung huldigten, zweifellos als den aristokratischsten und wählerischsten bezeichnen.

Doch wer war das Opfer, zu dessen Behausung er eilte? Denn sicherlich war er doch nicht so leichtfertig, auf irgendeine beliebige Person zu warten, die ihm der Zufall in den Weg führen sollte? O nein! Er hatte sich schon lange ein passendes Opfer ausgesucht, nämlich einen guten alten Bekannten. Er scheint der Meinung gewesen zu sein, daß ein Freund sich am besten zur Ermordung eigne oder in Ermangelung eines Freundes, über den man ja doch nicht immer verfügt, ein guter Bekannter, der bei der ersten Annäherung des Mörders keinen Argwohn hegt, während ein Fremder leicht Verdacht schöpfen und in den Zügen des Mörders die Gefahr erkennen könnte. Im vorliegenden Falle vereinte das auserkorene Opfer alle erforderlichen Eigenschaften in sich: es war ursprünglich ein Freund gewesen, der sich später aus triftigen Gründen in einen Feind verwandelt hatte, obgleich, wie viele meinten, die Gefühle, die einst den Anlaß zu freundschaftlichen oder feindlichen Beziehungen gegeben hatten, wahrscheinlich längst vergessen waren.

Der Unglückliche, der, ob nun als Freund oder Feind, zum Gegenstand der sonnabendlichen Glanzleistung ausersehen war, hieß Marr, und ein Gerücht, das nie amtlich widerlegt worden ist, wollte wissen, die beiden wären vor Jahren auf demselben Indienfahrer nach Kalkutta gesegelt und hätten auf hoher See einen Streit miteinander gehabt. Einer anderen Lesart zufolge war dieser Streit erst nach ihrer Rückkehr ausgebrochen und zwar um die spätere Mrs. Marr, eine bildhübsche junge Frau, um deren Gunst sich damals beide in erbitterter Rivalität bewarben. Einige Begleitumstände des Mordes geben dieser Geschichte einen Anstrich von Wahrscheinlichkeit. Andererseits aber hat sich schon öfter jemand aus reiner Treuherzigkeit, weil er bei einem ungenügend aufgeklärten Morde nicht an einen gemeinen Beweggrund glauben wollte, eine nachträglich vom Publikum bestätigte Geschichte ausgedacht, wonach der Mörder unter irgendeinem edleren Gesichtspunkte handelte. In diesem Falle begrüßte das Publikum, das sich bei dem Gedanken schockiert fühlte, Williams habe lediglich aus Gewinnsucht eine so vielgestaltige Tragödie in Szene gesetzt, dankbar die Geschichte, die ihn als Opfer des tödlichen Hasses darstellte, der aus dem leidenschaftlichen und noblen Wettstreit um die Gunst einer Frau geboren

war. Bleibt auch der Fall einigermaßen zweifelhaft, so besteht doch immerhin die Wahrscheinlichkeit, daß Mrs. Marr tatsächlich die wahre Ursache, die *causa teterrima* der Fehde zwischen den beiden Männern gewesen ist.
Inzwischen sind die Minuten gezählt, bald ist der Sand in dem Stundenglase, das die Dauer dieser Fehde auf Erden abmißt, ausgelaufen, noch in dieser Nacht soll sie ihr Ende erreichen. Morgen ist der Tag, den man in England »Sonntag«, in Schottland mit dem hebräischen Namen »Sabbath« nennt. Für beide Völkerschaften aber hat der Tag dieselbe Bedeutung: er ist ein Tag der Ruhe. Es steht geschrieben, daß er auch dir, Marr, ein Tag der Ruhe werden soll. Auch dein Sprößling, deine ganze Familie, ja, auch der Lehrjunge, der in deinem Hause wohnt – ihr werdet Ruhe finden, die Ruhe jenseits des Grabes; denn auf dieser Welt habt ihr zum letzten Mal euer Auge zum Schlummer geschlossen.
Die Nacht war finsterer als sonst, und in dem ärmlichen Londoner Viertel waren die Geschäfte, wie immer in der Nacht von Sonnabend auf Sonntag, egal, ob finster oder licht, still oder stürmisch, mindestens bis Zwölf, manche noch eine halbe Stunde länger geöffnet. Keine strengen und pedantischen Religionsvorschriften, wie die der Juden, ordneten einen genauen Beginn und Schluß der Sonntagsruhe an. Im schlimmsten Falle erstreckte sich der Sonntag von 1 Uhr morgens des einen bis 8 Uhr morgens des folgenden Tages, also über einen Zeitraum von einunddreißig Stunden, der sicherlich allen Ansprüchen genügen dürfte. Marr hätte sich an diesem speziellen Sonnabend gern mit einem Feiertage von kürzerer Dauer begnügt, wenn er nur schneller herbeigekommen wäre; denn seit sechzehn Stunden mühte er sich ununterbrochen hinter dem Ladentisch ab. Er betrieb nämlich einen Handel mit Strumpfwaren und hatte in das Warenlager und die Ladeneinrichtung eine Summe von 180 Pfund investiert. Wie alle Kaufleute kämpfte er mit Schwierigkeiten, denn obwohl er erst kürzlich das Geschäft eröffnet hatte, quälten ihn

bereits böse Schulden; auch Rechnungen, die er voraussichtlich nicht durch entsprechenden Absatz würde begleichen können, wurden demnächst fällig. Siebenundzwanzig Jahre alt, rotbäckig, energisch und von Natur aus Sanguiniker, war er trotzdem optimistisch. Wenn auch hinsichtlich seiner kaufmännischen Zukunft in gewissem Grade beunruhigt, bewahrte er doch seine Heiterkeit und freute sich jetzt schon im voraus darauf (ach, leider umsonst), wenigstens für diese und für die folgende Nacht die Sorgen zu vergessen und das müde Haupt am Herzen seiner reizenden jungen Frau ausruhen zu lassen.

Der Hausstand Marrs bestand aus folgenden fünf Personen: Zunächst er selbst, der, falls er auch geschäftlich ruiniert worden wäre, doch stets genug Energie entwickelt hätte, um sich, wie eine Flamme, auch über wiederholte Schicksalsschläge immer wieder emporzuschwingen. Ja, armer Marr, das hättest du getan, wenn deiner angeborenen Energie nichts in den Weg getreten wäre. Doch in diesem Augenblicke schon steht auf der anderen Straßenseite die Ausgeburt der Hölle, die einen Strich durch all deine lockenden Zukunftsaussichten machen wird. Das zweite Mitglied des Haushalts ist Marrs hübsche, liebenswürdige Frau, die nach Art sehr junger Frauen – sie ist erst zweiundzwanzig – außerordentlich glücklich und, wenn überhaupt, nur um ihren kleinen Liebling besorgt ist. Denn drittens ruht in der, von der jungen Mutter ab und zu in schaukelnde Bewegung versetzten Wiege, die in einer mollig warmen, etwa neun Fuß unter dem Straßenniveau liegenden Küche steht, ein acht Monate altes Kind, der erstgeborene Sprößling ihrer vor neunzehn Monaten geschlossenen Ehe. Trauert nicht darüber, daß dieses Kind die tiefe Sonntagsruhe im Jenseits genießen muß; was soll eine Waise, ohne Eltern bitterster Armut anheimgefallen, sich auf der feindlichen, mörderischen Erde abmühen? Die vierte Person des Hausstands ist der Lehrling, ein stämmiger dreizehnjähriger und – wie alle Devonshirer Burschen[76] – auch recht hübscher Junge, der mit seiner Lehrstelle zufrieden ist, nicht ausgenutzt und freundlich behandelt wird, was er dankbar zu schätzen weiß. Fünftens und letztens vervollständigt ein erwachsenes Dienstmädchen den friedlichen Haushalt. Da es sehr gutmütig ist, nimmt es der Herrin gegenüber, wie es in anspruchslosen Familien öfter vorkommt, eine Art schwesterlicher Stellung ein. In der britischen Gesellschaft hat sich seit zwanzig Jahren eine große demokratische Wandlung vollzogen. Viele schämen sich, von »ihrem Herrn« oder »ihrer Herrin« zu sprechen; diese Bezeichnung wird allmählich durch »mein Arbeitgeber« ersetzt. In den Vereinigten Staaten verursacht dieser Ausdruck demokratischen Hochmuts, obgleich er als zwecklose Betonung einer Unabhängigkeit, die niemand anzweifelt, unangenehm berührt, kein Unbehagen. Denn die häuslichen »Stützen« befinden sich ziemlich allgemein in einem Stadium sicheren und schnellen Übergangs zu der Leitung eines eigenen Haushalts, so daß sie tatsächlich nur ein Verhältnis ableugnen, das sich ohnehin in ein oder zwei Jahren auflöst. Doch in England, das kein Land der unbegrenzten Möglichkeiten ist, wirkt diese Veränderung peinlich, da sie die Befreiung von einem Joch, das in jedem Falle leicht und in vielen Fällen ein segensreiches war, mit überflüssiger Schärfe betont. Bei einer andern Gelegenheit will ich an Beispielen erläutern, was ich meine.

In Mrs. Marrs Dienst wurde anscheinend der oben erwähnte Grundsatz in die Praxis übertragen. Mary, das Dienstmädchen, empfand eine aufrichtige, ungeheuchelte Hochachtung vor ihrer Herrin, die sie unermüdlich mit häuslichen Pflichten beschäftigt sah, und die trotz ihrer großen Jugend nie die Gebieterin herauskehrte noch ihre Autorität in launenhafter Art mißbrauchte. Sämtliche Nachbarn bezeugten, daß sie ihrer Herrin stets mit unaufdringlicher Ehrerbietung entgegenkam und sich dabei ereiferte, ihr, wo es irgend möglich war, die Mutterpflichten auf schwesterliche Art zu erleichtern.

Diesem jungen Mädchen nun rief Marr ein paar Minuten vor

Mitternacht von den obersten Stufen der Treppe aus den Auftrag zu, noch schnell einige Austern zum Abendessen einzuholen. Was können geringfügige Zufälle im Menschenleben oft für ernste, einschneidende Folgen haben! Der im Laden beschäftigte Marr und seine Frau, die eine kleine Unpäßlichkeit ihres Kindes in Anspruch nahm, hatten beide nicht an das Abendessen gedacht. Bei der vorgerückten Stunde konnte die Auswahl nur gering sein, und Austern waren nach Mitternacht wohl noch am ehesten zu haben. An diesem unbedeutenden Umstand hing Marys Leben. Wäre sie wie gewöhnlich um zehn oder elf Uhr zu Einkäufen ausgeschickt worden, so hätte sie, das einzige Mitglied des Hauses, das der Vernichtung entging, sicherlich das Schicksal der anderen geteilt.

Da die Zeit drängte, eilte Mary, nachdem sie von Marr Geld bekommen, mit einem Korbe in der Hand barhäuptig aus dem Laden. Später erinnerte sie sich mit Grausen daran, daß sie beim Heraustreten aus der Ladentür auf der gegenüberliegenden Straßenseite im Laternenschein die Gestalt eines Mannes wahrgenommen hatte, der im nächsten Augenblick weiterging. Es war Williams, wie ein kleiner, vorher oder gleich nachher eingetretener Zwischenfall bewies, dessen genauer Zeitpunkt nicht mehr festzustellen ist. Wenn man bedenkt, in welcher Hast Mary war, da ihr kaum Zeit blieb, ihren Auftrag auszuführen, muß man daraus schließen, daß die Erscheinung des Unbekannten in ihr eine dunkle Beunruhigung weckte, sonst wäre sie ihr unter den gegebenen Umständen kaum aufgefallen. Über das, was ihr halb unbewußt durch den Sinn ging, äußerste sie sich später folgendermaßen: Trotz der Dunkelheit, in der sie weder die Gesichtszüge des Mannes noch die Richtung seines Blicks erkennen konnte, fiel es ihr auf, daß er, so wie er dastand, das Haus Nr. 29 ins Auge gefaßt haben mußte.

Der kleine, Marys Annahme bekräftigende Zwischenfall, auf den ich vorhin anspielte, bezog sich darauf, daß der Nachtwächter kurz vor Mitternacht ebenfalls jenen Fremden bemerkt hatte. Er beobachtete ihn dabei, wie er andauernd durch das Fenster in Marrs Laden spähte, was ihm samt dem Äußern des Menschen so verdächtig erschien, daß er hineinging und Marr seine Wahrnehmungen mitteilte. Diese Aussage machte er später vor Gericht, wobei er hinzufügte, Marr habe ihn gebeten, ihm beim Schließen der Läden behilflich zu sein, als er ein paar Minuten nach Mitternacht (wahrscheinlich acht bis zehn Minuten nach Marys Weggang) auf seiner halbstündigen Runde zurückkehrte. Hierbei erwähnte der Wächter Marr gegenüber, der geheimnisvolle Fremde müsse sich anscheinend verdrückt haben, denn er sei jetzt nirgends mehr zu sehen.

Vermutlich hatte Williams den Besuch des Wächters bei Marr bemerkt, war sich dadurch der Auffälligkeit seines Benehmens bewußt geworden und hatte die Warnung, die Marr gegolten, sich selber zu Herzen genommen. Zweifellos ist dann kaum eine Minute später, nachdem der Wächter Marr beim Schließen der Läden Beistand geleistet hatte, der Bluthund ans Werk gegangen. Was ihn bisher davon abgehalten, war eben der Umstand, daß die Vorübergehenden von draußen durch die Scheiben den Laden überblicken konnten. Zuerst mußten also die Läden fest verrammelt werden. Doch sobald diese Vorbedingung, der Ausschluß der Öffentlichkeit, erfüllt war, galt es keinen Augenblick mehr zu verlieren, wenn er nicht den Erfolg ebenso durch Verzögerung wie vorher durch Übereilung in Frage stellen wollte; denn alles hing davon ab, ins Haus zu kommen, ehe Marr die Tür verschloß. Wenn wir die Reihenfolge der Tatsachen in ihrem richtigen Zusammenhange betrachten, werden wir sehen, daß Williams diese Art des Eindringens jeder anderen vorgezogen haben muß.

Er wartete nicht etwa Marys Heimkehr ab, um mit ihr gleichzeitig ins Haus zu gelangen, sondern gleich nachdem die Schritte des fortgehenden Wächters verhallt waren und von dieser Seite keine Störung mehr zu befürchten war, beugte er der Gefahr, daß Marr ihn ausschließen könnte, dadurch vor, daß er mit einem Satz ins Haus sprang und dabei mit der linken Hand den Schlüssel umdrehte, ohne daß Marr diese verhängnisvolle Kriegslist bemerkte. Es ist in der Tat wunderbar und hochinteressant, die Schritte dieser Bestie zu verfolgen und aus den stummen Hieroglyphen den gesamten Hergang des blutigen Dramas so deutlich herauszulesen, als ob wir in Marrs Laden versteckt gewesen wären oder vom Himmel auf diesen Satan herabgeblickt hätten. Daß sein rasches Manöver mit dem Schlüssel Marr entgangen war, geht daraus hervor, daß letzterer trotz der Warnung des Wächters keinen Verdacht geschöpft hatte. Damit Williams sein Werk erfolgreich vollenden konnte, war es für ihn von größter Wichtigkeit, jedem Angstschrei Marrs vorzubeugen oder ihn zu verhindern. Ein derartiger Schrei dringt durch die dünnen Mauern und wäre auf der Straße so deutlich zu hören gewesen, als hätte ihn draußen jemand ausgestoßen. Ihn zu ersticken, war also unumgänglich notwendig, und der Leser wird bald erfahren, wie dies geschah.

Inzwischen wollen wir den Mörder für fünfzig Minuten nach Belieben schalten und walten lassen. Wir wissen ja, daß die Vordertür gegen alle Hilfe verschlossen ist, und begleiten nun im Geiste Mary auf ihrem Gange, kehren, nachdem alles vorüber ist, mit ihr zusammen heim, lüften den Vorhang vor dem Schauplatz der Taten von neuem und sehen das Entsetzliche, das in ihrer Abwesenheit geschehen ist.

Das arme Mädchen wanderte in großer Unruhe, über die es sich keine Rechenschaft abzulegen vermochte, auf der Suche nach einem Austernladen umher. Da sie in dem ihr bekannten Viertel keinen mehr offen fand, hielt Mary es für das beste, ihr Glück in einem entfernteren Stadtteil zu versuchen. Lichter, die sie von weitem schimmern sah, verlockten sie, immer weiterzugehen, und so kam es natürlich, daß sie sich in den spärlich erhellten Straßen[77] einer unbekannten Gegend Londons, wo wüster Lärm sie oft zu Umwegen veranlaßte, in der stockdunklen Nacht verirrte. Das Vorhaben, weswegen sie ausgegangen, war mittlerweile aussichtslos geworden; es blieb ihr also nichts weiter übrig als umzukehren. Doch jetzt war der Weg schwierig zu finden, und sie fürchtete sich, Vorübergehende anzusprechen, weil sie in der Finsternis nicht genau sehen konnte, wen sie vor sich hatte. Endlich erkannte sie am Lichtkegel seiner Laterne einen Wächter, der sie auf den richtigen Weg wies, und zehn Minuten später stand sie vor der Tür von Ratcliffe Highway Nr. 29. Jetzt erst merkte sie, daß sie fast eine Stunde fort gewesen sein mußte, denn in einiger Entfernung hörte sie den Nachtwächter die erste Stunde ausrufen. Der Ruf ertönt kurz nach eins zum ersten Mal und wird mit kleinen Pausen zehn bis dreizehn Minuten lang wiederholt. In dem Tumult der Angstgefühle, die sie bald darauf ergriffen, vermochte sie sich natürlich kaum noch daran zu erinnern, wie Argwohn und düstere Ahnungen langsam in ihr aufgestiegen waren. Doch soviel man feststellen konnte, hatte sie im ersten Moment nach ihrer Rückkehr nichts geradezu Beunruhigendes bemerkt. In den meisten Städten setzt man sich durch Klingeln von der Straße aus mit den Hausbewohnern in Verbindung, in London überwiegen jedoch Türklopfer. An Marrs Hause gab es beide Vorrichtungen; Mary zog daher die Glocke und klopfte gleichzeitig ganz leise. Ihre Herrschaft fürchtete sie nicht zu stören, denn sicherlich waren beide noch auf; ihre Ängstlichkeit galt nur dem Kinde, das vielleicht, einmal aus dem Schlaf geweckt, ihrer Herrin wieder die Nachtruhe rauben könnte. Auch wußte sie genau, daß von den drei Personen, die gewiß sehnsüchtig auf ihre Heimkehr warteten und sich über ihr langes Ausbleiben vielleicht schon beunruhigten, sicher eine auf den leisesten Ruf von ihr an die Tür kommen würde.

Doch was ist das? Zu ihrem Erstaunen, dem sich eisiger Schrecken zugesellte, hörte sie weder Schritte noch Murmeln aus der Küche heraufdringen. In diesem Augenblick fiel ihr mit lähmendem Entsetzen die undeutliche Gestalt des Fremden in dem weiten, dunklen Mantel ein, wie er im ungewissen

Laternenlicht einhergeschlichen war und ihren Herrn beobachtet hatte. Sie machte sich jetzt die bittersten Vorwürfe, Mr. Marr trotz ihrer Eile nicht auf die verdächtige Erscheinung aufmerksam gemacht zu haben. Das arme Mädchen wußte nicht, daß die nutzlose Warnung ihrem Herrn schon von anderer Seite zugegangen war und ihrer eigenen, aus übergroßer Eile entstandenen Unterlassung daher nicht die bösen Folgen zur Last gelegt werden konnten.
Doch allen derartigen Erwägungen machte die überwältigende Angst ein Ende. Denn schon die Tatsache, daß auf ihr doppeltes Zeichen sich niemand meldete, ließ sie das Schreckliche ahnen. *Eine* Person konnte wohl fest eingeschlafen sein, doch zwei – oder gar drei – das war undenkbar. Selbst wenn alle drei samt dem Kinde in tiefem Schlaf lagen: wie sollte sie sich diese anhaltende Totenstille erklären? Naturgemäß wurde das arme Mädchen jetzt von hysterischer Aufregung ergriffen und riß in ihrem Entsetzen wie toll an der Klingel. Darauf machte sie eine Pause; denn obgleich fast am Ende ihrer Selbstbeherrschung, behielt sie doch genügend Überlegung, um zu bedenken, daß wenigstens Mrs. Marr und das Kind zu Hause sein müßten, wenn vielleicht ein Unglück geschehen sein sollte und sowohl Marr wie der Lehrling zum Arzt gelaufen wären. Aber selbst in diesem kaum anzunehmenden Falle würde doch die arme Mutter auch in äußerster Not wenigstens ein schwaches Lebenszeichen von sich geben. Mary mußte sich also ganz still verhalten, damit ihr nicht die etwaige Antwort auf ihr stürmisches Läuten entging. Armes, zitterndes Geschöpf! Krampfhaft bemüht, auf jeden Ton zu achten, rührte sie sich nicht.
Während sie den Atem anhielt, hörte sie in der furchtbaren Stille etwas, das ihr einen Todesschreck einjagte und bis an ihr Lebensende in ihren Ohren widerklang. Sie, die sich aufs äußerste anstrengte, um nur ja nicht die Stimme ihrer geliebten Herrin zu überhören, vernahm nun endlich ganz deutlich einen Laut im Haus. Ja, jetzt wird auf ihr Klingeln und Klopfen

geantwortet: ein Knarren der Treppe, die zu dem einzigen Obergeschoß hinaufführte, wo die Schlafzimmer lagen. Danach unterschied sie deutlich Schritte: eine, zwei, drei, vier, fünf Stufen stieg jemand langsam hinab, dann näherten sich die schrecklichen Schritte – wessen Schritte, um Himmels willen? – durch den schmalen Korridor der Haustür. Hier hielten sie inne. Nur die Tür trennt Mary noch von dem furchtbaren Fremden; sie hört ihn atmen, ihn, der alles andere atmende Leben im Hause vernichtet hat. Wie vorsichtig, wie verstohlen waren die Schritte treppab, entlang dem engen Flur – eng wie ein Sarg – bis vor die Haustür. Wie schwer er atmet! Was tut er an der andern Seite der Tür? Stellt Euch vor, daß er sie plötzlich öffnet und Mary unvorsichtig ins Dunkel hinein und damit in die Arme des Mörders stürzt! Wäre dies unmittelbar nach Marys Rückkehr, nach ihrem ersten Klingeln geschehen, so wäre sie unfehlbar in ihr Verderben gerannt. Doch nun ist sie auf ihrer Hut. Der unbekannte Mörder und sie stehen einander lauschend auf den entgegengesetzten Seiten der Tür gegenüber; beim leisesten Anzeichen, daß er den Riegel zurückschieben oder den Schlüssel umdrehen wollte, hätte Mary sich in das schützende Dunkel geflüchtet. Welchen Zweck verfolgte aber der Mörder mit seinem Kommen an die Haustür? Als Person bedeutete ihm Mary nichts, doch als Mitglied des Haushalts hatte sie den Wert für ihn, daß ihm mit ihrer Ermordung die Ausrottung des ganzen Hauses geglückt wäre. Der Fall, dessen Kunde sich in der gesamten Christenheit verbreitet hätte, mußte die Einbildungskraft faszinieren. Mit Mary wäre der ganze Fang ins Netz gegangen, der Untergang des Hauses Marr restlos bewerkstelligt und die Zahl der Opfer abgerundet worden. Bei solchen Größenverhältnissen gäbe es kein Entrinnen mehr für zitternde Opfer, die hilflos in die übermächtige Hand des großen Mörders fallen würden. Er brauchte nur zu sagen: »Meine Referenzen stammen von Ratcliffe Highway Nr. 29«, und die arme ohnmächtige Phantasie würde vor dem mörderischen Schlangenblick gelähmt verharren.

Zweifellos gab er sich der Hoffnung hin, daß es ihm gelingen würde, Mary zu täuschen, wenn er ruhig die Tür öffnete, Marrs Stimme nachahmte und ihr zuflüsterte: »Weshalb sind Sie so lange geblieben?« Allein er befand sich im Irrtum, der Augenblick war verpaßt. Mary gebärdete sich wie wahnsinnig, riß an der Klingel und vollführte mit dem Klopfer einen Höllenlärm. Die Folge davon war, daß der eben zu Bett gegangene Nachbar aus tiefstem Schlummer gerissen wurde und aus dem andauernden wütenden Läuten und Klopfen schloß, daß irgendeine entsetzliche Schreckenstat die Veranlassung zu diesem Aufruhr sein müsse. Aufstehen, das Fenster aufreißen und sich ärgerlich nach der Ursache des Lärms erkundigen, war das Werk eines Augenblicks. Das arme Mädchen beherrschte sich mühsam so weit, um mit fliegenden Worten zu erzählen, sie sei eine Stunde fortgewesen und Mr. Marrs Familie in der Zwischenzeit wahrscheinlich umgebracht worden; der Mörder müsse sich auch jetzt noch im Hause befinden. Der Nachbar, dem sie das alles erzählte, war ein Pfandleiher, ein kreuzbraver Mann; denn schon was körperliche Kräfte anbetraf, war es ein gefährliches Unternehmen, allein einem geheimnisvollen Mörder gegenüberzutreten, der seine Unbarmherzigkeit anscheinend durch einen so umfassenden Triumph bewiesen hatte. Auch erforderte es viel Selbstverleugnung, sich mit raschem Entschluß in die unheimliche Nähe eines derartigen Wesens zu wagen. Nicht einmal der Soldat auf dem Schlachtfelde steht so unberechenbaren Gefahren gegenüber. Woher kam der Mann, wie alt war er, welches Motiv hatte er? Alles war unbekannt. Falls es sich also wirklich bestätigen sollte, daß die ganze Familie Marr umgebracht war, ließ sich ja beinahe annehmen, daß zwei Eindringlinge die Schreckenstat verübt hatten. Oder, wenn nur einer dieses Blutbad angerichtet hatte, wie ungeheuer mußte dann seine Kühnheit, also vermutlich auch seine Kraft und Geschicklichkeit sein! Jedenfalls war der unbekannte Feind (ob nun allein oder zu zweien) reichlich bewaffnet.

Trotz aller dieser Bedenken stürzte der furchtlose Mann jedoch sofort auf das Schlachtfeld in seines Nachbarn Haus. Nachdem er sich nur soviel Zeit genommen, Beinkleider anzuziehen und die Feuerzange in der Küche zu ergreifen, eilte er in den kleinen Hof hinunter, der an der Rückseite seines eigenen Hauses lag. Auf diese Weise hoffte er den Mörder zu packen, was auf der Vorderseite aussichtslos war, da dort das Einbrechen der Tür zuviel Zeit beansprucht hätte.

Er zwang sich über die neun bis zehn Fuß hohe Ziegelmauer, die seinen eigenen Hofraum von dem Marrs trennte, und gerade in dem Augenblick, als ihm einfiel, daß er wieder zurück müsse, um eine Kerze zu holen, sah er aus der weit offen stehenden Hintertür des Marrschen Hauses einen schwachen Lichtschimmer dringen. Der Mörder war also wahrscheinlich kurz vorher entflohen. Rasch ging der wackere Mann weiter, betrat den Laden und sah dort die Opfer auf dem Boden ausgestreckt. Die engen Räume waren derartig von Blut überschwemmt, daß er kaum vermeiden konnte hineinzutreten, als er sich einen Weg zur Vordertür bahnte. Im Schloß steckte noch der Schlüssel, der dem unbekannten Mörder einen so verhängnisvollen Vorteil über seine Opfer verschafft hatte.

Inzwischen hatte Mary, die sich einbildete, daß einem oder dem andern der Unglücklichen noch durch möglichst schnell herbeigeholten ärztlichen Beistand zu helfen sei, durch ihr Geschrei selbst zu dieser späten Stunde eine kleine Anzahl von Menschen herbeigelockt. Der Pfandleiher öffnete die Tür, und ein oder zwei Nachtwächter drangen an der Spitze der Menge, deren lautes Stimmengewirr bei dem herzzerreißenden Anblick plötzlich verstummte, in den Laden.

Das Drama verkündete laut seine eigene Entwicklung und Szenenfolge. Noch immer wußte man nicht, wer der Mörder war oder auf wen sich der Verdacht richten könnte; doch waren Gründe genug zu der Annahme vorhanden, daß jener eine mit Marr bekannte Persönlichkeit gewesen sein müsse. Zunächst: er hatte den Laden erst nach Geschäftsschluß betre-

ten. Nachdem der Wächter aber Marr Vorsicht empfohlen, hätte das Erscheinen eines Fremden zu jener Stunde, als durch das Schließen von Tür und Läden jede Verbindung mit der Außenwelt abgeschnitten war, Marr selbstverständlich zu Wachsamkeit und Abwehr veranlassen müssen. Da dies jedoch nicht der Fall gewesen, ließ sich voraussetzen, daß irgend etwas Marrs Beunruhigung beschwichtigt und seine Vorsicht entwaffnet hatte. Dieses »Etwas« aber konnte nur in der einfachen Tatsache bestehen, daß die Person des Mörders ein unverdächtiger Bekannter Marrs gewesen sein mußte.
Als man hierin erst den Schlüssel zu dem Drama gefunden hatte, lag die Entwicklung der weiteren Handlung klar vor aller Augen: Der Mörder hatte die zur Straße führende Tür sachte geöffnet und ebenso wieder geschlossen. Während er mit dem ahnungslosen Marr die unter alten Bekannten üblichen Begrüßungsworte wechselte, näherte er sich dem Ladentische und verlangte ein Paar Socken aus ungebleichter Baumwolle. In einem so kleinen, schmalen Laden gab es aber nicht genug Raum zur Unterbringung sämtlicher Artikel in den Schubfächern des Ladentisches. Diese Einrichtung war zweifellos dem Mörder genau bekannt, und er wußte, daß Marr sich, um das betreffende Paket von einem anderthalb Fuß höheren Regal herunterzulangen, umdrehen und seine Hände emporstrecken mußte. Diese Bewegung brachte ihn dem Mörder gegenüber in die denkbar unvorteilhafteste Stellung; und in dem Augenblick, wo Marrs Hände und Augen beschäftigt waren, zog jener unter dem weiten Mantel plötzlich einen schweren Holzhammer hervor und betäubte sein Opfer mit einem einzigen Hiebe auf den ungeschützten Hinterkopf so gründlich, daß es keinen Widerstand mehr leisten konnte. Aus der ganzen Lage Marrs, der hinter dem Ladentisch mit erhobenen Händen zusammengebrochen war, ersah man, wie sich der Vorgang abgespielt hatte. Höchstwahrscheinlich raubte schon der erste Schlag dem Überfallenen das Bewußtsein. Der Plan des Mörders ging systematisch darauf

aus, das Opfer mit einem Hiebe niederzustrecken oder es doch wenigstens für längere Zeit zu betäuben. Dieser Anfang verschaffte dem Täter dann freien Spielraum; da die Rückkehr des Bewußtseins bei seinem Opfer ihn in die schlimmste Patsche bringen konnte, hatte er es sich zur Regel gesetzt, jenes durch Halsabschneiden vollständig unschädlich zu machen.

Alle Morde wiesen dieselben typischen Merkmale auf: zunächst Verhinderung jeden Widerstandes, Zerschmetterung des Schädels, dann Herbeiführung ewigen Stillschweigens durch Abschneiden der Kehle.

Das übrige ergab sich nun von selbst: Marrs Sturz wird vermutlich ein dumpfes Geräusch verursacht haben, das man, da die Türe geschlossen war, nicht mit irgendeinem Straßenlärm verwechseln konnte. Wahrscheinlicher jedoch ist, daß man in der Küche erst aufmerksam wurde, als Williams dabei war, Marr die Kehle abzuschneiden, denn es läßt sich annehmen, daß es dem Mörder bei der gebotenen Eile und in der Enge hinter dem Ladentisch unmöglich war, den grauenhaften Prozeß auf einmal zu vollenden, sondern daß er dem Verwundeten mehrere Schnitte versetzte, wobei dieser tief stöhnte. Daraufhin kam jemand die Treppe heraufgelaufen, wogegen sich der Mörder wohl besonders vorgesehen hatte. Mrs. Marr und der Lehrling, beide jung und behende, stürzten natürlich zum Ausgang nach der Straße. Wäre Mary zu Hause gewesen und hätte es der Mörder gleichzeitig mit allen dreien zu tun gehabt, so wäre es leicht möglich gewesen, daß wenigstens einer von ihnen glücklich die Straße erreicht hätte. Doch der schreckliche Hammer streckte sowohl den Jungen wie dessen Herrin auf dem Wege zur Tür nieder. Sie brachen mitten im Laden bewußtlos zusammen, und in demselben Augenblick machte sich der Höllenhund auch schon mit seinem scharfen Messer über sie her. Im ersten Schreck über das Stöhnen ihres Mannes muß Mrs. Marr ihre sonstige Klugheit im Stich gelassen haben, sonst hätten sie und der Knabe ihre Zuflucht wohl zum hinteren Ausgang genommen, wo ihr Hilferuf auf der Straße gehört worden wäre. Außerdem hätten sie auf jenem Wege dem Mörder vielleicht ausweichen können, was sich in dem beschränkten Raume des engen Ladens von selbst verbot.

Unmöglich ist es, das Entsetzen zu schildern, das die Zuschauer beim Anblick der grausigen Tragödie durchrieselte. Man wußte, daß ein Mitglied des Haushalts durch Zufall der allgemeinen Metzelei entronnen war, doch Mary hatte die Sprache verloren, vielleicht sogar den Verstand, und wurde von einer mitleidigen Nachbarin weggeführt und zu Bett gebracht. So kam es, daß eine Zeitlang niemand zur Stelle war, der mit Marrs Familienverhältnissen genügend Bescheid wußte, um an das kleine Kind zu denken. Der tapfere Pfandleiher war nämlich auf dem Weg zum Leichenbeschauer und ein anderer zum nächsten Polizeirevier, um ein paar Aussagen zu machen, die er für wichtig hielt. Plötzlich erinnerte sich jemand unter der Menge an das Kind des ermordeten Paares, das man entweder unten oder in einem der oben gelegenen Schlafzimmer suchen mußte, und sofort ergoß sich ein Menschenstrom die Treppe zur Küche hinunter, wo die Wiege stand. Die Decken und Kissen befanden sich in unbeschreiblicher Unordnung, und als man das Durcheinander entwirrte, kamen Blutlachen zum Vorschein, auch war das Verdeck der Wiege total zersplittert. Den Elenden hatten augenscheinlich das gewölbte Verdeck am Kopfende der Wiege sowie die Kissen und Decken um das Köpfchen des Kindes in seiner Bewegungsfreiheit behindert. Infolgedessen hatte er das erstere mit seinem Hammer zertrümmert und schließlich auch dem kleinen, unschuldigen Geschöpf das Messer an die Kehle gesetzt. Ohne ersichtlichen Zweck, höchstens vielleicht, um sich den Anblick der von ihm selbst verübten Scheußlichkeiten zu ersparen, schichtete er danach die Decken über der kleinen Leiche auf.

Dieser Umstand trug unleugbar dazu bei, dem ganzen Ereignis den Charakter eines Racheakts zu verleihen und das umlaufende Gerücht, die Feindseligkeit zwischen Williams und Marr entspränge ihrer Nebenbuhlerschaft, zu bestätigen. Ein Reporter war der Ansicht, daß der Mörder, seiner eigenen Sicherheit wegen, das Geschrei des Kindes habe verhindern wollen, doch wurde ihm ganz richtig erwidert, ein acht Monate altes Kind schreie nicht unter dem Eindruck einer sich abspielenden Tragödie, sondern einfach wie gewöhnlich nach seiner Mutter. Auch würde ein solches Geschrei, selbst wenn man es außerhalb des Hauses hörte, schwerlich den Nachbarn besonders aufgefallen sein und ebensowenig den Mörder ernstlich beunruhigt haben. Unter all den angerichteten Abscheulichkeiten entfesselte nichts so stark die Volkswut gegen den unbekannten Schurken wie dieses zwecklose Abschlachten des Säuglings.

Naturgemäß verbreitete sich an dem vier bis fünf Stunden später anbrechenden Sonntagmorgen die Schauermär in alle Windrichtungen, doch glaube ich nicht, daß sie in einem der zahlreichen Sonntagsblätter Aufnahme fand. Denn im regelmäßigen Verlauf der Dinge fand jedes Ereignis, das an einem Sonntage nicht bis fünfzehn Minuten nach ein Uhr morgens geschah oder bekannt wurde[78], erst durch die Montagsausgaben der Sonntagsblätter und die regelmäßigen Montagsmorgenzeitungen den Weg in die Öffentlichkeit. Wenn auch bei dieser Gelegenheit der vorgeschriebene Kurs eingehalten wurde, so bedeutet das einen bedauerlichen Mangel an geschäftlicher Routine. Sicherlich hätte die Befriedigung des allseitigen Verlangens nach genaueren Einzelheiten, dem man durch Weglassen einiger langweiliger Spalten und Einrücken eines ausführlichen, vom Pfandleiher und Wächter gelieferten Berichtes leicht nachkommen konnte, ein Vermögen eingebracht. Sicherlich hätten in allen Stadtteilen der riesigen Metropole 250 000 Extrablätter abgesetzt werden können, wenn eine Zeitung Material gesammelt und so die von umherschwirrenden Gerüchten aufgewühlte sowie auf nähere Mit-

Das Begräbnis der Familie Marr, 1811.

teilungen erpichte allgemeine Erregung befriedigt hätte.[79] Am folgenden Sonntag – also acht Tage nach dem traurigen Ereignis – fand die Beerdigung der Marrs statt. In den ersten Sarg hatte man Marr, in den zweiten die Frau mit ihrem Kinde im Arm, in den dritten den Lehrling gebettet. Sie wurden nebeneinander bestattet und 30 000 Arbeiter, auf deren Gesichtern Teilnahme und Entsetzen geschrieben stand, schlossen sich dem Leichenzuge an.

Zu diesem Zeitpunkt ahnte noch niemand, wer der Urheber dieser Tragödie und Schutzpatron der Totengräber war. Hätte man am Sonntag des Begräbnisses schon gewußt, was sechs Tage später allgemein bekannt wurde, so wäre die Menge vom Friedhof unverzüglich nach der Behausung des Mörders geeilt, um ihn in Stücke zu reißen. Doch vorläufig mußte der Volkszorn in Ermangelung eines Gegenstandes, an den der Verdacht sich heften konnte, noch an sich halten. Weit davon entfernt, sich zu beruhigen, verstärkte sich die Aufregung im Gegenteil von Tag zu Tag in dem Maße, wie die Reaktion auf den Schock aus der Provinz in die Hauptstadt zurückflutete. Auf den Straßen des Königreiches wurden ständig Landstreicher und Umherziehende, die sich nicht genügend ausweisen konnten oder nach der ungenauen Beschreibung des Wächters eine entfernte Ähnlichkeit mit Williams zeigten, angehalten und festgenommen.

In die mächtige Flut des Mitleids und der Empörung über das Geschehene mischte sich bei nachdenklichen Personen ein Strom banger Erwartung für die unmittelbare Zukunft. Um hier nur ein Zitat aus einer eindrucksvollen Passage bei Wordsworth anzuführen:

»Kein Erdbeben beruhigt sich sogleich.«

Alles Unheil wiederholt sich. Ein Mörder, dessen tierische Blutgier eine eigenartige Form unnatürlicher Wollust ist, kann nicht auf einmal der Befriedigung seiner Gelüste entsagen. Solch ein Mensch findet, fast mehr noch als der Gemsjäger in den Alpen, einen prickelnden Reiz darin, die Gefahren seiner Tätigkeit, denen er oft nur um Haaresbreite entgeht, immer von neuem zu suchen, um seinem faden Alltagsleben etwas Würze zu verleihen. Doch abgesehen von seinen teuflischen Instinkten, die ihn sicher zu neuen Untaten treiben würden, stand es fest, daß der Mörder der Marrs, wo er auch stecken mochte, in dürftigen Verhältnissen leben mußte, und ein solcher Mensch pflegt seinen Unterhalt nicht durch ehrliches Tagewerk zu verdienen, wofür sich Gewalttäter aufgrund ihrer arroganten Arbeitsscheu und ihrer Verachtung aller Umgangsformen auch besonders schlecht eignen. Also schon um seines Lebensunterhaltes willen konnte der Mörder, dessen Entlarvung jeder ersehnte, nach einer kleinen Pause erneut in einer Schreckensszene auftreten. Selbst wenn man den Mord an den Marrs hauptsächlich als Racheakt auffaßte, gab es doch keinen Zweifel, daß Raubgelüste dabei mitgespielt hatten, denen aber eine arge Enttäuschung folgte. Mit Ausnahme der geringen Summe, die Marr für seine wöchentlichen Ausgaben zurückzubehalten pflegte, hatte der Mörder wahrscheinlich wenig oder nichts von Belang gefunden, so daß sich seine Beute vielleicht auf zwei Guineen belief, eine Summe, mit der er nach Ablauf einer Woche sicherlich fertig war. Daher war alle Welt fest davon überzeugt, daß man in ein bis zwei Monaten, wenn die Wogen der Erregung sich gelegt, aktuelle Themen das öffentliche Interesse beansprucht haben würden und die verschärfte Wachsamkeit in den Haushaltungen nachgelassen hätte, auf einen neuen, ebenso grauenhaften Mord gefaßt sein mußte.

Das war die herrschende Stimmung. Nun möge sich der Leser das blanke Entsetzen vorstellen, als sich in dieser Atmosphäre gespannter Erwartung, in der jeder fürchtete und keiner glaubte, daß der Unbekannte die Verwegenheit zu einem zweiten Schlag besäße, zwölf Nächte nach dem Mord an den Marrs eine neue mysteriöse Familientragödie in der nächsten Nachbarschaft ereignete.

Am zweiten Donnerstag nach dem ersten Morde spielte diese erneute Schreckenstat sich ab[80], die nach Ansicht vieler den ersten Fall an dramatischer Wirkung noch übertraf. Diesmal ereilte das Geschick die Familie eines gewissen Williamson. Das Mordhaus lag, wenn auch nicht direkt am Ratcliffe Highway, so doch gleich um die Ecke in einer Nebenstraße, die ihn rechtwinklig schnitt.

Mr. Williamson, ein bekannter, angesehener und lange in jener Gegend ansässiger Mann, stand in dem Rufe, wohlhabend zu sein. Mehr aus Spaß als wegen der Einnahmen betrieb er eine Art Gastwirtschaft, in der es ziemlich patriarchalisch zuging. Zwischen den wohlhabenden Besuchern, die sich in den Abendstunden einzustellen pflegten, und den anderen, aus Handwerkern und einfachen Arbeitern bestehenden Gästen wurde kein Unterschied gemacht. Jeder, der sich anständig betrug, konnte sich setzen, wohin er wollte, und bestellen, was ihm beliebte. So kam es, daß die Kunden Williamsons zum einen Teil aus Stammgästen, zum andern aus ziemlich gemischtem Laufpublikum bestanden.

Der Haushalt setzte sich aus folgenden fünf Personen zusammen: erstens Mr. Williamson, über siebzig Jahre alt, das Familienoberhaupt, der zum Gastwirt wie geschaffen, immer höflich und nie schlecht gelaunt war, dabei aber streng auf Ordnung hielt; zweitens Mrs. Williamson, seine etwa zehn Jahre jüngere Gattin; drittens ein Enkelkind von etwa neun Jahren; viertens eine Hausangestellte von ungefähr vierzig Jahren, und fünftens ein etwa sechsundzwanzigjähriger junger Mann, Handlungsreisender von Beruf. (In welcher Branche, habe ich vergessen, auch seine Nationalität weiß ich nicht mehr.)
Bei Mr. Williamson gehörte es zur Hausordnung, daß alle Gäste, ohne jegliche Ausnahme, Punkt elf Uhr das Lokal verließen. Durch diese Maßnahme hatte Mr. Williamson es verstanden, daß sein Haus trotz der Lage in einer zweifelhaften Gegend von Schlägereien und Krawall verschont blieb. An jenem Donnerstagabend waren alle Gäste wie gewöhnlich aufgebrochen, doch mehr als einer hatte sich eines unbestimmten Verdachts erwehren müssen. In einer weniger bewegten Zeit wäre der Umstand vielleicht niemand aufgefallen, doch jetzt, wo sich bei jedem geselligen Zusammensein das Gespräch ausschließlich um die Marrs und deren unbekannten Mörder drehte, erregte es natürlich Unbehagen, daß ein Fremder von unheimlichem Äußeren in einem weiten Mantel zu verschiedenen Malen im Laufe des Abends aus und ein ging, sich in dunklen Ecken dem Bereich des Lichtscheins entzog und, wie verschiedene beobachtet hatten, verstohlen die Privaträume des Hauses aufsuchte. Man nahm an, daß er ein Bekannter Williamsons war, was er in gewissem Grade als gelegentlicher Besucher der Gastwirtschaft immerhin sein konnte. Später aber haftete der leichenblasse Fremde mit dem abstoßenden Äußern, der unnatürlichen Haarfarbe und den glasigen Augen, der sich zwischen acht und elf Uhr abends immer wieder zeigte, allen, die ihn mit innerem Schaudern beobachtet hatten, so fest im Gedächtnis, als ob ihnen die schrecklichen Gesichter der beiden von Banquos Blute damp-

fenden Mörder im *Macbeth* erschienen wären, wie sie im nebligen Hintergrunde beim prächtigen Gastmahl des Königs auftauchen.
Inzwischen schlug es elf Uhr, die Anwesenden brachen auf, die Eingangstür wurde nur angelehnt, und die fünf zurückbleibenden Hausbewohner verteilten sich nun folgendermaßen: Die drei älteren, nämlich Williamson, seine Frau und das Dienstmädchen, hatten alle im Erdgeschoß zu tun. Williamson füllte Porter, Ale usw. zum Verkauf an die Nachbarn ab, für die er die Haustür bis zwölf Uhr geöffnet hielt, während Mrs. Williamson und das Dienstmädchen bei ihren Besorgungen zwischen Küche und Wohnstube hin und her gingen. Das Enkelkind, dessen Schlafzimmer im ersten Stock lag (in London versteht man darunter die eine Treppe über dem Erdgeschoß liegende Etage) schlief schon seit neun Uhr; auch der Reisende hatte sich bereits zur Ruhe begeben. Er war ein regelmäßiger Logiergast des Hauses und nächtigte in einem Zimmer der zweiten Etage. Schon seit geraumer Weile hatte er sich entkleidet und zu Bett gelegt. Als Berufstätiger an frühes Aufstehen gewöhnt, wäre er gern recht schnell eingeschlafen; in dieser Nacht hielten ihn jedoch unruhige Gedanken an den kürzlich in Nr. 29 verübten Mord, die sich schließlich bis zu nervöser Erregtheit steigerten, noch einige Zeit wach. Möglicherweise hatte er jemand von dem verdächtigen Fremden sprechen hören oder ihn selbst herumschleichen sehen. Vielleicht dachte er auch an die gefährliche Nachbarschaft in dieser Verbrechergegend, an die ungemütliche Tatsache, daß die Marrs ganz in der Nähe gewohnt hatten und der Unterschlupf des Mörders folglich nicht weit sein mochte. Außer solchen allgemeinen Gründen zur Beunruhigung gab es für dieses Haus noch besondere: Williamsons offenkundiger Reichtum – die mehr oder weniger berechtigte Annahme, daß er in Pulten und Schubladen das ihm beständig zuströmende Geld anhäufte; und schließlich die geflissentlich heraufbeschworene Gefahr durch das Offenlassen der Haustür wäh-

rend einer vollen Stunde – einer Stunde, in der die Gewißheit, niemals einen Gast anzutreffen, da ja alle von elf Uhr an verbannt waren, die Gefahr noch erhöhte.
Diese Einrichtung, die sich bisher zugunsten des Hauses bewährt hatte, bedeutete jetzt, unter veränderten Umständen, geradezu eine Herausforderung des Unheils. Williamson, ein langsamer, über siebzig Jahre alter Mann hätte – das sagten alle – sofort, nachdem die Gäste das Lokal geräumt hatten, sicherheitshalber die Haustür verschließen sollen.
Über dies und anderes (besonders auch darüber, daß Mr. Williamson in dem Rufe stand, eine beträchtliche Menge Silber zu besitzen) grübelte der Reisende voll Unbehagen nach, als plötzlich, fünfundzwanzig oder achtundzwanzig Minuten vor Mitternacht mit einem Krach, der eine brutale Hand verriet, die Haustür zugeschlagen und abgeschlossen wurde. Der Satan von Ratcliffe Highway Nr. 29 war erschienen, der schreckliche Unbekannte, der seit zwölf Tagen alle Gedanken beschäftigte und alle Zungen in Bewegung hielt, war in das unverteidigte Haus eingedrungen, und in wenigen Minuten würde ihn jeder einzelne der Bewohner von Angesicht zu Angesicht erblicken. Eine Frage freilich war immer noch offen geblieben – ob bei Marrs nicht zwei Verbrecher ihre Hände im Spiel gehabt hatten. In diesem Falle würde es sich auch hier um zwei handeln, von denen der eine dann wahrscheinlich die Arbeit in den oberen Stockwerken übernehmen würde, da bei einem derartigen Anschlag nichts verhängnisvoller werden konnte, als Hilferufe von den oberen Fenstern auf die Straße hinaus. Eine halbe Minute lang saß der arme Mann, wie gelähmt vor Schreck, aufrecht im Bett. Dann erhob er sich und ging nach der Tür, nicht etwa in der Absicht, sie gegen den Eindringling zu sichern, – wußte er doch nur zu gut, daß sie weder Schloß noch Riegel hatte; auch war im Zimmer kein zum Verbarrikadieren geeignetes Möbelstück vorhanden, selbst wenn die Zeit zu einem solchen Manöver ausgereicht hätte. Besinnungslose Angst trieb ihn, die Tür zu öffnen, ein

Schritt, und er stand am Treppengeländer und beugte sich lauschend darüber. Im selben Augenblick ertönte aus dem kleinen Wohnzimmer der in höchster Todesangst ausgestoßene Schrei des Dienstmädchens: »Herr im Himmel! Wir werden alle umgebracht!« Welch ein Medusenhaupt mußte hinter der blutleeren Maske mit den glasigen, starren Augen gesteckt haben, daß der Anblick genügte, um des Todes gewiß zu sein. Drei Todeskämpfe waren vorüber, als der arme, vor Schreck erstarrte Reisende, ohne zu wissen, was er tat, unter dem Zwang des Entsetzens beide Treppenabsätze hinabstieg. Der fassungslose Schrecken löste bei ihm dieselbe Wirkung aus wie der tollkühnste Mut. Im Hemd stieg er die ausgetretenen Stufen, die ab und zu leise knarrten, bis zu der vierten von unten hinunter. Ein Husten, ein Niesen, ein hörbarer Atemzug in dieser Situation – und der junge Mann wäre rettungslos verloren gewesen. Denn der Mörder befand sich zur Zeit gerade in dem kleinen Wohnzimmer, dessen der Treppe gegenüberliegende Tür halb offen stand, oder vielmehr beträchtlich weiter geöffnet war, als was man so gemeinhin »halboffen« nennt. Von dem Quadranten oder den neunzig Grad, welche die Tür zurücklegen müßte, um mit dem Türrahmen (oder mit sich selbst in geschlossenem Zustand) einen rechten Winkel zu bilden, waren wenigstens fünfundfünfzig Grad überschaubar und damit auch zwei der drei Leichen dem Blicke des jungen Mannes preisgegeben. Wo aber war die dritte und wo der Mörder?
Letzteren hörte er in dem durch die Tür verdeckten Teil des Zimmers hin und her gehen und an dem Büfett, dem Schreibtisch und einem Wandschrank Schlüssel probieren. Bald darauf kam er in Sicht, doch war er zum Glück für den jungen Mann in diesem kritischen Augenblick zu sehr in seine Beschäftigung vertieft, um einen Blick nach der Treppe zu werfen, wo er sonst die weiße, regungslose Gestalt sofort erspäht und in der nächsten Sekunde ins Jenseits befördert hätte.
Der dritte, noch fehlende Leichnam, nämlich der Mr. Wil-

liamsons, lag im Keller. Wie er dorthin gekommen war, ist eine separate Frage, die seinerzeit viel diskutiert, aber nie befriedigend geklärt wurde. Da der junge Mann Williamson aber weder stöhnen noch sich regen hörte, mußte er zu dem Schluß kommen, daß auch dieser tot war. Von den vier Personen, denen der junge Mann vor kaum vierzig Minuten Gute Nacht gewünscht hatte, schliefen drei bereits den ewigen Schlummer; es blieben also noch vierzig Prozent (für Williams wahrlich ein hoher Prozentsatz) übrig, nämlich der Reisende und seine kleine Freundin, das Enkelchen, das in kindlicher Unschuld, unbekümmert um sein oder der Großeltern Schicksal, in süßem Schlummer lag. Zum Glück weilt ein Freund, der diesen Namen mit Recht verdient, in ihrer Nähe – wenn er nur imstande ist, sie aus dieser entsetzlichen Gefahr zu erretten. Doch ach! der Mörder ist *ihm* noch näher als der Kleinen. Regungslos, zur Bildsäule erstarrt, jeder Bewegung unfähig, steht der Ärmste da, während sich in einer Entfernung von dreizehn Fuß seinen Augen folgende Szenerie enthüllt:
Über das Dienstmädchen war der Mörder hergefallen, als sie vor dem Kamin kniete, dessen Rost sie soeben mit Graphit geputzt hatte, und ihn mit Holz und Kohle vollschichtete, damit sie am nächsten Morgen nur das Feuer anzuzünden brauchte. Beim Eindringen des Mörders muß sie noch mit dieser Arbeit beschäftigt gewesen sein, und wahrscheinlich spielte sich der Gang der Ereignisse folgendermaßen ab: Der Schreckensschrei, den der Reisende gehört hatte, war der erste Ausdruck ihres Entsetzens; er kam aber erst eine bis zwei Minuten nach dem Zuschlagen der Haustür. Folglich mußte jenes Anzeichen, das den jungen Mann so sehr beunruhigt hatte, von den beiden Frauen auf unerklärliche Weise falsch gedeutet worden sein. Mrs. Williamson soll zu jener Zeit an Schwerhörigkeit gelitten haben, und das Mädchen, das mit dem Kopf halb unter dem Kamingitter steckte, mag bei dem Geräusch, das sie bei ihrer Arbeit selbst vollführte, den dumpfen Krach mit Straßenlärm verwechselt oder das heftige Zu-

Die Ermordung Mrs. Williamsons, 1811.

schlagen einem Streich ungezogener Jungen zugeschrieben haben.

Tatsächlich hatte das Mädchen bis zu ihrem Ausruf keinen Verdacht geschöpft und ihre Arbeit nicht unterbrochen. Daraus folgt, daß auch Mrs. Williamson nichts aufgefallen war, da sie sonst ihren Argwohn dem Mädchen mitgeteilt hätte, denn beide befanden sich im selben Zimmer.

Da sie zufällig mit dem Rücken zur Tür stand, hatte Mrs. Williamson vermutlich den Eintritt des Mörders gar nicht bemerkt und war von ihm durch einen Schlag mit einem Brecheisen, der ihr die Schädeldecke zertrümmerte, zu Boden gestreckt worden. Erst das Geräusch ihres Falles – der ebenso wie der tödliche Streich das Werk eines Augenblicks gewesen – hatte die Aufmerksamkeit des Mädchens erregt und sie zu

dem Aufschrei veranlaßt. Bevor sie ihn wiederholen konnte, hatte der Mörder das erhobene Werkzeug auch auf ihren Schädel niedersausen lassen. Beide Frauen waren tödlich getroffen und weitere Gewaltanwendung eigentlich überflüssig. Allein trotz seiner Eile und der Gefahr, die jeder Zeitverlust für ihn heraufbeschwören konnte, hielt der Unmensch es für notwendig, beiden Opfern die Kehle durchzuschneiden; so hoch veranschlagte er die fatalen Folgen für sich selbst, wenn auch nur eines der Opfer so weit zum Bewußtsein zurückgekehrt wäre, um eine Aussage machen zu können. All dies ließ sich aus dem Augenschein schließen, der sich später bot. Mrs. Williamson war mit dem Kopf zur Tür auf den Rücken gefallen. Das Mädchen hatte sich aus der knienden Stellung nicht mehr erheben können und den Todesstreich wehrlos empfangen, worauf das Ungeheuer nur ihren Kopf zurückzubeugen brauchte, um durch einen Schnitt die Tat zu vollenden.
Es ist bemerkenswert, daß der junge Reisende, der unter der hypnotisierenden Einwirkung des Schreckens dem Untier fast in den offenen Rachen getaumelt wäre, doch imstande war, alles Wesentliche zu erfassen. Der Leser muß ihn sich vorstellen, wie er den Mörder beobachtet, der sich gerade über Mrs. Williamson beugt, um die Leiche nach gewissen Schlüsseln zu durchsuchen. Zweifellos befand Williams sich in einer peinlichen Lage. Wenn es ihm nicht gelang, die erforderlichen Schlüssel rasch zu finden, so hatte die ganze grausige Tragödie keinen weiteren Erfolg als den, das Entsetzen des Publikums aufs äußerste zu steigern, die Leute zu zehnfach erhöhter Wachsamkeit zu veranlassen und damit doppelte Hindernisse zwischen dem Mörder und seiner künftigen Laufbahn aufzutürmen. Sogar ein noch brennenderes Interesse stand auf dem Spiel; seine eigene Sicherheit konnte durch einen plötzlichen Zwischenfall gefährdet werden. Die Mehrzahl der Kunden, die bei Williamson Schnaps holen kamen, bestand zwar aus leichten Mädchen oder Kindern, die, ohne sich weiter Gedanken zu machen, zu einem andern Laden laufen würden, falls

sie diesen hier geschlossen fänden. Wenn jedoch eine verständige Person an die Tür käme und eine Viertelstunde vor der üblichen Zeit keinen Einlaß mehr erhielt, so müßte sie ohne Zweifel Verdacht schöpfen, würde höchstwahrscheinlich Lärm schlagen, und dann konnte lediglich ein glücklicher Zufall den Verbrecher retten. Einen charakteristischen Beweis für die seltsamen Widersprüche im Charakter dieses Schurken bildet der Umstand, daß er, der so oft mit raffinierter Schlauheit zu Werke ging, andererseits aber auch wieder die selbstverständlichsten Vorsichtsmaßregeln außer acht ließ, jetzt inmitten seiner Opfer in dem kleinen, vom Blute überschwemmten Zimmer wahrscheinlich gar nicht wußte, ob ein Ausgang existierte, durch den er sicher und unbehelligt das Haus verlassen konnte. Auch hatte er keine Ahnung, worauf die Fenster der Hinterfront hinausgingen, und außerdem ließ sich wohl annehmen, daß in einer so gefährlichen Gegend die Fenster des unteren Stockwerkes vergittert waren. Ein Sprung aus den oberen bedeutete bei der Höhe ein gewagtes Unternehmen; es galt folglich, sich mit dem Probieren der Schlüssel und dem Heben der verborgenen Schätze möglichst zu beeilen.

Diese intensive Verfolgung des einen Ziels machte den Mörder blind und taub für seine Umgebung, so daß er die schweren Atemzüge des jungen Mannes, die diesem selbst furchtbar im Ohre dröhnten, überhörte. Wieder und wieder durchwühlte der Mörder Mrs. Williamsons Taschen und zog mehrere Schlüsselbunde daraus hervor, – deren eines mit hartem, klirrendem Laut zu Boden fiel.

Bei dieser Gelegenheit merkte der heimliche Zeuge auf seinem verborgenen Lauscherposten, daß Williams' Mantel mit schwerer Seide gefüttert war, und noch etwas anderes fiel ihm auf, das sich als viel bedeutsamer erwies als alle übrigen von ihm beobachteten Umstände: die anscheinend neuen, vermutlich von dem Gelde des armen Marr gekauften Schuhe des Verbrechers knarrten beim Gehen, und als er sich mit den

Schlüsseln wieder in den hinter der Tür liegenden Teil des Zimmers begab, bot sich dem Reisenden die Rettungschance. Einige Minuten würden sicher beim Probieren der Schlüssel und Durchsuchen oder gewaltsamen Aufbrechen der Schubladen vergehen. Er konnte also mit einer kurzen Zeitspanne rechnen, während der das Schlüsselrasseln das Krachen der Stufen unter seinen hinaufschleichenden Füßen übertönte. Sein Plan war gefaßt.

Als er sein Zimmer erreicht hatte, rückte er zunächst das Bett vor die Tür, um den Feind, wenn auch nur vorübergehend, aufzuhalten und Zeit zu gewinnen, so daß er schlimmstenfalls in einem verzweifelten Sprung aus dem Fenster Rettung suchen konnte. Nachdem er so geräuschlos wie möglich die Tür verbarrikadiert, riß er seine Bettlaken, Kissenbezüge und Decken in breite Streifen, flocht daraus Seile und knüpfte die verschiedenen Längen aneinander. Dann aber entdeckte er ein schweres Hindernis für seine Bemühungen. Wo war eine Öse, ein Haken, eine Stange oder irgendein anderer Halt, an dem er sein Seil sicher anknüpfen konnte? Vom Fensterbrett aus gemessen waren es etwa zwei-, dreiundzwanzig Fuß bis zur Erde, wovon zehn bis zwölf Fuß abgingen, weil er sich aus jener Höhe gefahrlos herabfallen lassen konnte. Es blieb also ein ungefähr zwölf Fuß langes Seil herzustellen. Doch unglücklicherweise gab es in Fensternähe kein einziges solides Befestigungsmittel. Die nächste oder vielmehr einzige derartige Vorrichtung bestand in einem Pflock, der anscheinend zwecklos im Bettpfosten steckte. Da das Bett jedoch vom Fenster abgerückt war, befand sich der Pflock noch um drei Fuß weiter als sonst, im ganzen also sieben Fuß vom Fenster entfernt. Sieben ganze Fuß mußten noch zu dem ursprünglichen Maß hinzugefügt werden.

Nur Mut! In den Sprichwörtern aller Völker der Christenheit hilft Gott dem, der sich selbst hilft. Dessen war unser junger Freund sich dankbar bewußt, denn in dem Vorhandensein eines Pflocks an einer Stelle, wo er bisher zwecklos war, erkannte der in Lebensgefahr Schwebende das Walten der Vorsehung. Wäre es nur um das eigene Ich gegangen, so hätte er sein Werk wohl kaum für besonders verdienstvoll gehalten, doch seine Gedanken weilten bei dem armen Kinde, das ihm ans Herz gewachsen war, und dem jede Minute der Verzögerung Verderben bringen konnte. Als er vorhin an der Tür der Kleinen vorübergegangen, war sein erster Gedanke gewesen, sie aus dem Bette zu reißen und in sein Zimmer zu tragen, wo sie sein Schicksal mit ihm teilen mochte. Doch bei näherer Überlegung sagte er sich, daß er ihr für sein Verhalten keine Erklärung geben und sie daher vor Schreck leicht aufschreien konnte, was ihnen beiden verhängnisvoll werden mußte. Wie die zu Häupten des Bergsteigers drohende Lawine, oft nur von einem Flüstern, einem Hauch erschüttert, herabstürzt, so konnte selbst ein kaum vernehmbarer Laut die Mordlust des Mannes dort unten aufs neue entfesseln.

Nein, zur Rettung des Kindes ging der Weg nur über seine eigene Befreiung. Der erste Schritt war verheißungsvoll, denn seine Befürchtung, daß der Pflock in dem morschen Holz dem Zuge nachgeben würde, bestätigte sich nicht. Er hielt, selbst als der Reisende zur Probe sein volles Körpergewicht dagegen stemmte. In fliegender Eile befestigte er am Pflock drei Längen seines Seils, die zusammen ungefähr elf Fuß ergaben. Er flocht sie möglichst locker, so daß nur drei Fuß verloren gingen, fügte ein weiteres, ebenso langes Ende an und hatte nun schon ein Seil von sechzehn Fuß, das er aus dem Fenster werfen konnte. Jetzt war ein Unglück, wenn er an dem Seil hinunterglitt, so weit es reichte, und sich dann fallen ließ, nicht mehr unbedingt zu befürchten. Ungefähr sechs Minuten dauerte schon der heiße Wettkampf zwischen oben und unten. In fliegender Hast arbeitete der Mörder unten im Wohnzimmer, in fiebernder Eile der Reisende oben in seinem Schlafgemach. Dem Schurken unten lächelte das Glück; ein Bündel Banknoten war ihm bereits in die Hände gefallen und einem zweiten war er gerade auf der Spur. Auch einen Haufen Goldmünzen hatte er aufgestöbert. Zwar existierten Sovereigns damals noch nicht, doch galten die Guineen, von denen ihm ein kleiner Hort in die Hände gefallen war, zu jener Zeit so viel wie dreißig Schilling das Stück. Über den Fund sehr erfreut, ja beinahe vergnügt, würde der Mörder sogar, falls noch ein lebendes Wesen im Hause existiert, wovon er sich gleich überzeugen will, gern mit diesem ein Glas auf sein Wohl leeren, bevor er ihm den Hals abschneidet. Dem armen Geschöpf das Leben zu schenken, fiele ihm natürlich nicht im entferntesten ein. O nein! Das ginge auf keinen Fall! Hälse verschenkt man nicht. Geschäft ist Geschäft, und in Geschäftsdingen hört bekanntlich die Gemütlichkeit auf.

Lediglich als Geschäftsleute betrachtet, sind die beiden Männer fraglos gleich tüchtig. Wie Chor und Halbchor, Strophe und Antistrophe wirken sie gegeneinander. Der Reisende zieht in die eine Richtung, der Mörder in die andere.

Was den ersteren anlangt, so ist er jetzt in Sicherheit, denn das Rettungsseil, von dessen Länge allerdings sieben Fuß durch die Entfernung des Bettes vom Fenster in Abzug gebracht werden müssen, ist um weitere sechs Fuß gewachsen, so daß nur noch etwa zehn Fuß bis zum Erdboden fehlen dürften – als Sprung eine Kleinigkeit, die selbst ein Kind riskieren könnte. Für den Mörder sieht die Sache nicht mehr so gut aus. Noch bewahrt er kaltes Blut, doch bei all seinem Geschick ist ihm zum ersten Mal in seinem Leben eine Panne passiert. Der Leser und ich – wir wissen eine immerhin ziemlich wichtige Tatsache, von der jener nicht die leiseste Ahnung hat, nämlich, daß jemand ihn volle drei Minuten lang, wenn auch in tödlicher Angst, aufs allergenaueste beobachtet und über die knarrenden Schuhe sowie den seidengefütterten Mantel an einer Stelle Bericht erstatten wird, wo dem Mörder diese kleinen Eigentümlichkeiten nicht gerade zum Vorteil ausgelegt werden könnten. Obwohl nun Williams von dem stillen Zuschauer bei Mrs. Williamsons Taschenvisitation nichts wußte und ihm daher auch das Seilergewerbe, das jener daraufhin ergriffen, keinerlei Besorgnisse einflößen konnte, so hatte er doch genug der schwerwiegendsten Gründe, sich nicht unnötig aufzuhalten. Trotzdem zögerte er, wie die Polizei später aus allerlei Anzeichen entnehmen konnte, immer noch, das Haus zu verlassen. Was ihn dazu bewog, bekräftigt die Annahme, daß bei ihm der Mord nicht allein Mittel zum Zweck, sondern auch Selbstzweck war.

In den fünfzehn bis zwanzig Minuten, die Williams nun auf dem Plan war, hatte er, sogar für seine eigenen hohen Ansprüche, Beträchtliches geleistet, sozusagen »ein glänzendes Geschäft« gemacht. In zwei Stockwerken, nämlich dem Keller und dem Erdgeschoß, hatte er mit den Bewohnern gründlich aufgeräumt. Doch blieben mindestens noch zwei Stockwerke übrig, in denen er trotz mangelhafter Kenntnis der Familienverhältnisse des Wirtes, der in diesen Dingen immer sehr zugeknöpft gewesen war, noch einige Hälse vermuten konnte. Den Raub hatte er so restlos eingesackt, daß eine etwaige Nachlese auch nicht mehr das Geringste ergeben hätte. Aber die Hälse – die Hälse –, da eröffneten sich seinem Tatendurst vielleicht noch Aussichten.

Bei diesem Gedanken setzte Williams, blutgierig wie ein Raubtier, die ganzen Früchte seiner nächtlichen Arbeit und sein Leben dazu aufs Spiel. Hätte der Mörder in diesem Augenblick das offene Fenster oben gesehen, in dem der Reisende sich eben zum Abstieg anschickte, hätte er die Schnelligkeit beobachtet, mit der jener auf Leben und Tod gearbeitet, und den furchtbaren Aufruhr vorausgeahnt, der binnen neunzig Sekunden die Einwohner dieses stark bevölkerten Stadtteils ergreifen würde – kein Wahnsinniger, der in panischer Flucht oder im Rachedurst dahinstürmt, wäre in wilderer Hast zur Tür hinausgejagt. Noch war dieser Weg frei, und mit seiner Beute von über hundert Pfund in der Tasche hätte er, getarnt durch Verkleidung, dem Lauf seines abscheulichen Lebens eine Wendung geben können. Freilich wäre dazu unbedingt erforderlich gewesen, daß er noch in dieser selben

Nacht seine Augenbrauen geschwärzt, sein gelbes Haar abrasiert und in der Morgenfrühe durch eine dunkle Perücke ersetzt hätte, die ihm im Verein mit einem unauffällig schlichten Anzug das Aussehen eines biederen Bürgers verliehen und den Argwohn zudringlicher Polizeibeamten zerstreut haben würde. So wäre es ihm möglich gewesen, sich nach einem beliebigen Hafen an der 2400 englische Meilen langen Küste der Vereinigten Staaten einzuschiffen und dort noch fünfzig Jahre in Muße seiner Reue zu leben, ja, sogar im Ruf der Heiligkeit zu sterben. Hätte er es dagegen vorgezogen, sich im öffentlichen Leben zu betätigen, so wäre es bei seiner Gerissenheit, Kühnheit und Gewissenlosigkeit in einem Lande, das den Fremden durch einfache Naturalisation unter die Seinen aufnimmt, für Williams nicht ausgeschlossen gewesen, das Präsidentenamt zu erwerben, worauf man ihm nach seinem Tode ein Denkmal gesetzt und eine Biographie in drei Quartbänden geschrieben hätte, in der freilich nicht der leiseste Hinweis auf Ratcliffe Highway No. 29 zu finden gewesen wäre.
Die Entscheidung über dieses verlockende Zukunftsbild hing von den nächsten neunzig Sekunden ab, in denen es für Williams darauf ankam, den richtigen Weg einzuschlagen. Zeigte ihm sein Schutzengel jetzt den rechten Pfad, so konnte für sein irdisches Heil noch alles gut ausgehen. Doch gebt acht! Binnen zwei Minuten werden wir ihn den falschen Weg einschlagen und damit ins Verderben rennen sehen. Schon schwebt der rächende Arm der Nemesis über ihm.
Wenn auch der Mörder noch saumselig zögert, der Seiler über ihm zaudert nicht, da er nur zu gut weiß, daß des armen Kindes Geschick auf des Messers Schneide steht. Es kommt alles darauf an, Lärm zu schlagen, ehe der Mörder an das Bett der Kleinen tritt.
Und in demselben Augenblick, während die bebenden Finger kaum noch ihr Werk vollbringen können, hört er den Mörder leisen Schritts die Treppe heraufschleichen. Nach dem geräuschvollen Zuschlagen der Haustür hatte der Reisende er-

wartet, daß Williams in freudigen Sätzen, ein Tigergebrüll ausstoßend, die Treppe heraufspringen würde; vielleicht hätte dies auch seiner natürlichen Veranlagung und Sinnesart mehr entsprochen. Doch jene bei einem plötzlichen Überfall höchst wirksame Methode der Annäherung mußte gefährlich werden, wenn die Leute inzwischen gewarnt und auf ihrer Hut waren.

Die Schritte waren auf der Treppe zu hören, aber auf welcher Stufe? Er nahm an, auf der untersten, was bei einer so leisen und behutsamen Vorwärtsbewegung schon etwas ausmachte. Doch konnte es nicht ebenso gut die zehnte, zwölfte, vierzehnte Stufe sein? Noch nie vielleicht hatte ein Mensch die Last einer schweren Verantwortung so intensiv gefühlt, wie der Reisende sie in jenem Augenblick für das schlummernde Kind empfand. Vergeudete er auch nur zwei Sekunden durch Ungeschicklichkeit oder angstvolles Zögern, so konnte diese geringe Zeitspanne über Leben und Tod des Kindes entscheiden. Doch noch ist nicht alle Hoffnung verloren, und gerade das, worauf diese Hoffnung beruhte, verdeutlichte die teuflische Gesinnung des Feindes, dessen finsterer Schatten, im astrologischen Sinne gesprochen, das Haus des Lebens verdunkelte. Der Reisende war der Überzeugung, daß der Mörder sich nicht damit begnügen würde, das Kind im Schlafe umzubringen. Dann hätte er gleich darauf verzichten können, es zu töten. Für einen Epikuräer des Mordes wie Williams wäre der eigentliche Zweck verfehlt, die ganze Sache ihres Reizes beraubt, wenn das arme Kind den bitteren Kelch des Todes leeren sollte, ohne vorher zum Bewußtsein seiner entsetzlichen Lage zu kommen. Zum Glück würde dies jedoch Zeit beanspruchen. Auch mußte der Schreck, zu so ungewöhnlicher Stunde aus dem Schlaf gerüttelt zu werden, und das Entsetzen beim Begreifen seiner Lage bei der Kleinen eine Ohnmacht oder doch mindestens eine Art Geistesabwesenheit hervorrufen, die einige Zeit anhalten würde. Kurz, diese Logik rechnete mit einem Übermaß von Schlechtigkeit auf Seiten des Mörders. Hätte man von ihm voraussetzen können, daß er sich mit der bloßen Ermordung des Kindes ohne künstliche Verlängerung seiner Seelenqualen begnügen würde, so wäre der Fall hoffnungslos gewesen. Doch da unser Mörder in der Ausführung seiner Taten übertrieben peinlich war – eine Art Martinet in szenischer Gruppierung seiner Morde –, und da solche Vorbereitungen und Finessen Zeit erfordern, so ließ sich noch mit einiger Berechtigung hoffen. Bei einem von der Notwendigkeit diktierten Morde war die größte Schnelligkeit geboten, bei einem reinen Lustmorde jedoch, wo kein feindlicher Augenzeuge zu beseitigen, noch Beute zu gewinnen oder Rachegelüste zu kühlen waren, mußte Überstürzung alles verderben. Wurde das Kind also gerettet, so verdankte es sein Leben nur ästhetischen Gründen.[81]

Doch alle derartigen Erwägungen werden kurzerhand abgeschnitten. Ein zweiter, ein dritter vorsichtiger Schritt auf der Treppe wird hörbar – und des Kindes Schicksal scheint besiegelt. Doch schon hat sich der Reisende aus dem weitgeöffneten Fenster hinausgeschwungen und begonnen sich abzuseilen. Aufgrund seines Körpergewichts gleitet er schnell hinab, während er mit den Händen die Geschwindigkeit zu hemmen sucht. Es wäre gefährlich gewesen, wenn ihm das Seil zu rasch durch die Hände geglitten wäre, die Geschwindigkeit zugenommen hätte und er auf dem Boden aufgeschlagen wäre. Doch zum Glück konnte er den Abschwung bremsen, wobei ihm die verschiedenen Knoten gute Dienste leisteten. Aber leider erwies sich das Seil um vier oder fünf Fuß zu kurz, und der Flüchtling baumelte ungefähr elf Fuß über der Erde in der Luft. Vor Erregung versagte ihm die Stimme, und aus Furcht, sich die Beine zu brechen, wagte er nicht den Sprung auf das holprige Kopfsteinpflaster. Obwohl die Nacht nicht so dunkel war wie beim Morde der Marrs, so konnte sie für die Kriminalpolizei nicht günstiger sein als die schwärzeste Finsternis, die je einen Mörder in ihren schützenden Mantel hüllte und seine Verfolgung vereitelte. Ganz London war nämlich mit

John Turner gelingt die Flucht aus dem Hause der Williamsons.

dem berüchtigten dichten, aus dem Flusse aufsteigenden Nebel bedeckt. So wurde der in der Luft Schwebende wohl eine halbe Minute lang gar nicht bemerkt, bis sein weißes Hemd die Aufmerksamkeit auf ihn lenkte. Drei oder vier Leute, die sofort ahnten, daß er ihnen Schreckliches mitzuteilen hätte, fingen ihn auf. Doch wo gehörte er hin? Selbst das Haus war im Nebel nicht deutlich erkennbar; aber er wies mit dem Finger auf Williamsons Tür und keuchte in halb ersticktem Ton: »Da drinnen ist Marrs Mörder bei der Arbeit!«
Alles übrige erklärte sich von selbst durch den beredten Mund der Tatsache. Der geheimnisvolle Vernichter von Ratcliffe Highway No. 29 hatte ein anderes Haus heimgesucht, und – man denke! – nur ein einziger Mensch war im Nachtgewande durch die Luft entkommen, um das Entsetzliche zu verkün-

den. Wohl mochte abergläubische Furcht vielleicht davor zurückschrecken, die Verfolgung des rätselhaften Verbrechers aufzunehmen, allein im Interesse der Moral und der rächenden Justiz war es unbedingt geboten, alle erforderlichen Maßnahmen zu ergreifen, zu beschleunigen und energisch durchzuführen.
Ja, der Mörder Marrs, der große Unbekannte, war wieder am Werk und blies vielleicht in diesem selben Augenblick jemand das Lebenslicht aus, und das nicht etwa in irgendeinem abgelegenen Winkel, sondern in dem nämlichen Hause, an dessen Schwelle man soeben diese grausige Nachricht vernahm. Die wilde Erregung und der ungeheure Tumult der nun folgenden Szene läßt sich nach den spaltenlangen Zeitungsberichten jener Tage nur noch mit einem einzigen Ereignis vergleichen, nämlich mit der Freisprechung der sieben Bischöfe von Westminster im Jahre 1688. Jetzt aber herrschte etwas anderes als jubelnde Begeisterung. Das brodelnde Gemisch aus Horror und Triumph und das Rachegeheul, die sich anfangs nur in der betroffenen Straße Luft machten, sich dann aber – wie durch magnetische Übertragung verbreitet – in allen angrenzenden Straßen erhoben, werden am lebendigsten durch Shelleys leidenschaftliche Verse wiedergegeben:

»Ein Freudentaumel rast durch das Gewimmel,
Reißt mit sich fort die angstbefreiten Massen;
Und selbst wo – teilnahmlos in dem Getümmel –
Ein Sterbender verschmachtet auf den Gassen,
Von jeder Hoffnung, jedem Trost verlassen,
Vermag sein Ohr jetzt doch, als letzten Klang
Die frohe Rettungsbotschaft noch zu fassen,
Die weiter eilend, Straß' um Straß' entlang,
In jeder Brust ein jauchzend Echo weckt.«[82]

Dabei war es fast unerklärlich, wie der wachsende Tumult augenblicklich richtig gedeutet wurde. Allerdings konnte der einstimmig erhobene Vergeltungsschrei in diesem Stadtviertel kaum jemand anderem gelten als eben dem bösen Dämon, der zwölf Tage lang die gesamte Bevölkerung geängstigt und in Atem gehalten hatte. Wie auf Kommando öffneten sich in allen Häusern Fenster und Türen; einzelnen Ungeduldigen dauerte der normale Weg über die Treppen zu lange, und sie sprangen daher kurzerhand aus den Fenstern der niedrigeren Stockwerke auf die Straße. Kranke erhoben sich von ihrem Lager, ja, ein Sterbender sogar, dessen Ableben man stündlich erwartete und der auch tatsächlich am nächsten Tage das Zeitliche segnete, stand auf, bewaffnete sich mit einem Degen und wankte im Hemd auf die Straße, als wollte er Shelleys Vision (Zeile 4-7) zum Leben verhelfen. War doch jetzt die beste Gelegenheit, den Bluthund bei seiner mörderischen Orgie mitten auf dem Schlachtfeld zu überwältigen. Für einen Augenblick stockte die Menge im Bewußtsein ihrer Macht, gleichzeitig aber regte sich das Verlangen nach besonnenem Vorgehen. Da im Innern des Mordhauses außer dem kleinen Mädchen kein lebendes Wesen mehr weilte, das die schwere Haustür von innen hätte öffnen können, mußte sie gewaltsam aufgebrochen werden. Mit Hilfe von Brecheisen flog sie gleich darauf aus den Angeln, und wie ein brausender Strom ergoß sich die Menge in das verödete Haus und gehorchte nur unwillig dem Wink eines angesehenen Mannes, der ihr Schweigen gebot. In der Annahme, eine wichtige Mitteilung zu hören, verstummte sie. »Still«, warnte er, »damit wir hören können, ob er oben oder unten zu suchen ist.«

Das Klirren einer Fensterscheibe bewies, daß der Mörder sich noch im Hause befinden mußte, und zwar in einem der oberen Schlafzimmer. Er saß in der Falle. Nur ungenügend vertraut mit den Räumlichkeiten des Williamson'schen Hauses, schien er nun in die Enge geraten zu sein und keinen Ausweg zu finden. In rasender Wut stürmte die Menge jetzt treppauf, doch die Tür, hinter der sich der Verbrecher verbarg, war fest verschlossen, und noch ehe man sie eingedrückt hatte, verkün-

dete drinnen lautes Klirren und Splittern, daß der Elende entkommen war.
In der Hitze des Gefechts sprangen ein paar Verfolger ihm nach. Sie hatten sich nicht darum gekümmert, wie der Boden unten beschaffen war, und stellten nun beim Fackelschein fest, daß es sich um eine lehmige, feuchte Böschung handelte. Tief hatten sich die Fußspuren des fliehenden Mörders in den nassen Boden gedrückt und konnten mühelos bis auf den Grat des Abhangs verfolgt werden; von weiterem Nachsetzen aber mußte man wegen des dichten Nebels Abstand nehmen, denn schon auf zwei Fuß Entfernung konnte man keinen Menschen mehr erkennen, geschweige denn wiedererkennen, wenn man ihn einmal aus den Augen verloren hatte. So begünstigte das Geschick den Mörder in einer Weise, wie es vielleicht nur alle hundert Jahre einmal der Fall sein dürfte. Außerdem konnte der Flüchtling sich durch allerlei Verkleidungen unkenntlich machen, und an Schlupfwinkeln in der Nähe des Flusses, die ihn auf Jahre hinaus vor unliebsamen Nachforschungen schützten, war kein Mangel.
Doch dem Leichtsinnigen und Undankbaren wirft das Glück umsonst seine Gaben in den Schoß. In dieser Nacht, die für ihn zur Schicksalswende wurde, wählte Williams von allen ihm offen stehenden Wegen den allerverkehrtesten, indem er sich in unbegreiflicher Sorglosigkeit in seine alte Unterkunft begab, die er von allen Zufluchtsstätten in ganz England gerade am sorgfältigsten hätte meiden müssen.
Unterdessen hatte die Menge Williamsons Haus durchsucht. Die erste Nachforschung galt der kleinen Enkelin, in deren Zimmer Williams offenbar durch den plötzlichen Aufruhr auf der Straße überrascht worden war. Von diesem Zeitpunkt an hatte seine ganze Aufmerksamkeit sich nur auf die Fenster gerichtet, da ihm diese allein noch die Möglichkeit des Entkommens boten. Und selbst diese Möglichkeit verdankte er nur dem Nebel und der Unzugänglichkeit des Grundstücks von der Rückseite her. Das kleine Mädchen war durch den An-

blick so vieler fremder Leute zu dieser ungewöhnlichen Stunde natürlich aufs heftigste erschrocken, wurde aber durch die verständigen Maßnahmen mitleidiger Nachbarn vor dem Anblick all des Entsetzlichen bewahrt, das sich während seines Schlafes zugetragen hatte. Nach dem armen, alten Großvater der Kleinen suchte man noch immer, bis er endlich lang ausgestreckt im Keller gefunden wurde. Augenscheinlich war er von Williams die Kellertreppe hinuntergestoßen worden und zwar mit so brutaler Gewalt, daß der Ärmste dabei ein Bein gebrochen hatte. Nachdem das Opfer auf diese Weise unschädlich gemacht worden war, hatte der Mörder ihm die Kehle abgeschnitten.

Beim Erörtern und Vergleichen all dieser Umstände wurde in den Zeitungsausgaben jener Tage viel darüber gesprochen, ob wirklich nur ein einzelner als Täter in Betracht käme. Alle Anzeichen wiesen darauf hin. Nur *ein* Verdächtiger war im Falle Marr beobachtet worden; nur eine und zweifellos dieselbe Person hatte der junge Reisende in Williamsons Wohnzimmer gesehen, und nur von einer Person rührten die Fußspuren auf der Lehmböschung her. Allem Anschein nach hatte die Untat sich in folgender Weise abgespielt: Der Mörder betrat das Gastzimmer und bestellte Bier, worauf der alte Mann in den Keller ging, um das Verlangte heraufzuholen. Diesen Augenblick hatte Williams nur abgewartet, um in der oben geschilderten Weise mit großem Krach die Haustür ins Schloß zu werfen und zu verriegeln. Wie er erwartet hatte, kam Williamson bei diesem Lärm natürlich sofort in großer Erregung herauf; der Mörder trat ihm oben an der Kellertreppe entgegen und stieß ihn hinunter, worauf er sein Opfer in der üblichen Weise abschlachtete. Der ganze Vorgang mochte kaum anderthalb Minuten gedauert haben, denn so viel Zeit verstrich ungefähr zwischen dem Türenschlagen, das der Reisende vernommen hatte, bis zu dem Wehgeschrei des Dienstmädchens. Daß Mrs. Williamson nicht ebenfalls aufschrie, lag an der Schwerhörigkeit der alten Dame. Unbemerkt konnte der Mörder hinter sie treten und sie zu Boden strecken, ehe sie seiner gewahr wurde. Bei dem Mädchen hatte er diesen Vorteil nicht; sie war Zeugin des Angriffs auf ihre Herrin und stieß in ihrer Todesangst jenen schrecklichen Schrei aus.

Schon vorhin erwähnte ich, daß der Mörder des Hauses Marr fast vierzehn Tage lang völlig unbehelligt und unverdächtig blieb, d. h. es wurde vor dem Williamsonschen Morde kein Verdachtsmoment gefunden, das die Polizei oder das Publikum auf seine Spur geführt hätte. Und doch waren zwei solcher Momente vorhanden. In der Hand der Kriminalbeamten befand sich ein Gegenstand, der bei sorgfältiger Untersuchung sehr wohl einen Anhaltspunkt für die Verfolgung des Mörders geboten hätte, aber noch blieb er unbehelligt. Bis zum Freitag nach der Ermordung der Williamsons war die wichtige Tatsache, daß auf dem Holzhammer, den der Mörder benutzt hatte, um seine Opfer niederzuschlagen, die Buchstaben »J.P.« standen, noch nicht bekannt gemacht worden. Diesen Hammer hatte der Mörder in unbegreiflicher Vergeßlichkeit im Hause Marrs liegengelassen. Der brave Pfandleiher hätte also den Schurken – falls er ihm wirklich noch begegnet wäre – voraussichtlich waffenlos angetroffen. Am Freitag, dem dreizehnten Tage nach dem ersten Morde, bequemte man sich endlich dazu, diese wichtige Tatsache zu veröffentlichen, und erzielte damit sofort einen überraschenden Erfolg. In der Verschwiegenheit eines einzigen Zimmers in ganz London hatte sich nämlich vom ersten Augenblicke seit der Marrschen Tragödie gegen Williams ein geheimer Verdacht geregt, den seine eigene Torheit heraufbeschworen. Der Mörder bewohnte mit mehreren anderen Schlafgenossen verschiedener Nationalität ein gemeinsames großes Zimmer in einem Wirtshause. Die fünf oder sechs Betten, die hier standen, waren von größtenteils anständigen und ehrenwerten Handwerkern belegt, und zwar von ein oder zwei Engländern und Schotten, ein paar Deutschen und Williams, dessen Herkunft nicht genau bekannt war. Als an jenem verhängnisvollen Sonnabend der Mörder gegen halb zwei Uhr nachts von seiner Blutarbeit heimkehrte, fand er die Engländer und Schotten bereits schlafend, die Deutschen dagegen noch wach. Einer von ihnen saß mit einer brennenden Kerze in der Hand aufrecht im Bette und las den beiden anderen etwas vor. Sofort befahl Williams in ärgerlichem, gebieterischem Ton: »Macht sofort das Licht aus! Sollen wir etwa alle in unseren Betten verbrennen?« Wären die Engländer noch wach gewesen, hätten sie ihm zu seiner Anmaßung gehörig die Meinung gesagt, aber die Deutschen sind im allgemeinen friedfertig und nachgiebig und taten sogleich, was er verlangte. Insgeheim natürlich wunderten sie sich, worin denn eigentlich die Gefahr bestehen sollte, da die Fenster keine Vorhänge hatten und übereinander geschichtetes Bettzeug genau so schlecht Feuer fängt wie die Seiten eines geschlossenen Buches. Infolgedessen drängte sich ihnen unabweisbar die Vermutung auf, Mr. Williams müsse an diesem Abend wohl begründete Ursache haben, das Licht zu scheuen, und als am nächsten Morgen die Kunde von den Vorgängen der Nacht natürlich auch in dieses, kaum eine Viertelstunde von dem Marrschen Laden entfernte Haus drang, da wuchs jene Vermutung sich zu einem schrecklichen Verdacht aus, der auch den anderen Zimmergenossen mitgeteilt wurde. Freilich waren sich alle der Gefahr bewußt, die nach englischem Recht jeder Ankläger läuft, der seine Anschuldigungen nur auf einen unbestimmten Verdacht und nicht auf vollgültige Beweise zu stützen vermag. Und diese Beweise hätte Williams mit größter Leichtigkeit aus der Welt schaffen können, wenn er nach vollbrachter Tat die paar Schritte bis zum Themseufer hinuntergegangen wäre, um die beiden Mordinstrumente ins Wasser zu werfen. Bei Einhaltung dieser eigentlich ganz selbstverständlichen Vorsichtsmaßnahme hätte auch nicht der Schatten eines Beweises gegen ihn erbracht werden können, und es wäre ihm ein leichtes gewesen, sich nach dem Muster Courvoisiers (des Mörders von Lord William Russell) jeden Monat durch einen neuen, wohlüberlegten Mord neuen Lebensunterhalt zu verschaffen. Wie schon erwähnt, waren also die Bewohner jenes Schlafsaals von seiner Schuld überzeugt und warteten nur auf die Gelegenheit, auch andere davon zu überzeugen. Kaum war nun die wichtige Kunde von den Initialen auf dem Holzhammer in die Öffentlichkeit gedrungen, so erinnerten Williams' Schlafgenossen sich sofort, daß ein rechtschaffener norwegischer Schiffszimmermann, John Petersen mit Namen, der in demselben Gasthause wohnte, augenblicklich aber auf einer Besuchsreise in seiner Heimat weilte, den Kasten mit seinem Arbeitsgerät bis zu seiner Rückkehr auf dem Dachboden des Wirtshauses verwahrt hatte. Sogleich wurde der Boden durchsucht, der Werkzeugkasten gefunden, doch der Hammer fehlte. Zu diesem schwerwiegenden Verdachtsmoment gesellte sich bei fortschreitender Untersuchung noch ein anderes: die Autopsie der Leichen der Ermordeten hatte nämlich ergeben, daß der Mörder seinen Opfern nicht mit einem gewöhnlichen Rasiermesser die Kehle durchschnitten hatte, sondern mit einem ganz anders gestalteten Instrument, und man besann sich, bei Williams vor kurzer Zeit ein geliehenes, höchst eigenartig geformtes, französisches Messer gesehen zu haben. Bei weiterem Suchen entdeckte man in einem Haufen alter Lumpen eine Weste, die das ganze Gasthaus auf der Stelle als Williams' Eigentum erkannte, und in der Tasche dieser Weste fand sich, mit geronnenem Blut am Futterstoff klebend, das bewußte Messer. Ferner war jedem der Hausgenossen bekannt, daß Williams zur Zeit ein Paar knarrende Schuhe und einen mit Seide gefütterten Überzieher trug. Weiterer Beweise bedurfte es kaum, und so wurde der Mörder noch an demselben Tage, einem Freitag, verhaftet und einem kurzen Verhör unterworfen.

Am folgenden Morgen, vierzehn Tage nach dem ersten Mord, wurde er von neuem dem Untersuchungsrichter vorgeführt. Das Beweismaterial war erdrückend, doch Williams folgte der

Verhandlung, ohne sich zu äußern. Schließlich wurde er dem Gericht für die nächste Schwurgerichtsperiode zur Aburteilung übergeben. Bei seinem Transport ins Gefängnis wäre er – wie man sich wohl denken kann – sicherlich der Volkswut zum Opfer gefallen, wenn man nicht durch ein starkes Polizeiaufgebot dafür gesorgt hätt, daß er heil und unversehrt den Kerker erreichte. In jenem Gefängnis herrschte damals die Vorschrift, daß die Kriminellen unter den Gefangenen schon um fünf Uhr nachmittags ohne Licht in ihre Zellen eingeschlossen wurden. Vierzehn Stunden also, nämlich bis sieben Uhr früh, blieben sie dort in völliger Dunkelheit sich selbst überlassen – Zeit genug für Williams, um Selbstmord zu begehen. Großen Spielraum in der Wahl der Mittel hatte er freilich nicht, und so erhängte er sich, wahrscheinlich gegen Mitternacht, mit seinen Hosenträgern an einer Eisenstange, die allem Anschein nach zum Anbringen einer Lampe bestimmt war. Fast zu derselben Stunde also, in der er vor vierzehn Tagen die unglückliche Familie Marr hingeschlachtet hatte, leerte er nun den Todeskelch, den ihm die eigene verruchte Hand an die Lippen setzte.

Auch der Fall der M'Keans, auf den ich bereits hingewiesen habe, verdient es seiner pittoresken Schauerlichkeit halber, daß man sich an ihn wieder einmal genauer erinnert. Der Schauplatz des Mordes war ein ländliches Gasthaus, wenn ich mich recht entsinne, in der Gegend von Manchester. Gewöhnlich pflegen derartige Lokale an besuchten und belebten Plätzen zu liegen, da sie sich sonst kaum rentieren würden. In jenem Falle lag das Haus jedoch ziemlich einsam, ja, sogar außer Rufweite, so daß bei einem Verbrechen jede Intervention hilfreicher Nachbarn so gut wie ausgeschlossen war. Andererseits aber war die weitere Umgebung des Gasthauses dicht bevölkert, daher hielt ein Wohltätigkeitsverein seine gewöhnlichen Zusammenkünfte dort ab und ließ den pekuniären Ertrag seiner Sammlungen unter der Obhut des Wirtes im Ver-

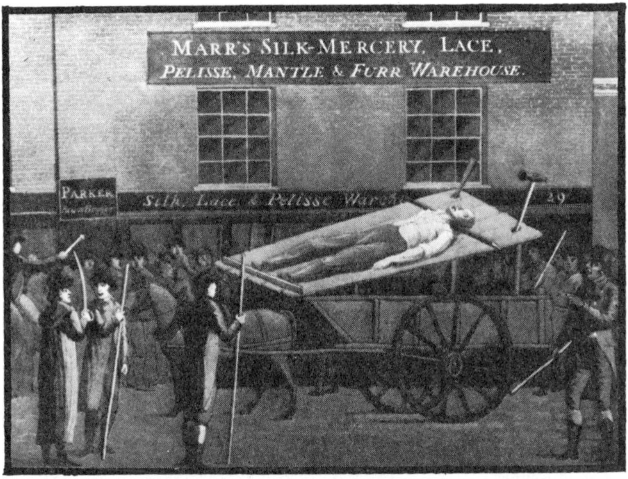

Die Leiche des Mörders Williams wird auf einem hochrädrigen Karren zur Schau gestellt.

einszimmer zurück. Erst wenn die Summe sich ungefähr auf fünfzig bis siebzig Pfund belief, wurde sie einer Bank übergeben; es lohnte sich also schon, in dem genannten Wirtshause einmal einen Einbruch zu riskieren, bei dem man ja so gut wie keine Gefahr lief.

Diese verlockenden Umstände waren durch Zufall einem oder beiden Brüdern M'Kean zu Ohren gekommen, und zwar unglücklicherweise zu einer Zeit, als sich beide in schwerer Bedrängnis befanden. Sie waren bis jetzt ehrenwerte Hausierer gewesen, hatten aber durch eine Krise der Geschäftsverhältnisse ihr gemeinsames Betriebskapital bis auf den letzten Heller verloren. Dieses Mißgeschick brachte sie an den Rand der Verzweiflung, und da sie den Verlust ihres bescheidenen Vermögens einer gesellschaftlich bedingten Katastrophe zuzuschreiben hatten, machten sie auch die Gesellschaft für diesen Verlust verantwortlich. Der geplante Raub erschien ihnen nur als ein Akt ausgleichender Gerechtigkeit, denn das Geld, das sie sich aneignen wollten, war ja in gewissem Sinne öffentliches Eigentum, weil es das Ergebnis von Sammlungen und Beitragszahlungen bildete. Bei der Errichtung dieses Gedankengebäudes übersahen die beiden Spießgesellen jedoch, daß sie für die Mordtaten, mit denen sie ihre räuberische Selbstjustiz einzuleiten gedachten, keine solchen Spitzfindigkeiten geltend machen konnten.

Da sie es, wenn alles glatt verlief, nur mit einer einzigen, auf sich selbst gestellten Familie zu tun hatten, verließen sie sich ausschließlich auf ihre Muskelkraft. Sie waren rüstige junge Männer, der eine achtundzwanzig, der andere zweiunddreißig Jahre alt, von untersetztem Körperbau, breitschultrig und von stattlichem Brustumfang. Das Ebenmaß ihrer Glieder und Gelenke bot ein so vollkommenes Bild körperlicher Schönheit, daß ihre Leichen nach erfolgter Hinrichtung in einer privaten Ausstellung in einer Klinik in Manchester von den Ärzten als Objekte der Kunstbetrachtung vorgeführt wurden.

Die Familie, gegen die sich ihr Vorhaben richtete, bestand aus vier Personen: erstens dem Wirt, einem stämmigen Bauern, den die beiden Räuber jedoch durch einen soeben in der Verbrecherwelt neu aufgetauchten Trick unschädlich machen wollten, nämlich indem sie ihm Opiumtinktur in seinen Schnaps mischten; zweitens der Frau des Wirts, drittens einem jungen Dienstmädchen; viertens einem Jungen zwischen zwölf und vierzehn.

Für die Verbrecher war nun die Gefahr nicht ausgeschlossen, daß zum mindesten eine der vier Personen durch einen Nebenausgang des Hauses entkommen und – unterstützt durch ihre bessere Ortskenntnis – aus den zunächst liegenden Häusern Hilfe herbeiholen könnte. Die Räuber konnten daher ihren Plan nicht in allen Einzelheiten ausarbeiten, sondern mußten im gegebenen Moment so handeln, wie der Augenblick es gebot. Da sie jedoch vereinbart hatten, sich gegeneinander wie völlig Fremde zu benehmen, und sich daher, ohne Verdacht zu erregen, in Gegenwart der Wirtsfamilie nicht

miteinander verständigen konnten, so mußten sie ihren Plan wenigstens in großen Umrissen festlegen; sonst wäre der Erfolg vielleicht in Frage gestellt worden. Mindestens einen Mord hatten sie einkalkuliert, im übrigen aber wünschten sie jedes überflüssige Blutvergießen zu vermeiden.
Jeder für sich und zu verschiedenen Zeiten stellten sie sich an dem verabredeten Tage in jenem Wirtshause ein, der eine um vier Uhr nachmittags, der andere erst um halb acht Uhr abends. Mit knapper Höflichkeit begrüßten sie einander und wechselten gelegentlich ein paar gleichgültige Worte, schienen aber beide zu einem eingehenderen Gespräch nicht aufgelegt. Mit dem Wirte jedoch, der gegen acht Uhr aus Manchester heimkehrte, ließ der eine der beiden Brüder sich in eine längere Unterhaltung ein, in deren Verlauf er ihn zu einem Glase Punsch einlud. Als der Wirt einen Augenblick das Zimmer verließ, setzte der Fremde dem Getränk rasch einen Löffel Opiumtinktur zu. Bald darauf schlug die Uhr zehn, und der ältere M'Kean verlangte, Müdigkeit vorschützend, in sein Schlafzimmer geführt zu werden, denn gleich nach seiner Ankunft hatte jeder der beiden Brüder ein Bett bestellt.
Sofort eilte das arme Dienstmädchen herbei, um ihm mit einer Kerze die Treppe hinaufzuleuchten, denn der Wirt, bei dem die Wirkung des Betäubungsmittels sich bereits äußerte, hatte sich in ein neben der Gaststube liegendes Privatzimmer zurückgezogen, um sich dort ein wenig auf das Sofa zu legen. Zum Glück für seine eigene Sicherheit war er also augenblicklich vollkommen außer Gefecht gesetzt; die Wirtin bemühte sich um ihren Mann, und so blieb der jüngere M'Kean ganz allein im Gastzimmer. Leise schlich er sich an den Fuß der Treppe, um die etwa von oben Herunterflüchtenden aufzuhalten. Unterdessen hatte das Dienstmädchen den Gast in ein Zimmer mit zwei Betten geleitet, deren eins schon von dem Jungen belegt war, während sich die beiden Fremden nach Belieben in das andere teilen mochten, wie sie sagte. Darauf reichte sie dem Gast die Kerze, die dieser rasch auf dem Tisch

abstellte, um dem Mädchen den Weg zu vertreten und sie zu umarmen, als wollte er sie küssen. Da solche Annäherungsversuche nicht ihr Geschmack zu sein schienen, sträubte sie sich, doch wer beschreibt ihr Entsetzen, als sie die heimtückische Hand, die sich soeben scheinbar zärtlich um ihren Nakken gelegt hatte, mit einem Rasiermesser bewaffnet sah, das ihr mit einem Ruck die Kehle durchschnitt. Sie hatte kaum noch Zeit, einen Schrei auszustoßen, bevor sie sterbend zu Boden sank.

Der einzige Zeuge dieser Schreckenstat war der Junge, der nicht schlief, aber genug Geistesgegenwart besaß, sofort die Augen zu schließen. Hastig trat der Mörder an sein Bett, um den Gesichtsausdruck des Schlummernden zu prüfen, und mißtrauisch legte er ihm eine Hand auf die Brust, um an dem Tempo seiner Herzschläge zu erkennen, ob er aufgeregt war oder nicht. Das war ein kritischer Moment für den Jungen, dessen Verstellung ohne Zweifel sofort entdeckt worden wäre, wenn nicht in diesem Augenblick ein gräßliches Schauspiel die Aufmerksamkeit des Mörders auf sich gelenkt hätte. In grausigem Schweigen erhob sich nämlich die Ermordete im Todeskampf noch einmal vom Boden, stand einige Sekunden aufrecht und wankte dann nach der Tür. Sofort stürzte sich der Mörder von neuem auf sie, während der Junge blitzschnell die Gelegenheit wahrnahm und mit einem Satze aus dem Bett zur Türe sprang. Daß er auf diese Weise den Mördern entgehen könnte, von denen der eine die oberste, der andere die unterste Treppenstufe besetzt hielt, schien freilich ausgeschlossen; und dennoch geschah dieses Wunder auf eine höchst einfache und natürliche Art. In seiner Todesangst hatte nämlich der Junge das Treppengeländer mit der linken Hand gepackt, sich tollkühn hinübergeschwungen und war unten gelandet, ohne eine einzige Stufe betreten zu haben.

Unten hatte inzwischen der Aufschrei des Mädchens die Wirtin herbeigerufen, die dem jüngeren Bruder in die Hände gefallen war und jetzt auf Leben und Tod mit ihm rang, so daß

der Junge auch an dem zweiten Mörder ungefährdet vorbeikam. Glücklich erreichte er die Küche, aus der eine nur mit einem Riegel verschlossene Hintertür ins Freie führte.
In diesem Augenblick aber wurde der ältere M'Kean durch den Tod des armen Mädchens in den Stand gesetzt, die Verfolgung des Fliehenden aufzunehmen. Zweifellos hatte dem schon halb umnachteten Geist der Ermordeten das Bild einer Klubsitzung vorgeschwebt, wie sie wöchentlich einmal in dem Gasthause stattfand; und um Hilfe und Rettung herbeizurufen, war sie in das Vereinszimmer gewankt, auf dessen Schwelle sie dann tot zusammenbrach.
So konnte nun der Mörder, der ihr auf dem Fuße gefolgt war, sofort dem Jungen nachsetzen, durch dessen Entkommen der ganze Erfolg des verbrecherischen Unternehmens in Frage gestellt worden wäre. Er überließ daher die Überwältigung der Wirtin seinem Bruder allein und stürzte durch die offene Tür ins Freie, denn schon in der nächsten Sekunde konnte es zu spät sein. Dem Jungen hatte unterdessen sein gesunder Menschenverstand gesagt, daß es aussichtslos für ihn sei, einem erwachsenen, kräftigen Manne durch Laufen zu entkommen, und er hatte sich daher Hals über Kopf in den ersten besten Graben gestürzt. Hätte nun der Mörder sich Zeit gelassen, diesen Graben einer genaueren Prüfung zu unterziehen, so wäre ihm der Junge, den sein weißes Nachthemd weithin kenntlich machte, sicher nicht entgangen. Doch raubte das spurlose Verschwinden des Flüchtlings dem Verbrecher alle kaltblütige Überlegung, und jede verrinnende Sekunde verschlimmerte noch seine Kopflosigkeit. Schon in den nächsten fünf Minuten konnte nämlich der Junge, falls er wirklich die Nachbargehöfte erreicht hatte, die Verfolger auf ihre Spur hetzen, und dann wäre es den beiden Mördern bei ihrer Unkenntnis der Feldwege wahrscheinlich unmöglich gewesen, unbehelligt zu entkommen.
Nichts blieb daher übrig, als seinen Bruder sofort von der drohenden Gefahr zu verständigen und danach schleunigst mit

ihm das Weite zu suchen. So kam es, daß die Wirtin, obgleich übel zugerichtet und verstümmelt, noch mit dem Leben davonkam und sich später wieder erholte. Auch der Wirt blieb, dank dem rechtzeitig wirkenden Betäubungsmittel unversehrt, und die fliehenden Mörder mußten sich der niederschmetternden Gewißheit fügen, daß ihr scheußliches Verbrechen vollkommen nutzlos verübt worden war. Zwar stand ihnen der Weg in das Sitzungszimmer jetzt ungehindert offen, und vierzig Sekunden hätten vollauf genügt, die Geldkassette in Sicherheit zu bringen, um sie später in aller Ruhe aufzubrechen und zu leeren. Doch die Furcht vor den Verfolgern saß ihnen im Nacken, und so flüchteten sie entlang einem Wege, der sie in nur sechs Fuß Entfernung an dem Versteck des Jungen vorbeiführte

Noch in derselben Nacht durchquerten sie Manchester und verbargen sich bei Tagesanbruch in einem Dickicht, das von dem Schauplatz ihres Verbrechens schon zwanzig Meilen entfernt lag. Während der zweiten und dritten Nacht setzten sie zu Fuß ihre Flucht fort und rasteten nur am Tage. Am vierten Morgen erreichten sie bei Sonnenaufgang ein Dorf in der Nähe von Kirby Lonsdale in Westmoreland, mußten also von ihrer eigentlichen Richtung abgewichen sein, denn ihr ursprüngliches Ziel war ihre Heimatprovinz Ayrshire, wohin der direkte Weg über Shap, Penrith und Carlisle führte. Wahrscheinlich fürchteten sie die Steckbriefe mit ihrer Personenbeschreibung, die in den verflossenen vierundzwanzig Stunden sicherlich durch die Post über alle Wirtshäuser und Herbergen verbreitet worden waren. Daher trennten sie sich auch an dem erwähnten Morgen und betraten das Dorf nicht gleichzeitig. Erschöpft und fußkrank, wie sie waren, hatte man jetzt leichtes Spiel mit ihnen. Ein Grobschmied, dem sie aufgefallen waren, verglich ihr Äußeres mit der Beschreibung des Steckbriefes und erkannte sie sofort. Mühelos wurden sie eingeholt und einzeln verhaftet, worauf auch sehr bald in Lancaster die Verhandlung gegen sie stattfand. Beide wurden zum Tode verurteilt und kurze Zeit darauf hingerichtet. Eigentlich hätten ihnen mildernde Umstände zugebilligt werden müssen, denn obwohl es ihnen bei der Durchführung ihres Planes auf einen Mord mehr oder weniger nicht ankam, hatten sie sich doch nach Kräften bemüht, unnötiges Blutvergießen zu vermeiden. Welch ein Unterschied also zwischen ihnen und dem Scheusal Williams.[83]

Sie sühnten ihr Verbrechen auf dem Schafott, während Williams, wie ich bereits erwähnte, durch Selbstmord endete. Den Gepflogenheiten jener Tage entsprechend durchbohrte man sein Herz mit einem Pfahl und begrub ihn am Knotenpunkt eines Kreuzweges (in diesem Fall dem Treffpunkt von vier Londoner Straßen), und über seinem Grabe braust und brandet unaufhörlich das rastlose Leben der Großstadt!

Mein Essay *Der Mord als eine schöne Kunst betrachtet* schien mir eines Berichts über den schrecklichen Mörder Williams zu bedürfen, der zur Zeit der vorigen Generation in London sein Unwesen trieb. Nicht nur, weil die Mordliebhaber seine künstlerischen Errungenschaften, was die Größe von Plan und Ausführung betrifft, in den höchsten Tönen priesen, sondern weil – ganz abgesehen von dem flüchtigen Zusammenhang mit dem Thema meiner Schrift – der Mann an sich wegen seiner beispiellosen, mit aalglatter Gewandtheit und einschmeichelnden Umgangsformen gepaarten Verwegenheit mir der Erwähnung wert schien. Auch war die dramatische Wirkung seiner Taten (besonders jener beiden, die 1812 ganz England in Aufregung versetzten) höchst eindrucksvoll, und Southey hatte nicht unrecht, wenn er sie im Hinblick auf die intensive und nachhaltige öffentliche Erregung geradezu als nationale Ereignisse bezeichnete. Ich möchte dem noch hinzufügen, daß auch der geheimnisvolle Schleier, der jene Taten zuerst bedeckte, nicht wenig zur Erhöhung des allgemeinen Interesses beitrug. Es gab da in mehr als einer Beziehung Rätsel zu lösen, besonders hinsichtlich der Frage: »Hatte der Mörder Komplizen oder nicht?«[84] Infolgedessen fühlte ich mich sowohl durch den teuflischen Charakter des Mörders als auch durch jenes geheimnisvolle Dunkel, das seine Persönlichkeit umgab, zu einer Nachschrift veranlaßt, denn nach zweiundvierzig Jahren waren sowohl der Täter wie auch seine Taten dem Gedächtnis des Publikums entschwunden. Mir ist jedoch klar, daß meine Schilderung viel zu weitschweifig ist. Das kam mir schon während des Schreibens zum Bewußsein, aber ich war nicht fähig, es zu vermeiden, da die durch mein Nervenleiden verursachte quälende Erregung und Unruhe mir die Ausübung von Selbstdisziplin unmöglich machte.[85]

Anmerkungen des englischen Herausgebers

Die folgenden Anmerkungen stammen von David Masson, dem Herausgeber von Thomas De Quinceys *Collected Writings.* Sie stehen in Band XIII der Gesamtausgabe, London 1897.

1 Dieser erste Abschnitt der Artikelserie, die jetzt den Titel *Der Mord als eine schöne Kunst betrachtet* trägt, wurde 1827 im Februarheft von »Blackwood's Magazine«, derselben Nummer, die auch De Quinceys Aufsatz *Kants letzte Tage* enthielt, veröffentlicht. Mit einigen Abänderungen erschien jener erste Teil dann 1854 im vierten Bande der Gesamtausgabe von De Quinceys Werken zusammen mit dem zweiten, ergänzenden Artikel, den unterdessen die November-Nummer von »Blackwood's Magazine« von 1839 gebracht hatte, sowie mit dem umfangreichen, die Mordartikelserie abschließenden *Postskriptum*.
2 Diesen Untertitel schob De Quincey bei dem Neudruck 1854 ein. In »Blackwood's Magazine« begann der Artikel folgendermaßen: »An den Herausgeber von ›Blackwoods Magazine‹. – Sir, wir haben wohl schon alle von einer Gesellschaft zur Förderung des Lasters gehört usw.«
3 Brüderschaften, die unter dem provozierenden Namen »Höllenfeuerklubs« auf dem Prinzip ostentativer Verachtung und Verspottung der herrschenden Moral und Religion fußten und dabei – wie allgemein angenommen wurde – in gotteslästerlichen Orgien schwelgten, entstanden Anfang des 18. Jahrhunderts und verbreiteten sich während der nächsten 50 bis 60 Jahre wie eine Epidemie über ganz England. Einer dieser Clubs, die De Quincey in seinen Werken erwähnt, war die berüchtigte Brüderschaft der Franziskanermönche, auch Medmenham-Klub genannt, weil er seine Zusammenkünfte

im Medmenhamhause zu Buckinghamshire, einem ehemaligen Zisterzienserkloster abhielt. Zu den bekanntesten Mitgliedern dieses Klubs gehörten der Baronet Sir Francis Dashwood (seit 1763 Lord Le Despencer genannt) und John Wilkes; doch auch der Dichter Churchill, die unbekannteren Schriftsteller Lloyd und Whithead sowie Sir John Dashwood, King Bubb Doddington und andere hatten sich dem Klub angeschlossen.

4 Christlich-römischer Schriftsteller des vierten Jahrhunderts.

5 Dieser Vorrede war ursprünglich in »Blackwood's Magazine« noch die folgende, wahrscheinlich aus der Feder von De Quinceys Freund Christopher North, dem bekannten Herausgeber der Zeitschrift, stammende Anmerkung beigefügt: [Anmerkung des Herausgebers: Wir sind unserem Korrespondenten für seinen Bericht sowie für das Zitat aus Lactantius, das zugleich seinen eigenen Standpunkt kennzeichnet, aufrichtig dankbar, stehen aber der Sache doch ein wenig anders gegenüber. Wir glauben nämlich, daß der Verfasser nachstehender Abhandlung ebensowenig ernst zu nehmen ist wie etwa Erasmus in seinem *Lob der Torheit* oder der Dekan Swift in seiner *Volksernährung durch Kinderfleisch*, halten aber die Veröffentlichung der Abhandlung von unserem beiderseitigen Standpunkt aus für wünschenswert.]
Wilson scheint also nicht ganz sicher gewesen zu sein, wie das Publikum eine Schrift mit so abschreckendem Titel und so schauderhaftem Inhalt wohl aufnehmen würde. Die Bezeichnung »unserem Korrespondenten« läßt darauf schließen, daß De Quincey dem Verlag das Manuskript von Grasmere aus zugesandt haben muß.

6 John Williams, der Londoner Mörder von 1811. Die Schilderung seiner Morde ist im Anhang enthalten.

7 Der ursprüngliche Wortlaut in »Blackwood's Magazine« war: »Unmoralisch! Gott sei mir gnädig, meine Herren!«

8 Kant – der seine Forderung unbedingter Wahrhaftigkeit so

weit trieb, daß er verlangte, man müsse sogar dem Mörder den Zufluchtsort seines schuldlosen Opfers verraten, falls man danach gefragt würde, selbst wenn man bestimmt wisse, daß dadurch der Mord zur Ausführung komme. Und damit man nicht etwa auf den Gedanken käme, diese These sei ihm vielleicht im Eifer des Disputierens entschlüpft, bestätigte er sie später einem berühmten französischen Schriftsteller gegenüber in vollem Ernst und mit seinen Begründungen.

9 In Cunninghams *Handbook of London* (1850) wird diese Straße folgendermaßen beschrieben: – »Eine hauptsächlich von Künstlern bewohnte Straße. Sir William Chambers wohnte dort im Jahre 1773, Füßli im Jahre 1804 und Opie von 1792 bis 1808. Nr. 8 war Opies Behausung, Nr. 13 diejenige Füßlis, und in Nr. 15 hatte Bone, der Emaillierer, sein Heim aufgeschlagen. Nr. 6 war die Wechselbank von Marsch, Stracey, Fauntleroy und Graham. Der Verlust, den die Bank von England durch Fauntleroys Fälschungen erlitt, belief sich auf 360 000 Pfund Sterling. Nr. 54 war (am 26. November 1810) der Schauplatz des berühmten Berners Street-Streiches, den Theodor Hook als junger Mann Mrs. Tottingham spielte, und der darin bestand, daß er verschiedenen Kaufleuten etwa zweihundert größere und kleinere Aufträge erteilte, die alle zu derselben Zeit, in demselben Hause und an dieselbe Person abgeliefert werden sollten. Dieser Streich ist in der »Quarterly Review« Nr. 143 S. 62 ausführlich beschrieben worden und hat seitdem viele Nachahmer gefunden.« – Alles dies mag De Quincey wohl vorgeschwebt haben; auch war ihm bekannt, daß Coleridge einmal in jener Straße gewohnt hatte, und zwar – wie die Worte »vor vielen Jahren« andeuten – ungefähr zwischen 1810 und 1812.

10 Die Stelle befindet sich im 4. Buch, Kapitel 16, und hat folgenden Wortlaut: – »Unter einem vollendeten Arzt oder einem vollendeten Musiker versteht man solche Leute, die sämtliche Fertigkeiten ihres Berufes in vollkommener Weise beherrschen. Mit demselben Rechte also kann man auf dem

Gebiet des Lasters von vollendeten Schmarotzern und vollendeten Dieben sprechen.«

11 Howship, John: *Practical Remarks upon Indigestion*. London 1825.

12 George Waldron alias Barrington, der bekannteste Gentleman-Taschendieb seiner Zeit, wurde im Jahre 1790 nach Botany-Bay deportiert und starb dort 1804 in einem ehrenwerten Beruf als ein gebesserter Mensch.

13 »Phagozytierend«, aus dem Griechischen für »fressend« oder »verzehrend«, wird von den Ärzten für die Bezeichnung von gewissen Geschwüren gebraucht.

14 Bezieht sich auf ein paar schrullige, im Oktober-Heft 1821 des »Blackwood Magazine« veröffentlichte Briefe Coleridges, in denen er beispielsweise die Anforderungen aufzählt, die an ein ideales Tintenfaß zu stellen sind.

15 »Molossus« bedeutet in der griechischen Prosodik einen Versfuß von drei gleich langen Silben. Der besondere Molossus, auf den De Quincey hier hinweist, das Wort εἰϱγασταί, steht in der *Medea* des Euripides, Zeile 293.

16 Die Stelle steht im zweiten Teil (3. Akt) von *Heinrich VI.* und ist in doppelter Hinsicht bemerkenswert: erstens wegen ihrer absoluten Naturtreue, obwohl der Dichter nur poetische Wirkungen zu erzielen beabsichtigte; zweitens aber wegen der unerbittlichen Bestimmtheit, mit der sie das anfangs nur leise raunende Gerücht, der mächtige Fürst und hochstehende Staatsmann sei keines natürlichen Todes gestorben, bestätigt. Der Herzog von Gloucester, der treue Beschützer und liebende Oheim des einfältigen, unmündigen Königs, ist tot in seinem Bette aufgefunden worden. Wodurch ist er gestorben? Hat die Hand der Vorsehung seinem Leben ein Ende gemacht? Ist er einem Meuchelmord zum Opfer gefallen? Beide Ansichten finden am englischen Hofe sofort ihre Vertreter. Der anhängliche und tiefbetrübte junge König kann, obwohl seine Stellung ihn eigentlich zu strikter Neutralität verpflichtet, seinen Argwohn gegen die Feinde des Herzogs nicht ver-

hehlen, worauf der Führer der Gegenpartei, von Lord Warwick durch eifrigen Widerspruch bekämpft, sich angelegentlich bemüht, die Bedenken des Königs zu zerstreuen. »Welchen Grund, welchen zwingenden Beweis kann Lord Warwick anführen, um die Berechtigung seines ›grausen Eides‹ zu erhärten?« –

»So sicher meine Seele hofft zu leben
Bei jenem furchtbar'n König, der auf sich
Den Stand der Menschen nahm, uns zu befrei'n
Von dem ergrimmten Fluche seines Vaters,
Glaub' ich, es ward gewaltsam Hand gelegt
An dieses hochberühmten Herzogs Leben.«

Anscheinend gilt Suffolks Zweifel an der Richtigkeit dieser Vermutung Lord Warwick, in Wirklichkeit aber ist er an den König gerichtet. Und Warwicks Erwiderung, der Grund, auf den er seinen Argwohn stützt, besteht in einer wuchtigen Aufzählung all der Veränderungen, die der Tod an der Person des Ermordeten verursacht hat und die untrüglich darauf schließen lassen, daß dieser Tod ein gewaltsamer gewesen sein müsse.

»Seht, sein Gesicht ist schwarz und voller Blut,
Die Augen mehr heraus, als da er lebte,
Entsetzlich starrend, dem Erwürgten gleich,
Das Haar gesträubt, die Nüstern weit vom Ringen,
Die Hände ausgespreizt, wie wer nach Leben
Noch zuckt' und griff und überwältigt ward.
Schaut auf die Locken, seht sein Haar da kleben,
Sein wohlgestalter Bart verworr'n und rauh,
So wie vom Sturm gelagert Sommerkorn.
Es kann nicht anders sein, er ward ermordet;
Das kleinste dieser Zeichen wär' beweisend.«

Wir dürfen bei dieser Schilderung keinen Augenblick vergessen, daß die erwähnten Anzeichen, wenn ihre Aufzählung irgendwelchen Wert besitzen soll, mit vollster diagnostischer Schärfe beschrieben werden müssen, denn es handelt sich ja um die Feststellung des Unterschiedes zwischen natürlichem und gewaltsamem Tode. Alle Anzeichen also, die unterschiedslos sowohl der einen als der anderen Todesart eigen sind, wären hier ganz nutzlos und fehl am Platze.

17 Als dieses Buch geschrieben wurde (1827), teilte auch ich die allgemeine Ansicht über jene Sache. Nach eingehender Überlegung mußte ich dieses gedankenlose Urteil jedoch bald widerrufen. Und heute (1854) bin ich vollkommen davon überzeugt, daß die Römer in jeder Kunst, die sie unter gleichen Vorbedingungen ausübten, genau so volkstümlich eigenartig und schöpferisch veranlagt waren wie die besten Griechen. In der Hoffnung, auch den Leser davon zu überzeugen, werde ich an geeigneter Stelle noch einmal darauf zurückkommen. Verschiedentlich schon habe ich gegen jenen alten Irrtum Front gemacht, der sich lediglich auf das zeitgemäße Schmarotzertum des Hofpoeten Virgil stützt. Mit der niedrigen Absicht, Augustus in seinem rachsüchtigen Trotz gegen Cicero zu bestärken und der Redensart *orabunt causas melius* (auf den Gegensatz zwischen athenischen und römischen Rednern bezogen) durchweg Geltung zu verschaffen, opferte er skrupellos die gerechtfertigten Ansprüche seiner Landsleute (vergleiche ante, Bd. X, pp. 54-59).

18 De Quincey drückt sich hier vollkommen korrekt aus. Das Wort »Mord« kam (obwohl seine Wurzel gleichzeitig in dem lateinischen »*mori* – sterben« oder »*mors-mortis* – Tod« und in dem Sanskritworte »*mri* – sterben« zu suchen ist, erst im Mittelalter auf dem Umwege über das Gotische in das Kirchenlatein und damit in alle romanischen Idiome Europas. »*Wasuh than sa haitana Barabbas mith thaim mith imma drobyandam gabundans, thaici in auhyodan maurthr gatawidedun*« heißt es im Markusevangelium XV, 7 der gotischen Bibelübertragung des Ulfilas; und obwohl wir hier eine Schriftprobe der Donaugoten aus dem Jahre 360 vor uns haben, läßt sich die Sprachverwandtschaft dieser Bibelstelle mit dem betreffenden Abschnitt unsrer englischen Bibel nicht leugnen:

»And there was one named Barabbas, which lay bound with them that had made insurrection with him, who had committed murder in the insurrection.« Ich glaube kaum, daß ein noch älteres Beispiel des gotischen Substantivs *maurthr (murther,* Mord) existiert; und ich habe sogar in der neuesten Ausgabe des großen Wörterbuches über mittelalterliches Latein von Du Cange in dem Abschnitt über das Wort »Mord« keinen Hinweis darauf gefunden. Allerdings wird hier der ursprünglich gotische Ursprung des Wortes in der ziemlich allgemein gehaltenen Erklärung angedeutet, es stamme aus dem »sächsischen« *morth* und bedeute Tod oder Blutbad (*ex Saxonico morth*); und in fünf wortreichen Spalten wird hierauf auseinandergesetzt, wie die mittelalterlichen Lateiner sich dieses *morth* oder *moroth* allmählich aneigneten, indem sie es zuerst in seiner ungeschlachten Urform ihren lateinischen Texten einverleibten, schließlich aber keck in *murdrum* oder *murtrum* latinisierten und sich in den Ableitungen *murtricium, murdificatio, murdredum, murdrare, murdrire, murdrator, murditor* usw. einen ganzen stammverwandten Wortschatz schufen. Aus dem Lateinischen gelangte das Wort natürlich mit Leichtigkeit in die romanischen Sprachen, vgl. das französische *meurtre* und *meurtrir.* Da aber die verschiedenen teutonischen Völkerschaften das gotische Wort in dieser oder jener Form in ihren Sprachschatz aufgenommen hatten: vergleiche das angelsächsische *morth* (Tod), *morthor* (gewaltsamer Tod), das deutsche »Mord – morden – Mörder«, so ist ihr Anspruch an jenen Ausdruck ohne Zweifel berechtigter. Ob freilich das im Frühenglischen nach der Eroberung so allgemein bekannte *morthre* oder *mordre* (später *murther* oder *murder*) wirklich das heimische, alt-angelsächsische *morth* bzw. *morthor* war oder vielleicht – entweder direkt oder auf dem Umwege über das Normannisch-Französische – dem mittelalterlichen Latein entnommen ist, bleibt zweifelhaft. *Murther* mit dem th-Laut scheint die ursprüngliche englische Form, die auch in der ersten Shakespeareausgabe vorherrscht, zu sein, obwohl die neueren Herausgeber durchweg *murder* dafür setzen.

19 Chaucers Erzählung der Äbtissin in seinen *Canterbury Tales* schildert das Schicksal eines kleinen Christenknaben in einer asiatischen Stadt, den die Juden ermordet haben sollten, weil er auf seinem Schulwege immer die christliche Hymne »*O Alma Redemptoris Mater*« zu singen pflegte. Die Äbtissin schließt ihre Erzählung mit dem Hinweis auf die gleichartige englische Legende von dem jungen »Hugh of Lincoln«, den aus ähnlichen Gründen ein paar Juden am Kreuze zu Tode gemartert haben sollen. Der zeitgenössische Geschichtsschreiber Matthew Paris, der dieses Ereignis als wirklich geschehen berichtet, verlegt es in das Jahr 1255 und fügt hinzu, daß im folgenden Jahre eine Anzahl Juden wegen jenes Verbrechens in London hingerichtet wurden. Auf ihre Untat beziehen sich die Worte der Äbtissin:

»O junger Hugh von Lincoln, du auch bist
Von den verruchten Juden, wie bekannt,
Erschlagen worden erst vor kurzer Frist.«

20 »O Jemine!« ist eine Abschwächung in der Ausgabe von 1854 gegen den ursprünglichen Ausruf: »Herr des Himmels!« in der Ausgabe von 1827. In der Zwischenzeit hatte sich nämlich der Geschmack gerade in solchen Dingen bedeutend verfeinert.

21 Der Name »Der Alte vom Berge« – auf Arabisch *Sheikh-al-jibal*, Fürst der Berge – war nicht etwa die Bezeichnung für eine Einzelperson, sondern vielmehr der Titel einer Reihe von Häuptlingen, die von 1090 bis 1258 über eine kriegerische, fanatische mohammedanische Sekte herrschten. Diese nannte sich die »Assassinen« und war über ganz Persien und Syrien verbreitet, hatte aber in gewissen Gebirgszügen ihre Hauptquartiere. Obgleich nun kein Zweifel darüber besteht, daß die Worte *assassin* und *assassination* als Bezeichnungen für Meuchelmord – und zwar besonders durch Erdolchen – sich auf die berüchtigten Gebräuche jener alten

persischen und syrischen Sekte bezieht, so steht doch die Etymologie des Namens »Assassinen« selbst noch keineswegs fest. Skeat erklärt ihn einfach durch das arabische *»hashishin«*, Haschischtrinker, und stützt sich dabei auf die Tatsache oder Vermutung, daß die Abgesandten des Alten vom Berge sich auf ihren Mordzügen mit Haschisch oder indischem Hanf zu berauschen pflegten.

22 Diese drei Morde sind eine Einschaltung in die Ausgabe von 1854. Spencer Perceval, dessen Amtszeit als Premier 1809 begann, wurde am 11. Mai 1812 im Foyer des Unterhauses von einem bankrotten Kaufmann aus Liverpool namens John Bellingham durch einen Pistolenschuß getötet. Der Herzog von Berry war der zweite Sohn des Grafen von Artois, der Ludwigs XVIII. gesetzlicher Thronerbe war und ihm unter dem Namen Karl X. auf dem französischen Throne folgte. Nach dem Tode seines älteren Bruders, des Herzogs von Orléans, wäre er seines Vaters Nachfolger geworden. Am Sonntag, den 13. Februar 1820, wurde er jedoch beim Verlassen des Pariser Opernhauses, als er seiner Gemahlin gerade in den Wagen half, von einem fanatischen Republikaner erdolcht. Jean-Baptiste Bessières, geboren 1768, einer von Napoleons fähigsten Generalen, im Jahre 1804 zum Marschall und 1809 zum Herzog von Istrien ernannt, fiel am 1. Mai 1813, am Tage vor der Schlacht bei Lützen, in einem Scharmützel mit den Deutschen durch eine verirrte Kugel. De Quincey hat ihn hier mit einem anderen napoleonischen General, Guillaume Marie Anne Brune, verwechselt, der, 1763 geboren, 1804 zum Marschall ernannt, am 2. August 1815 nach Napoleons Niederlage bei Waterloo in Avignon von einer aufgebrachten Volksmenge ermordet wurde.

23 Die chronologische Aufeinanderfolge der von De Quincey aufgezählten Morde ist folgende: 1. Wilhelm von Oranien, mit dem Beinamen »der Schweiger«, der erste Statthalter der Vereinigten Niederländischen Provinzen, am 10. Juli 1584 zu Delft von Balthasar Gerard ermordet. 2. Heinrich,

Herzog von Guise, das Haupt der Guisenpartei und die Seele des Plans, Heinrich III. von Frankreich zu entthronen, am 23. Dezember 1588 jedoch auf Betreiben des Monarchen in den königlichen Gemächern von Blois ermordet. 3. Der eben erwähnte Heinrich III., am 2. August 1589 von Jacques Clement, einem fanatischen Dominikanermönch, ermordet. 4. Heinrich IV. von Frankreich, der große und gütige Heinrich von Navarra, der als Hugenotte auf den Thron kam, ermordet am 14. Mai 1610 von François Ravaillac. 5. Der glänzende George Villiers, Herzog von Buckingham, der Günstling Jakobs I. und Karls I. und unter beiden Monarchen Premierminister von England, fiel am 23. August 1628 in Portsmouth unter dem Messer John Feltons. 6. Gustav Adolf, der heldenmütige Schwedenkönig und Vorkämpfer des europäischen Protestantismus während einer Phase des Dreißigjährigen Krieges, wurde auf dem Schlachtfeld bei Lützen am 6. November 1632 im Augenblick des Sieges vom Pferd geschossen. 7. Wallenstein oder Waldstein, der große Führer der katholischen Gegenpartei in derselben Epoche des Dreißigjährigen Krieges, wurde im Schlosse zu Eger am 25. Februar 1634 im Interesse Kaiser Ferdinands von irischen Soldaten ermordet.

24 Locke, geb. 1632, gest. 1704. Dies ist nicht die einzige Stelle in De Quinceys Werken, an der er seiner Abneigung gegen Lockes Persönlichkeit und Philosophie Luft macht.

25 Dasselbe Argument wird sehr häufig auch anderen Persönlichkeiten zugeschrieben. So soll einige Jahrhunderte früher ein französischer Dauphin, den man auf die Gefahr einer Blatternansteckung aufmerksam machte, an seine Umgebung die nämliche Frage gerichtet haben: »Hat man je davon gehört, daß ein Dauphin an den Blattern gestorben ist?« Nein, man hatte in der Tat noch nie davon gehört, was aber durchaus nicht verhinderte, daß jener Dauphin an den Blattern starb.

26 »D. 1. Juni 1675. – Heute habe ich drei Glas Punsch getrunken (ein mir ganz neues Getränk)«, sagt der Rev. Mr.

Henry Teonge in seinem von C. Knight veröffentlichten Tagebuch. Und in einer Fußnote wird auf Fryers *Travels to the East Indies*, 1672, Bezug genommen, worin der Verfasser von »jenem entnervenden Getränk« spricht, das den Namen »paunch« (der hindustanische Ausdruck für »fünf«) trägt, weil es aus fünf Ingredienzien zusammengesetzt ist. In dieser Art der Zubereitung schienen die Mediziner es »Diapente« zu nennen, während es – nur aus vier Bestandteilen hergestellt – die Bezeichnung »Diatessaron« führte. Dieser ehrwürdige Name mag es dem Rev. Mr. Teonge auch wohl empfohlen haben.

27 Das englische Parlament, das Karl I. nach elfjähriger parlamentsloser Regierung am 13. April 1640 berief, um aus seinen Schwierigkeiten mit den schottischen Presbyterianern herauszukommen. Da es sich ihm jedoch nicht willfährig erwies, löste er es schon nach drei Wochen, am 5. Mai, wieder auf, weshalb es in der englischen Geschichte unter dem Namen »Das kurze Parlament« bekannt ist.

28 Am 3. November 1640.

29 John Dennis, Literaturkritiker, geboren 1657, gestorben 1734.

30 »Dann gedachte ich an Dorislaus und Ascham, und bleiche Furcht überkam mich, als sei ich geächtet.« Das Zitat stammt aus Hobbes' in Elegieform geschriebener Selbstbiographie, die im Dezember 1679, ungefähr 3 Wochen nach seinem Tode, veröffentlicht wurde. – Dr. Isaac Dorislaus, ein in England naturalisierter Holländer, der bei der Gerichtsverhandlung gegen Karl I. als Vertreter der Anklage fungiert hatte, wurde als erster Gesandter der englischen Republik nach dem Haag geschickt, dort aber gleich nach seiner Ankunft (am 3. Mai 1649) von verbannten Royalisten in seinem Gasthause ermordet. Anthony Ascham, republikanischer Gesandter in Madrid, hatte im folgenden Jahre ein ähnliches Schicksal, denn auch er wurde von royalistisch gesinnten englischen Flüchtlingen am 27. Mai 1650 ermordet.

31 Thomas Tenison, geboren 1636, wurde 1694 Erzbischof von Canterbury und starb im Jahre 1715.

32 Eine von Hobbes ersten Veröffentlichungen war ein lateinisches Gedicht, »De Mirabilibus Pecci« (»Bergwunder«), das im Jahre 1636, als der Verfasser 48 Jahre alt war, seinen Erstdruck und im Jahre 1666 eine Neuauflage erlebte.

33 Chatsworth war damals, wie auch heute noch, die Residenz des vornehmen Zweiges der Cavendish, der damaligen Grafen und heutigen Herzöge von Devonshire. Es gereicht dieser Familie zu besonderer Ehre, daß sie zwei Generationen hindurch Hobbes eine Zufluchtsstätte gewährte. Bemerkenswert ist, daß dieser Philosoph gerade im Jahre der spanischen Armada (also 1588) geboren wurde und zwar – wie ich glaube – am 5. April, dem Karfreitag jenes Jahres. Bei seinem Zusammentreffen mit Tenison im Jahre 1670 muß er also ungefähr 82 Jahre alt gewesen sein.

34 Sextus Roscius, ein begüterter Bürger aus Ameria, der oft Rom besuchte, wurde dort, als er gerade von einem Gastmahl zurückkehrte, in der Nähe der Palatinischen Bäder ermordet. Die beiden Mörder, seine eigenen Verwandten, klagten, um den Verdacht von sich abzuwälzen und sein Vermögen in ihren Besitz zu bringen, seinen Sohn, der gleichfalls den Namen Sextus Roscius führte, des Vatermordes an. Die Verteidigung dieses Jünglings war Ciceros erste rednerische Leistung vor Gericht. Ihr Erfolg war der Freispruch des Angeklagten.

35 Berkeley befand sich im Jahre 1713, als er 28 Jahre alt und Junior Fellow am Trinity College in Dublin war, tatsächlich zu Besuch in Paris. In einem vom 25. November 1713 aus Paris datierten Brief schreibt er: »Morgen beabsichtige ich, Pater Malebranche zu besuchen und mit ihm über gewisse Punkte zu diskutieren.« Ob Berkeley sein Vorhaben ausführte, weiß man nicht; jedenfalls ist es nicht dieser Besuch, auf den De Quincey Bezug nimmt, sondern ein zweiter im Oktober 1715. Am 13. dieses Monats starb Malebranche im 77. Lebensjahre, und zwar, wie Berkeleys im Jahre 1776 veröffentlichte Le-

bensbeschreibung berichtet, infolge jenes Besuches. »Berkeley traf den erfinderischen Pater in seiner Zelle, wo er damit beschäftigt war, in einem kleinen Tiegel eine Arznei gegen Lungenentzündung zu bereiten, an der er gerade litt. Naturgemäß kam die Unterhaltung der beiden auch auf Berkeleys philosophisches System, von welchem Malebranche durch eine vor kurzem erschienene Übersetzung Kenntnis hatte. Leider aber wurde diese Gesprächswendung dem armen Pater verhängnisvoll, denn in der Hitze des Wortgefechtes ließ er seinem echt französischen Temperament so sehr die Zügel schießen, daß er sich infolge der Erregung eine Verschlimmerung seines Leidens zuzog, der er schon nach wenigen Tagen erlag.« Diese oft zitierte Stelle stammt aus Campbell Frasers *Life and Letters of Berkeley*, 1871, wo die Authentizität der Geschichte gründlich untersucht wird. »Es ist höchst bedauerlich«, heißt es bei Fraser, »daß wir über jene Zusammenkunft keinen authentischen Bericht besitzen, denn weder bei Berkeley selbst noch bei irgendeiner anderen Autorität – den Biographen ausgenommen – findet sich ein Hinweis darauf, daß sie überhaupt stattgefunden hat.«

36 Dr. Samuel Parr, geboren 1747, gestorben 1825. Siehe in Band V der *Collected Writings* De Quinceys langen Artikel *Dr. Samuel Parr; or Whiggism in its relations to Literature.*

37 »Spitalpredigten«. – Dr. Parrs wichtigste schriftstellerische Erzeugnisse bestanden außer in seiner berühmten lateinischen Vorrede zu Bellendenus (nicht Bellend'enus) in gelegentlichen Predigten zum Besten eines Krankenhauses (ich weiß nicht mehr welches), das als offizielle Bezeichnung noch den alten Titel »Spital« führte; aus diesem Grunde wurden jene Reden allgemein »Spitalpredigten« genannt.

38 Am 17. Oktober 1678 fand man in einem Graben am Fuße des nördlich von London gelegenen Primrose Hill den von einem Degen durchbohrten Körper eines Ermordeten, dessen Gesicht durch Verletzungen entstellt war und der am Halse Strangulationsmale aufwies. Es stellte sich heraus, daß

der Tote ein Richter aus Westminster, Sir Edmundbury Godfrey, war, der in Green's Lane, im Stadtviertel Strand, wohnte und seit mehreren Tagen vermißt wurde. Man schloß aus den Umständen, daß er in London in der Gegend des Strand erdrosselt und seine Leiche nach dem Fundort geschleppt worden sei. Da nun ein merkwürdiger Zufall wollte, daß der Ermordete gerade der Richter war, vor dem Titus Oates am 27. des vorhergehenden Monats seine erste Zeugenaussage über die große papistische, sowohl London wie überhaupt den ganzen Staat aufs schwerste gefährdende Verschwörung gemacht hatte, so bezeichnete das Gerücht augenblicklich die Katholiken als Urheber des Mordes. Während der ganzen, langanhaltenden und hemmungslosen »Nieder mit dem Papsttum«-Bewegung, die darauf einsetzte, wurde der Mord an Sir Edmundbury Godfrey, dem »Märtyrer des Protestantismus«, wie man ihn nannte, weidlich ausgenutzt, um den Volkszorn zu schüren.

39 In freier Übersetzung lautet der Vers etwa: »Wenn es nur genug Mäzene gäbe, würde es an Vergils nicht fehlen.«

40 Dies ist nicht das einzige Mal, daß De Quincey die Geschichte des berühmten Mordes in Bristol erzählt. Ein ausführlicher Bericht befindet sich in einem Kapitel seiner Autobiographie in *Collected Writings*, vol. I, S. 386-393.

41 Es handelt sich hier um Mary Blandy, die am 6. April 1752 hingerichtet wurde, weil sie ihren Vater, einen angesehenen Anwalt in Henley-on-Thames, mit einem Pulver, das ihr nichtsnutziger Liebhaber ihr besorgt hatte, vergiftet hatte.

42 Captain Donnellan und Sir Theodosius (nicht Theophilus) Boughton bilden ein und denselben Fall – in dem Donnellan der Mörder und Boughton das Opfer war. Jener, ein abgedankter Militär, hatte im Jahre 1777 die einzige Schwester des Sir Theodosius, eines jungen Edelmannes aus Warwickshire, geheiratet. Da ihr, falls der Bruder starb, dessen Besitztümer zufielen, vergiftete Donnellan seinen Schwager bei einem Aufenthalt in dessen Hause dadurch, daß er ihm heimlich

»Lorbeerwasser« in seine Arznei goß. Nach der gerichtlichen Verhandlung im März 1781 wurde Donnellan am 2. April des nämlichen Jahres in Warwick gehenkt.

43 Ein Bericht über diesen Fall befindet sich in der Nachschrift.

44 Eine ausführliche Beschreibung der Morde Williams' befindet sich in der Nachschrift.

45 Am Freitag, den 24. Oktober 1823, vernahm etwa um acht Uhr abends ein Farmer in Butlers Green, einer im südlichen Hertfordshire gelegenen Ortschaft auf dem Gills-Hill Lane genannten in der Nähe vorüberführenden Landwege das Rollen eines Gefährtes »und kurz darauf den Knall einer Pistole, dem lautes Stöhnen folgte«. Zwei Arbeiter, die am folgenden Morgen die Pistole unter der Hecke am Wegsaum fanden, meldeten, daß sie bei Tagesanbruch zwei Personen an der betreffenden Stelle beobachtet hätten, die nach etwas suchten. Nachdem die Beobachtung der beiden Arbeiter noch von anderer Seite bestätigt worden war, suchte man zwei oder drei Tage später einen mehrere Meilen entfernten morastigen Teich ab und fand dort eine mit Steinen beschwerte Leiche, deren Beine zusammengeschnürt waren und deren Kopf mit durchschnittener Kehle und zertrümmertem Schädel in einem Sack steckte. Der Tote wurde, wie man schon vermutet hatte, als William Weare, ein leidenschaftlicher Spieler, identifiziert, der in Lyon's Inn in einer Seitenstraße des Strand in London logierte.

Als Anstifter des Mordes verhaftete man den Besitzer einer Spielhölle in Manchester Buildings, Westminster, namens John Thurtell, der einer achtbaren Norwicher Familie entstammte. Außer ihm selbst wurden noch zwei seiner Freunde in Haft genommen: ein gewisser Joseph Hunt, der Sänger und gleichzeitig Inhaber eines Kaffeehauses in London war, und William Probert, ein ehemaliger Weinhändler, der Bankrott gemacht und sich nach Hertfordshire zurückgezogen hatte, wo er in einem Häuschen, das in der Nähe des Tatorts lag, zur

Miete wohnte. Die Geschworenen in Hertford, die über Thurtell als Haupttäter, und Hunt und Probert als Helfershelfer zu Gericht saßen, verurteilten die beiden ersteren zum Tode, während Probert in seiner Eigenschaft als Kronzeuge mit dem Leben davonkam. Doch nur bei Thurtell wurde der Urteilsspruch am 8. Januar 1824 in Hertford vollstreckt. Noch nie hatte ein Mörder am Galgen geendet, der sich so viel Ruhm und Volkstümlichkeit wie Thurtell erworben; und zwar nicht allein durch die Begleitumstände des Verbrechens und die damit verknüpften Legenden, sondern auch durch seine eindrucksvolle Verteidigungsrede vor Gericht und sein von Schließern und Wärtern bezeugtes Benehmen im Gefängnis unter dem Schatten des Todesurteils. Am merkwürdigsten ist aber die literarische Berühmtheit, zu der Thurtell und der Mord in Hertfordshire vom Jahre 1824 gelangten. In einer zeitgenössischen, Theodor Hook zugeschriebenen volkstümlichen Ballade finden wir einen gedrängten Auszug der Tatsachen in folgenden unsterblichen Versen:

They cut his throat from ear to ear;
His brains they battered in:
His name was Mr. William Weare,
He dwelt in Lyons Inn.

Die kraftvolle Einfachheit dieser Strophe imponierte Sir Walter Scott dermaßen, daß er sie öfter mit Wonne zitierte. Es scheint beinahe, als ob Sir Walter bei seinem eingehenden Studium der Mordliteratur nie auf eine Tat stieß, die ihn mehr begeistert hätte als die von Theodor Hook besungene. Wir lassen einen Auszug aus Scotts Tagebuchaufzeichnungen während der traurigen Monate in Abbotsford folgen, als der geschäftliche Ruin über ihn hereingebrochen war und das Unglück ihn tief beugte: »16. Juli 1826. Schläfrig, stumpfsinnig, faul – habe die Bücher geordnet, worauf ich gänzlich unbrauchbar war, – wenn man nicht das drei bis vier Stunden lange Brüten über einem kommentierten Bericht der Gills Hill-Tragödie »Studium« nennen will. Für rohe Gemüter ein wahres Vergnügen! Denn, abgesehen von der Brutalität, mit der dieser ungewöhnliche Mord ausgeführt wurde, veranlaßte er John Bull zu ganz absonderlichen Verrenkungen, die zuletzt so weit gingen, den gnadenlosen Mörder Thurtell zu beweinen und die Blätter und Zweige der verhängnisvollen Hecke als kostbare Reliquien zu sammeln – ja, man drängte sich sogar in die Vorstadttheater, um den Rotschimmel und das gelbe Gig zu sehen, in dem das Opfer des Verbrechens von einem Hause zum andern transportiert wurde. Ich bin heute nicht über die Schwelle gekommen, so stumpfsinnig war mir zu Mute.«

Als Scott sich fast zwei Jahre später auf der Rückreise von London nach Schottland befand, konnte er der Versuchung nicht widerstehen, einen Umweg zu machen, um Gills Hill und die Überbleibsel von Proberts Landhaus zu besuchen. In seinem Tagebuch finden wir unter dem Datum vom 28. Mai 1828 eine Beschreibung des Ortes und der dort empfangenen Eindrücke, die in folgendem Zitat aus Wordsworth zusammengefaßt sind.

»Vor Zeiten nur ein Platz wie andre auch;
Heut' aber ruht ein Fluch auf diesem Ort.«

Carlyle, der ebenfalls die Gerichtsverhandlungen über den Fall Thurtell verfolgt hatte, entnahm ihnen einen seiner zählebigsten und meistbekannten Carlylismen. »Was für ein Mensch war Mr. Weare?« wurde einer der Zeugen beim Verhör gefragt. »Ein sehr achtbarer Mann,« lautete die Antwort. »Was verstehen Sie unter achtbar?« forschte der Richter weiter. »Er hielt sich ein Gig,« erwiderte der Zeuge. Mr. Weares »Gig« wurde von dem Augenblicke an Carlyles Lieblingssymbol für Achtbarkeit, das er entweder einfach als »Gig« oder in verallgemeinerter Form als »Gigbarkeit«, »entgigte Gigbarkeit« und anderen Zusammensetzungen unaufhörlich anwandte.

46 Siehe die Nachschrift.

47 Abraham Newland (Hauptkassierer der Bank von Eng-

land, gestorben im Jahre 1807) ist heute vergessen. Zu der Zeit jedoch, als dieser Text geschrieben wurde (1827), war von allen englischen Namen der seine wohl der populärste, denn man las ihn auf allen großen und kleinen Banknoten, und ein Vierteljahrhundert hindurch (ganz besonders während der Französischen Revolution) bildete er geradezu das Merkmal höchster Sicherheit im Papiergeldverkehr.

48 Hätte De Quincey die Edinburgher Verhältnisse im Jahre 1827 besser gekannt, so wäre seine Anspielung auf jenen berüchtigten Mord bei weitem nicht so flüchtig gewesen. Die näheren Umstände des Verbrechens, die uns Robert Chambers in seinen *Traditions of Edinburgh* berichtet, sind folgende: Am 13. November 1806 fand man gegen fünf Uhr abends in Tweeddale Court, einem engen Gäßchen abseits der High Street, das auf einen Hof führte, der den Zugang zu den Hauptgebäuden der British Linen Company's Bank bildete, die Leiche William Begbies, eines Kassenboten, der am Nachmittag jenes Tages wie gewöhnlich eine größere Geldsumme – in diesem Fall 4392 Pfund in Banknoten – aus der Filiale in Leith an das Edinburgher Hauptgeschäft abzuliefern hatte. Kurz nachdem er von der Hauptstraße her im trüben Zwielicht des späten Novembernachmittags die Gasse betreten hatte, wurde er von einem Dolchstoß mitten ins Herz getroffen. Bis ans Heft war die Mordwaffe, die noch im Körper des Ermordeten steckte, dem Unglücklichen in die Brust gedrungen. Die breite, dünne Klinge hatte eine scharf zugeschliffene Spitze, und das Heft war mit einem weichen Papierbausch umwickelt, um der Hand des Mörders mehr Halt zu geben und ihn vor dem emporspritzenden Blut zu schützen. Die Banknoten fehlten. Diese Umstände bewiesen, daß der Mord sorgfältig geplant worden war. Die Verfolgung des Verbrechers wurde sofort aufgenommen, man setzte auf die Ergreifung des Mörders Belohnungen aus und nahm auch mehrfach Verhaftungen verdächtiger Persönlichkeiten vor. Allein alles, was man herausbekommen konnte, war, daß ein unbe-

kannter Mann den Kassenboten von Leith aus auf Schritt und Tritt verfolgt habe, während andere wieder beobachtet haben wollten, wie ein Mann von Tweeddale Court quer über die High Street gelaufen und in einem nach Leith herunterführenden Gäßchen auf der anderen Seite der Straße verschwunden sei. Monate waren darüber vergangen, und noch immer hatte man keine Spur von dem Mörder entdeckt; da fand am 10. August 1807 ein Arbeiter auf einem augenblicklich unbewohnten Grundstück in der nördlichen Umgebung der Stadt einen Teil der geraubten Summe zufällig in einer Maueröffnung. Der Mörder hatte nur die geringwertigen Banknoten behalten und die auf höhrere Summen lautenden im Betrage von ungefähr 3000 Pfund Sterling in jenes Loch gestopft. Auch diese Entdeckung brachte die Angelegenheit um keinen Schritt weiter; Jahre vergingen, und wenn auch hier und da einmal die öffentliche Meinung diesen oder jenen hartnäckig mit ihrem Verdacht verfolgte, so wurde doch der Mord Begbies allmählich zur Legende. Noch heutzutage, wo auch der Mörder – und wäre er steinalt geworden – schon manches Jahr im Grabe ruhen muß, erinnern sich die Passanten von Tweeddale Court jenes entsetzlichen Ereignisses, und die Wendung »Begbie-Mord« gilt in Edinburgh als bezeichnend für jede unaufgeklärte, mysteriöse Angelegenheit.

Am 23. Februar 1827, zur selben Zeit, als in »Blackwood's Magazine« dieses Werk De Quinceys erschien, fand in Edinburgh jenes berühmte Theatergründungsdiner statt, bei dem Sir Walter Scott den Vorsitz führte und durch einen Toast, den sein Freund, Lord Meadowbank, auf ihn ausbrachte, veranlaßt wurde, die so lange getragene Maske fallen zu lassen und sich als den rechtmäßigen und einzigen Verfasser der Waverley-Romane zu bekennen. Die Beifallsstürme, die dieses Geständnis entfesselte, waren noch nicht verhallt, und Sir Walter hatte kaum seinen Sitz wieder eingenommen, als er an einen in seiner Nähe sitzenden Festteilnehmer, den wohlbekannten Mr. Patrick Robertson, alias »*Peter of the Paunch*«, den witzigen Falstaff der schottischen Advokatenwelt und späterhin der schottischen Abgeordnetenbank, ein Zettelchen schickte. Peter stand als Nächster auf der Rednerliste des Abends, und Sir Walter Scott forderte ihn – wie Lockhart zu berichten weiß – durch jenes Zettelchen auf, nun auch seinerseits irgend etwas zu bekennen – und sei es die Täterschaft des »Begbie-Mordes«.

49 Dieser Artikel erschien ursprünglich im Novemberheft 1839 von »Blackwood's Magazine«, fast dreizehn Jahre nach der Veröffentlichung des ersten Artikels.

50 Der Originalabdruck in »Blackwood's Magazine« hatte die folgende Einleitung: »Doktor North! Da Sie ein liberaler Mann sind – liberal im wahren Sinne jenes Wortes, mit dem im Kauderwelsch moderner Politiker und Schulmeister so viel Mißbrauch getrieben wird – bin ich der festen Überzeugung, bei Ihnen Verständnis zu finden. Man hat mir übel mitgespielt, Herr Doktor – sehr übel! In der Hoffnung, daß Sie alles wieder ins Lot bringen werden, gestatte ich mir, Ihnen in Kürze einige Erklärungen zu geben und ein Bild schwärzester Verleumdung vor Ihnen zu entrollen. Ein zorniges Stirnrunzeln Ihrerseits oder ein drohendes Schütteln des Krückstocks in die richtige Richtung wird mein Ansehen in der öffentlichen Meinung, die zu meinem größten Leidwesen dank der Wühlarbeit böswilliger Verleumder mir und meinen Freunden recht feindlich gesonnen ist, wiederherstellen. Doch nun zur Sache!«

Der Artikel fährt dann wie oben fort, nur daß die Worte »wie Sie (d. h. Dr. North) sich entsinnen werden« durch »wie sich der geschätzte Leser entsinnen wird« ersetzt sind. Diese Abänderung ist durch den ganzen Artikel beibehalten.

51 Folgende Fußnote wurde in der Ausgabe vom Jahre 1854 hinzugefügt:

»Ihre« Majestät: In der Vorlesung sagte ich, da zu jener Zeit [1827] Wilhelm IV. [dies stimmt nicht, es war Georg IV.] auf dem Throne saß, mit Bezug auf den Herrscher »Seine« Majestät; doch zwischen der Vorlesung und dieser Ergänzung liegt die Inthronisation unserer jetzigen Königin.

52 An anderer Stelle erklärt De Quincey das Wort »Zivilation«. Es ist »Zivilisation«, ausgesprochen von einem, dem, nachdem er lange getafelt hat, die Zunge schwer geworden ist.

53 In ihrer ursprünglichen Fassung lautete die Stelle in »Blackwood's Magazine« folgendermaßen: »Ich trete stets für Tugend, Güte und dergleichen ein.« Der Satz ist nicht bloß verändert und erweitert worden, es fehlt auch folgende Stelle, die ich, da sie der Wiedergabe wert ist, hierher setze:

»An zwei Beispielen will ich Ihnen beweisen, bis zu welcher leuchtenden Höhe sich meine Tugend emporschwingt. Vielleicht wird Ihnen das erste nur wie eine unbedeutende Bagatelle vorkommen; wenn Sie jedoch meinen Neffen kennen würden, der ohne meine warnende Stimme längst am Galgen geendet wäre, so wären Sie anderer Meinung. Von übertriebenem Ehrgeiz beseelt, bildete er sich ein, in allen Zweigen der Mordkunst beschlagen zu sein, während er, die von mir gestohlenen Ideen abgerechnet, keine blasse Ahnung von der Sache hatte. Und dies war so allgemein bekannt, daß der Klub, trotz aller schuldigen Rücksicht, die er ihm als meinem Verwandten erwies, ihm schon zweimal die Mitgliedschaft verweigert hat.

»Wirklich, Herr Präsident«, sagten die Klubmitglieder zu mir, »wir täten für einen Verwandten von Ihnen gern ein übriges; aber Sie wissen selbst, daß er uns blamieren würde. Wenn wir ihn zuließen, so hätte er nichts Eiligeres zu tun, als irgend jemand auf die gemeinste Art und Weise abzuschlachten, nur um seiner Ernennung Ehre zu machen. Das wäre dann eine schöne Bescherung! Sie können sich die Geschichte ja selber vorstellen – mehr Wurstkessel als Künstleratelier! Wahrscheinlich würde er bei der Auswahl des Opfers auf einen betrunkenen Bauern verfallen, der vom Jahrmarkt nach Hause torkelt, und die Ströme des vergossenen Blutes sollten dann wohl vor unserer Kritik als Ersatz für guten Geschmack, künstlerische Ausführung und szenische Gruppierung gelten. Und womit würde er wohl arbeiten? Sicherlich mit einem Hackmesser und ein paar Pflastersteinen, so daß man auf den ersten Blick eher an die Tat eines scheußlichen Ogers oder Zyklopen als an die eines feinfühligen Meisters des 19. Jahrhunderts denken würde.«

Ich mußte zugeben, daß hier die Wahrheit gesprochen wurde, und durfte nicht zulassen, daß es zum Schlimmsten kam; meine persönlichen Gefühle schaltete ich von vornherein aus. Bei der Unterredung mit meinem Neffen am nächsten Vormittag befand ich mich in einer heiklen Situation, doch war ich fest entschlossen, mich durch keine verwandtschaftlichen Erwägungen in meinem Pflichtgefühl wankend machen zu lassen. »Mir scheint, daß du dich mit deinen Lebensanschauungen auf dem Irrwege befindest, mein lieber John,« sagte ich. »Von brennendem Ehrgeiz aufgestachelt, träumst du von glorreichen Taten, zu deren Erfüllung deine Fähigkeiten nicht ausreichen. Glaube mir, es ist nicht unbedingt notwendig, durch einen Mord seine Ehrenhaftigkeit zu beweisen. Mancher hat nie in seinem Leben den leisesten Versuch gemacht, einen andern auf gute, mittelmäßige oder schlechte Art umzubringen und ist doch in Ehren grau geworden. Zunächst mußt du dich stets fragen: *quid valeant humeri, quid ferre recusent*? Alle können wir nicht leuchtende Vorbilder der Menschheit sein. Es liegt in deinem eigenen Interesse, dich lieber mit einer bescheidenen, aber gut ausgefüllten Stellung zu begnügen, als Mißgriffe zu begehen, die im Gegensatz zu deinen prahlerischen Versprechungen aller Welt um so unangenehmer ins Auge fallen müßten.«

John machte ein sehr mürrisches Gesicht, sagte aber nichts, und ich schmeichle mir, einen nahen Verwandten vor dem Fluch der Lächerlichkeit bewahrt zu haben, indem ich ihm eine Sache ausredete, zu der er ungefähr so viel Begabung mitbrachte, wie zum Dichten eines Epos. Allerdings wurde mir erzählt, daß er über einem Racheplan gegen mich und den

Klub brütet. Sei dem nun, wie ihm wolle, *liberavi animam meam.* Wie man sieht, habe ich in dem Bestreben, die Zahl der Totschläge zu verringern, sogar eigene Lebensgefahr nicht gescheut.« Weshalb De Quincey diese Stelle in der Ausgabe von 1854 ausgelassen hat, ist nicht ersichtlich.

54 *The Triumphs of God's Revenge against the Crying and Execrable Sin of Murder.* London 1621. Es folgten noch fünf Fortsetzungen, die im Jahre 1635 mit dem ersten Teil in einem Bande vereinigt wurden. Im Jahre 1679 erschien eine neue, erweiterte Auflage.

55 Es ist das schreckliche Buch gemeint, das Nigel zu später Stunde auf seinem Zimmer im Hause des alten Geizhalses Trapbois liest, als er das Geschrei der Martha Trapbois vernimmt, die den Mord an ihrem Vater entdeckt hat. Scott sagt dazu Folgendes: »Das Buch *God's Revenge against Murder* war nicht, wie ein Bücherwurm leicht mutmaßen konnte, das von Reynolds unter diesem imponierenden Titel veröffentlichte Werk, sondern ein von dem alten Wolfe gedrucktes und verlegtes Werk früheren Datums.« Doch hätte eins der frühesten Exemplare von Reynolds' Buch fast mit dem Datum der Geschichte übereingestimmt.

56 Hier ist eine Zeile aus den Schlußstrophen von Grays *Elegie* angeführt:

»Nicht Wald noch Wiese kannten seine Spur.«

De Quincey behält diesen Rhythmus in seiner scherzhaften Parodie jener andern, den einsamen Dichter beschreibenden Strophe bei:

»Zum Fuße jener Birke folge mir,
Die ihre nackten Wurzeln kraus verstrickt.
Zur Mittagsstunde siehst du, wie er hier
Lang ausgestreckt ins Murmelbächlein blickt.«

57 »Es sprüht der Tau vor seinem hast'gen Schritt,
Der ihn dem Postmann rasch entgegenführt.
Das ist schon viel: doch größ'res Wunder noch!
Er trägt jetzt keinen Bart – er ist rasiert!«

Auch dies ist eine Art Parodie auf Grays Strophe:

»Vielleicht teilt uns ein alter Schäfer mit:
Oft seh ich morgens ihn im Dämmergrau,
Es sprüht der Tau vor seinem hast'gen Schritt,
Wenn er die Sonne grüßt auf Bergesau.«

58 Ungefähr ums Jahr 1831 entschlossen sich die britischen Behörden, energische Maßregeln zur Unterdrückung der Thugs zu ergreifen. Es war dies ein Bund oder eine Sekte im nördlichen Teil Vorderindiens, die unter dem Deckmantel überlieferter religiöser Gebräuche Wegelagerei betrieb, Reisende ermordete und nach sorgfältiger Bestattung der Erschlagenen die Beute unter sich verteilte. Eins der ersten über Thugs und Thuggismus erschienenen Bücher waren die von Thornton im Jahre 1837 veröffentlichten *Illustrations of the History and the Practices of the Thugs*.

59 Im Jahre 1828 wurde ganz Edinburgh durch die Entdekkung in Schrecken versetzt, daß zwei Iren, William Burke und William Hare, unter der Beihilfe einiger Mitschuldiger einen regelrechten Handel mit den Körpern Ermordeter zu anatomischen Zwecken betrieben hatten. Sie lockten umherziehendes fremdes Volk, Bettelweiber, Schwachsinnige und dergleichen armselige Wesen, nach denen voraussichtlich niemand fragen würde, in die Höhlen, wo sie hausten, besonders in Burkes in einer Gasse am Westhafen gelegene Wohnung, versetzten sie dort in sinnlosen Rausch, um sie dann in diesem Zustand zu ersticken oder zu erwürgen. Wie sich später ergab, waren den Mördern, ehe ihnen das Handwerk gelegt wurde, auf jene Weise sechzehn Personen zum Opfer gefallen. Burke, der zum Tode verurteilt wurde, endete am 28. Januar 1829 am Galgen, während sein Spießgeselle Hare zur großen Entrüstung des Publikums der gleichen Strafe dadurch entging, daß er bei der Untersuchung als Kronzeuge fungierte. – Als treffendes Beispiel für die Prägung einer Metonymie hat der Name des Edinburgher Mörders von 1828 den Wortschatz der englischen Sprache um ein neugebildetes Wort bereichert.

Man fing nämlich an, das Wort *burk* (mit Fortlassung des Schluß-e) als Verbum für »ersticken« zu gebrauchen, sowohl im buchstäblichen Sinne »durch Ersticken töten« (z. B. wurde ein Hörsaal für Anatomie in einer Stadt Nordschottlands eine Zeitlang allgemein »Das Burke-Haus« genannt, weil ein Gerücht wissen wollte, daß die Studienobjekte nach Burkescher Methode dorthin geliefert oder gar an Ort und Stelle fabriziert wurden) als auch in übertragener Bedeutung in Sätzen wie: »Seine Rede wurde geburkt«, d. h. von den ungeduldigen Zuhörern unterdrückt oder erstickt.
Hare, an dem der Edinburgher Pöbel, falls er seiner habhaft geworden wäre, Lynchjustiz geübt hätte, lebte unter falschem Namen weiter; an welchen Orten, mag der Himmel wissen. Es ging die Sage, er wäre bei einem Anstreicher beschäftigt gewesen und von seinen Arbeitskollegen, nachdem diese herausbekommen hatten, wer er war, mit Kalk begossen worden, wodurch er sein Augenlicht eingebüßt hätte. Vor mehr als zwanzig Jahren wurde mir ein alter, weißhaariger Mann, der am Gitter der Nationalgalerie auf dem Trafalgar Square zu betteln pflegte, als der Mörder Hare bezeichnet, was mir, da der Alte einen recht ehrwürdigen Eindruck machte, ziemlich unglaubwürdig erschien. Später hörte ich allerdings, daß auch an anderen Orten auffallende Erscheinungen blinder Bettler mit der Person Hares in Zusammenhang gebracht wurden.
60 Siehe Anm. Nr. 21.
61 v. Hammers *Geschichte der Assassinen* erschien im Jahre 1818. In einer Anmerkung zu der Schrift über die Assassinen und den Alten vom Berge gibt Gibbon seine Quellen mit folgenden Worten an: »Alles, was wir von den Assassinen in Persien und Syrien wissen, ist den beiden von M. Falconet vor der »Academy of Inscriptions« gehaltenen Vorlesungen entnommen, in denen er das Resultat seiner gründlichen umfassenden Forschungen zusammenstellt.« In der Gibbon-Ausgabe vom Jahre 1839 hat Milman jedoch folgende Anmerkung hinzugefügt: »v. Hammers Geschichte der Assassinen

hat nunmehr Falconets Dissertation in den Schatten gestellt.«
62 »Auf Seite eintausendvierhunderteinunddreißig –« heißt es buchstäblich, lieber Leser, und ist kein Scherz. (Marin Mersenne, Mönch eines Klosters in der Nähe von Paris, wurde 1588 geboren und starb 1648. Eins seiner Werke war ein im Jahre 1623 in Paris unter dem Titel *P. Marini Mersenni, ordinis minorum S. Francisci de Paula Questiones celeberrimae in Genesim, cum accurata Textus explicatione* veröffentlichter Kommentar zur Genesis. Jede Seite des dicken Folianten war in zwei Spalten geteilt, die einzeln numeriert waren, was De Quincey trotz seiner Gründlichkeit übersehen hat. Daher befindet er sich im Irrtum, wenn er wiederholt scherzend von der angeführten Stelle als auf Seite »eintausendvierhunderteinunddreißig« spricht. Es müßte eigentlich heißen Spalte 1431, die Seitenzahl wäre demnach nur 716.)
63 Guido Panciroli, italienischer Jurist (geb. 1523, gest. 1599) war der Verfasser eines Werkes über verloren gegangene Künste und Erfindungen.
64 Diese Sammlung griechischer Epigramme von Planudes Maximus, einem byzantinischen Mönch des vierzehnten Jahrhunderts, erschien zuerst 1594 in Florenz.
65 Flavius Vopiscus, ein Schriftsteller des vierzehnten Jahrhunderts, war der Verfasser einiger jener Biographien römischer Kaiser, die unter dem Sammeltitel *Augusta Historia* bekannt sind. Der Name seines Kommentators, Salmasius oder Claude de Saumaise, geb. 1588, gest. 1653, den seine Zeitgenossen für den größten aller Gelehrten hielten, wird uns jetzt vielleicht am meisten durch Miltons Angriff auf ihn in *Defensio pro Populo Anglicano* ins Gedächtnis zurückgerufen.
66 Dieses Epigramm, das von Planudes in seiner griechischen Form überliefert ist, wird von Salmasius dem 148 v. Chr. geborenen und 103 v. Chr. gestorbenen Satiriker Caius Lucilius zugeschrieben. Unter den erhaltenen Fragmenten des Lucilius findet es sich jedoch nicht, und in der griechischen Form ist es anonym.

67 In dem griechischen Text des Epigramms war der Doktor »Krateas« und der Leichenwäscher »Damon« genannt, was die Leser des Originalartikels in »Blackwood's Magazine« durch eine von Wilson dem Text De Quinceys beigefügte Anmerkung erfuhren. Ihr Wortlaut war folgender: »Hier das griechische Epigramm mit einer Übertragung. C. N.« (C. N. ist Christopher North.) Den griechischen Text brauche ich hier nicht wiederzugeben. Wilsons Übertragung (oder stammte sie von Christopher North?) lautet:

»Damon beweist Geschäftsgeist und Genie:
In Firma Krateas und Kompagnie
Stiehlt er die Leichentücher über Nacht,
Woraus der Doktor Wundverbände macht.
Zum Dank dafür schickt dieser Ehrenmann
Dem Kompagnon all seine Toten dann.«

68 Siehe Anm. Nr. 59.

69 De Quincey fügte dieses Postskriptum im Jahre 1854 hinzu, als er die beiden vorhergehenden Artikel im Band IV seiner *Collected Writings* abdruckte. Er nannte es einfach »Nachschrift«, doch paßt der erweiterte, hier wiedergegebene Titel besser.

70 Das Wort »Schrift« in der Einzahl läßt darauf schließen, daß die Nachschrift im Manuskript kurz nach der Veröffentlichung der ersten »Vorlesung« und vor Abfassung der zweiten entstand.

71 Swifts Werk vom Jahre 1729, auf das sich De Quincey hier beruft, trägt den Titel: *Ein bescheidener Vorschlag, wie man es verhüten kann, daß armer Leute Kinder in Irland ihren Eltern oder dem Staat zur Last fallen und wie man sie dem Volkswohle nutzbar machen könnte.* Ein paar ausgewählte Sätze sollen dem Leser eine Probe von der grimmigen Ironie des Verfassers geben:

»Einer meiner Bekannten, ein sehr gewitzter Amerikaner, versicherte mir, daß ein gesundes, wohlgepflegtes einjähriges Kind köstliche, nahrhafte und bekömmliche Gerichte liefert, ganz gleich, ob in gedämpftem, gebratenem, gebackenem oder gekochtem Zustande. Ich zweifle nicht daran, daß es sich auch als Frikassee oder Ragout verwenden läßt. Daher unterbreite ich folgenden ergebensten Vorschlag zur öffentlichen Erwägung: von den durch Zählung festgestellten hundertundzwanzigtausend Kindern (die alljährlich in Irland zur Welt kommen) mögen zwanzigtausend, darunter der vierte Teil männliche, zur Zucht aufbewahrt werden, was schon einen höheren Prozentsatz bildet, als wir Schafen, Rindern oder Schweinen zugestehen. Die übrigen hunderttausend mögen, wenn sie das erste Lebensjahr vollendet haben, den angesehensten und wohlhabendsten Leuten des Königreiches zum Kauf angeboten werden; der Mutter ist dabei stets anzuraten, sie im letzten Monat recht reichlich zu nähren, damit sie die für einen feinen Tisch notwendige Rundlichkeit erlangen. Aus einem Kinde wird man zu einem Gesellschaftsessen zwei Gerichte herstellen können. Speist die Familie unter sich, so wird ein Vorder- oder Hinterviertel ausreichen. Mit Pfeffer und Salz bestreut, kann es gut am vierten Tage gekocht werden, besonders im Winter.« – Es ist danach kein Wunder, daß De Quincey diesen Vorgänger in seiner Apologie anführte. Christopher North hatte es bereits für ihn getan. Siehe Anmerkung Nr. 5.

72 Am 24. Februar 1809.

73 Es ist sonderbar, daß De Quincey das genaue Datum der Williams-Morde, von denen er soviel Aufhebens macht, vergessen haben sollte. Sie fanden nämlich schon im Dezember 1811 statt. Vielleicht schrieb er aus dem Gedächtnis, und die durch jene Morde verursachte Panik dehnte sich bis zum Jahre 1812 aus.

74 Ich weiß nicht genau, ob Southey zu jener Zeit beim Verlage des »Edinburgh Annual Register« angestellt war. Trifft dies zu, so findet sich zweifellos im Lokalteil jener Chronik ein ausgezeichneter Bericht der ganzen Begebenheit.

75 Sonnabend, den 7. Dezember 1811.

76 Ein Künstler erzählte mir in diesem Jahre (1812), daß er ein neunhundert Mann starkes einheimisches Devonshire-Regiment (Freiwillige oder Miliz) an sich vorübermarschieren gesehen und darunter kaum ein Dutzend Männer bemerkt habe, auf die der Ausdruck »gut aussehend« nicht gepaßt hätte.
77 Ich entsinne mich der Geschichte der Gasbeleuchtung nicht mehr in chronologischer Reihenfolge. Doch wurden in London, nachdem ein Deutscher, namens Winsor, durch eine Probebeleuchtung der Pall Mall am 28. Januar 1807 den Wert des Gaslichtes und seine Verwendbarkeit zur Straßenbeleuchtung vorgeführt hatte, mehrere Stadtteile durch ihre alten Kontrakte mit Ölhändlern noch auf Jahre hinaus an der Einführung des neuen Systems gehindert.
78 Ein klareres Beispiel für den Unterschied zwischen »geschehen« und »bekannt werden« oder einen deutlicheren Tadel der mißbräuchlichen Anwendung von »bekannt werden« im Sinne von »geschehen« gibt es kaum.
79 Einer interessanten, soeben von Charles Pollitt aus Kendal unter dem Titel *De Quincey's Editorship of the Westmorland Gazette* veröffentlichten Bekanntmachung entnehmen wir, daß während der ganzen Zeit seiner redaktionellen Tätigkeit (einer Periode, die nach neueren Feststellungen genau vom 11. Juli 1818 bis zum 15. November 1819 dauerte) De Quincey die Spalten dieses provinziellen Toryblattes mit Vorliebe durch Berichte über Schwurgerichtsverhandlungen und Mordprozesse füllte. »Während er mit der Zeitung in Verbindung stand«, so äußert sich Pollitt, »bildeten Schwurgerichtsverhandlungen nicht allein einen überwiegenden Teil, sondern oft den ausschließlichen Inhalt des verfügbaren Raumes.« Zur Erläuterung führt Pollitt folgende, der Zeitung vom 8. August 1818 entnommene Notiz an: »Es wird dem Leser auffallen, daß die Spalten unseres Blattes in dieser Woche fast nur mit Gerichtsverhandlungen angefüllt sind. Aus folgenden drei Gründen glaubten wir ihnen berechtigterweise

den Vorrang vor allen andern lokalen oder ausländischen Neuigkeiten einräumen zu müssen:

1. Weil sie alle Leser, ohne Standesunterschiede, gleichermaßen interessieren.

2. Weil sie auf die ungebildeteren Klassen ganz besonders nutzbringend einwirken, indem sie diese auf das eindrücklichste über ihre sozialen Pflichten belehren: nämlich nicht in der abstrakten Form der Erklärung und des Verbots, wie der schroffe Wortlaut der Gesetzesparagraphen, sondern durch die Darstellung eines bestimmten Falles, einer Verkörperung jener Gesetzesforderung, wie die Logiker es nennen würden, und zwar gleichzeitig in Verbindung mit den Strafen, die eine Übertretung oder Außerachtlassung des Gesetzes nach sich zieht.« Und

3. »Weil sie den besten Überblick über den moralischen Zustand der Gesellschaft gewähren.« Was die Leute von Westmorland von dieser ständigen Versorgung mit Schauergeschichten durch den Herausgeber der »Gazette« hielten, weiß man nicht, doch scheint darin einer der Gründe für die Unzufriedenheit der Besitzer gelegen haben, die De Quinceys redaktioneller Tätigkeit ein frühes Ende bereitete, wie Pollitt meint.

80 In der Donnerstagnacht, am 19. Dezember 1811.

81 Möge der Leser, falls er geneigt sein sollte, die Williams beigemessene Bösartigkeit für übertrieben oder phantastisch zu halten, bedenken, daß der Verbrecher außer dem Zweck wollüstigen Schwelgens in der verzweifelten Todesangst seines Opfers sonst überhaupt keine Gründe für den beabsichtigten Mord der Kleinen hatte. Sie schlief fest hinter geschlossener Tür, hatte weder etwas gesehen noch gehört, so daß sie ebensowenig gegen ihn zeugen konnte wie die drei Leichen. Und dennoch war er im Begriff, sie zu ermorden, als der Lärm auf der Straße ihn davon abhielt.

82 Shelley, Percy Bysshe: *The Revolt of Islam.* 12. Gesang.

83 De Quincey hat seiner Schilderung des Falles M'Kean,

den er mit soviel Einzelheiten ausschmückt, kein Datum beigefügt. Die Verbrecher waren zwei Brüder, Alexander und Michael Mackean (auch M'Keand geschrieben), die am 18. August 1826 in Lancaster wegen des am 22. Mai an Elisabeth Bates, der Dienstmagd des Gastwirtes Joseph Blears aus Winton bei Manchester, begangenen Mordes zum Tode verurteilt wurden. Abgesehen von dieser Mordtat hatten die Verbrecher den Wirt durch Betäubung außer Gefecht gesetzt und seine Frau beinahe umgebracht; ein im Hause weilender Junge (Michael Higgins) hatte sich nur mit knapper Not in der von De Quincey beschriebenen Weise durch die Flucht retten können.

84 Trotz des Übergewichts von reinen Vermutungen war man im Kreise der Mordliebhaber zu der Überzeugung gelangt, daß Williams seine Schandtaten allein ausgeführt haben müsse. Doch auch die entgegengesetzte Annahme wurde von kuriosen Begebenheiten genährt, wie z. B. dieser:

Einige Stunden nach dem zweiten Morde wurde in Barnet, einer Bahnstation nördlich von London, ein Mann festgenommen, der eine beträchtliche Menge Silbergerät mit sich führte, über dessen Erwerb und Verwendung er jede Auskunft verweigerte. Mit brennendem Interesse verfolgte er in den Tageszeitungen, die ihm im Gefängnis erreichbar waren, die polizeilichen Erhebungen über den Fall Williams, und an dem Tage, als der Selbstmord des berüchtigten Verbrechers bekannt wurde, machte auch jener Fremde seinem Leben mit eigener Hand ein Ende.

85 Diese Notiz fand sich in den »Erläuterungen« zu dem Band von De Quinceys *Collected Writings*, der die Neubearbeitung seines Essays *Der Mord als eine schöne Kunst betrachtet* enthielt.

Zeittafel

1785 *15. August:* Thomas De Quincey wird als zweiter Sohn des Kaufmanns Thomas Quincey (das *De* wurde erst später dem Namen beigefügt) und Elizabeth Penson Quincey, Tochter eines Armeeoffiziers, in Manchester geboren.

1790 Seine Schwester Jane stirbt.

1791 Die Familie bezieht ein neues Haus, *Greenhay*, das etwas außerhalb der Stadt liegt.

1792 Seine Schwester Elisabeth stirbt.

1793 *18. Juli:* Sein Vater stirbt im Alter von 39 Jahren an Tuberkulose.

1793-1796 Thomas erhält zusammen mit seinem Bruder William eine Privaterziehung bei Samuel Hall, einem Geistlichen aus Salford, einem kleinen Ort in der Nähe seines Elternhauses.

1796 Der Familienbesitz *Greenhay* wird verkauft. Umzug nach Bath.

1796-1798 Thomas besucht die *Bath Grammar School*, wo er sich durch seine außergewöhnlichen Leistungen im Lateinischen auszeichnet. Er verläßt die Schule, nachdem er versehentlich durch den Stockschlag eines Lehrers, der einem anderen Schüler zugedacht war, verletzt worden ist und für längere Zeit erkrankt.

1799 Sein Bruder William stirbt. Thomas wechselt von der *Bath Grammar School* zu einer kleinen Privatschule in Winkfield, Wiltshire, über, die von dem Geistlichen Edward Spencer geleitet wird.

1800 Gewinnt bei einem nationalen Wettbewerb den dritten Preis für die Übersetzung einer Ode von Horaz.

Juli-September: Besucht zusammen mit seinem Freund Lord Westport Irland.

September–November/Dezember: Hält sich zusammen mit seiner Schwester Mary eine Zeitlang in Laxton, Northamptonshire, auf, wo der Familienbesitz der Carberys liegt.

Zwischen Lady Carbery, einer alten Freundin der De Quinceys, und dem jungen Thomas entwickelt sich eine fruchtbare geistige Beziehung.

1801 *Januar:* Besucht die *Manchester Grammar School.* Die Routine des Schulalltags, die Mittelmäßigkeit der Lehrer und die hohen intellektuellen Ansprüche des frühreifen Thomas tragen dazu bei, daß er der neuen Umgebung bald überdrüssig wird.

1802 *18. (?) Juli:* Nach wiederholten vergeblichen Appellen an seine Mutter, ihn von der Schule zu nehmen, verläßt er die *Manchester Grammar School* schließlich ohne ihre Erlaubnis und ohne Wissen der Schulleitung.

August–November: Wanderung durch Wales.

November: Abstecher nach London. Verbringt dort einige Monate in großer Armut. Enge freundschaftliche Beziehungen zu der Prostituierten Ann.

1803 *März:* Versöhnt sich mit seiner Mutter.

März–August: Aufenthalt bei Mrs. Best in Everton. Wie aus seinem Tagebuch für diese Zeit hervorgeht, liest er viel, entwirft und verwirft Pläne für verschiedene Publikationen und entwickelt ein besonderes Interesse für die Dichtungen von William Wordsworth und S.T.Coleridge. Erster brieflicher Kontakt mit Wordsworth.

August–September: Rückkehr zu seiner Mutter nach Chester.

Dezember: Immatrikulation am Worcester College, Oxford. Die Mutter gibt den Wohnsitz *St. John's Priory* in Chester auf.

1803-1808 Studium am Worcester College, Oxford. In den Semesterferien besucht er London, Bath, Everton und den *Lake District.*

1804 Nimmt zum ersten Mal Opium als schmerzlinderndes Mittel gegen eine Neuralgie. Begegnung mit Charles Lamb am Ende des Jahres bzw. zu Anfang des nächsten.

1806 *15. August:* De Quincey wird volljährig und kommt in

den Genuß einer Erbschaft von £ 2600.

1807 *Juli:* Trifft S.T. Coleridge in Bridgewater. Läßt dem in finanziellen Nöten befindlichen Dichter anonym £ 300 zukommen. Begleitet Mrs. Coleridge und ihre drei Kinder auf der Reise nach Grasmere.

1807 *4. November:* Trifft William Wordsworth, das Dichteridol seiner Jugendjahre, in dessen Haus *Dove Cottage*, Grasmere. Erste Begegnung mit Robert Southey.

1808 *Mai:* Verläßt abrupt Oxford während seiner akademischen Abschlußprüfung, obwohl er am ersten Tag des Examens einen ausgezeichneten Eindruck hinterlassen hatte und mit einer vorzüglichen Benotung rechnen konnte.

November: Bezieht seine neue Unterkunft im Hause der Wordsworths in *Allan Bank*.

1809 Mietet *Dove Cottage*, Grasmere.

20. Februar: Abreise nach London, wo er während der nächsten drei Monate die Drucklegung von Wordsworths Schrift *The Convention of Cintra* überwacht. Ein Postscriptum, das er dieser Veröffentlichung beifügt, ist das erste bekannte Prosastück, das er publiziert.

Gegen Ende des Jahres besucht er seine Mutter, die jetzt in *Westhay*, Wrington, in Somerset lebt.

Oktober: Bezieht *Dove Cottage*, Grasmere.

1810-1812 Lebt in Grasmere. Gelegentliche Besuche bei seiner Mutter in *Westhay* und in London. Er plant ein großes philosophisches Werk mit dem Titel *De emendatione humani intellectus*.

1812 *März:* Beginnt ein Studium der Rechtswissenschaft am *Middle Temple* in London.

Juni: Catherine Wordsworth stirbt. Tief betroffen von ihrem plötzlichen Tod eilt De Quincey nach Grasmere, wo er selbst ernsthaft erkrankt.

September–Dezember: Rekonvaleszenz, mit Aufenthalten in Liverpool, Birmingham, Bristol und Bath.

Dezember: Thomas Wordsworth stirbt.

1813 *Januar:* Kehrt nach Grasmere zurück. Beginn der Freundschaft mit der Familie von John Simpson, einem Bauern aus der Umgebung. Freundschaft mit Margaret Simpson, der 17 Jahre alten Tochter, die er später heiratet.

Mai: Nimmt seine juristischen Studien in London wieder auf.

Beginn seiner beinahe lebenslangen Abhängigkeit von Opium. Er wird ein »regelmäßiger und überzeugter Opium-Esser«. Er nimmt die Droge gewöhnlich in Form des *Laudanum*, einer Lösung, in der das Opium in Alkohol gelöst und mit Wasser verdünnt wird.

1813-1816 lebt abwechselnd in Grasmere, London und im Haus seiner Mutter in Somerset. Pflegt seine Beziehungen mit Coleridge, Lamb und Crabb Robinson.

Seine Freundschaft mit Margaret Simpson wird bekannt. Gleichzeitig steigert er seine tägliche Dosis *Laudanum* auf 8000-12 000 Tropfen, so daß er zeitweise nicht mehr arbeiten kann. Das Verhältnis zu den Wordsworths kühlt sich ab. Im Jahre 1815 besucht er Edinburgh, wo er mit bekannten schottischen Schriftstellern und Gelehrten zusammentrifft. Gibt das Studium der Rechte auf. Sein Vermögen ist aufgebraucht.

1816 *9. November:* Sein Sohn William Penson wird geboren.

1817 *15. Februar:* De Quincey heiratet Margaret Simpson, die Mutter seines ersten Kindes.

1818-1819 Tätigkeit als Herausgeber der *Westmorland Gazette*.

1818 *5. Juni:* Die Tochter Margaret wird geboren.

De Quinceys finanzielle Verhältnisse verschlechtern sich.

1820 Besuch in Edinburgh. Verhandlungen mit dem Verleger William Blackwood über Beiträge in *Blackwood's Edinburgh Magazine*.

Dezember: Aufsatz über Schiller fertiggestellt.

1821 De Quincey bezieht mit seiner Familie das Haus *Fox*

Ghyll, läßt jedoch seine Bücher in *Dove Cottage*.
Juni: Begibt sich nach London und schreibt in den folgenden Monaten *The Confessions of an English Opium-Eater*.
September–Oktober: Die Schrift erscheint in zwei Teilen anonym in *The London Magazine*, vol. 4, pp. 293-312, pp. 353-379 und erregt beträchtliches Aufsehen. In den folgenden drei Jahren schreibt De Quincey über 48 Artikel für das *London Magazine*.

1822 *The Confessions of an English Opium-Eater* erscheint in Buchform.
De Quincey verbringt die meiste Zeit des Jahres – häufig krank – in seinem Haus *Fox Ghyll*.

1823 Bis August in London, dann wieder in *Fox Ghyll*. Sein Gesundheitszustand ist aufgrund der starken Opiumabhängigkeit schlecht, seine finanzielle Situation hat sich ebenfalls zugespitzt.
On the Knocking at the Gate in »Macbeth«, The London Magazine, vol. 8, 1823, pp. 353-356.
Letters to a Young Man whose Education has been Neglected. Letters I-V, The London Magazine, vols. 7-8, Jan., Febr., March, May, and July.

1824 Überträgt den dreibändigen deutschsprachigen Roman *Walladmor* ins Englische.

1825 *Fox Ghyll* wird verkauft. Die Familie De Quincey bezieht eine neue Unterkunft im Hause der Simpsons in *Rydal Nab*.

1826 De Quincey begibt sich nach Edinburgh und schreibt für verschiedene einflußreiche Zeitschriften.

1827 *On Murder Considered as one of the Fine Arts* erscheint in *Blackwood's Edinburgh Magazine*, vol. 21, Febr., pp. 199-213. Der zweite Teil des Essays erscheint in der gleichen Zeitschrift erst in vol. 46, Nov. 1839, pp. 661-668. Den beiden Teilen wurde später ein *Postscript* angefügt, das in der von James Hogg besorgten De Quincey-Gesamtausgabe in vol. 4, 1854, pp. 60-111 steht.

1832 Der Roman *Klosterheim; or, the Masque* erscheint. De Quincey, der sich inzwischen immer mehr verschuldet hat, wird wegen Zahlungsunfähigkeit zweimal inhaftiert. Muß im Laufe der nächsten Jahre häufig den Wohnsitz wechseln, um den Gläubigern zu entgehen.

1833 Schreibt für *Tait's Edinburgh Magazine.*

1834 *Sketches of Life and Manners from the Autobiography of an English Opium-Eater*, Tait's Magazine, vol. 1 (n.s.), 1834 seqq.

1835 Sein ältester Sohn William stirbt.

1837 *7. August:* Seine Frau Margaret stirbt.

1839 *Lake Reminiscences, from 1807 to 1830,* Tait's Magazine, vol. 6, pp. 1-12; pp. 90-103; pp. 246-254; pp. 453-464; pp. 513-517.

1840 *Theory of Greek Tragedy,* Blackwood's Edinburgh Magazine, vol. 47, Febr. 1840, pp. 145-153.
Bezieht das Haus *Mavis Bush* bei Lasswade.
Style, Blackwood's Edinburgh Magazine, vol. 48, July, pp. 1-17; Sept., pp. 387-398; Okt.; pp. 508-521; vol. 49, Febr. 1841, pp. 214-228.

1841-1843 De Quincey in Glasgow, wo er für eine Lokalzeitung Beiträge schreibt.

1842 Sein Sohn Horace stirbt in China.

1844 *The Logic of Political Economy* erscheint bei Blackwood's.

1845 *Suspiria de profundis, being a sequel to the Confessions of an English Opium-Eater,* erscheint in *Blackwood's Edinburgh Magazine,* vol. 57, March 1845, pp. 269-285; April, pp. 489-502; June, pp. 739-751; vol. 58, July, pp. 43-55. Unvollendet.

1846 De Quinceys Mutter stirbt.
Seine finanzielle Situation bessert sich.

1848 Reduziert die hohen Dosen Opium, die er bisher benötigte, auf ein Minimum.

1849 *The English Mail-Coach, or the Glory of Motion* erscheint in *Blackwood's Edinburgh Magazine,* vol. 66, Oct. 1849, pp. 485-500. In der Dezember-Ausgabe: *The Vision of Sudden Death,* pp. 741-755.

1850 Schreibt für *Hogg's Weekly Instructor,* und, später, für *The Titan.*

1851 Die erste amerikanische Gesamtausgabe der Werke De Quinceys beginnt im Verlag Ticknor & Fields zu erscheinen.

1852 De Quincey unterstützt den Herausgeber der englischen Ausgabe seiner gesammelten Schriften, James Hogg, bei der Sammlung und Ordnung des Materials, an dem er zahlreiche Umarbeitungen vornimmt. Diese Ausgabe erscheint unter dem Titel *Selections Grave and Gay from Writings Published and Unpublished, by Thomas De Quincey,* in 14 Bänden zwischen 1853 und 1860.

1857 Besucht seine Tochter Margaret in Irland, um seine Enkelkinder zu sehen.

1859 *8. Dezember:* De Quincey stirbt im Alter von 74 Jahren.

Abkürzungsverzeichnis

Aufl. = Auflage
bes. = besonders
cf. = confer
CL = *Comparative Literature*
Diss. = Dissertation
EA = *Etudes anglaises*
ed. (Pl. edd.) = edidit, ediderunt
EL = Everyman's Library
EML = English Men of Letters
ESt = *Englische Studien*
Ill. = Illinois
JHI = *Journal of the History of Ideas*
Jr. = Junior
Mass. = Massachusetts
Mich. = Michigan
MSS. = manuscripts
Nachdr. = Nachdruck
N.J. = New Jersey
No. = Numéro
p. (Pl. pp.) = pagina
PMLA = *Publications of the Modern Language Association of America*
PQ = *Philological Quarterly*
pt. = part
repr. = reprint, reprinted
rev. ed. = revised edition
seq. (Pl. seqq.) = sequens, sequentes
ser. = series
Suppl. = Supplement
TEAS = Twayne's English Authors Series
UP = University Press
v. = von
vol. (Pl. vols.) = volume(s)
VS = Victorian Studies
WTW = Writers and their Work

Ausgewählte Bibliographie

I. Bibliographien und Forschungsberichte

Thomas De Quincey. A bibliography based upon the De Quincey collection in the Moss Side Library, compiled by J. A. Green, Manchester 1908.
Axon, William E. A.: *The Canon of De Quincey's Writings, with References to some of his Unidentified Articles,* in: *Transactions of the Royal Society of Literature,* 2nd ser., vol. 32, pt. I, 1913, pp. 1-46.
Moreux, Françoise: *Appendice bibliographique,* in: *Thomas De Quincey. La vie. L'homme. L'oeuvre,* Paris 1964, pp. 583-610.
Jordan, John E.: *Thomas De Quincey*, in: *The English Romantic Poets & Essayists. A review of research and criticism*, edd. Carolyn W. and Lawrence H. Houtchens, rev. ed., New York 1966 [1957], pp. 289-331.

II. Werke

1. Gesamtausgaben und Teilsammlungen

De Quincey's Writings, ed J. T. Fields, 23 vols., Boston 1851-1859.
Selections Grave and Gay, from Writings Published and Unpublished, 14 vols., Edinburgh/London 1853-1860.
The Collected Writings of Thomas De Quincey. New and enlarged edition, ed. David Masson, 14 vols., Edinburgh 1889-1890. Standardausgabe.
The Uncollected Writings of Thomas De Quincey. With a preface and annotations by James Hogg, 2 vols., London 1890.
The Posthumous Works of Thomas De Quincey. Edited from the original MSS., with introductions and notes, by Alexander H. Japp, 2 vols., London 1891-1893.
De Quincey Memorials. Being letters and other records, here first published. With communications from Coleridge, the Wordsworths, Hannah More, Professor Wilson, and others, ed., with introduction, notes, and narrative, by Alexander H. Japp, 2 vols., London 1891. Nachdr. in einem Band: Hildesheim/New York 1974.
De Quincey's Literary Criticism, ed. Helen Darbishire, London 1909.
A Diary of Thomas De Quincey, 1803, ed. Horace A. Eaton, London [1928].
De Quincey at Work, ed. Willard H. Bonner, Buffalo (New York) 1936.
Thomas De Quincey, ed. Bonamy Dobrée, New York 1965.
New Essays by Thomas De Quincey. His contributions to the »Edinburgh Saturday Post« and the »Edinburgh Evening Post« 1827-1828, ed. Stuart M. Tave, Princeton (New Jersey) 1966.

Selected Essays on Rhetoric by Thomas De Quincey, ed. Frederick Burwick. Foreword by David Potter, Carbondale/Edwardsville 1967.
De Quincey as Critic, ed. John E. Jordan, London/Boston 1973. (= The Routledge Critics Series).

2. *On Murder Considered as one of the Fine Arts*

Englische Ausgaben

On Murder Considered as one of the Fine Arts, Blackwood's Edinburgh Magazine 21, Febr. 1827, pp. 199-213; vol. 46, Nov. 1839, pp. 661-668. Das *Postscript* erschien zuerst in: *Selections Grave and Gay, from Writings Published and Unpublished*, vol. 4, 1854, pp. 60-111.
On Murder Considered as one of the Fine Arts, in: *Little Masterpieces*, ed. W. Stead, Jr., London 1905.
Confessions of an English Opium-Eater: Murder Considered as one of the Fine Arts, The English Mail-Coach, & a Selection from Suspiria de Profundis, London 1908. (= The People's Library).
On Murder Considered as one of the Fine Arts, Wien/Leipzig 1922. (= Rhombus Edition 503/504).
On Murder Considered as one of the Fine Arts, London/Wien 1924. (= Holerth Library, nos. 22-23).
On Murder Considered as one of the Fine Arts, ed. Philip B. M. Allan, London 1925. (= Pilgrim's books).
The English Mail-Coach and other Essays. Introduction by John E. Jordan, London/New York 1961. (= EL 609).

Deutsche Ausgaben

Der Mord als eine schöne Kunst betrachtet. Übers. v. Alfred Peuker, Minden/Westf. [1913].
Bekenntnisse eines englischen Opiumessers. Suspiria de profundis. Die englische Postkutsche. Der Mord als eine schöne Kunst betrachtet. Deutsch v. Walter Schmiele, Stuttgart 1962.

III. Sekundärliteratur

Minto, William: *Thomas De Quincey*, in: *A Manual of English Prose Literature Biographical and Critical, designed mainly to show characteristics of style*, Edinburgh/London ³1886 [1872], pp. 29-76.
Stephen, Leslie: *De Quincey*, in: *Hours in a Library*, vol. 1, London 1907 [1874], repr. Hildesheim/New York 1969, pp. 322-365.

Page, H. A. [Alexander H. Japp]: *Thomas De Quincey. His life and writings, with unpublished correspondence,* 2 vols., London 1877.
Masson, David: *De Quincey,* London 1881. (= EML 22).
Saintsbury, George: *De Quincey,* in: *Essays in English Literature, 1780-1860,* London 1890, pp. 304-338.
[Dowden, Edward]: *How De Quincey Worked,* The Saturday Review, Febr. 23, 1895, pp. 246-248.
Dunn, William A.: *Thomas De Quincey's Relation to German Literature and Philosophy,* Diss., Straßburg 1900.
Cooper, Lane: *The Prose Poetry of Thomas De Quincey,* Diss., Leipzig 1902.
Salt, Henry S.: *De Quincey,* London 1904.
Symons, Arthur: *A Word on De Quincey* (1901), in: *Studies in Prose and Verse,* London 1904, pp. 47-51.
Elton, Oliver: *Thomas De Quincey,* in: *A Survey of English Literature, 1780-1830,* vol. II, London 1920, pp. 312-333.
Richter, Helene: *Thomas De Quincey (1785-1859),* ESt 58, 1924, pp. 61-85.
Burke, Thomas: *The Obsequies of Mr. Williams. New light on De Quincey's famous tale of murder,* The Bookman (New York) 68, Nov. 1928, pp. 257-263.
Wellek, René: *Immanuel Kant in England 1793-1838,* Princeton 1931, bes. pp. 171-180.
Woolf, Virginia: *De Quincey's Autobiography,* in: *The Common Reader.* Second ser., London 1948 [1932], pp. 132-139.
Abrams, M. H.: *The Milk of Paradise. The effect of opium visions on the works of De Quincey, Crabbe, Francis Thompson, and Coleridge,* Cambridge (Mass.) 1934, repr. New York 1970.
Elwin, Malcolm: *De Quincey,* London 1935, repr. Port Washington (New York)/London 1972.
Eaton, Horace A.: *Thomas De Quincey. A biography,* New York 1936, repr. New York 1972.
Sackville-West, Edward A.: *A Flame in Sunlight. The life and work of De Quincey,* London 1936. New edition with preface and notes by John E. Jordan, London 1974.
Sehrt, Ernst Th.: *Geschichtliches und religiöses Denken bei Thomas De Quincey (1785-1859),* Berlin 1936. (= Neue deutsche Forschungen. Abteilung Englische Philologie. Vol. 7).
Metcalf, John C.: *De Quincey. A portrait,* Cambridge (Mass.) 1940, repr. New York 1963.
Proctor, Sigmund K.: *Thomas De Quincey's Theory of Literature,* Ann Arbor (Mich.) 1943, repr. New York 1966.
Wellek, René: *De Quincey's Status in the History of Ideas,* PQ 23, 1944, pp. 248-272.
Kassner, Rudolf: *Thomas De Quincey,* in: *Transfiguration,* Erlenbach-Zürich 1946, pp. 207-250.

Jordan, John E.: *Thomas De Quincey, Literary Critic. His method and achievement,* Berkeley/Los Angeles 1952.
Poulet, Georges: *Timelessness and Romanticism,* JHI 15, 1954, pp. 3-22.
Patterson, Charles I.: *De Quincey's Conception of the Novel as Literature of Power,* PMLA 70, 1955, pp. 375-389.
Kobayashi, Shozo: *Rhythm in the Prose of Thomas De Quincey,* Tokio 1956.
Praz, Mario: *Thomas De Quincey*, in: *The Hero in Eclipse in Victorian Fiction.* Transl. from the Italian by Angus Davidson, London 1956, pp. 75-86.
Jack, Ian: *De Quincey Revises his »Confessions«,* PMLA 72, 1957, pp. 122-146.
Leech, Clifford: *De Quincey as Literary Critic,* REL 2, 1961, pp. 38-48.
Schmiele, Walter: *Nachwort,* in: Thomas De Quincey, *Bekenntnisse eines englischen Opiumessers. Suspiria de profundis. Die englische Postkutsche. Der Mord als eine schöne Kunst betrachtet,* Stuttgart 1962, pp. 491-522.
Jack, Ian: *De Quincey,* in: *English Literature, 1815-1832,* Oxford 1963, pp. 292-311. (= The Oxford History of English Literature, vol.X).
Jordan, John E.: *De Quincey to Wordsworth. A biography of a relationship.* With the letters of Thomas De Quincey to the Wordsworth family, Berkeley/Los Angeles 1963.
Miller, J. Hillis: *Thomas De Quincey,* in: *The Disappearance of God. Five nineteenth-century writers,* Cambridge (Mass.) 1963, pp. 17-80.
Davies, Hugh S.: *Thomas De Quincey,* London 1964. (= WTW 167).
Le Breton, Georges: *De Quincey et Wordsworth,* Mercure de France, avril 1964, pp. 645-652.
Moreux, Françoise: *Thomas De Quincey. La vie. L'homme. L'oeuvre*, Thèse, Paris 1964.
Goldman, Albert: *The Mine & the Mint. Sources for the writings of Thomas De Quincey*, Carbondale (Ill.) 1965.
Grant , Douglas: *Thomas De Quincey,* in: *Some British Romantics. A collection of essays,* edd. James V. Logan, John E. Jordan, and Northrop Frye, Ohio State UP 1966, pp. 141-166.
Wellek, René: *Thomas De Quincey,* in: *A History of Modern Criticism: 1750-1950.* Vol. 3: *The Age of Transition,* London 1966, repr. 1970, pp. 110-120.
Burwick, Frederick: *The Dream-Visions of Jean Paul and Thomas De Quincey,* CL 20, 1968, pp. 1-26.
Hayter, Alethea: *Opium and the Romantic Imagination,* London 1968, bes. pp. 101-131 und pp. 226-254.
Lyon, Judson S.: *Thomas De Quincey,* New York 1969. (= TEAS 83).
Salaman, Esther: *De Quincey,* in: *The Great Confession. From Aksakov and De Quincey to Tolstoy and Proust,* London 1973, pp. 30-66.
Stapleton, Laurence: *The Virtù of De Quincey,* in: *The Elected Circle. Studies in the art of prose,* Princeton 1973, pp. 119-166.
Herbert, Christopher: *De Quincey and Dickens,* VS 17, 1974, pp. 247-263.

Janzow, F. Samuel: *The English Opium-Eater as Editor,* Costerus 1 (n.s.), 1974, pp. 47-82.
Holstein, Michael E.: *The Anapestic Triad. A structural paradigm in De Quincey's imaginative prose,* EA 28, 1975, pp. 398-408.

Bildnachweis

M. Mc Dade: S. 77, 93.
Greater London Council Print Collection: S. 155.
Guildhall Library: S. 136.
The John Fairburn account: S. 146.
London Borough of Tower Hamlets: S. 128.
National Portrait Gallery: S. 4.
Public Record Office: S. 89.
Radio Times Hulton Picture Library: S. 78.
Trustees of the British Museum: Umschlagbild, S. 42/43, 46.

Die Abbildungen wurden freundlicherweise von der Agentur *Illustration Research Service,* 25 Balcombe Street, London NW1 6HE zur Verfügung gestellt.

Romane, Erzählungen, Prosa

Apuleius. Der goldene Esel
Mit Illustrationen von Max Klinger zu »Amor und Psyche«. Aus dem Lateinischen von August Rode. Mit einem Nachwort von Wilhelm Haupt. it 146.

Honoré de Balzac. Die Frau von dreißig Jahren
Deutsch von W. Blochwitz. it 460
– Beamte, Schulden, Elegantes Leben
Eine Auswahl aus den journalistischen Arbeiten. Mit einem Nachwort herausgegeben von Wolfgang Drost und Karl Riha. Mit zeitgenössischen Karikaturen. it 346
– Das Mädchen mit den Goldaugen
Aus dem Französischen von Ernst Hardt. Vorwort Hugo von Hofmannsthal. Illustrationen Marcus Behmer. it 60

Joseph Bédier. Der Roman von Tristan und Isolde
Deutsch von Rudolf G. Binding. Mit Holzschnitten von 1484. it 387

Harriet Beecher-Stowe. Onkel Toms Hütte
In der Bearbeitung einer alten Übersetzung herausgegeben und mit einem Nachwort versehen von Wieland Herzfelde. Mit 27 Holzschnitten von George Cruikshank aus der englischen Ausgabe von 1852. it 272

Ambrose Bierce. Aus dem Wörterbuch des Teufels
Auswahl, Übersetzung und Nachwort von Dieter E. Zimmer. it 440
– Mein Lieblingsmord
Erzählungen. Aus dem Amerikanischen von G. Günther. it 39

Die Blümlein des heiligen Franziskus von Assisi
Aus dem Italienischen nach der Ausgabe der Tipografia Metastasio, Assisi 1901, von Rduolf G. Binding. Mit Initialen von Carl Weidemeyer. it 48

Giovanni di Boccaccio. Das Dekameron
Hundert Novellen. Ungekürzte Ausgabe. Aus dem Italienischen von Albert Wesselski und mit einer Einleitung versehen von André Jolles. Mit venezianischen Holzschnitten. Zwei Bände. it 7/8

Hermann Bote. Ein kurzweiliges Buch von Till Eulenspiegel aus dem Lande Braunschweig. Wie er sein Leben vollbracht hat. Sechsundneunzig seiner Geschichten.
Herausgegeben, in die Sprache unserer Zeit übertragen und mit Anmerkungen versehen von Siegfried H. Sichtermann. Mit zeitgenössischen Illustrationen. it 336

Romane, Erzählungen, Prosa

Emily Brontë. Die Sturmhöhe
Aus dem Englischen von Grete Rambach. it 141

Gottfried August Bürger. Wunderbare Reisen zu Wasser und zu Lande. Feldzüge und lustige Abenteuer des Freiherrn von Münchhausen. Mit Holzschnitten von Gustave Doré. it 207

Hans Carossa. Eine Kindheit und Verwandlungen einer Jugend
it 295/296

Lewis Carroll. Geschichten mit Knoten
Herausgegeben und übersetzt von W. E. Richartz. Mit Illustrationen von Arthur B. Frost. it 302

Miguel de Cervantes Saavedra. Der scharfsinnige Ritter Don Quixote von der Mancha
Mit einem Essay von Iwan Turgenjew und einem Nachwort von André Jolles. Mit Illustrationen von Gustave Doré. 3 Bände. it 109

Adelbert von Chamisso. Peter Schlemihls wundersame Geschichte
Nachwort von Thomas Mann. Illustriert von Emil Preetorius. it 27

James Fenimore Cooper. Die Lederstrumpferzählungen
In der Bearbeitung der Übersetzung von E. Kolb durch Rudolf Drescher. Mit Illustrationen von D. E. Darley. Vollständige Ausgabe. it 179 Der Wildtöter · it 180 Der letzte Mohikaner · it 181 Der Pfadfinder · it 182 Die Ansiedler · it 183 Die Prärie

Alphonse Daudet. Briefe aus meiner Mühle
Aus dem Französischen von Alice Seiffert. Mit Illustrationen. it 446
– Tartarin von Tarascon. Die wunderbaren Abenteuer des Tartarin von Tarascon.
Mit Zeichnungen von Emil Preetorius. it 84

Honoré Daumier. Robert-Macaire – Der unsterbliche Betrüger
Drei Physiologien. Aus dem Französischen von Mario Spiro. Herausgegeben und mit einem Nachwort versehen von Karl Riha. it 249

Romane, Erzählungen, Prosa

Daniel Defoe. Robinson Crusoe
Mit Illustrationen von Ludwig Richter. it 41

Charles Dickens. Lebensgeschichte und gesammelte Erfahrungen David Copperfields des Jüngeren. Zwei Bände.
Mit Illustrationen von Phiz. Nach der ersten Buchausgabe des Romans London 1850. it 468
– Oliver Twist
Aus dem Englischen von Reinhard Kilbel. Mit einem Nachwort von Rudolf Marx und 24 Illustrationen von George Cruikshank. Vollständige Ausgabe. it 242
– Weihnachtserzählungen
Mit Illustrationen. it 358

Denis Diderot. Die Nonne
Mit einem Nachwort von Robert Mauzi. Der Text dieser Ausgabe beruht auf der ersten deutschen Übersetzung von 1797. it 31

Annette von Droste-Hülshoff. Die Judenbuche. Ein Sittengemälde aus dem gebirgigen Westfalen. Mit Illustrationen von Max Unold. it 399

Alexandre Dumas. Der Graf von Monte Christo
Bearbeitung einer alten Übersetzung von Meinhard Hasenbein. Mit Illustrationen von Pavel Brom und Dagmar Bromova. Zwei Bände. it 266

Joseph Freiherr von Eichendorff. Aus dem Leben eines Taugenichts
Mit Illustrationen von Adolf Schrödter und einem Nachwort von Ansgar Hillach. it 202

Eisherz und Edeljaspis
Aus dem Chinesischen von Franz Kuhn. Mit Holzschnitten einer alten chinesischen Ausgabe. Mit einem Nachwort und Anmerkungen von Franz Kuhn. it 123

Paul Ernst. Der Mann mit dem tötenden Blick und andere frühe Erzählungen.
Herausgegeben von Wolfgang Promies. it 434

Romane, Erzählungen, Prosa

Gustave Flaubert. Bouvard und Pécuchet
Mit einem Vorwort von Victor Brombert und einem Nachwort von Uwe Japp. Mit Illustrationen von András Karakas. it 373
– Die Versuchung des heiligen Antonius
Aus dem Französischen übersetzt von Barbara und Robert Picht. Mit einem Nachwort von Michel Foucault. it 432
– Lehrjahre des Gefühls
Geschichte eines Jungen Mannes, übertragen von Paul Wiegler. Mit einem Essay »zum Verständnis des Werkes« und einer Bibliographie von Erich Köhler. it 276
– Madame Bovary
Revidierte Übersetzung aus dem Französischen von Arthur Schurig it 167
– Salammbô
Herausgegeben und mit einem Nachwort versehen von Monika Bosse und André Stoll. Mit Abbildungen. it 342
– Ein schlichtes Herz. it 110

Theodor Fontane. Effi Briest
Mit Lithographien von Max Liebermann. it 138
– Der Stechlin
Mit einem Nachwort von Walter Müller-Seidel. it 152
– Unwiederbringlich
Roman. it 286

Friedrich Gerstäcker. Die Flußpiraten des Mississippi
Roman. Mit einem Nachwort von Harald Eggebrecht. it 435

Johann Wolfgang Goethe. Wilhelm Meisters Lehrjahre
Herausgegeben von Erich Schmidt. Mit sechs Kupferstichen von F. L. Catel. Sieben Musikbeispiele und Anmerkungen. it 475
– Novellen
Herausgegeben und mit einem Nachwort versehen von Katharina Mommsen. Mit Federzeichnungen von Max Liebermann. it 425
– Reineke Fuchs
Mit Stahlstichen von Wilhelm von Kaulbach. it 125
– Die Wahlverwandtschaften
Mit einem Essay von Walter Benjamin. it 1
– Die Leiden des jungen Werther
Mit einem Essay von Georg Lukács »Die Leiden des jungen Werther«. Nachwort von Jörn Göres »Zweihundert Jahre Werther«. Mit Illustrationen von David Chodowiecki und anderen. it 25

Romane, Erzählungen, Prosa

Gogol. Der Mantel und andere Erzählungen
Aus dem Russischen übersetzt von Ruth Fritze-Hanschmann. Mit einem Nachwort von Eugen und Frank Häusler. Mit Illustrationen von András Karakas. it 241

Iwan Gontscharow. Oblomow it 472

Grimmelshausen. Trutz-Simplex oder Ausführliche und wunderseltzame Lebensbeschreibung der Erzbetrügerin und Landstörtzerin Courasche
Mit einem Nachwort von Wolfgang Koeppen. Mit Abbildungen aus dem 17. Jahrhundert. it 211

Nathaniel Hawthorne. Der scharlachrote Buchstabe
Mit Illustrationen von Renate Sendler-Peters. it 436

Johann Peter Hebel. Kalendergeschichten
Ausgewählt und mit einem Nachwort von Ernst Bloch
Mit neunzehn Holzschnitten von Ludwig Richter. it 17

Heinrich Heine. Aus den Memoiren des Herren von Schnabelewopski
Mit Illustrationen von Julius Pascin. it 189

– Shakespeares Mädchen und Frauen
Mit Illustrationen der Ausgabe von 1838. Herausgegeben von Volkmar Hansen. it 331

Hermann Hesse. Hermann Lauscher
Mit frühen, teils unveröffentlichten Zeichnungen und einem Nachwort von Gunter Böhmer. it 206
–/Walter Schmögner. Die Stadt
Ein Märchen von Hermann Hesse, ins Bild gebracht von Walter Schmögner. it 236
– Knulp
Mit dem unveröffentlichten Fragment »Knulps Ende« und Steinzeichnungen von Karl Walser. it 394

Hölderlin. Hyperion oder Der Eremit in Griechenland
Herausgegeben und mit einem Nachwort versehen von Jochen Schmidt. it 365

Romane, Erzählungen, Prosa

E.T.A. Hoffmann. Die Elixiere des Teufels
Mit Illustrationen von Hugo Steiner-Prag. it 304
– Lebensansichten des Katers Murr
nebst fragmentarischer Biographie des Kapellmeisters Johannes Kreisler in zufälligen Makulaturblättern. Mit Illustrationen von Maximilian Liebenwein. it 168
– Der Unheimliche Gast
und andere phantastische Erzählungen. Herausgegeben von Ralph-Rainer Wuthenow. Mit Illustrationen. it 245
– Das Fräulein Scuderi
Erzählung aus dem Zeitalter Ludwig des Vierzehnten. Mit Illustrationen von Lutz Siebert. it 410

Homer. Ilias
Neue Übertragung von Wolfgang Schadewaldt. it 153

Ricarda Huch. Der Dreißigjährige Krieg
Mit Illustrationen von Jacques Callot. it 22/23

Victor Hugo. Notre-Dame von Paris
Aus dem Französischen von Else von Schorn. Mit zeitgenössischen Illustrationen. it 298

Jens Peter Jacobsen. Niels Lyhne
Mit Illustrationen von Heinrich Vogeler. Nachwort von Fritz Paul. Aus dem Dänischen von Anke Mann. it 44
– Die Pest in Bergamo
und andere Novellen. Aus dem Dänischen von Mathilde Mann. Mit Illustrationen von Heinrich Vogeler. it 265

W. Jan. Dschingis Khan
Mit einem Nachwort und Erläuterungen. it 461
– Batu Khan. it 462
– Zum letzten Meer. it 463

Jean Paul. Der ewige Frühling
Ausgewählt von Carl Seelig. Mit Zeichnungen von Karl Walser und mit einem Vorwort von Hermann Hesse. it 262
– Des Luftschiffers Giannozzo Seebuch und Über die natürliche Magie der Einbildungskraft
Mit Illustrationen von Emil Preetorius und Aufsätzen zu Jean Pauls Werk von Ralph-Rainer Wuthenow. it 144

Romane, Erzählungen, Prosa

Marie Luise Kaschnitz. Eisbären
Erzählungen. it 4

Gottfried Keller. Der grüne Heinrich
Erste Fassung. Mit Zeichnungen Gottfried Kellers und seiner Freunde. Zwei Bände. it 335
– Züricher Novellen
Mit einem Nachwort von Werner Weber. it 201

Kin Ping Meh oder Die abenteuerliche Geschichte von Hsi Men und seinen sechs Frauen
Aus dem Chinesischen übertragen von Franz Kuhn. Mit Illustrationen einer alten Ausgabe. Zwei Bände. it 253

Heinrich von Kleist. Die Erzählungen
Mit einem Nachwort von Rolf Tiedemann. it 247
– Die Marquise von O
Mit Materialien und Bildern aus dem Film von Eric Rohmer und einem Aufsatz von Heinz Politzer. Herausgegeben von Werner Berthel it 299

Choderlos de Laclos. Schlimme Liebschaften
Ein Briefroman mit 14 zeitgenössischen Illustrationen. Übertragen und eingeleitet von Heinrich Mann. it 12

Charles und Mary Lamb. Shakespeare Novellen
Mit 21 Stichen einer Ausgabe von 1837. Auf Grund einer älteren Übersetzung bearbeitet von Elisabeth Schücking. it 268

Friedrich de la Motte-Fouqué. Undine
Herausgegeben von Ralph-Rainer Wuthenow. Mit den Rezensionen von Edgar Allan Poe. it 311

Lesage. Der hinkende Teufel
Mit Illustrationen von Tony Johannot und einem Nachwort von Karl Riha. it 337

Nikolai Leskow. Der Weg aus dem Dunkel
Erzählungen. Mit Illustrationen von Theodor Eberle und einer Einleitung von Rudolf Marx. it 422

Lichtenberg. Aphorismen
Herausgegeben mit einem Nachwort von Kurt Batt. it 165

Romane, Erzählungen, Prosa

Carl von Linné. Lappländische Reise
Mit Zeichnungen des Autors. Aus dem Schwedischen von H.C. Artmann. it 102

Jack London. Der Ruf der Wildnis und andere Erzählungen
Mit Illustrationen von Krista Slawik. it 352
– Die Goldschlucht
und andere Erzählungen. Mit zeitgenössischen Fotografien. it 407

Longus. Daphnis und Chloë
Ein antiker Liebesroman. Aus dem Griechischen übersetzt und mit einem Nachwort von Arno Mauersberger. Mit Illustrationen der »Edition du Régent«. it 136

Sir Thomas Malory. Die Geschichte von König Artus und den Rittern seiner Tafelrunde
Übertragen von Helmut Findeisen auf der Grundlage der Lachmannschen Übersetzung. Mit einem Nachwort von Walter Martin und Illustrationen von Aubrey Beardsley. Drei Bände in Kassette. it 239

Guy de Maupassant. Mont-Oriol
Roman. Deutsch von J. Halperin. Herausgegeben und mit einem Nachwort von D. Oehler. Mit den Bildern der Originalausgabe. it 473
– Bel-Ami
Aus dem Französischen von Josef Halperin. Mit zeitgenössischen Illustrationen. it 280
– Das Haus Tellier
und andere Erzählungen. Aus dem Französischen von Karl Friese und Helmut Bartuschek. Ausgewählt von W. Berthel. Mit zeitgenössischen Illustrationen. it 248
– Pariser Abenteuer
und andere Erzählungen. Ausgewählt von Werner Berthel. Mit zeitgenössischen Illustrationen. Aus dem Französischen von H. Bartuschek und K. Friese. it 106
– Unser einsames Herz. Roman
Herausgegeben und mit einem Nachwort versehen von Dolf Oehler. it 357

Wilhelm Meinhold. Maria Schweidler. Die Bernsteinhexe
Herausgegeben von Elisabeth Kidelon. it 329

Insel taschenbücher
Alphabetisches Verzeichnis